Contemporánea

Malcolm Lowry (1909-1957) fue poeta y narrador. Sus poemas pueden leerse en español en la antología *Un trueno sobre el Popocatépetl.* Como narrador publicó en vida *Bajo el volcán* y *Ultramarina* y de manera póstuma las novelas *Obscuro como la tumba en la que yace mi amigo*, *Rumbo al Mar Blanco*, *Ferry de octubre a Gabriola*, *La mordida* y los relatos que componen *Escúchanos, Señor, desde el Cielo, Tu morada. Bajo el volcán* es considerada una de las piezas centrales del modernismo literario, además de una de las novelas más emblemáticas en lengua inglesa del siglo xx.

Malcolm Lowry

Obscuro como la tumba en la que yace mi amigo

Traducción de
Carlos Manzano

DEBOLS!LLO

Obscuro como la tumba en la que yace mi amigo
Título original: *Dark as the Grave Wherein My Friend is Laid*

© 2026, derechos de edición mundiales en lengua castellana:
Penguin Random House Grupo Editorial, S. A. de C. V.
Blvd. Miguel de Cervantes Saavedra núm. 301, 1er piso,
colonia Granada, alcaldía Miguel Hidalgo, C. P. 11520,
Ciudad de México
© 2026, Penguin Random House Grupo Editorial USA, LLC
8950 SW 74th Court, Suite 2010
Miami, FL 33156

Diseño e ilustración de portada: © Alejandro Magallanes
Fotografía del autor: © MB Agencia Literaria, S.L.
D. R. © 1998, 2023-4, Carlos Manzano, por la traducción (revisada para esta edición)

ISBN: 979-889-098-755-6

Impresión digital bajo demanda

156016905

1

La sensación de velocidad, de transición gigantesca, de ir hacia el Sur, hacia abajo, por encima de tres países, las tremendas cadenas de montañas, la sensación a un tiempo de descenso, regresión tremenda y movimiento —movimiento no, sino, en otro sentido, caída, mundo abajo, mapa abajo—, como ante la inminencia de algo grande, excepcional y, aun así, la sombra en movimiento del avión debajo de ellos, la eterna cruz en movimiento, menos fugaz y más sólida que la vaga idea que Sigbjørn tenía del significado de lo que estaban haciendo en realidad, y, sin embargo, sólo era posible centrar la atención en esa sombra y aun eso sólo por períodos cortos; iban encerrados en esa cosa misma como en la enorme máquina saltarina, con el inmenso y monótono estrépito de su zumbido incesante, en la que iban sentados sin demasiada comodidad —Sigbjørn con un pie en alto y cohibido, pues se había quitado el zapato—: un destino en movimiento, ensordecedor, continuamente renovado y que trascendía el tiempo, en el que iban encerrados pero del que sólo podían ver el interior, pues del propio objeto aerodinámico de color platino sólo podían vislumbrar, por decirlo así, un ala, una hélice, por las absurdas ventanillas, angostas y oblongas. No obstante, la sensación de aventura, si bien Sigbjørn participaba en ella sobre todo por Primrose, era inmensa también y ahora —sentados con las manos cogidas y Primrose extasiada ante la ventanilla (la atronadora y enmudecedora voz del avión)— la sensación de alivio, de alegría: habían pasado, sí, habían cruzado la barrera —o una de ellas, al menos de eso no cabía duda—, habían pasado la aduana, estaban lejos, estaban en los Estados Unidos; a la izquierda quedaba Oregón y a la derecha las cordilleras de la costa del Pacífico, pero la sensación de alegría no mitigaba del todo las otras sensaciones, que atormentaban a Sigbjørn y que procuraba no traslucir en el rostro, de pena, de fracaso rotundo e incluso ahora —cuando no parecía tener demasiados motivos de preocupación de momento— de pánico atroz, total y permanente.

Al abandonar Oregón a la puesta de sol, con nubes esculpidas en basalto negro y una orla de verde jade y turquesa —¿tendrían minas de jade en Oaxaca?— y luz de un puro naranja dorado que manaba; Primrose dijo: «Nunca habrás visto un crepúsculo semejante en tierra», y así era en efecto, pensó Sigbjørn, tan negro y terrible, aquel gran ocaso negro basalto sobre los quemados bosques de Oregón, el ardiente oro y los grandes haces de luz cegadora sobre un fondo de cúmulos de nubes negras a diez millas de altura y jaspeadas con aquellos haces de luz sobrenatural y presagios sobrenaturales y espantosos. «¡Hemos pasado!», dijo Primrose. «¡Ya ves lo equivocado que estabas!»

«Pero vamos con retraso», dijo Sigbjørn, al tiempo que echaba un vistazo a su nuevo reloj de pulsera antimagnético, regalo anticipado de Primrose por el aniversario de su boda.

«Pero estamos en los Estados Unidos y tú dijiste que nunca ibas a poder regresar a este país.»

«En los Estados Unidos, pero en México todavía no», dijo Sigbjørn y Primrose Wilderness se rió. «Sin embargo, supongo que Fernando podrá esperar otra semana o así, después de haber esperado más de siete años —añadió—, pero es verdad. Aquí estamos y nunca creí que llegaríamos, ni siquiera a los Estados Unidos.»

«Y estamos en nuestra luna de miel.»

«Siempre estamos en nuestra luna de miel.»

«Cinco años...»

Iban sentados en la parte trasera del avión (para que nadie lo viese a él) y Sigbjørn la besó.

A su derecha, por el horizonte, brillaba una estrella en la agonía del poniente.

«Altair», dijo Primrose.

«Y pronto veremos la Cruz del Sur.»

«Mañana tal vez... y toda la constelación de Erídano.»

Y era verdad: habían pasado la barrera, o la primera barrera, y allí, a la derecha y a lo lejos, se extendían las cordilleras de la costa del Pacífico y el mar, las mismas cordilleras a cuya sombra —allá, en el Canadá— vivían y que llegaban hasta la propia Tierra del Fuego, hasta el Cabo de Hornos, el mismo mar a cuya orilla vivían también y que bañaba las costas de la bahía de Acapulco, con sus turbios recuerdos y a saber qué promesas para el futuro.

Era como si, desde aquel día de perdición, el 6 de junio de 1944 (el día siguiente iba a ser 7 de diciembre —¡7 de diciembre!— de 1945), en que Sigbjørn había perdido poco a poco el dominio de su vida —en cierto sentido sutil los dos lo habían perdido, no lo habían perdido del todo, pero habían caído, y ahora se encontraban en un escalón más bajo que antes—, su matrimonio, y hasta su vida, estuviesen en peligro y él lo sabía y nada estaba haciendo para impedirlo (en realidad, su matrimonio era una réplica casi exacta de su casa: se había desplomado y aún no lo habían reconstruido como era debido); estaba utilizando la necesidad de su mujer y la circunstancia de que nunca hubiera visitado un país extranjero como excusa para ceder a su propia necesidad... ¿de qué? ¿De qué sino de la muerte? ¿O era aquel viaje, en apariencia para Primrose, algo que la naturaleza, el destino, le ofrecía por la pérdida de su libro...?

Así como había tomado su primera copa en tres años el 6 de junio de 1944, así también, ahora —tras otro período de abstinencia—, había empezado a beber un poco, no demasiado, para celebrarlo. ¿Por qué le había desilusionado tanto que hubiera cierta prohibición de bebidas alcohólicas en Portland? ¿Qué significaba para él San Francisco sino otro trago... de *whiskey* escocés esa vez, que no podía conseguir en el Canadá? ¿Por qué había usado a Fernando Martínez, precisamente a él, como una excusa en cierto modo para ir a México? ¿Qué significaba su amigo, el personaje Dr. Vigil de su novela, sino una especie de nostalgia del delirio... o del olvido? ¿Y qué su encuentro con él sino otra excusa, incluso como las que gustaba encontrar al Cónsul, para «celebrarlo»?

No obstante, Sigbjørn tenía una sensación de esperanza o, por lo menos, tras su enfermedad, y la de su esposa, una esperanza no intensa, sino conmovedora, como si se hubiera levantado una mañana de invierno y, al asomarse al jardín, hubiese visto un manzano silvestre en flor.

Había sido un día obscuro, sombrío y lluvioso. Cuando salieron para el aeropuerto de Vancouver, lloviznaba y, cuando por fin despegó su avión, había una ventisca: torbellinos y azotes de lluvia sobre el aeropuerto de Seattle, inspectores de aduanas entre los charcos... Sigbjørn se estremeció. ¡Inspectores de aduanas! ¡Cómo temía a esos seres!... ¿Lo superaría alguna vez? Y lo asaltó de nuevo el triste y bochornoso recuerdo de la mañana en que, más de seis años atrás, le habían hecho regresar al Canadá desde la frontera estadounidense. Fue en septiembre de 1939 y había intentado entrar en los Estados Unidos en autobús por Blaine (Washington) para ver a la propia Primrose en San Francisco: «Por última vez», como había dicho, imprudente, a los inspectores de emigración. Y, en cualquier caso, allí estaban ahora, cruzando aquella frontera, ya la habían cruzado, y una gran sensación de libertad lo embargó ante aquella idea, la de bajar volando por los Estados Unidos, por el lado occidental del mapa, por encima de aquel territorio en tiempos vedado (y asolado por el fuego también, hasta donde alcanzaba la mirada), no sólo porque lo habían declarado persona que podía convertirse en una carga pública, sino también porque en aquella época el propio territorio era neutral y se proponía cruzarlo también para luchar en la guerra de un país extranjero en la que, dicho sea de paso, al final no había participado en modo alguno, conque se podía considerar, en efecto, que aquel contratiempo le había salvado la vida, cosa que con demasiada frecuencia olvidaba agradecer —¿lo agradecía de verdad alguna vez, salvo cuando lo interpretaba como «nuestras vidas unidas»?—: cordillera occidental abajo, más deprisa que el ocaso, pero ahora se sumergían en una absoluta obscuridad, al acercarse a Frisco, que arrojaba fuego, luces como un lazo, ciudades como azúcar cande, luces como un signo de interrogación, una estación de autobuses cubierta de perlas: salieron a tomar una copa. En el aeropuerto de San Francisco hacía buen tiempo y se veían claras las estrellas. «*Alis volat propriis*», observó Sigbjørn, al tiempo que se volvía un momento hacia el fiel avión, con su talante menos familiar éste, inmóvil y silencioso, un apacible accesorio de un campo de aviación.

«¿Qué significa eso?»

«¿Tiene que explicarte un inglés el lema de tu propio Estado? Vuela con sus propias alas, a diferencia del ave inexistente que lo hace con una sola. En fin, es el de Oregón o el de California.»

«El de California, no. Así, que por fin has llegado a San Francisco.» Ahora Primrose podía reír.

«¿Es éste su primer vuelo?», les preguntó un compañero de viaje.

«No, pero es nuestra primera copa decente de *whiskey* escocés desde hace medio decenio», dijo Sigbjørn, aunque, ahora que la había probado, le sabía más que nada a medicina y, en lugar de pedir otra, dio la mitad de la suya a Primrose.

«¿Son ustedes de Seattle?»

«Del Canadá... Mejor dicho, mi esposa es americana. Yo soy... en fin... es igual.»

«Cincuenta centavos por una copa», estaba diciendo Primrose. «La verdad es que es caro.»

«Ya lo creo. ¿De vacaciones?»

«Estamos en nuestra luna de miel.»

«Ah...»

«Vamos a ver a un amigo mío de México, si es que sigue allí... Llevamos cinco años casados, pero aún estamos en nuestra luna de miel», se apresuró a explicar Sigbjørn. «Sólo, que», añadió algo después, «se nos quemó la casa, pero salvamos el bosque.»

Aunque este último suceso había ocurrido dieciocho meses antes, los Wilderness aún sentían la evidente necesidad de hablar de él, pero, ¿tenía algo que ver eso con la razón por la que él, Sigbjørn, sentía tan ridícula necesidad de contar su vida? ¿Y por qué había sacado a relucir esa luna de miel, bromita íntima entre Primrose y él? ¿Por qué hacía cosas así? ¿Y de qué demonios recelaba aún todo el mundo? ¿Qué puñetero derecho tenían a interrogarlo a uno?, se preguntaba Sigbjørn, mientras subían de nuevo al avión, arrepentido ahora de haber mencionado también a México, lo que por sí solo podía parecer sospechoso y, para colmo, tres meses después de que hubiera acabado la guerra. Tal vez fuese por el abrigo de Primrose, de mofeta ártica, el regalo de aniversario anticipado que le había hecho él: la gente podía pensar que era una espía rusa. En aquel momento había una psicosis de espías en el Canadá y, a juzgar por todos los informes, en los Estados Unidos otra aún peor. En realidad, el simple hecho de proceder del Canadá, con su relativa proximidad a Rusia, podía parecer aún más sospechoso que el de ir a México. Sigbjørn estaba tan absurdamente inquieto por ello, aunque con toda seriedad, que ahora se arrepentía de haber dado la mitad de su copa a Primrose; le estaba resultando difícil abrocharse el cinturón de seguridad y, después de que la nueva azafata hubiera colgado, admirada, el hermoso abrigo de Primrose, ésta tuvo que ajustar la correa por él. Estaban elevándose sobre San Francisco. Sigbjørn se inclinó para ver de nuevo las luces detrás y abajo, a lo lejos, y recordó el bramido diatónico de la sirena los días de niebla en el gran puente. Aquella vez que lo habían rechazado en la frontera, se había imaginado caminando por el puente con Primrose. Todavía ahora le resultaba desgarrador imaginarla esperándolo en vano en aquella ciudad, pues había esperado lo suyo. Los primeros mensajes de él se habían extraviado. No obstante, el final había sido feliz, Primrose se trasladó al Canadá, a su vez, y ahora, tras varios años de matrimonio feliz, estaban volando por sobre el puente, se habían elevado, como diría ella, literalmente por encima de él. Cuando se hubieron desabrochado los cinturones, Primrose se dispuso a dormirse sobre el hombro de Sigbjørn, mientras éste se preguntaba si tendría suficiente valor para quitarse los zapatos. Pese a ir sentados en la parte trasera, llegó a la conclusión de que no lo tendría. Sigbjørn se abstuvo de fumar por miedo a molestarla y se las arregló como pudo para mantener el pie derecho en alto: todavía tenía una ligera hinchazón en los dos, pero el peor era el derecho. Faltaban quinientas millas para la próxima escala: Los Angeles. Y, aunque el viaje en avión no mereciese los exagerados elogios que se le habían dedicado, por lo menos era mejor que estar sentado con los dos pies en un cubo de agua caliente, cinco minutos después de uno de agua fría, en su pobre y querida casa con goteras de Erídano (Columbia Británica), que habían construido con lo que había quedado de su antigua casa quemada, entre el bosque y la ensenada: mejor, sin lugar a dudas, para la pobre Primrose, quien, ahora que el pozo estaba seco, había tenido que acarrear el agua desde la tienda y ello tras haberse recobrado poco antes de una infección peligrosa.

«Acérquese aquí, hijo; tendrá una vista mejor.» El pasajero que les había hablado en el bar estaba asomado al pasillo y Sigbjørn, al ver que ahora había un asiento vacío junto a él, sonrió a Primrose y fue a sentarse en el otro asiento, al tiempo que se sorprendía de haberse dejado someter al deseo ajeno. Tal vez porque lo habían llamado "hijo"; por alguna razón, lo emocionó y no era de extrañar, pues Sigbjørn tenía treinta y seis años, cosa que recordó al instante cuando el hombre añadió: «Mucha agua ha corrido bajo ese puente desde la última vez que estuve aquí.»

Las remotas luces del puente estaban ya casi debajo de ellos exactamente y el avión estaba describiendo círculos para ganar altura. «También en Vancouver tenemos uno muy bonito, aunque no tan grande como éste, desde luego. Por desgracia, la gente no para de tirarse desde él», dijo Sigbjørn.

«¿Había estado usted antes en San Francisco?», preguntó el hombre, que tenía una voz bastante grave.

«Pues, sí», respondió Sigbjørn. «Dos veces, para ser exactos. En cierta ocasión fui a México desde aquí. Fue en 1936, septiembre de 1936, cuando tenía unos veintisiete años. *Panama—Pacific*. En el *Pennsylvania*. Cruzamos por debajo de ese puente hasta San Pedro y después a lo largo de la costa de la Baja California, pasando por Mazatlán, hasta Acapulco, donde desembarcamos.»

«¡Ah! ¿Ya ha estado usted en México también? ¿Qué hizo allí?»

«Beber, más que nada», respondió Sigbjørn, tras pensarlo un poco.

«Oh, sí, todos podemos hacer algo así, ja, ja.»

«En fin, fui periodista a ratos», pensó en decir Sigbjørn, si bien habría sido casi una mentira, pero guardó silencio, aunque no por esa razón.

«¿Quiere echar un trago?» El hombre sacó un frasco, mientras el avión cruzaba con estruendo la noche hacia el Sur.

«No, gracias... Pero sí que me fumaré un pitillo. Gracias. Muchas gracias.»

«El fuego es algo terrible», dijo el otro, al tiempo que apagaba la cerilla ofrecida.

Sigbjørn prosiguió, tras una pausa: «Mi madre hablaba con frecuencia de mi abuelo, cuyo barco zarpaba de San Francisco. Eso era en Inglaterra, desde luego. Mi abuelo era capitán de barco, naufragó y se ahogó en la bahía de Bengala. En realidad, su barco fue volado. Tuvo una muerte bastante heroica... Llegó a ser casi una leyenda. Estaban en las calmas ecuatoriales y la tripulación padecía cólera». Sigbjørn se interrumpió. «Pero aquello debió de ser antes de que se construyera el puente», añadió.

«¿Estaba asegurada?»

«¿Se refiere usted a nuestra casa? No, era una simple cabaña, construida en terreno público, que habíamos comprado por cien dólares a un herrero», se apresuró a decir Sigbjørn, «pero era nuestro primer hogar y le teníamos cariño. Ahora hemos estado construyendo otra casi en el mismo sitio, pero, por desgracia, no el mismo exactamente. La hemos construido sobre todo con la madera de un aserradero desmantelado.» Sigbjørn recordó los ventanales que habían conseguido en el taller mecánico y lo orgullosa que se había sentido Primrose, cuando, con ayuda de Mauger, los habían ajustado por fin dentro de los marcos. *Ventanas de nueve luces que nunca vieron el Sol. Ahora miran al Este en una casa recién comenzada. Las que en tiempos dieron luz de mala gana a una máquina, ¿qué gozos y angustias alumbrarían un día dentro?* Demasiados días, demasiada luz. O era —podría ser— casi, un poema. «Hemos estado trabajando en ella desde el pasado mes de marzo y esperábamos tenerla acabada para este invierno», prosiguió, «pero tuvimos un accidente tras otro y llegó a ser demasiado duro para nosotros en todos los sentidos. En realidad, teníamos que poner otro techo a la casa para hacerla habitable, pero el mal tiempo nos lo ha impedido. He de decir que en conjunto ha sido demasiado duro para mi esposa.» Sigbjørn se volvió para ver si aquella bien intencionada mentira a medias había llegado a oídos de Primrose, pues, a decir verdad, había resultado más duro incluso para él.

«No me diga que hacían el trabajo ustedes mismos.»

«¿Quién lo iba a hacer, si no? Pero es un pueblo de pescadores y éstos nos ayudaban, cuando estaban por allí.»

Pero, si bien recordaba la casa inacabada con tristeza, también la recordaba con orgullo. Sí, pese haber llegado ahora a sentir miedo de casi todo, habían tenido valor juntos, aunque le estuviera mal decirlo, con su eterno terror al fuego, y —teniendo en cuenta todo lo que había ocurrido— para volver a edificar allí, en aquel lugar, y —teniendo en cuenta todo lo que había sucedido después— para continuar con la reconstrucción. Lo de menos había sido haberlo hecho con sus propias manos y el valor había sido sobre todo de Primrose, quien, a su modo, había llegado a estar más aterrada que él. La diferencia entre los dos radicaba en que era posible que Primrose hubiese dejado atrás su terror en Erídano y él confiaba con fervor en contribuir, con aquel viaje, a que así siguiera siendo, a que no reapareciese nunca cuando regresaran: para ella, gran parte dependía de Sigbjørn, pero el camino de éste era más complicado.

«¿Cómo se llama su aldea?», le estaba preguntando su compañero. «Quizá la conozca. He estado cazando en la Columbia Británica en una o dos ocasiones.»

«Erídano. Está en una ensenada del mismo nombre bastante cerca de Vancouver, pero eso no quiere decir nada, pues, si vamos al caso, cerca de Vancouver hay toda clase de parajes salvajes.»

«En mis tiempos navegué un poco. ¿No es Erídano el nombre de una estrella? ¿O me equivoco?»

«Es el nombre de una constelación, la que está al sur de Orión. Parece un río y los antiguos la identificaron con el Estige. Eso es casi todo lo que sé sobre él, excepto que también se lo ha llamado el río de la juventud, posiblemente porque se lo asociaba con Faetón, quien, desobedeciendo a su padre, se empeñó en conducir el carro del Sol y, a consecuencia de ello, quemó la Tierra. Por eso, se lo ha llamado al mismo tiempo río de la muerte y río de la juventud. Desde el Norte, donde estamos, no se puede ver la constelación completa, por lo que esperamos ver el resto de ella en México. La ensenada recibió su nombre de otro buque de vela perteneciente a una compañía que gustaba de bautizar sus barcos con los nombres de las constelaciones y, al parecer, fue arrojado a la costa en cierta ocasión en que soplaba con violencia el *chinook*. Algunos de los habitantes muy veteranos recordaban haber visto restos del naufragio en la playa y se decía que el barco transportaba una muy agradable carga de mármol, cerezas en salmuera y vino de Portugal.»

«¿Cómo se incendió su primera casa?», le estaba preguntando aquel tipo persistente, cuando Sigbjørn se disculpó y volvió a sentarse junto a Primrose, que ya estaba profundamente dormida y respiraba con tanta suavidad como un niño, con la cabeza apoyada en un brazo. Dios mío, ¡qué expresión tan inocente y bella, casi angelical, tenía, con los labios entreabiertos y bañada por la luz de la lámpara! Era como para pensar que no había sufrido nunca y que tenía por lo menos quince años menos que él, cuando en realidad era un poco mayor: treinta y nueve años. No era un efecto de la luz. A la luz del día parecía aún más joven. En realidad, Sigbjørn había procurado no olvidar su certificado de matrimonio, para no verse acusado en América no sólo por la Ley Mann, contra la trata de blancas, que tanto debe de desconcertar a los franceses y que prohíbe a un hombre cruzar una frontera con una mujer que no sea su esposa, bajo pena de morir ahorcado o electrocutado, sino tampoco —hablando de no tener miedo— por la ley de California, que habría desconcertado a sus propios padres y que prohíbe a un hombre cohabitar con una mujer menor de edad, bajo pena de noventa y nueve años de cárcel por violación o así al menos se había imaginado él; con toda seriedad, aquellas leyes. Sigbjørn apagó su lámpara y, al hacerlo, observó que su compañero de viaje había hecho lo mismo. De repente, a la sensación de orgullo y placer que había tenido al hablar de la casa y a la sensación de benevolencia para con aquel hombre, sucedió otra de violenta vergüenza. ¡Idiota! ¡Bufón! ¡Tontaina! Tanto quejarse de la curiosidad de la gente, ¡y se había dejado sonsacar todo o casi todo por aquel maldito tipo! ¿Y de qué se había enterado en relación con aquel hombre él, Sigbjørn, cuya profesión podría decirse que consistía en obtener datos así? De nada o casi nada, pero, bueno, si no podía decir en aquel momento —el hombre, que estaba un poco más adelante, dormitando, había apagado la luz y Sigbjørn sólo veía la vaga sombra de su espalda— qué clase de ropa llevaba aquel hombre, qué estatura tenía, aunque en el bar había visto que era más alto que él, si era grueso o delgado, si era americano o alemán o incluso armenio. Ni siquiera era un rostro. No era sino una voz, una voz bastante grave, y lo más horrible era que Sigbjørn se conformaba con que así fuese, no sentía la menor curiosidad por él. Lo único que recordaba con claridad, o tal vez hubiese visto, era el frasco y ahora se arrepentía de no haberle aceptado un trago, de igual modo que antes se había arrepentido no sólo de haber dado la mitad de su *whiskey* a Primrose en el bar, sino también de no haber pedido otro. Tal vez sólo hubiese rechazado el trago a causa del frasco en sí —uno de esos chismes recubiertos de cuero amarillo que le desagradaban de modo especial—, cuyo contenido, al disminuir —la mitad, la cuarta parte—, iba indicando por señales con dibujos: un hombrecillo que se iba emborrachando cada vez más, con una imagen de un cerdo en la base, con el rótulo «Tonto de remate», lo que sugería (si bien lo que probablemente los hacía más despreciables para Sigbjørn era que siempre contuvieran menos de medio litro) que el contenido podía ser tan despreciable y falto de gracia como su aspecto exterior, y eso era todo, absolutamente todo —a no ser que contara que aquel hombre había cazado en cierta ocasión, o al menos eso había dicho, en el Canadá, y que en cierta ocasión había navegado un poco o al menos eso había dicho— lo que Sigbjørn sabía sobre él. Ahora bien, ¿se lo podía representar a partir de la sinécdoque del frasco porcino, que con toda probabilidad le habían dado como regalo de despedida, como una broma, en el aeropuerto, y debía de tener poco que ver con su carácter? A Sigbjørn le habían regalado uno hacía años y —era de suponer— con mayor motivo, pero, si no se había enterado de nada en absoluto sobre él, ¿no revelaba a Sigbjørn ese propio fracaso mucho más sobre sí mismo? Pues no había revelado el detalle más digno de destacar: que era —si bien estrepitosamente fracasado y en los últimos tiempos estéril— escritor, conque resultaba que sus posiciones estaban, por decirlo así, invertidas: la voz se había comportado como era de suponer que lo haría un escritor y él como su material en potencia. ¡Y con qué facilidad había caído en la trampa! Había caído en ella como un hijo y después se había visto hablando como un padre o como podría hacerlo un padre en caso de que su intención fuera menos la de instruir que la de darse importancia o justificarse. El padre inmaduro y el hijo curioso. El sujeto y el objeto. Sí, para justificarse. ¿Por qué? Pues ahora le parecía que no era sólo que no hubiese aprovechado la oportunidad para enterarse de algo sobre aquella persona, sino que, además, parecía casi como si se hubiera sentido obligado —y eso iba mucho más lejos que su idea anterior de la necesidad de explicarse sobre sí mismo— a dar alguna excusa o explicación por el simple hecho de estar en la Tierra. ¿O eran imaginaciones suyas? En primer lugar, se sentía tan halagado en secreto, independientemente de sus reacciones posteriores, como injuriado porque le dirigieran la palabra. Ahora bien, aunque se alegraba de que el hombre se hubiese interesado por su vida, ya que en realidad de eso a interesarse por su trabajo sólo había un paso, sentía mucho miedo de que le hicieran preguntas embarazosas, razón por la cual había de hablar, para dar por adelantado respuestas, simbólicas incluso, a esas preguntas con el fin de impedir que se las formulasen, preguntas como: «¿Sirvió usted en alguno de los ejércitos?» Todavía tenía la sensación de que, a aquellas alturas de la Historia y en aquel hemisferio, para la mayor parte de la Humanidad, aun cuando su representante inmediato no hubiera estado nunca a menos de mil millas de una guerra, un hombre que no hubiese servido en uno de aquellos ejércitos carecía, sencillamente, de valor apreciable alguno. Sigbjørn encendió un cigarrillo y se descalzó airado. *Sin rumbo en un barco voy, en medio del mar, entre dos vientos que siempre soplan en direcciones contrarias.* Y esos vientos contrarios, ¿qué eran? ¿Acaso no eran los improbables, el subjetivo y el objetivo, que soplaban desde inmensidades a saber cuánto más improbables? ¡Viento objetivo, en verdad! Sigbjørn volvió a repasar su relato, que ahora le parecía vergonzoso, aunque no fuera por otra razón que la de haberlo pronunciado, e intentó imaginar lo que le habría enseñado, si hubiese estado en el lugar del otro.

No pudo por menos de reírse de sí mismo y todo ello por no haber dicho que era escritor. Si se eliminaba eso, su vida, considerada objetivamente, parecía carecer del menor sentido. ¿Padecerían todos los escritores creativos, de un modo o de otro, esa terrible alienación? Si así era, la verdad es que hacían todo lo posible por no traslucirlo. A primera vista era como para pensar que pertenecían— y se refería a todos los mejores escritores de su propia lengua que recordaba en aquel momento— a la clase de personas que se levantaban temprano y cazaban con estruendosos disparos faisanes en el cielo, eran capaces de llevar a cabo gigantescas hazañas agrícolas o de ingeniería o incluso de albañilería, tenían músculos de levantadores de pesas, se lanzaban por toda Bélgica en motocicleta, combatían en las guerras como jóvenes Carlomagnos, eran traidores o se convertían en héroes populares, como Erikson, con el mismo brío y, hasta cuando se trataba de genios, como Daniel, producían su obra con la misma facilidad que si saliera de una máquina celestial de hacer salchichas. Y tenían una cosa en común: con muy pocas excepciones, todos parecían, en el fondo, optimistas incorregibles, hasta cuando sus obras eran de lo más desesperadas o eso era lo que les interesaba dar a conocer. Personas así podían exiliarse, por la fuerza o para protestar, pero nunca se podría imaginar que se viesen rechazados en una frontera porque pudiesen llegar a ser una carga pública. No, tenías la sensación de que la propia vivacidad de su optimismo les permitiría cruzar cualquier frontera, en caso necesario, sin pasaporte. Sigbjørn no había leído casi nunca un libro auténtico sobre un escritor. Por lo general, si el escritor deseaba hablar de sus propias luchas, las disfrazaba como si fueran las de un escultor, un músico o cualquier otro personaje, como si se avergonzara de su profesión. Era una lástima, pues aprender algo sobre el mecanismo de su creación particular, ¿no era acaso aprender algo sobre el mecanismo del destino? Incluso existía como una ley no escrita al respecto. En realidad, era la primera cosa que se aprendía: el lector no quería ni oír hablar de la obra teatral rechazada. Eso era cierto: ahora bien, ¿por qué no? Medio mundo era como un escritor al que hubiesen rechazado su obra teatral. De hecho, el mundo a veces se parecía mucho a una obra de teatro o a una novela rechazadas, como, por ejemplo, *El valle de la sombra de la muerte* de Sigbjørn Wilderness: un mundo en suspenso, un mundo delirante, un mundo ebrio y aterrado, pero el miedo era otra cosa. Sigbjørn era presa de demasiados miedos, por lo que también la palabra, como él mismo, podía perder todo significado: ya era hora de que los clasificase.

En aquel momento un vivo resplandor atravesó el avión, la máquina dio una sacudida hacia arriba, brincó, dio otra sacudida hacia arriba y, al tiempo que aparecía al frente la señal que les rogaba abrocharse los cinturones de seguridad, se produjo un tronido tremendo, pero el relámpago, buen escritor, no se repitió. El avión siguió su estridente marcha.

Sí, un ballet. Por los ojos entornados, Sigbjørn casi podía imaginar, ahora que observaba revoloteando por encima de los pasajeros, todos sentados y con los cinturones abrochados bajo las luces del techo, como si el avión se hubiera visto invadido de repente por salteadores de caminos celestes, como un ballet o una escena de un antiguo drama alegórico o un espectral dibujo animado. Había un bailarín a), alfa, la acrofobia, el miedo a las alturas, cuya blanca máscara representaba un alarido mudo y fijo, como si estuviera contemplando perpetuamente un gran vacío debajo de él; había otro bailarín b), el miedo al descubrimiento, un bromista —pues ni siquiera Sigbjørn podía admitir que fuese del todo serio— pero con una máscara implacable, que llevaba periódicos bajo el brazo con títulos como «Las obras de Wilderness escritas por Erikson» o «Un escritor confiesa un antiguo crimen» o «Wilderness confiesa sus mentiras»; también estaba y), máscara de sonrisa falsa y estúpida, pero más familiar que las demás, pues tal vez lo hubiera acompañado más que ninguna otra, el miedo a perder a Primrose; estaba el miedo al miedo de Primrose, con una máscara que gritaba, y, con el rostro del propio Wilderness chorreando sangre, el miedo a sí mismo y, con la cabeza siempre vuelta mirando, dantesca, hacia atrás, con sombrero y una botella de mezcal en la mano, el miedo a México; estaba el rostro de motor del miedo a los accidentes y al tráfico y el enloquecido y estruendoso rostro del miedo al fuego que no podía imaginarse ni un segundo y todos ellos se veían perseguidos, apiñados, ordenados y obligados por fin a bailar juntos por un maestro coreógrafo, un gigante con la brutal máscara, con cara de bota, de un funcionario de inmigración, un funcionario de aduanas, un cónsul o un policía, si bien su semblante era de militar y llevaba un uniforme cubierto de medallas y dos pistolas en las caderas, que era el miedo a la autoridad. Un bailarín, que, cosa extraña, no parecía estar presente era el miedo a la muerte, pero tal vez no fuese tanto un miedo cuanto un medio en el que se vivía o probablemente estuviera disfrazado de miedo a perder a Primrose o de miedo a la aflicción. Si bien en otro sentido el miedo a la muerte, de existir, era su único miedo no egoísta, pues era el miedo al dolor de Primrose. ¡Una alienación terrible, en verdad! ¿Habría aparecido en su cara algún indicio de que aquellas escenas espantosas estaban formándose sin falta ante su ojo interior, incluso en sus momentos más felices? ¿Y era ésa la razón auténtica por la que lo habían seleccionado años atrás como la persona que habían de rechazar en la frontera? Se apagó la señal y Sigbjørn desabrochó los cinturones de seguridad de los dos y, aunque parecían haber salido de la tormenta, el avión seguía oscilando y brincando. Ahora ya no podía faltar más de una hora para Los Angeles. ¿Habría que pasar por algún trámite allí? Pues la azafata había dicho que no era seguro que con aquel tiempo saliese el vuelo Los Angeles—El Paso—Monterrey y en ese caso habrían de bajar hasta Mazatlán y Los Angeles sería el aeropuerto de salida del país. Eso iba a provocarles un retraso también, pues Sigbjørn había intentado sacar billetes para aquel vuelo, el más interesante de los dos, pero no los había conseguido. Bueno, en fin, no te calientes la cabeza, como decía el bueno de Fernando. No era fácil. Según un escritor escandinavo, siempre recordamos los estados de ánimo en que estábamos más absortos en nuestros pensamientos.

Le vino a la memoria con viveza una escena que se había producido aquella misma mañana en el aeropuerto de Vancouver. Cuando el autobús de su compañía aérea se acercaba a la entrada del aeropuerto, había un coche de policía parado en la lluvia y probablemente hubiera sido eso lo que lo había desconcertado. Sigbjørn, presa de la torpeza, había dejado caer sus billetes, había olvidado entregar una bolsa para que la pesasen y se había visto sumido en la confusión y, hasta que Primrose y él estuvieron sentados por fin en un banco esperando a que llamaran a los pasajeros del vuelo para el Sur, no se le ocurrió que probablemente la presencia de aquel coche de policía fuera rutinaria. Después pareció recordar que casi siempre había coches de policía parados delante de los aeropuertos, disposición de guerra que seguramente alguien había olvidado anular o seguía vigente por la sencilla razón de que aún no se había firmado la paz oficialmente. Al comprenderlo, Sigbjørn suspiró de alivio y por un rato pudo dedicar toda su atención a Primrose y al entusiasmo de los dos. Entretanto, por las ventanas de la sala de espera habían visto la llegada de un gran avión procedente de Seattle. Después de que hubiese maniobrado hasta colocarse en la posición adecuada, le arrimaron la escalera y los pasajeros empezaron a bajar, apresurados, por ella bajo el chaparrón, cruzaron la pista y se dirigieron hacia la portezuela donde unos empleados cubiertos con capas recogían sus billetes. Entonces Sigbjørn se dio cuenta de repente de que estaba observando, atento, a aquellos pasajeros, de que todo el proceso de su llegada se había convertido en algo de extraordinaria importancia para él. Evidentemente, muchos de aquellos pasajeros eran estadounidenses y, en consecuencia, estaban desembarcando en un país extranjero para ellos. ¿Cómo harían frente sus primos, sus hermanos de allende la frontera, a la dura prueba del examen de este lado? Bien vestidos la mayoría, joviales, dando prueba de una paciencia extraordinaria a pesar del mal tiempo, entregaron sus billetes y cruzaron la puerta tan despreocupados como si estuviesen entrando en un cine. Y ahí salía ahora a la rampa un joven, a quien aquella prueba resultaba, evidentemente, tan indiferente, que ni siquiera se había molestado en afeitarse ni peinarse. Ahí se acercaba ahora sin sombrero, mascando chicle, con sus rubios cabellos desordenados por el viento, mientras que Sigbjørn, durante quince minutos antes de desembarcar, no habría tenido un momento de paz pensando en su pelo; habría estado entrando y saliendo del lavabo y fastidiando a Primrose con que si estaba «presentable» (de igual modo que muy pronto, cuando se acercaran aún más a Los Angeles, empezaría a molestarla otra vez) y, mientras aquel hombre se acercaba caminando despacio y despreocupado por la pista con su amigo y unos minutos después, tras cruzar la puerta, se lo vería pasando por la aduana con la misma despreocupación, atreviéndose incluso a fumar, Sigbjørn descubrió que toda su atención se había centrado en él, que por un momento aquel hombre le pareció el epítome de todo lo que le gustaría ser y, al verlo, era él. Era justo lo contrario de lo que había ocurrido en el avión entre su compañero de viaje y él. Tan absolutamente pareció entrar su ser dentro de aquella otra persona del todo diferente y despreocupada, que fue como una de esas identidades de sujeto y objeto que son el fin de ciertas disciplinas místicas y Sigbjørn tuvo casi la sensación de que, si no se aferraba a su ser, desaparecería por completo. Aquel hombre se asemejaba también —le parecía ahora a Sigbjørn— en ese sentido a uno de esos escritores optimistas en los que había estado pensando, una persona que pasaría por cualquier aduana, cualquier frontera, haría lo que quisiese, en virtud tal vez de su pura y simple voluntad, de la imposibilidad de que se le pasara por la cabeza la idea de encontrar impedimento alguno.

¿Sería eso una buena señal?, se preguntó entonces Sigbjørn. Desde luego, ser optimista era una ambición de segundo orden, pero, ¿no habría en todo aquello alguna indicación de que al menos una parte de él se sentía capaz de escribir de nuevo? ¿Acaso no había trascendido una vez —recordaba ahora— su propia experiencia de haberse visto rechazado en la frontera escribiendo sobre ella? ¿O, si no la había transcendido, la había aprovechado, la había vuelto útil? Sí. En cierta ocasión había escrito un poema sobre ella y, aunque durante años no había recordado ese poema, que había permanecido inédito y había perdido para siempre en el fuego, ahora, cosa extraña, empezó a venirle de nuevo a la memoria:

Un olor a quemado de alquitrán, de carretera,
Invade la gran terminal de autobuses de Vancouver
Coronada de nombres de ensueño: Portland, Nueva Orleans,
Spokane, Chicago... ¡y Los Angeles!
Ciudad de los ángeles y de mi suerte...

¿Cómo seguía? Si tuviera energía, lo escribiría, en caso de que recordara algo más. ¡Qué orgullosa estaría Primrose de él! Pero ahora sentía sueño y, además, había otro impedimento para escribir cosa alguna. *Un olor a quemado de alquitrán, de carretera.* Entonces eso significaría también que en otro tiempo también él había estado tan despreocupado, en relación con problemas en la frontera, como aquel tipo despeinado que bajaba del avión de Seattle. Su impaciencia por ver a Primrose y su alegría ante la perspectiva de volver a verla habían sido tales, que hasta habían anulado el miedo a que, aun cuando llegara a verla, pronto tuviese que separarse —pese a saber que no sería así— de ella otra vez.

Sí, en efecto. Su alegría había sido enorme. Sin embargo, ¿qué clase de poema había intentado escribir? Como una sextina, si bien más elaborada que una sextina, de ocho estrofas, de diez versos cada una, en que, para empezar, en lugar de repetirse las palabras finales, el último verso de la segunda estrofa rimaba —o rimaba en falso o en asonante— con el primer verso de la primera, pero, ¿cuál había sido su propósito general al elegir aquella forma? Sigbjørn recordó que había deseado dar la impresión de que el autobús iba en un sentido, hacia la frontera y el futuro, y de que, al mismo tiempo, aquellos escaparates de las tiendas y las calles pasaban volando hacia el pasado; había deseado hacer eso, pero también algo más: como el poema iba a tratar sobre el rechazo en la frontera, esos escaparates y calles que tan alegres imaginaba en el pasado estaban también en el futuro, pues, aquella noche y al final del poema, iba a tener que regresar desde la frontera en un autobús similar y por la misma carretera exactamente, es decir, a la vez en la dirección opuesta y con el estado de ánimo contrario, pero aún no había llegado a la frontera, conque se puso a hacer lo mismo de antes con otra unidad de dos estrofas. ¿Cómo continuaba?

Primrose le estaba tirando del brazo para que se pusiera el cinturón de seguridad. ¡Dios mío! Ya estaban en Los Angeles. Estaban rodeados de luces y no iba a tener tiempo de peinarse, pero no hacía falta, estaba diciendo Primrose. El vuelo para El Paso no estaba anulado.

2

El vestíbulo de un gran aeropuerto americano como el de Los Angeles en aquella época de la Historia se parecía mucho a la parte principal de un escenario dividido en compartimentos en el que se estuviera representando uno de esos dramas simbólicos cuyo autor, interesado en los grupos y no en los individuos, se complace en poner en movimiento grandes masas de gente. En un momento determinado, esa parte del escenario parece llena de soldados; en el siguiente, de marineros. En el siguiente, un miembro de una orquesta de baile ambulante está preguntando en el mostrador si puede llevar consigo su contrabajo, pero entonces tu interés está ya centrado en la cafetería, monopolizada por infantes de marina. Vuelves a mirar el vestíbulo y lo ves lleno de curas, todos con destino a un congreso religioso. Ahora bien, la diferencia es la siguiente: los grupos de gente cambian con rapidez asombrosa, pero a las tantas de la noche, como en este caso, tras haber viajado de una inmensidad a otra, permanecen, por lo general, en silencio. La mayor parte del diálogo corre a cargo de un altavoz que ladra a intervalos regulares: «Pasajeros del vuelo de la compañía Eastern con destino a Denver y Salt Lake City, tengan, por favor, listos sus billetes» o Chicago–Detroit–Cleveland–Boston o, como en aquel caso, El Paso–Monterrey–Ciudad de México.

Esta última era la llamada que los Wilderness estaban esperando, pero su vuelo salía a medianoche, por lo que aún tenían mucho tiempo. Como no había que pasar por trámite alguno, Sigbjørn tuvo una agradable sensación de libertad en la que ejercitar su reavivada curiosidad. También era una nueva experiencia para los dos, pese a que él había dado la vuelta al mundo de marinero y a que años antes habían vivido en Los Angeles. El aeropuerto también era nuevo, pero no era eso lo que tanto les interesaba, a pesar de que ninguno de los dos lo conocía, ni el hecho de que el de Los Angeles difiriese tanto de todos los demás aeropuertos de su ruta. Tampoco volar era algo nuevo para ellos, si bien antes habían hecho viajes cortos. Lo nuevo era aquel modo de viajar en gran escala y ningún aeropuerto podía haber expresado mejor aquella novedad que el de Los Angeles, lugar enorme y grisáceo que producía una tremenda sensación de intersección, hacia el Norte, el Sur, el Este y el Oeste. Así, pensó Sigbjørn, debió de sentirse Herman Melville, disfrazado de Redburn, en la estación londinense de Euston, más de cien años antes, en caso de que se pudiera considerarla una intersección. Mientras tanto, ellos, las únicas personas no cansadas, al parecer, se paseaban por el aeropuerto contemplando todo, tan felices como una pareja de australianos ante su primera nevasca.

«Me muero por una taza de café», dijo Primrose por fin.

«¿Recuerdas la tremenda disipación que en tiempos había en esta ciudad?», dijo Sigbjørn, al tiempo que le abría la puerta giratoria. La cafetería, atestada cinco minutos antes, estaba ahora vacía, por lo que podían seguir estirando las piernas y hablando con libertad y sin sentirse cohibidos, pero, al cabo de un rato, Sigbjørn se sentó a descansar los pies y apoyó el derecho sobre un asiento contiguo.

«Se parece demasiado a lo que hacen muchos otros escritores», estaba diciendo, «con sílabas contadas en lugar de yambos libres. A ver, déjame que acabe de escribírtelo, pero no es malo. Me siento animado. Desde luego, supongo que era mejor caricaturista, y no digamos guardabosques, ya que no vigilante contra incendios, que poeta seré nunca, pero, aun después de todos estos años, parece haber algo original en él. No sé cómo es que he llegado a recordarlo así, entero. Nunca me había ocurrido nada semejante».

«Oh, Sigbjørn, estoy tan emocionada, es buena señal. Siempre me ha gustado ese poema.»

«¿Te importa decirme —y esto no es un golpe bajo— si recordabas que lo perdí en el incendio?»

«Claro que sí», dijo Primrose. «Te ayudé cuando lo escribiste. Lo titulaste "El canadiense rechazado en la frontera". ¿Cómo iba a olvidarlo?»

«No sería de extrañar. Yo lo olvidé. Primrose, estás maravillosa... Algo muy especial.»

«¿De veras, querido?», dijo Primrose, al tiempo que se alzaba el cabello y hacía muecas ante el espejo. «La verdad es que estoy horrible. No he podido entrar en el aseo del avión para arreglarme ni tampoco en el del aeropuerto. Estaba lleno de *waves* o *wacs* o como se llamen.»

«¡No necesitas arreglarte. Con la cara un poco sucia estás más encantadora. Mira, ahí llega tu segunda taza de café.»

Un joven rubicundo y sin sombrero, sentado en un taburete giratorio, preguntó a la camarera: «¿Ha visto usted la película *El rigodón del borracho?»*

«¿Cómo?»

«Trata de un borracho. La película más acojonante que haya visto en su vida. Es el mayor éxito del momento. Van a verla todos los borrachos y todos los antialcohólicos. Miles de personas se quedan sin entrar.» El joven no pidió nada. Sigbjørn se acabó su café. Después, sin mirar a Primrose, se levantó y fue al aseo, donde un hombre alto, que estaba ajustándose la pajarita ante un espejo, decía a un soldado vestido de caqui que se secaba las manos vigorosamente con una toalla de papel: «No he tomado una copa desde que vi esa puñetera película... Muy buena, ¿eh?... ¿Recuerdas la escena en que le manga la hucha al ciego? De miedo.» *«Kilroy estuvo aquí. El Grafe lo miraba.»*

«Ese Jake Sawson, ¿eh?»

«Se tiene ganado el Óscar.»

Sigbjørn miró por la ventanilla: *Supreme Pictures, Gran Estreno, El rigodón del borracho: «Supera a todas», Gabler Hooples*, decía un anuncio con letras de neón; al otro lado —era una cartelera piramidal— aparecía, situado con astucia, un anuncio del *whiskey* Old Grand-Dad: un cocker con aspecto bondadoso que sostenía las zapatillas de su amo, mientras éste, con expresión fatua, echaba un gran trago de Old Grand–Dad. Sigbjørn se echó a reír.

Los Wilderness fueron paseando hasta el bar del aeropuerto, en el piso superior, a pesar de que parecía a punto de cerrar. Fuera estaba chispeando. Los dos anuncios, que se encontraban junto a la carretera, estaban iluminados con luces de neón sobre cuyo fondo parecían cernerse, grandes, luminosas y amenazadoras, las gotas de lluvia. Aviones inclinados y de aluminio brillante se encontraban diseminados por la zona de cemento. Las luces se reflejaban brillantes en las pistas mojadas. La carretera, entre una inexpresable desolación de carteles, conducía a la obscuridad, al yermo paisaje de muerte de Los Angeles y, sin embargo, había sido en aquel infierno donde se habían conocido.

«¿Qué ocurre, querido?»

«Pues, mira: ya has oído.»

«Es un simple estudio clínico; sólo una pequeña parte de tu libro.»

«¡Y un cuerno es una pequeña parte! En cualquier caso, es la parte que considero mejor y es la más importante.»

«Podría ser cualquier otra cosa y no la bebida.»

Sigbjørn guardó silencio.

«Déjale que tenga un pequeño triunfo. En tu libro hay muchas cosas más.»

«Una obra sólo debe tener un tema; al menos, eso dijo Yeats.»

«Ahora sé de verdad por qué te llamaba Fernando el creador de tragedias.»

«Y, en mi opinión, no es en absoluto un triunfo pequeño.»

«¡Oh, Sigbjørn!»

«No, no; esta noche, no», dijo Sigbjørn, al tiempo que se ponía en pie de un salto. «Cualquier cosa menos eso esta noche. Vamos a tomarnos otra copa.» Alzó dos dedos y notó que no había desaparecido del todo la marca de su oficio, la ampollita en la parte interior del índice. «Dos, por favor.»

«¿Es que no puedes ser feliz sin paliativos, aunque sólo sea esta vez, en la víspera de nuestro aniversario de boda? ¿Es que tiene que haber siempre algo…?», empezó a decir Primrose, como acostumbraba a veces, usando el propio contexto de disculpa tácita de él para prolongar la discusión, justo cuando él pensaba que habían hecho las paces, pero Sigbjørn sonrió enternecido al oír aquella expresión: «sin paliativos». Ése era el resultado de estar casada con él. A ese paso, no tardaría el «sin paliativos» en colarse en uno de los artículos de Primrose sobre la *glaucionetta ciangula*. ¿O se trataría del *trogon ambiguus ambiguus*?

«Sí, desde luego que puedo ser feliz sin paliativos, como dices tú», dijo Sigbjørn riéndose entre dientes.

El *barman* que, pese a haber bajado las persianas, parecía ahora dispuesto a entretenerse, trajo las bebidas.

«A tu salud, Primrose, querida. Ha sido un día maravilloso y no voy a permitir que nada lo estropee.»

«A la tuya, cariño.» Pero Primrose estaba a punto de echarse a llorar y fue a empolvarse la nariz.

«¿Qué le pasa a la señora?»

«¿Ha visto usted *El rigodón del borracho?*», preguntó Sigbjørn tras una pausa.

«Aquí viene toda clase de gente», respondió el otro, al tiempo que limpiaba la barra. «Locos de los pies, locos de la cabeza, locos del estómago: majaretas. En fin, una vez leí un libro, ja, ja.»

«No me refería a un libro, sino a la película.»

En fin, por lo menos *alguien* no la había visto.

Pero, Dios santo, ¡qué mala jugada era, en aquel preciso momento y, además, todo tan superficial! Él había sabido que se estaba escribiendo ese libro, desde luego, se había enterado, claro está, justo antes del incendio, justo cuando tenía que dar los últimos retoques a *El valle de la sombra de la muerte*. ¿Debía contárselo al *barman*? La eterna confesión en la barra. Según las estadísticas, el porcentaje más alto de suicidios se daba entre los dependientes de bar. Muchos años atrás, había dicho a Primrose, temiendo a medias que ocurriera, que, si se publicaba otro libro sobre ese tema —no un simple libro sobre ese tema, sino que penetrara con tanta profundidad como él se hacía la ilusión de haberlo hecho en el calamitoso sufrimiento que la bebida podía causar al bebedor—, se mataría. ¿Lo había salvado, entonces, el desastre aún mayor del incendio, con la destrucción de *Rumbo al Mar Blanco*, tercera parte de la trilogía que estaba escribiendo y que incluía su retrato de Erikson? Había tenido la suerte, antes del incendio, de leer sólo una crítica mediocre de *El rigodón del borracho*. Si hubiera sabido entonces, como iba a saber más adelante, en Niágara, que el libro estaba empezando a ser conocido por todo el mundo, podría haberse matado de verdad, pese a que su amenaza a Primrose no había ido del todo en serio. ¿De verdad? Tal vez no. ¿Y si hubiera leído el libro entonces? Se había salvado por su aislamiento en Erídano... por eso y por dos cosas que siempre había deplorado: el inefable mal gusto del Canadá y su bárbara y estúpida disposición que impedía a cualquier revista intelectual cruzar la frontera con los Estados Unidos durante la guerra, aunque se lo permitía a toda clase de revistas sensacionalistas. Así, pues, gracias al milagro de esa única crítica, no se había sentido demasiado animado a comprar el libro, por lo que hasta más adelante no se iba a enterar de sus auténticos y, para él, angustiosos mérito y fama. Gilbert Reid, de Niágara, tenía, por su profesión, el privilegio de cruzar y volver a cruzar la frontera, por lo que su condición no difería demasiado de la de un americano. Estaba al corriente de todo: de lo de *El rigodón del borracho y*, sobre todo, de otra cosa. Pues, ¿acaso no había sido Gilbert quien le había dicho —se lo había dicho sin saber siquiera que también Sigbjørn lo conocía— que Erikson había muerto? Sí, porque, cuando habían ido a refugiarse en Niágara tras el incendio, había sido simplemente para descubrir que aquél había muerto, como el libro que contenía su retrato, envuelto en llamas. ¿Y cuándo había muerto? Aquella noche, dentro de una hora iba a hacer dos años, y en aquella otra ocasión seis meses antes, que había muerto, justo el día del aniversario de boda de ellos, en un bombardero, durante los grandes bombardeos de Berlín, el 7 de diciembre de 1943. De modo, que el que era un día de alborozo para ellos iba a ser, también, para él, por siempre jamás, día de duelo. ¿Podía contar eso al *barman*? ¿Contárselo a Dios? ¿Recordárselo a Primrose? ¿Insinuárselo al alegre fantasma de Erikson, que detestaría semejante idea y le diría que la desechase al instante? Eso iba a hacer, eso estaba intentando hacer, y ahí estaba ahora esa película de *El rigodón del borracho* para no dejarlo en paz. Oh, no te calientes la cabeza, creador de tragedias. La composición de *El valle de la sombra de la muerte* había significado todo para él: la sensación de convertir su mayor flaqueza —aborrecía esa expresión— en su mayor virtud, y, junto con Primrose, con la ayuda de ella, la sensación de que él —que hasta entonces había estado obsesionado por la sospecha de que nunca escribiría nada original, de que estaba destinado a copiar toda su vida— le había hincado el diente a aquel tema atroz, la sensación de que no sólo estaba abriendo nuevos caminos, sino también construyendo una *terra nova*, logrando algo extraordinario, en una como *ultima thule* del espíritu y ahora, aun cuando se publicara ese libro, y era muy improbable que así fuese tras la aparición de *El rigodón del borracho*, se limitarían a decirle, como ya le habían dicho su agente y los dos editores americanos que hasta entonces lo habían rechazado, que era —y si se hubiesen parado a pensar, habrían tenido por fuerza que darse cuenta de que no lo era— una simple copia de *El rigodón del borracho*. ¡No te calientes la cabeza! ¡En efecto! Era el colmo. Lo mismo iba a ocurrir en Inglaterra. Habían dicho que estaban deseosos de leer el libro, le habían prometido un telegrama, cuando lo hubieran leído; eso había sido meses atrás y hasta su partida ningún telegrama había llegado. No había esperanza, ni la menor esperanza o no iba a haberla ahora, después de haberse estrenado la película. ¡Substancia y sombra! El libro y la película. También había sabido que estaban rodando una película, pues el libro era ya tan famoso, que habría sido extraño, la verdad, que la publicidad anterior al estreno no hubiese llegado a sus oídos en el Canadá, sí, incluso en Erídano, incluso a oídos de los pescadores, los pescadores a quienes ya no iba a poder contar de nuevo el tema de *El valle de la sombra de la muerte* ni entregarles el libro mismo, como había deseado con toda el alma, como prueba de que no era —como sí que era— un vago y de que era –cosa que no era— un trabajador como cualquiera de ellos. Lo había sabido, pero había estado seguro de que Hollywood lo desaprovecharía. Se había descubierto a sí mismo abrigando la indecente esperanza de que, lejos de reavivar el interés por el libro, convencería a todo el mundo de que había de ser también insignificante. Ahora no podía estar seguro. Supera a todos, Gabbler Hooples. Ni siquiera él era inmune ante Gabbler Hooples, pero, ¡que tuviese que sucederle aquella noche y en el preciso momento en que le urgía tanto decir algo comprensivo y alegre a Primrose! Allí era donde se habían conocido. Había ternuras, recuerdos y pensamientos buenos, pensamientos sobre el gran trecho que habían recorrido juntos desde aquellos días y, sobre todo, debería haberse mostrado comprensivo con los pensamientos de ella. Una palabra habría ayudado, pero aún no la había pronunciado. Nada más salir del avión, se había sentido un poco feliz, porque no había que pasar por ningún trámite, y ahora se sentía más que desdichado y en aquel momento detestaba Los Angeles con tal intensidad, que lo único que se le ocurría era que se trataba de un infierno. Sí, allí fuera, tras aquellos visillos, se encontraba la clase de infierno por el que habría errado su espíritu, si se hubiera matado, sí, por aquel mortal paisaje de carteleras borrosas, allí, para verse sin duda frente a otro anuncio de una película: Sigbjørn Wilderness en *El rigodón de Wilderness*, con Primrose Wilderness, con don Fernando Martínez y Bjørnson Erikson y un reparto sin precedentes de presagios, alegrías, terrores, deleites, demonios, dentistas, doctores y coincidencias. ¡Salud, Gabbler Hooples! ¡Hola, viejo creador de tragedias! ¿Sigues creando tragedias? Así era. «Sí», dijo Sigbjørn, mientras pensaba en que todas aquellas ideas —que, si las hubiera puesto por escrito, le habrían ocupado por lo menos una hora— le habían pasado por la cabeza como uno de esos sueños en que vives toda una vida en menos de dos minutos. Sacó su libreta y se puso a escribir. «Vamos a México», dijo, sin alzar la vista.

a) Intentar hacer tan feliz a Primrose como ella ha intentado hacerme a mí en lo esencial, infundiendo, por el amor de Dios, un poco de alegría (la fuerza mediante la alegría, ja, ja).

«Una vez fui a Tijuana», estaba diciendo el *barman.*

b) Ver, de una vez por todas, razones para lograr algún tipo de autodominio.

«Intentaron desplumarme. Vamos, que en mi vida vuelvo. Dijeron que yo había falsificado un cheque. ¿Y sabe usted quién había sido? La policía. ¡Sí, señor!»

«Yo estuve una vez allí y nunca tuve mayores problemas», dijo Sigbjørn tan distraído, que casi ni él se dio cuenta de que estaba mintiendo. *b)* Ver de una vez por todas alguna razón para lograr algún tipo de autodominio: se trata de una cualidad y propiedad tan natural para la propia conservación, que ha llegado a parecer casi indigna.

«Allí abajo no les gusta verte beber.»

c) Pero puede producir la felicidad, al protegernos de la compulsión externa.

«¿Qué quiere usted decir con eso de que allí abajo no les gusta verte beber?»

«Todos los días, no. A ellos les gusta beber, pero no les gusta verte beber. Los enfurece», dijo el *barman.* «Mire, tengo aquí un poco de tequila. ¿Le gustaría echar un traguito? A veces lo consigo del otro lado de la fontera.»

Sigbjørn advirtió que el camarero estaba inclinado sobre su copa con una botella de tequila con grifo de sifón y figura familiar y, después, sacudía la cabeza y luego asentía: la cogió y la bebió de un trago sin la ayuda de la sal ni del limón y le devolvió la copa.

«Tarda mucho su esposa.»

«El viaje ha sido muy largo», dijo Sigbjørn. «¿No lo estaremos entreteniendo a usted?»

«No.»

d) Desechar el miedo, lo que es totalmente imposible sin *1)* fe en Dios, *2)* desesperanza total.

e) Esto último es la muerte en vida; así, pues, hay que desecharlo.

f) El problema del egoísmo.

g) ¿Será cierto, como dice Helge Kris, que dos personas que se aman necesitan tarde o temprano una causa exterior a ellos, etcétera, etcétera?

h) N. B. Recordar que uno es, en esencia, un humorista.

«Sí, esos tipos le robarían la cruz a Cristo », dijo el *barman*. «México es un lugar del que más vale mantenerse alejado.»

«Dios mío, mejor será que no diga eso delante de mi esposa», respondió Sigbjørn, al tiempo que doblaba las notas que acababa de tomar y se las metía en el bolsillo.

«¿Más vale que no diga qué delante de tu esposa?», dijo Primrose, que llegaba en aquel momento.

«Me refería al lenguaje grosero.» Con su nuevo vestido de viaje azul y sus ojos grandes y bellos como flores, con sus largas pestañas, tenía un aspecto juvenil, esbelto y lozano y no daba señales de haber llorado. Podría haber olvidado ya, pues, desde que habían empezado a hacer los preparativos para aquel viaje, sus estados de ánimo habían empezado a cambiar tan rápido como el color de sus ojos. Ahora eran verdes y tenían una expresión de inocencia y entusiasmo infantil y casi alborozado. Cuando se casaron y antes, si prolongaba el malhumor, era por terquedad, pero, después del incendio había habido un cambio en ella y esos estados de ánimo se habían vuelto más sombríos y duraderos, incontrolables. Ahora casi volvía a ser como en los primeros tiempos. Era todo entusiasmo como una niña; la tristeza había pasado tan rápido como las sombras que se alejan en una mañana soleada. Le infundía a él una curiosa sensación de responsabilidad, además de una curiosa sensación de vejez, en absoluto como la de un marido o un amante, sino como la de un abuelo, alguien a quien se confían por un rato los sueños de un niño y está intentando hacer que el Battery Park de Nueva York parezca algo extraordinario en un domingo. Al mismo tiempo, si él aparecía en aquellos sueños, cosa que a veces dudaba, era, o debería ser, le parecía, algo como un caballero andante. Él la había liberado de la cárcel de Los Angeles, donde había estado dejándose el alma en un trabajo tan ingrato como el de hacer dibujos animados, la había hecho salir de aquella mazmorra del castillo por una puerta secreta, había abierto otra y ahí estaba Erídano, había abierto otra y, ¡oh, maravilla!, debajo de ella se extendía el mundo, montañas hermosas con sus ríos y arroyos y las pequeñas agujas de las iglesias, se extendía por las onduladas colinas hasta la lejana Oaxaca, hasta —a saber— Dios. Lo curioso era también que a él no le parecía que ella le agradeciese aquellos amplios panoramas, de igual modo que un niño no agradece haber nacido. No podía sentirse ofendido por ello. Era justo y era su derecho de nacimiento. No obstante, le apenaba un poco en secreto, pero el entusiasmo de ella era lo más conmovedor y, al mismo tiempo, tan vulnerable y lo que él no deseaba arruinar ni herir. Él no sabía qué insondables y alegres aventuras del espíritu contemplaría cuando aquellos ojos igualmente insondables viesen México, pero, sobre todo, no deseaba turbar ni empañar con melancolía alguna de él su alegría ni su encanto. Pensó en que era su esposa y en que un aspecto de aquella melancolía podía proceder del propio amor, si se permitiera cavilar sobre su tremenda seriedad, pues con el amor ocurría lo mismo que con las fases de Venus. Cuando Venus se encuentra entre el Sol y nosotros, los habitantes de la Tierra, está obscura. Sólo cuando está más allá del Sol brilla en toda su plenitud. De ello se sigue que debemos intentar, cuando podamos, mantener el Sol entre nosotros y el amor. Todo lo cual debería ser tan posible en aquellas circunstancias —a las once de la noche en Los Angeles y en una desierta barra de bar, cuando fuera está lloviendo— como en cualquier otro sitio, pero puede ser difícil.

«Y no estás tomando una copa», dijo ella.

«No, gracias», respondió Sigbjørn. «No quiero una copa.»

Era verdad: no quería una copa, sino setenta, pero, por otro lado eso era precisamente lo que no debería haber dicho, justo lo que había estado procurando evitar. Ahora había recibido la cordialidad de ella con una actitud fría y taciturna, pero Primrose lo estaba sacudiendo del brazo.

«Anda, hombre, que es nuestro aniversario de boda.»

«Un *whiskey* de centeno y un escocés», dijo el *barman*.

«Quería», empezó a decir Sigbjørn haciendo un repentino esfuerzo por ponerse jovial, mientras el *barman* estaba de espaldas, «preguntarte una cosa sobre los aseos de señoras…»

«¡Oh, Sigbjørn!»

«¿Qué ocurre?»

«Me dices que estoy bellísima, cuando tengo un aspecto inmundo, y ahora que me he tomado toda esta molestia para parecerte atractiva, ¡me hablas de los aseos de señoras!»

«Lo siento, soy un perfecto idiota. Tenía la impresión de haber pronunciado un largo discurso para decirte lo encantadora que estabas. ¿Es demasiado tarde ahora?»

«Desde luego que no.»

«Supongo que habrá sido el tequila. He hecho trampa, cuando no estabas: el *barman* me ha ofrecido un tequila. ¿Te apetece uno a ti? Aunque me parece que he tomado hasta la última gota de la botella.»

«No», dijo Primrose. «Quiero reservarme eso para México. Quiero sentir la emoción de tomar mi primer tequila en uno de tus bares preferidos.»

«Y la tendrás», dijo Sigbjørn, después de que llegaran sus bebidas. «Me parece que ya sé cuál precisamente. Te vas a reír cuando te lleve allí.» Brindaron en silencio. «Aunque no garantizo la emoción.»

¿No?, se preguntó Sigbjørn. Y, sin embargo, ésa había sido una razón importante por la que él había bebido en tiempos. No era por la «emoción», no, y, además, al hablar de emoción, Primrose se refería a algo diferente: iba a ver adquirir forma un lugar que hasta entonces sólo había conocido en el papel, pero sin duda era algo relacionado con la sensación, o al menos con la conciencia, o había llegado a estarlo, después de que el olvido llegara a ser demasiado difícil, pero lo que él había perseguido la mayor parte del tiempo no había sido en absoluto el olvido: fundamentalmente, la razón —o parte de ella— de que él bebiera se encontraba en William James, según el cual «intensificaba la conciencia metafísica en el hombre». Fuera cual fuese ese efecto, en aquel momento sospechaba estar sintiéndolo y deseaba que se prolongara e intensificase. ¿Y no había dicho también James en algún sitio que era la sinfonía del pobre? Sigbjørn era ese pobre. Era un intérprete diestro, a su limitada manera, pero sabía poco de música. Podía contar con los dedos de una mano los conciertos sinfónicos a que había asistido, con tres de ellos amputados. En un concierto había oído la *Novena Sinfonía* de Beethoven, cuyas grandiosas melodías sólo le dieron la impresión, mientras escuchaba, de que él deseaba hacer lo mismo en prosa. Por otro lado, aparte de que el uso que de las voces hacía Beethoven le parecía la negación de la clase de arte a que aspiraba, la rigidez de los cantantes allí de pie, tiesos y airados en sus incómodos trajes domingueros y lo menos parecidos posible a hermanos, sólo había servido para hacerle prestar atención a la impresionante traducción de los versos de Schiller que figuraba en el programa. No se enorgullecía de ello; al contrario, siempre tenía intención de aprender a apreciar de verdad la música y no dejaba de sacar de la biblioteca libros sobre ese tema, pero, al paso que iba, había pocas razones para relacionarlo con el tipo de *El rigodón del borracho,* excepto, maldita sea, el sufrimiento. Sí, había olvidado el sufrimiento, pero es que eso era aplicable también a Beethoven y tal vez a todos los hombres.

«¿Crees que estará a salvo la casa?», preguntó. «En este mismo momento estará subiendo la marea.»

«Claro que sí, Quaggan la cuidará. Ahora sólo sube la mitad. Después de la Luna nueva va disminuyendo.»

«Cuando volvamos, vamos a tener que pintar la barca», dijo Sigbjørn.

«¿Tanto la echas de menos ya, Sigbjørn?»

«No quería decir eso.» Ofreció a Primrose un cigarrillo, otro al *barman*, cogió uno para sí, encendió los otros dos con una cerilla, la apagó y encendió el suyo con otra. «Y mañana estaremos en México. ¡Oblación!», observó Sigbjørn, al tiempo que alzaba su copa. «Oblación a los dioses del antiguo México. Tal vez el tipo que dijo que la bebida era un círculo vicioso hubiese querido decir "oblongo", algo achatado por los polos.»

«¿Qué tipo?»

«El de *El rigodón*, pero, volviendo a los aseos de señoras, he visto algo muy extraño en el de hombres de aquí. Como sabes, los aseos de hombres siempre están cubiertos de dibujos obscenos...»

«¿Cómo voy a saberlo?», dijo Primrose riendo.

«La primera vez que lo he visto ha sido en Seattle, una simple frase escrita con tiza en la pared: *Kilroy estuvo aquí.* No le he dado demasiada importancia. Kilroy había estado allí, ¿y qué? En realidad, no lo he recordado hasta que he ido al del bar de Frisco y he descubierto que Kilroy también había estado allí. Me ha parecido ligeramente gracioso, pero aquí, en Los Angeles, ha vuelto a aparecer; esta vez decía: *Kilroy expulsó una piedra aquí. El Grafe lo miraba.»*

«¿Y qué?»

«Esta vez me ha parecido absolutamente siniestro, e incluso un poquito alarmante, pues la influencia latinoamericana empieza a dejarse sentir a medida que nos acercamos a México. Lo que quería preguntarte era si ocurría algo parecido en los de señoras.»

«Sigbjørn, la verdad es que esperas que sea experta en los temas más extraños», dijo Primrose y se echó a reír.

Sigbjørn se rió para sus adentros ante la cara del *barman*, que parecía escandalizado y bastante ofendido; en realidad, estaba retirándose poco a poco hacia el otro extremo de la barra con el periódico de la tarde. «No era demasiado obsceno, como te he dicho. Simplemente me ha parecido y me parece extraño. Me da la sensación de verme perseguido costa abajo por ese imbécil de Kilroy. ¡Y qué típico de los hombres es —teniendo todo el mundo para elegir— intentar afirmar su inmortalidad en un urinario público! ¿Te parece que esas cosas pasan en todo el país? Y, si es así, ¿hasta dónde llegan? Figúrate el poder que podría ejercer una frase contagiosa como ésa. Supónte que, en lugar de Kilroy, fuera: «Perdonad a vuestros enemigos», o, pongamos por caso, «Leed *El valle de la sombra de la muerte*».

«Oh, querido, no te aflijas», dijo Primrose. «Pronto sabrás algo. No te preocupes, cielo.»

«Desde luego, no serviría de mucho», dijo Sigbjørn, «poner un anuncio en un lavabo público para sugerir a un editor que lo lea simplemente. Para empezar, si los intestinos de esa gente están tan petrificados como parecen estarlo sus corazones, a pesar de la hazaña de Kilroy, presenciada por El Grafe, nunca deben de ir a un aseo».

«¡Huy, Dios mío! ¡Qué laberinto de sufrimientos complicados y disparates entrelazados!», dijo Primrose.

Ding-dong-dang-dong... de repente se dejó oír una radio, tras la barra: dio la hora, literalmente, con campanadas, mientras por debajo profundas notas de órgano iban aumentando de volumen poco a poco antes de un anuncio, al que iba a seguir un programa musical o las noticias, anuncio que, por la horrenda y trágica progresión de los acordes, era como para pensar que se trataba del estruendo del Juicio Final, aunque era, en realidad, el de un patrocinador que pedía al mundo que bebiese Coca-Cola: nada hay más triste que esos repiques sobrenaturales, que la música de esos breves interludios escuchada en un lugar vacío, nada menos íntimo que esos sonidos que resuenan en tantos miles de hogares, incluido el más desolador de todos, una barra de bar vacía o —si vamos al caso— una llena, pues no por ello deja de ser desoladora y tú también; tal vez sea que los propios repiques traen a la memoria del oyente recuerdos de otros repiques, el simpático reloj personal que daba las horas en casa, donde ha quedado prácticamente substituido, a su vez, por la radio, más impersonal, o, como esos repiques señalan el propio paso del tiempo, tal vez evoquen, junto con ese trágico acompañamiento musical, toda la confusa *morbidezza* debida a su pérdida, pues corresponden a todos los sitios y a ninguno, tiempo perdido, ocasiones perdidas, perdido amor. Más adelante recordaremos esos momentos con tal añoranza y desconcierto, que pensaremos haber sido felices y, por Dios, que tal vez lo fuéramos. Como tal vez Primrose y él lo fuesen en efecto, pese a la soledad, el malhumor y demás, allí de pie con sus copas para la oblación medio vacías, sin haber pronunciado las palabras cariñosas, con el aniversario de boda de nuevo convertido para él de momento en un velatorio por Erikson, muerto, dentro de tres cuartos de hora haría dos años, en un avión en llamas. Las once y cuarto.

Cómo evocaba, aquel sonido, al resonar también en la cabeza una y otra vez en una barra de bar como aquélla, las voces y retazos musicales que el viento del delirio arrastra hasta los oídos del bebedor solitario, voces y música a un tiempo reales e imaginarios, el cuchicheo de la música de un órgano de vapor, lánguidas marimbas de desdicha en Oaxaca, el sordo resonar de la madera y el estruendo del metal, todo ello mezclado con la apagada cháchara, que es a un tiempo un lejano alboroto real y el refunfuñar de la conciencia o del remordimiento, como si desde los recuerdos de delirios perdidos, esas voces, esa música te llamaran ahora, mi querido Sigbjørn, mi viejo creador de tragedias, y como si, a su vez, se sintieran, sí, un poco perdidas sin ti, casi te amasen, como tú, casi, a ellas.

¿Qué le habría parecido aquel bar de aeropuerto al Cónsul, su aficionado de *El valle de la sombra de la muerte?* Ahora Sigbjørn podía imaginarse apegándose a un lugar como aquél, considerándolo exótico, como un amigo suyo que, según le había confesado en cierta ocasión, siempre sentía la compulsión de volver a los hábitos de su juventud en los ferrocarriles. En tiempos el propio Sigbjørn había gustado de beber en las estaciones ferroviarias. Aquél era un lugar que sumar a su colección, junto a la taberna contigua a la terminal de autobuses de Washington, D. C., donde había estado una vez con Ruth y donde, sobre la puerta, para darte la bienvenida aparecían estas palabras: *Por esta puerta pasan los mayores condenados del mundo.*

Aquellos pensamientos eran consecuencia, sin lugar a dudas, de su tequila, bebido apresuradamente; sin embargo, eran también, como si los hubiesen revelado al revés, el negativo de todas las cosas agradables que había estado diciendo con claridad a Primrose, pero ahora, mientras permanecían allí de pie y en silencio, sin haberse acabado aún sus bebidas, sin haber pronunciado esas palabras cariñosas, se dio cuenta de que el tiempo apremiaba; iban a llamarlos de un momento a otro y, de todos modos, debían irse: sonrieron, chocaron las copas y se acabaron sus *whiskies*. Y fue mejor que no dijeran nada; un silencio roto inoportunamente puede provocar otro más largo después. Lo único que esperaba, mientras pagaba las bebidas y ayudaba a Primrose a ponerse su abrigo de mofeta del Ártico, era que aquellos pensamientos sombríos no fuesen consecuencia de algún presentimiento real del desastre. ¿Y si se estrellaban por ejemplo? ¿Qué se sentiría?, se preguntó. ¿Qué habría sentido Erikson, al saber que se estrellaban? Sigbjørn había participado, con un amigo suyo, guardabosques, en una expedición de ascenso a una montaña cerca de Erídano en busca de un avión estrellado. A bordo iba una pareja en luna de miel. Los osos se habían comido a la mayoría de los pasajeros. Un traje de boda, enganchado en una roca, flotaba al viento en la cima de la montaña.

Y ahora, reconciliados sin decir palabra, se les levantó el ánimo con la sensación de hundimiento que se les estaba volviendo familiar al oír el altavoz.

Pasajeros del vuelo de United Airlines Los Angeles–El Paso–Monterrey–Ciudad de México, tengan la bondad de dirigirse al vestíbulo para pesar o facturar sus equipajes. Por favor, tengan listos los billetes. Gracias.

Pesaron el equipaje. Llevaban exceso de peso y tuvieron que pagar un suplemento. Sigbjørn no se sentía eficaz, pero estaba dando muestras de eficacia. Tal vez fueran esas tres lejanas, dramáticas e inverosímiles palabras, *Ciudad de México*, las que canalizasen casi todas las diferencias entre ellos hacia la pura ilusión. Hasta pudo pensar brevemente, y sin demasiada angustia, en el motivo de que llevaran tanto equipaje, del que formaban parte, entre otras cosas, su guitarra y dos máquinas de escribir.

«Esta vez no nos van a dejar montar con la guitarra. ¿Qué vamos a hacer, Primrose? De acuerdo», prosiguió, sin esperar a la respuesta, «nos arriesgaremos. De todos modos, no nos queda más remedio», le dijo. En Vancouver se había empeñado en llevarla, pero ahora no parecía importante, pese a que aquel pequeño instrumento le era muy querido.

Todo se estaba arreglando y, de lo que no, se encargaba Sigbjørn, pues, como iban a cambiar de avión, tenían que facturar de nuevo todos y cada uno de los bultos. Los empleados del aeropuerto le parecieron lentos y Sigbjørn se afanaba como un estibador, trasladando él mismo las maletas hasta la báscula. Una razón para tanto exceso de equipaje era la de que, aunque se negaran a admitirlo o comentarlo, probablemente no estuviesen seguros de la verdadera duración de su viaje. No era sólo que no tuviesen una casa acabada a la que regresar. Al volver, podían encontrarse con «campamentos de cabañas de lujo» —su constante pesadilla—, el bosque talado, su propia casa demolida y la incipiente invasión de la fealdad de un arrabal urbano. Llevaban las maletas llenas de toda clase de objetos, hasta trastos viejos, que no era de esperar que usasen en unas cortas vacaciones, pero en eso el propio Sigbjørn era, inesperadamente, el mayor culpable, pues, además de los pocos vestidos que Primrose llevaba, había fragmentos de manuscrito, pilas de ellos, algunos quemados incluso e ininteligibles que Sigbjørn nunca podría compaginar, por muchas ilusiones que se hiciera, pero que, al mismo tiempo, parecían demasiado preciosos para dejarlos o confiarlos a otra persona. Llevaba incluso los restos quemados del manuscrito de *Rumbo al Mar Blanco*, en el que figuraba el retrato de Erikson, cuatro círculos casi perfectos de fragmentos de páginas, en el borroso texto mecanografiado de cada uno de los cuales, aparecía, cosa bastante aterradora, la palabra «fuego».

«Bueno, ya está», dijo. «Sí, directos a México.»

Sigbjørn miró a Primrose, como diciendo: «Como puedes ver, puedo afrontar perfectamente este tipo de cosas», y, al volverse, con ternura pero también con seguridad, a ayudarla con el abrigo —rito en el que, por lo general, demostraba una torpeza increíble—, que ahora quería ella llevar como una capa, se vio en un espejo mientras lo hacía y, sin reconocerse a sí mismo ni a Primrose de momento, pensó: «¿Quién será esa muchacha de tan increíble belleza que está hablando con ese joven bien parecido y de modales bastante germánicos?»

Ocuparon su lugar en una cola compuesta en gran parte de soldados de uniforme. El resto del vestíbulo estaba ocupado por marineros de cara blanca como la tiza, con pantalones anchos, abrazados a sus enormes petates, cada uno de los cuales contenía un Monte Cristo. Parecían casi todos maquinistas, con la insignia de las hélices bordada en la manga. La única cosa que no solían aprender de sus barcos los marineros era a viajar ligeros de equipaje. Sin embargo, estaba claro que aquellos marineros, o muchos de ellos, regresaban a casa; eso era diferente. Tiempo atrás, habían zarpado, inocentes, con los hombros más estrechos y llevando lo mínimo necesario y volvían, de dondequiera que fuese, cargados de curiosidades fabricadas originalmente en el Japón y reexportadas de Baltimore al Extremo Oriente, con un kinkayú atado a una correa y purgaciones. Y todo aquello era nuevo también para él: marineros aerotransportados. En fin, en fin. Poco a poco, Primrose y él fueron avanzando en la cola. Marineros y soldados tenían una cosa en común: parecían mortalmente cansados. Tanta gente desplazándose, volviendo a sus hogares, a sus hogares rotos, abandonando sus hogares, marineros medio añorantes de otro mar, soldados medio nostálgicos de otra guerra. Ni toda su indiferencia ni su desdén hacia cualquiera que llevase uniforme pudieron impedir que Sigbjørn sintiera algo de compasión. Antes de cumplir los veinte años, él mismo había sido oficial de máquinas en la marina mercante británica. Una buena escuela para escritores, según había dicho Erikson. Tal vez, pero para el marinero sólo era una escuela buena, o mala, para marineros o una buena escuela, la más ilustrada y progresista, para la muerte, pero, entretanto, era como si la guerra hubiese dispersado en todas las direcciones el mercurio de las vidas humanas. Dios miraba distraído a través del cristal, inclinaba de nuevo la caja cerrada y los trocitos de mercurio volvían a entrar en sus surcos correspondientes, pero no, ahí había un par de brillantes globulitos que se negaban a entrar... Primrose y Sigbjørn avanzaban arrastrando los pies, paso a paso. En un sentido, había concluido un ciclo de su vida en común. Volvían a empezar a partir de Los Angeles, donde se habían conocido. A medianoche, cruzada aquella barrera, comenzaba otra etapa de su destino común. Aunque iban a regresar, la partida de Erídano, había sido como una ecdisis y Sigbjørn tenía casi la sensación, como si la crearan las hélices del avión fuera, de que se encontraban atrapados en la succión del futuro.

«Oh, los petreles», dijo Primrose, al tiempo que le cogía, encantada, el brazo de repente.

Sigbjørn sonrió. «Los buenos petreles», respondió, al tiempo que se inclinaba para apoyar la cabeza en la de ella.

Desde donde se encontraba, Sigbjørn oía a algunas personas conversando en una lengua vagamente transliterada, pero aquella lengua, por antigua que fuese, era torpe e inexpresiva comparada con la de los Wilderness y, sin embargo, pensó, se podía explicar.

Los petreles, las más sobrenaturales y misteriosas de las aves, casi como el albatros por el estilo y la belleza de su vuelo, planeaban, más que volar, utilizando las corrientes de aire en sus vastos y solitarios viajes. Existía una historia emocionante sobre el petrel. Un científico inglés, tras haberle puesto un anillo y haberla llevado a Roma, soltó el ave allí y ésta encontró, en menos de una semana, el camino de vuelta, por sobre los Alpes —es de suponer—, hasta su hogar en una remota roca danesa, donde la hallaron en animada conversación con su hembra y sus polluelos.

Pero, si bien, al mencionar los petreles, Primrose expresaba todo aquello, también daba a entender tal infinidad de otras cosas, que su discurso, así considerado, resultaba tan incomprensible para cualquiera que acertase a oírlo como el de los propios petreles en su nido: era la palabra, en caso de que hiciese falta entonces una palabra, que indicaba su reconciliación, que habían hecho «las paces»; felicitaba a un tiempo a Sigbjørn por su sobrenatural eficacia con el equipaje y a los dos por haber logrado llegar siquiera hasta allá; perdonaba a Sigbjørn, en caso de que fuese necesario, por su falta de tacto al sacar a relucir las dificultades de ella con su labor ornitológica, creadas, como no podía por menos de sentir él, por las propias dificultades de Sigbjørn, pues, si éste no hubiera sido escritor, Primrose habría podido contentarse con seguir siendo una ornitóloga observadora y nunca se habría preocupado de escribir un libro sobre las aves, con lo que se habría ahorrado angustias indecibles; decir «los petreles», en el plano más serio, era recalcar el drama del azaroso viaje que tenían por delante, así como el trecho que ya quedaba atrás. Como la palabra estaba en plural y como, conforme a la realidad particular de aquel esperanto privado, por decirlo así, ellos eran, en términos totémicos, casi petreles, ¡qué caramba!, les recordaba lo «mar adentro» que estaban, lo lejos de casa que se hallaban en realidad y, al hacerlo excusaba a Sigbjørn por revelar su añoranza, pues Primrose parecía compartirla y, como los petreles estaban considerados aves fieles a su pareja, restablecía conscientemente entre ellos la unidad de su matrimonio. Y, además de todo aquello, pensó Sigbjørn, podía sugerir el absurdo de necesitar cinco páginas para decir en prosa lo que se podía decir con una palabra en poesía.

«Los admirables, los inteligentes petreles», repitió Sigbjørn. «¡Fíjate hasta dónde han subido volando!»

Probablemente la mayoría de matrimonios, unidos durante tanto tiempo y, en conjunto, tan felices como los Wilderness, hayan adquirido un lenguaje privado como ése, aunque no tan ambiguo, un lenguaje que, en el peor de los casos, nos parezca, al acertar a oírlo, increíblemente afectado y detestable, pero que, si reflexionamos, más benévolos, al respecto, no es sino un reconocimiento mutuo de la singularidad del uno para el otro. Ahí acaba tal vez la singularidad en muchos casos. Desde luego, los Wilderness tampoco eran singulares, pero, si bien eso los asemejaba a otros matrimonios, también daba idea de su aislamiento, aunque también fuese su forma de tomárselo a risa.

Pues era evidente que no encajaban, por lo menos en aquella cola de vidas humanas. Aunque ellos mismos podrían haber pertenecido al «plan americano», al mejor movimiento que había contribuido a que los Estados Unidos fuesen lo que eran, resultaban casi más americanos que aquéllos. La mayoría de aquellas personas, cuando regresaran a casa, si es que allí iban, se dirigirían, en sentido figurado, a los arrabales urbanos que amenazaban a los Wilderness. Tenían teléfonos, luz eléctrica, retretes dentro de sus casas, automóviles la mayoría de ellos. Habría sido muy parecido, si, en lugar de soldados y marinos, hubieran sido mineros, pero, ¿cuántas de las personas que figuraban en aquel muestrario quintaesencial de los Estados Unidos pensaban alguna vez en su hogar como los Wilderness? ¿Cuántas de las personas de aquella cola pensaban, al recordar su hogar, en el rompiente del océano bajo su casa o en el verde bosque inclinado por el *chinook*? Tal vez formara parte de sus sueños. Desde luego, figuraba en sus canciones, pero, ¿cuántas de ellas conocían la auténtica bendición de los quinqués, transportaban y cortaban su propia leña o tenían el privilegio de zambullirse en el mar todos los días desde el porche de la entrada? O, para no ponernos líricos al hablar del paisaje y no estropearlo de otro modo, ¿cuántos de ellos tenían el privilegio de no dar la luz, de no oír el timbre del teléfono, en todo el año? ¿O, como diría Primrose en un momento de exasperación, de no tener un coche de bomberos que acudiera en su ayuda, cuando se les incendiase la casa, o, cuando la esposa estuviera enferma, de no conseguir un médico a tiempo?

Era fácil caer en el romanticismo a propósito de su forma de vida, pero a Sigbjørn le parecía con frecuencia tan superior, para ellos, a cualquier otra, pese a sus desventajas, que sólo de pensar en cualquier otra sentía náuseas. Por desgracia, el sentimiento era recíproco. Pocas personas podían entender por qué les gustaba aquella vida y a veces el propio Sigbjørn no conseguía entender cómo lo que había empezado por pura necesidad económica había acabado siendo una necesidad espiritual. Y a veces no lo entendían. La verdad era que disfrutaban de las dos posibilidades.

Sin incursiones ocasionales a la civilización, no habrían gozado tanto con lo que tenían. Así como otros iban a la costa, así también iban ellos a la ciudad. Eso era aplicable incluso a los petreles, que, por pura diversión, al parecer, y no por gula, no desdeñaban ir a la ciudad, a su vez, siguiendo un barco, a veces durante muchos días, pero hasta los petreles en su roca tenían más vida social que los Wilderness.

Sigbjørn recordó que el bosque que había considerado tan virgen había sido proyectado, a comienzos de siglo, como un parque. En tiempos, donde se encontraba su antigua casa había habido un aserradero japonés. Donde ahora había floresta había estado el quiosco de una orquesta y el propio *Erídano*, tantos años atrás, atracaba junto al aserradero mismo, entonces floreciente, con cuyas maderas desmanteladas Sigbjørn y Primrose habían construido, a su vez, su casa. Y ahora volvían a empezar, ¿o no? Ponían rumbo al futuro, ¿o no? En cierto sentido, sí, al menos ella. No obstante, parecía un modo extraño e inhabitual de hacerlo, dirigiéndose derechos al pasado. Aun así, tal vez fuera un mero presagio de lo que había estado pensando, de lo que precisamente todo el mundo, cada cual a su modo, había de hacer también, pero aquella vez más conscientemente: un simple paso atrás, como dice Nietzsche, para dar un salto o como el barco que sale del muelle marcha atrás antes de virar hacia el mar abierto. De pronto, dos personas que hablaban por delante de ellos llamaron la atención de Sigbjørn. Uno, un hombre alto, vestido con ropa descuidada pero cara, flaco y con gafas, que, cosa extraña, llevaba zapatos gastados, no parecía estar en la cola. El otro, que estaba en ella, llevaba un traje ajustado e impecable, con los pantalones muy estrechos por abajo y cuello duro y pajarita bastante chillona, conjunto que, según parecía recordar Sigbjørn, había estado de moda allí años atrás y que, como los pantalones pasados de moda, según le parecieron también a Sigbjørn, probablemente volviera a estarlo.

Eso le recordó que —excepto algunas cosas para el viaje, a instancias de Primrose, y un mono— no se había comprado ropa desde antes de la guerra y que había perdido la mayor parte de ella en el incendio. La que llevaba puesta en aquel momento, chaqueta y pantalón de pana marrón, bien cortados —y sólo Dios sabe los años que tenían—, se la había regalado el abogado de su tío, quien se había refugiado con su familia en el Canadá durante el *blitzkrieg* alemán de Londres. Había pertenecido al hermano del abogado, adepto a la *Christian Science*, que había muerto de demencia paralítica. En realidad, de lo que llevaba puesto sólo le pertenecían el precioso gabán de lana irlandesa y los zapatos marrones que había comprado allí mismo, en Los Angeles, hacía siete años, y la corbata, regalo de Navidad de Primrose. La camisa blanca era incluso una reliquia de México, y muy buena, pues ya tenía, si no recordaba mal, más de siete años y seguía como nueva. Era de Stanford. Se la había entregado el gerente del Hotel Tarleton de Ciudad de México con varias otras pertenencias de Stanford, cuando —antes de abandonar México, más de siete años atrás— Sigbjørn había pagado por fin en aquel hotel su cuenta y la de Stanford y, cuando había conocido a Stanford en Acapulco, Sigbjørn llevaba puesto —recordaba ahora— el traje de lino blanco que Juan Fernando Martínez le había regalado, más que venderle, por la simbólica cantidad de cinco pesos en Cuicitlán y eso fue lo único que Stanford llegó a conocer de Fernando, cosa curiosa, pues eran, por decirlo así, sus ángeles bueno y malo de toda aquella época: de ellos Stanford —y de la forma más marcada, pensó— era el malo. Ahora experimentaba una sensación extraña por llevar puesta la camisa del malo, pero empezó a experimentar una sensación aún más extraña por llevar puesto el traje de pana del otro pobre diablo, el traje de alguien que —no le cabía duda— estaba muerto, ¡y de qué muerte! ¿Y dónde estaría Stanford? Muerto, probablemente, también, en el Pacífico meridional o en algún otro sitio, su *quid pro quo* por Acapulco. Se había ido de México antes que Sigbjørn, con lo que había dejado a éste colgado con la cuenta del hotel, y era la clase de persona que muere en la guerra o, si no, debería morir. Aun así, Sigbjørn no pudo por menos de sentir un vuelco en el corazón. También era inquietante que toda aquella ropa le sentara tan bien. Y entonces, ante el cuello duro y nuevo y la pajarita de la persona por delante de él y el traje nuevo y ajustado con pantalones estrechos, Sigbjørn, vestido con la ropa de un muerto y de otro probablemente muerto, experimentó la abrumadora sensación de volver a ser presa del aislamiento.

Sí, hasta sus pensamientos contradecían sus propias soluciones, pero de nada servía saberlo. De repente, le pareció que era exactamente como si hubiese salido de una cueva: sí, eso era; Primrose y él habían estado cinco años en una cueva. La moda había cambiado, había vuelto, había cambiado de nuevo y había vuelto otra vez, se había reñido la peor guerra de la Historia, poblaciones enteras se habían visto arrojadas al caos y desposeídas y había nacido una nueva era en la que los marineros volaban; habían salido de su cueva para darse cuenta, hasta cierto punto, de todo aquello y, sin embargo, para ellos era como si nada hubiese ocurrido. En aquella evolución —¡y qué fantásticos cambios en Los Angeles, sin ir más lejos!—, en aquellos sufrimientos, no habían tenido la menor participación. Le hacían sentirse un poco como Rip Van Winkle, aquel hombre afortunado que se había despertado al cabo de veinte años para descubrir que por lo menos una parte de su casa seguía en pie, como también, si vamos al caso, la tumba de Shakespeare, pero la casa de ellos había ardido hasta el suelo... ¡Ah! Conque el fuego era lo que acudía en su ayuda de nuevo; eso era, entonces, lo que los unía. Y era verdad. Muchas veces la guerra era más misericordiosa.

¡Convertir tu mayor debilidad en tu mayor virtud! Una vez más recordó esa frase, también de Yeats, pero en cierto modo era algo más que eso, si es que podía ser más, pues esa frase, que le había llamado la atención, como un resorte al soltarse, en *Una visión*, libro que sólo había hojeado, podía también evocar la imagen de un hombre de abdomen débil que al cabo de pocos años consiguiera batir la marca mundial de levantamiento de peso con los músculos del abdomen. En su caso era necesario nada menos que darse la vuelta, orgánicamente, como un guante, poner en marcha, pero en sentido inverso, todo el imparable y aplastante mecanismo de un libertinaje colosal y mortífero. En realidad, escribir semejante libro era en sí una forma de libertinaje prolongado y concentrado, con la gran diferencia de que, en todo momento, estabas obligado a decir la verdad. En una palabra, era el intento más elevado que podía hacer —teniendo en cuenta todos los fallos de la clase de conciencia que podía concebir semejante idea y los sobresaltos, las necesidades imperiosas y las realidades brutales que habían impelido al autor— un artista de ese tipo.

Un laberinto de sufrimientos complicados y disparates entrelazados, ¡en efecto! Lo más gracioso de todo aquello era que, como ahora comprendía, podía muy bien haber sido el alcohol exclusivamente el que le hubiera inspirado la fascinante idea de poder transcenderlo alguna vez y, de ser así, ¿cómo?

Allí estaba, haciendo cola, con un grupo de personas, la mayoría de las cuales parecían más que nada procedentes de la Luna, el escritor que no sólo ya no podía escribir, sino que, además, nada tenía —le parecía— sobre lo que escribir, a no ser que escribiera sobre su cueva, sobre los trastornos de Primrose o sobre el propio acto de escribir. Su recuerdo de aquel poema sobre la frontera era —parecía tener la sensación ahora, si bien tampoco esa idea era dolorosa— más que nada patético y lo enfurecía. Si debía recordar íntegro algo que había escrito en época tan lejana como aquel poema y que, por lo demás, no era demasiado bueno, lo único que revelaba era la espantosa pobreza de su espíritu creativo y el callejón sin salida a que había llegado. ¿Os gustaría ver mis grabados? Es cierto que no tengo grabados, los perdí en un grave accidente, del que no hablaré, pero, si tenéis un poco de paciencia, intentaré recordar cuál era su tema y quizá hasta podamos recrearlos un poco y algo muy parecido sucedía con aquellos odiosos fragmentos de *Rumbo al Mar Blanco* que habían salvado del incendio, conque ahí estaba, fuera de su cueva con su ropa dominguera perteneciente a un hombre que había muerto de demencia paralítica después de que los acontecimientos más dramáticos de la historia hubiesen pasado por su lado como un trasatlántico por la niebla.

Pero, ¿y el autor de *El rigodón del borracho*? ¿No debía de haber estado también él en una cueva, si bien no combustible? ¡Cuánto más interesante aún que el libro que había escrito habría sido otro sobre su auténtica lucha con aquello, fuera lo que fuese, contra lo que estuviera luchando, con tal que fuese vivido, pues una de las cosas extrañas de *El rigodón del borracho* era que no parecía autobiográfico! Ésa era una idea nueva. ¿Acaso no se había hecho la misma pregunta Proust sobre Dostoyevski? ¿Y Gide sobre otro autor? ¿Cuál era la relación entre Sigbjørn y el Cónsul? ¿Bastaba con decir que en *El valle de la sombra de la muerte* había transferido su sensación de culpa a una figura con autoridad, que resultaba ser un cónsul, pero que igual podría haber sido un inspector de inmigración y que, durante un período de abstinencia que coincidía más o menos con el de la borrachera del mundo, había dejado que el destino y su subconsciente hiciesen lo demás?

No era algo tan simple. Si vamos al caso, ¿es que su relación con el protagonista, o con el autor, de *El rigodón del borracho* era tan simple? No, no lo era. Había otras relaciones complejas que (como el hombre que sabe, por haberlos visto con sus propios ojos, que le han aparecido los síntomas de una enfermedad temible y fatal, pero que con una parte de su entendimiento se empeña en pensar que se trata simplemente de la clave para entender el funcionamiento mórbido de otra parte de ella o del error —como podría muy bien ser, pues una creencia de esa clase, igual que las religiosas de cualquier otro, es digna de respeto, si no fuera porque ahí está, por desgracia, esa maldita evidencia—, como tal vez aquel pobre hombre —pensó Sigbjørn— asaltado por un miedo repentino, ambiguo, indefinido y casi cómico, cuyos pantalones llevaba puestos) apenas se atrevía a mencionar siquiera: no es que esas relaciones fuesen graves a primera vista; no lo eran, sólo cuando se las llevaba hasta sus consecuencias lógicas se volvían aterradoras, pues de un solo golpe aniquilaban todo lo que conocemos con el nombre de razón.

Sigbjørn sonrió para sus adentros y encendió un cigarrillo, operación en que le parecía asemejarse bastante a las fotografías publicitarias de Arthur Koestler, atractiva versión húngara de la *intelligentsia* combinada con la figura del soldado británico con un balón en los pies: coincidencias, sí, la clase de coincidencias que se daban sin cesar en su vida, pero, ¿lo eran en sentido estricto? ¿Eran algo más o menos? ¡Un laberinto de sufrimientos complicados y disparates entrelazados! Sí, pero, con todo, ¡qué tema más que pirandelliano para un escritor, ya que no para él! ¡Cada hombre su propio Laoconte! Como diría Daniel. Y ése sería el truco, pensó: divertirse con ellas en la vida, en el trabajo propio, en lugar de estudiarlas, ser el arúspice imparcial de ellas, pues, si las hubiera tomado en serio, y ahora sólo pensaba en unas pocas, bien podría haber seguido el camino de ese protagonista o del difunto propietario de sus elegantes pantalones de pana.

En todo ese tiempo, mientras permanecían en la cola, Sigbjørn no había dejado de consultar inquieto su reloj, por miedo a que, con la confusión del cruce de la barrera, le pasase desapercibido el minuto exacto de la medianoche, en que podría decir «¡Feliz aniversario!» a Primrose: faltaban aún menos de cinco minutos; pero ahora era como si, mientras avanzaba la aguja del segundero, las dos emociones —la de estar a punto de partir y la otra— se fundiesen en una sola y, combinadas con las otras tensiones del día y con su esfuerzo por ocultar su sufrimiento, *porque en segundo plano figuraba, entre otras cosas, la idea de «antes del incendio» y «cuando tenía el campo libre»*, se transformasen en otra cosa, casi en la sensación de estar a punto de hacer un descubrimiento: era más que eso incluso, pues tenía de repente la sensación de fluir como un río eterno; le parecía ver cómo desembocaba la vida en el arte, cómo da éste forma y sentido a la vida y desemboca en ella, sin que ésta haya permanecido inmóvil; eso era lo que siempre se olvidaba: que la vida transformada por el arte buscaba un significado mayor mediante el arte transformado por la vida; y ahora era como si ese fluir, ese río, modificados sin apariencia de cambio, se convirtiesen en un corriente fluir de la conciencia, del entendimiento, con lo que parecía que, también para ellos, para Primrose y él, justo detrás de aquella barrera, hubiese algún significado o la clave para un misterio que diera algún sentido a su paso por la Tierra; era como si estuviese al borde de una iluminación, próximo a algo tremendo, que se explicaría más allá, en aquella obscuridad de medianoche, en lo que desembocaba su conciencia y con ello se fundía, como, en forma inexplicable, la de todo el mundo parecía desembocar en ello y con ello fundirse, y esa corriente le parecía ahora algo irreversible, como la del río Fraser de New Westminster, en su país de la Columbia Británica, tan fuerte, que ni siquiera la subida de la marea —como la voluntad de Dios luchando en vano con la del hombre— podía dominarla y también era como la negra corriente, cargada de estrellas de la propia constelación de Erídano. De repente el altavoz interrumpió sus pensamientos y se le cayó el alma a los pies, al oír detrás a Primrose decir:

«Ya sabía yo. Han retrasado el vuelo.»

Entonces toda la cola empezó a avanzar como un solo hombre hacia la barrera:

«No, es para El Paso.»

Se rieron, no podían dejar de reír; Sigbjørn tenía los billetes preparados y se pusieron tan contentos con el aviso, que se besaron, sin importarles estar a la vista del público.

Abróchense el cinturón de seguridad... No fumen... La azafata se llama Srta. Gleason.

Y ahora, una vez más, una azafata —y, de todos modos, su nombre aparecía en un letrero luminoso— con débil sonrisa fija, bajaba como flotando, como mecida, entre los asientos que parecían inclinarte hacia atrás y mantenerte así como una especie de tiránico fijador humano: una vez más era presa de una emoción desenfrenada y una vez más volvía a oírse la atronadora voz del avión que despegaba y se elevaba...

«¡Feliz aniversario!»

«¡Feliz aniversario!»

Era medianoche, medianoche pasada según el regalo de Primrose, el reloj de pulsera francés, antimagnético, de segunda mano, de oro soldado con plomo; tal vez fuera aún más precioso para él porque, en sus sueños secretos de no combatiente, lo imaginaba presente en la Batalla del Bulge. La señal que indicaba abrocharse el cinturón de seguridad se había apagado sin que lo hubiesen notado y ya era hora de que él sacase su regalo, un frasquito de perfume Chanel que había tenido escondido desde su último y doloroso viaje a la ciudad. ¡Con qué amor se lo dio! Entonces Primrose sacó, con aire misterioso, su regalo del bolsillo del asiento delantero, que en aquel momento se inclinó con violencia contra la cara de él, y los dos se rieron, mientras Sigbjørn abría el paquete.

«Sé que te va a recordar a una caricatura de Charles Addams», dijo ella, mientras él la besaba.

«Maravilloso. Gracias, querida, un millón de gracias», dijo Sigbjørn encantado. Coleccionaba primeras ediciones, si caían en sus manos, o lo había hecho antes del incendio, y ésa, *The Dark Journey*, la primera edición de la traducción inglesa de *Leviathan* de Julien Green, que Primrose había encontrado en una librería de segunda mano de Vancouver, era una que buscaba desde hacía mucho. Que resultara ser una obra monumentalmente sombría y pudiese considerarse cualquier cosa menos un presagio alegre no sólo parecía no venir a cuento, sino que, además, parecía contribuir en cierto modo a la alegría del momento. «Muchas veces he pensado en el problema que debe de ser para las esposas de los empresarios de pompas fúnebres hacer un regalo adecuado a sus maridos», estuvo a punto de decir. El libro era también un vínculo extraño con Erikson y, por tanto, con *Rumbo al Mar Blanco*, pero, ¿lo habría sabido ella? ¿Se lo habría dicho él alguna vez? Era un vínculo con todo, en la gran cadena de la máquina infernal de su vida y recordó de nuevo la ocasión, catorce años antes, en que había comprado por primera vez, en la pequeña librería junto a la enorme Biblioteket, no la primera edición, sino la de Tauchnitz, en la primera y dramática oportunidad en que, tras haber conocido a Erikson, acababan de despedirse en la obscura Bygd Alle de Oslo, con sus árboles sacudidos por la tormenta. ¿Cuántas botas teutónicas la habrían pisoteado después? ¿Qué alusión a aquella época, qué mensaje para el futuro había en aquel regalo? Se abrazaron, llenos de amor mutuo; estaban tan próximos el uno al otro (pensó), que tal vez se abrazasen a sí mismos.

«Te quiero.»

«Te quiero.»

Permanecieron un buen rato en silencio: la alegría y la emoción les impedían hablar. Sigbjørn se preguntaba cómo se podría, si se desease, explicar todo aquello a otra persona: que una tenebrosa anatomía de la desdicha humana como *The Dark Journey* se hubiese convertido en aquella ocasión, sin la menor ironía, en un símbolo de la atención y el amor. Sólo una gran inocencia del corazón podía haberla inspirado, aun cuando no ignorara el aspecto morboso y cómico del caso. No, las actitudes y costumbres de los enamorados son en gran medida incomunicables, como el significado del libro lo era para él, y pensó también que aquella coincidencia, si la hubiese conocido, tendría que haber agradado por fuerza a su autor, Green, cuya vida tenía un significado muy distinto para Sigbjørn. El avión seguía avanzando en la obscuridad: por la ventanilla, muy abajo, se vio pasar el cine Supreme Pictures, donde echaban *El rigodón del borracho*, y Nuestra Señora de la etcétera, cuya población había aumentado en tantas y tantas almas, desapareció despacio en la obscuridad.

The Dark Journey... En fin, lo mismo se podía hacer con mala intención. Justo antes de su primer viaje a México, Ruth le había regalado, mordaz e inoportuna, *Flight into Darkness* de Arthur Schnitzler. Ahora, como diría Erikson, se había producido otra vuelta de espiral más arriba. Si vamos al caso, una de sus posesiones más preciadas en su casa de Erídano era otro regalo de Primrose: una antigua jarra de peltre de medio litro que debía de haber encontrado tras revolver Cielo y Tierra. ¿Y si la joven esposa de Ahab, sabiendo que le gustaba el pan de jengibre, le hubiera regalado, la víspera de su embarque en el *Pequod*, una ballena de jengibre? Con aquellas y otras fantasías más alegres y gloriosas se entretenía Sigbjørn, mientras se iba adormilando y, sin embargo, a medida que se disipaba el efecto de la bebida, cada vez se desvelaba más.

Leviathan: ése era el título francés de *The Dark Journey*, el Leviatán que está al acecho, el cocodrilo-ballena-dragón, ¿y no era también aquel día —recordó de nuevo— el aniversario de la muerte real de Erikson, de la muerte de Sigbjørn? ¿Y podría alguna vez olvidarlo, oh, creador de tragedias? ¿Y por qué habían de salirle ahora al paso libros como *The Dark Journey*, justo cuando estaba intentando hacer un viaje hacia la vida?, se preguntó, mientras Primrose se quedaba dormida en su hombro y el avión seguía rugiendo y crepitando sarcástico, al avanzar en la noche, siempre de noche y siempre hacia abajo, hacia abajo, o así parecía, pues en realidad se dirigían de través hacia Arizona (sentados en la parte de atrás, para no ser vistos); te ofrecen café —¿qué querías? ¿Mezcal tal vez?— y a medias lo rechazas y a medias te lo bebes.

Ahora Sigbjørn sabía que no iba a poder dormir durante un rato. Todas las noches, hasta donde le alcanzaba la memoria, Sigbjørn había cerrado los ojos con la idea de que, justo antes de dormirse, se le ocurriría el poema perfecto: era cierto que algo así como un poema se le ocurría sin falta y se le ocurrió ese poema, algo influido por Lewis Carroll, y que siempre decía, como ahora, más o menos lo mismo, pero, aun antes de empezar, sabía que no iba a servir, por lo menos como remedio contra el insomnio:

El bumbum gumgums abumbum
Y tudley tudley tu
Y tuadley el tuem je tuimtuam
En el del bumbum budley du

Bingtuum por el tuim tuot tuiktuad
Tuing tuum tuing tuadley tuok
Tuing tuik tuak tuok, tuik tuik tuach
Tuing plokerly tuokerly plok

Ah hay tuokerly perplok a plumplum
O plon ple plom plam ple plu

El bum bum gumgums abumbum
Y también, por Dios, tú

¿Por qué viajaría la gente? Dios sabía que Sigbjørn detestaba repetir aquel recorrido. Para él viajar era la prolongación de todas las angustias de que el hombre intentaba librarse con un hogar tranquilo. Una fiebre continua, un inacabable timbre de teléfono, un perpetuo ataque al corazón, una angustia continua, una interminable alarma contra incendios, una prodigiosa y prolongada rabieta con pataleo. ¿Tengo el pasaporte en regla? ¿Cómo impediré que me roben? ¿Cómo puedo sacar los papeles del bolsillo en esta posición sin que se me caiga la mitad del dinero? Pero está demasiado obscuro para ver. ¿Cómo puedo coger mi gabán? ¿Cuánto tengo que dar de propina a un odioso granuja cubierto de granos por confundirme, violentarme y angustiarme? No es que sea odioso tampoco; creo, por decirlo así, en la fraternidad humana. O cubierto de granos también lo estuve yo o granuja lo soy también yo, en muchos sentidos. En la mayoría de los casos, probablemente sería mejor que yo fuera un cabrón, pero, ¿cómo puedo darme una propina a mí mismo? Por fortuna, esa clase de cuestiones no se plantean en un avión, si bien cuando bajas es otra historia, pero, ¿no habré dejado caer todos mis pasaportes al suelo? No puedo moverme, no veo. ¿Cómo puedo librarme de hacer el ridículo? Horripilaciones, huellas dactilares y, ah, eso había sido, esas huellas dactilares en el Consulado estadounidense habían sido las que habían acabado con la poca libertad que quedaba. Consulado, aduanas, histeria, otra vez, histeria doble, soborno e histeria, histeria triple. Es ir al infierno, provocarlo, pasar de la sociedad de gente a la que no estás seguro de gustar a estar entre gente que —lo sabes seguro— te desprecia: ¿quién lo haría en estado consciente? De un ambiente con el que tienes poca relación a otro con el que no tienes ninguna. (Cuando eras marinero, no tenías, por supuesto, que pensar en esas cosas o eras demasiado joven para pensar en ellas.) Por supuesto, Primrose no sabía lo que él sentía, que de todos modos no era algo así de violento todo el tiempo, y Sigbjørn no iba a ser egoísta y no iba a traslucirlo, como había decidido antes, pero viajar es una neurosis, por lo que, ¿cómo vamos a esperar que no nos vuelva neuróticos? Y cuando no tienes un hogar, o sólo medio hogar nuevo —por haber ardido el anterior—, es diferente, le susurraban para sus adentros sus propios pensamientos. (Y, además, ése era el primer viaje auténtico que ella había hecho en su vida.)

En Phoenix (Arizona) —¿y había batido las alas el fénix?, le había escrito Daniel—, Phoenix, un aeropuerto nuevo, limpio y desolador, una noche clara y helada, y las estrellas brillantes, con Júpiter sobre sus cabezas, un *cowboy* visto de repente a través de la puerta del avión parado e inclinado, recortado a la brillante luz eléctrica, con el rostro bajo el sombrero de fieltro gris, joven y curtido por el sol, alejándose para siempre, exactamente como Hugh, en *El valle de la sombra de la muerte*, perdido, bajo una gran palmera polvorienta.

3

Sigbjørn apagó la luz, cansado, y de nuevo intentó dormirse, pero al cabo de un minuto volvió a encenderla e incluso aceptó otro café que le ofrecía la Srta. Gleason, quien pasaba en aquel momento. Según dijo ésta, habían tenido un retraso en Phoenix, por lo que no iban a hacer escala en Tucson, sino que iban a ir directos hasta El Paso. Sigbjørn empezó a sentirse inquieto y emocionado y al mismo tiempo muy nervioso y preocupado otra vez. Aunque era cierto que aún estaban en los Estados Unidos —sobrevolando Arizona, si no se equivocaba— y seguirían estándolo, en cierto sentido, en El Paso, esa nueva ciudad fronteriza le parecía ahora demasiado próxima. Mientras sorbía el café que acababan de traerle, intentó recordar de nuevo la extraordinaria cortesía con que lo habían tratado los funcionarios americanos en Seattle y el contraste con el trato que le habían dado en Blaine en 1939. Sigbjørn tenía la impresión, a pesar de no haber estado nunca en esa ciudad, de que El Paso no era una ciudad fronteriza en el mismo sentido que Blaine ni tal vez que Nuevo Laredo siquiera y, tras un momento de reflexión, recordó que no había que confundir los trámites en un aeropuerto con el cruce real de una frontera en autobús. Ahora intentaba consolarse con la idea de que, como —le parecía recordar— había visto, el cruce sobre el Río Grande era en Ciudad Juárez, famosa por su pastel de *tamal*, y los trámites serían seguramente mucho peores allí que en El Paso. Sin embargo, no por ello iban a dejar —le parecía— de ser examinados sus papeles dos veces en El Paso, una en el lado americano y otra (aunque seguirían estando en los Estados Unidos) en el mexicano. Al cabo de un año o dos, cuando los viajes en avión de aquella clase se hubieran generalizado y hubiesen dejado de ser un lujo, no iba a haber mucha diferencia entre la rudeza de unos funcionarios de aduanas y la de los otros.

Pero, de todos modos, El Paso estaba en Texas y Sigbjørn estaba predispuesto a favor de los texanos. Su padre había sido propietario de algunos pozos de petróleo en Texas y sólo tenía recuerdos agradables de los cordiales texanos que había conocido en Inglaterra. También ellos podían ser rudos, pero, según su experiencia, había motivos para creer —cosa que, según dicen, creen los propios texanos— que eran una raza aparte. En el peor de los casos, no dejaban de comportarse como caballeros. Aun así, a lo que temía, de todos modos, no era al lado americano —¿no?—, sino al mexicano… ¿Cómo reaccionarían los mexicanos ante su formulario H, en que aparecían las ominosas palabras: *Se le negó la entrada en Blaine (Washington) por ser una persona que podía convertirse en una carga pública: 15 de septiembre de 1939?* La idea de que pudiera surgir alguna dificultad, pero mucho más aún la posible desilusión de Primrose en caso de que no le autorizaran la entrada en el propio México, lo puso tan nervioso, que no pudo meterse la mano en el bolsillo interior para comprobar si aún llevaba en él dicho formulario. En parte abrigaba la esperanza de haberlo perdido tal vez. Vio que le temblaban las manos al devolver la taza del café a la Srta. Gleason y, aunque no había bebido bastante para justificarlo, se preguntó qué haría, si le temblaba la mano así, en caso de que hubiera de firmar muchos documentos, y, para desechar la idea de semejante eventualidad, buscó *The Dark Journey* en el bolsillo del asiento y lo abrió al azar.

Sombrío pasaje, pensó. Eso era el genio tal vez, pero, en su forma más desconcertante y trágica, el genio camino de algún tipo de santidad mística quizás, a juzgar por las obras posteriores de

Green. De igual modo que el de Erikson había sido el genio camino de la canonización política y el de Daniel el genio camino de un genio mayor y del premio Nobel. «Le parecía» —leyó— «como si el tiempo hubiese remontado su curso y toda la angustia y el terror de aquellos últimos meses hubieran quedado reducidos a nada de repente. Tal vez no hubiese ocurrido nada desde que había estado allí; la casa y los adoquines parecían los mismos. Si de verdad hubiera cometido un crimen, ¿se habría arriesgado así en un lugar donde todo el mundo estaba deseoso de denunciarlo?»

Sigbjørn cerró el libro con un estremecimiento y volvió a guardárselo en el bolsillo; seguía temblando, tanto más cuanto que eso le recordaba el pasaje de *El valle de la sombra de la muerte* en que comparaba el regreso de Ivonne a la torre con el retorno de un asesino. El avión empezó a dar tumbos y se encendió el rótulo que indicaba la necesidad de abrocharse el cinturón de seguridad: se recobró y consiguió abrochárselo a Primrose sin despertarla. En fin, en El Paso no lo conocían y (aunque ese asunto lo desasosegaba) nunca había cometido un crimen precisamente —¿o sí?— y, desde luego, no —¿o sí?— en México. De todos modos, ¿por qué había de temer a El Paso? ¿Sobre todo con el cinturón de seguridad abrochado? Ya antes había salido de México (y, Señor, todas aquellas idas y venidas) en julio de 1938 —más de siete años atrás— y de Sonora (México), había pasado por Douglas (Arizona), el mismo Estado que ahora iban sobrevolando en sentido transversal, tras aquel atroz y delirante viaje del que no quería volver a acordarse, en el autopullman *Aristóteles*, que salía de Ciudad de México. Y ni siquiera entonces lo habían rechazado en la frontera, aunque fuera presa del tembleque, porque aquel insoportable camarero mexicano del autopullman, creyendo sin duda, pero se equivocaba, que le hacía un favor, a las siete de la mañana y justo cuando subían los inspectores de inmigración, le había denegado otro tequila. Puede que no fuese texano, pero tenía buen corazón el americano que había dicho, y precisamente cuando tenía algún motivo para denegarle la entrada, pues el estado de Sigbjørn en aquella ocasión no había dejado de inspirar sospechas: «De acuerdo, iba a denegarle la entrada, pero, dadas las circunstancias, he decidido dejarle entrar, si me promete que será sólo por seis meses». Sigbjørn no había podido cumplir del todo su promesa, pues había transcurrido casi un año antes de que saliera con dirección al Canadá, pero no había sido culpa suya, la verdad. Había que achacarlo a acontecimientos como su divorcio y la proximidad de la guerra y a haber conocido a Primrose. ¡Y en semejantes circunstancias! ¡Dios mío, qué circunstancias! Hasta el hombre que, en aquel mismo momento —como leyó en los periódicos americanos y recordaba, porque era el día en que cumplía veintinueve años—, estaba deliberando sobre si tirarse por la ventana de un hotel de Nueva York o no, subido al antepecho por encima de la gente y de los techos de los taxis, le había parecido más afortunado y lúcido que él y, desde luego, menos solo. Hasta cuando faltaba poco para Los Angeles —donde, al llegar, se había dado cuenta de que había olvidado la dirección de Ruth— no había recordado que llevaba la petaca llena —junto con tabaco «Balboa Screme»— de marihuana y la había vaciado en el aseo. ¡Qué locura! ¡De qué peligro se había librado! No es que tuviera el hábito de fumar marihuana (tal vez, si su única experiencia hubiese tenido el menor efecto apreciable, lo habría adquirido; en realidad, se la había dado un imbécil en broma, como regalo de despedida, y él había dicho: «Muy bien, la pondré en la pipa y en la petaca»), sino que su contacto con la realidad era tan escaso, que no se le había ocurrido pensar en el peligro que corría al cruzar la frontera con aquello —la verdad es que, si lo hubieran descubierto, podría estar todavía en chirona— y no había que olvidar tampoco que su necesidad de un trago había sido tal aquella mañana abrasadora, al llegar en el tren a la frontera de Douglas (Arizona), que había olvidado por completo que llevaba la marihuana. En fin, entonces tenía veintitantos años y todo aquello era cosa del pasado. Al ver que la señal había vuelto a apagarse y que la marcha del avión era regular, Sigbjørn buscó alguna otra cosa para leer. No se había molestado en quitarse el gabán y en el bolsillo llevaba, doblado, el periódico de Vancouver de aquella mañana o, mejor dicho, del día anterior. ¡Qué extraño era pensar en que aquella misma mañana habían estado en un lugar situado a siete mil kilómetros de distancia! ¡Con qué rapidez, y en más de un nivel, podían cambiar las circunstancias de un hombre! En cierta ocasión había dejado de igual modo siete mil kilómetros atrás sus veintitantos años, sus casi treinta años, a cuyo paisaje y esencia volvía a acercarse entonces tan misteriosamente.

Sigbjørn apagó la luz y estrechó con más fuerza a Primrose, al tiempo que escuchaba el rugido del avión, que en aquel momento empezaba a tener de repente otro ataque de arritmia y saltó al caer en una inesperada bolsa de aire; confió en que no se encendiese el rótulo del cinturón de seguridad para que no se despertara Primrose. La pobre criatura llevaba varias noches sin dormir de la emoción. Se iluminó la señal y Sigbjørn abrochó el cinturón a Primrose. El tamborileo del avión indicaba que estaba entrando en un temporal. Sigbjørn recordó su noche de bodas en Erídano el 7 de diciembre de 1940, la incertidumbre de entonces, y ahora, como entonces, al abrazarla, sintió que la estaba protegiendo de nuevo contra la atrocidad del mundo exterior y, sin embargo, ¡qué alegre había sido aquella noche extraordinaria y qué despertar al amanecer en la cabaña del bosque con el gris mar y las cabrillas de espuma casi al nivel de las ventanas, la lluvia que las golpeaba, el mar rompiendo y silbando en la orilla y bajo la casa, causando asombrosas conmociones entre los troncos, el humo de las fábricas, que trabajaban toda la noche durante la guerra, un hilillo azul en la lejanía de Barnet, hojas cayendo al mar, su barca precipitándose abajo de un lado para otro con gran peligro, el ruido de las ramas al quebrarse en el bosque, el verde arce que se agitaba y rugía y el batir de las ventanas con el viento, mientras la lluvia las azotaba, ensordecedora! Le resultaba insoportable pensar en su nueva casita, sola, junto al mar y sin protección, sometida, cuando la habían abandonado, a la furia de los elementos.

Despierto, a más no poder, pues la experiencia que sufrió Sigbjørn a continuación no tenía precedentes, ya que, enviscado en el sueño, en la alucinación incluso, como estaba, nada podía convencerlo, desde el momento en que se inició, de que se trataba de un sueño. Era como si —y eso iba a ocurrir en la propia experiencia— hubiese abierto los ojos ante otra realidad.

Fuera no había nada que mirar, o que fingir mirar, salvo el desierto, conque, mientras Primrose dormía, plácida, con la cabeza reclinada en su hombro, Sigbjørn se entretuvo con el New Orleans Times-Picayune, *que había comprado en El Paso, si bien, antes de leer de nuevo los titulares* —El presupuesto para el ejército soviético, de 15.000 millones de dólares supera el del ejército estadounidense—, *se preguntó por qué razón, estando Nueva Orleans a miles de kilómetros de distancia de El Paso, hubo de comprar ese periódico y no* El Paso Herald. *Sigbjørn sintió, por un momento, una emoción compleja, que se parecía al amor, a varios tipos de amor en realidad, todos a un tiempo, por Primrose, por México y también por Nueva Orleans, donde, de haber ido a Haití como habían planeado en un principio, habrían estado ahora contemplando la tracería de hierro forjado del barrio francés y esperando un barco para Port-au-Prince. Sigbjørn sabía, mientras miraba distraído la frase*: El día más frío en diciembre desde hace 31 años *—pues, ¿qué podía importar a personas procedentes de la Columbia Británica el frío que hiciese en Nueva Orleans?—, que era por Fernando, quien siempre respondía a su gratitud diciendo: «Bueno, hombre, un día en que no esté tan perfectamente borracho nos comeremos un plato de frijoles en Nueva Orleans». Era una frase-comodín, que también se parecía un poco a una canción: «Pero te debo sesenta pesos, Fernando, además de la vida». «Olvídalo; un día te pediré que me invites a un plato de frijoles en Nueva Orleans.» Sigbjørn dio un papirotazo al periódico, que se le había arrugado al pasar la página, como solía hacer su padre. La prensa americana hablaba del Canadá y, en particular, de la Columbia Británica.* Medos a la horca. *Al Canadá ya sólo le faltaban, al parecer, las espuelas para estar totalmente americanizado, pues hasta cometía los crímenes por los Estados Unidos. Nunca, como en aquel período inmediatamente posterior a la guerra, había habido tanta delincuencia, y sobre todo en Vancouver, a sólo* *veinte kilómetros de Erídano.* Medos a la horca. *Había disparado a dos policías en Seattle, porque le había costado, al parecer, un trabajo terrible convencer a un* barman *de que un dólar canadiense valía tanto como un dólar americano. En fin, sin aprobarlo, sintió una especie de aceptación desafiante. Entonces a Sigbjørn se le erizó el pelo por la nuca. Al mismo tiempo, se echó a reír de un modo que no pudo por menos de parecerle bastante obsceno. Ese canalla de Wilderness —y, desde luego, debería haberlo sabido, pues nadie ignoraba que estaba en Nueva Orleans—, el asesino de su esposa, que, tras haber confesado, la noche anterior —le parecía a Sigbjørn—, ahora podía dormir, volvía a ser noticia también.* Wilderness devuelto aquí para ser juzgado, *leyó.* La policía canadiense no respeta la prohibición de los Estados Unidos. El sospechoso de asesinato trasladado por vía aérea. *Sigbjørn, que había leído un poco más abajo en la misma página, encendió otro cigarrillo con tal parsimonia, que casi se vio haciéndolo en el momento de ser fotografiado, con sus dos dedos, bastante rechonchos, apretados contra el cigarrillo y sacando casi a presión el cinemático y tímido humo, convertido en un penacho dispersado por la corriente de aire que habían dejado entrar a raudales, porque hacía calor en el avión.* Sigbjørn Wilderness, *leyó*, acusado del asesinato de su esposa, de treinta y nueve años, en Erídano el pasado 6 de junio, ha sido devuelto hoy a Vancouver para ser juzgado por ese delito, por el que el fiscal pide la pena de muerte... Wilderness, recién afeitado y vestido con una chaqueta cruzada, azul y arrugada *(apasionada, había leído primero)*, una camisa abierta y un pantalón que no hacía juego, ha viajado desde Nueva Orleans de incógnito y custodiado por el cabo del departamento de policía de la provincia, Geoff Elsmley. A pesar de la reglamentación aeronáutica americana, que prohíbe el traslado de presos en los aviones de pasajeros, aviones de tres compañías aéreas diferentes han traído a Wilderness. Ni las azafatas ni los pasajeros han sabido, hasta haber aterrizado, que Wilderness golpeó —según se presume— a su esposa en la cabeza con un martillo y le asestó sesenta y siete puñaladas. *Sigbjørn volvió a leerlo. Decía que le había asestado sesenta y siete puñaladas.*

Pero al cabo de un momento le pareció que volvía a estar despierto. De repente, recuperó la conciencia todavía más y extendió la mano para tocar a Primrose, sentada a su lado. La mayoría de las luces estaban encendidas y la gente hablaba en voz baja. *No iba a recordar.* Otros se dirigían al aseo, pero no podía ser que estuvieran llegando a El Paso, pues hacía sólo un momento que le había parecido tener toda la noche por delante. Primrose seguía dormida y, cuando la azafata le preguntó en voz baja si le gustaría desayunar en aquel momento, dijo que no con la cabeza.

«¿Cuánto falta para El Paso?», susurró.

«Hora y media más o menos, señor.» La Srta. Gleason miró a su reloj. «¿Quiere goma de mascar, señor?»

Sigbjørn dijo que no con la cabeza.

«Entonces, hora y media más o menos, ¿verdad?»

La azafata asintió y se fue.

Amanecer en El Paso, con Venus ardiendo sobre el rojo horizonte en un cielo todavía negriazulino en lo alto, la increíble pureza y frescor de aquel amanecer, la esperanza, pero, ¿era ésta una mentira? Probablemente fuese una mentira con las montañas alzándose derechas sobre la llanura, rosa intenso con cielo cobalto y en el campo de aterrizaje aviones plateados brillando con los primeros rayos de sol y un avión militar de color verde olivo junto con otro pequeñito y anaranjado a su lado, como de escolta, recortados sobre el fresco, claro y delicioso azul, pero ahora venía otra vez la angustia de los papeles, los pasaportes; después —imperceptible, increíble, fatal, inocentemente— ya estaban en el viejo México, pues no había habido problema, ningún problema, sólo demora, debida a una avería de los motores, nadie se había molestado en examinar su formulario H —«¿Y sabe usted lo que quería ver?», había dicho una mujer. «¡Mi formulario H! ¡Qué ocurrencia!»—, demora durante la cual estuvieron paseando; pero ahora estaban en el viejo México, la tierra de los *pulques* y las chinches (Daniel le había escrito hacía muchos años: «Vamos a bajar con el chucuchú del tren a verte en la tierra de los *pulques* y las chinches»), con la sombrita del gran aeroplano siguiéndolos en el desierto, sobrevolando los abismos y cañones, las barrancas, los arroyos y después nada, la sensación de una nada de color pardo amarillento, sin límites y sin par.

A lo lejos se veían colinas aterciopeladas que se diluían en un puro cielo turquesa; debajo, formaciones con figura de lagartos o jirafas; álcali como olas al romper; carreteras serpenteando por el desierto como canales por Marte; volando, volando, sobre Chihuahua —y siempre el estruendo de la hélice, del ala—, sobre un paisaje lunar.

Humo azul pizarra procedente de un tren o humo como el ala de un cuervo: veía el humo del tren y la sombra que reptaba debajo, pero no había tren alguno a la vista; por el horizonte oriental, hacia la izquierda, había más humo así, como procedente de un carguero celestial.

Y ahora se veían abajo formas como de remolino, cursos de agua, secas dunas redondas, lanudas, como cierta clase de *tweed* suave, o formando un dibujo de espiguilla, corrientes de agua, ríos secos como trazados de senderos, arroyos secos y ondulaciones de arena de color salmón.

Un paisaje como formado por innumerables esfinges rayadas y acostadas boca arriba, un paisaje de olas paralizadas, una tierra de inconcebible desolación y, en medio de ella, una granja solitaria junto a una charca con campos tan uniformes como el césped de un campo de golf en Hoylake (Inglaterra).

Charcas hundidas en el desierto, lejanas formaciones rocosas como ciudades incas, estanques de álcali como ríos helados, piel arrugada de rinoceronte en las colinas, como pirámides también, suave cielo azul con una larga e inmóvil nube blanca —pez espada inofensivo que no pestañeaba—, borroso vaho de la bruma en el horizonte y desierto purpúreo que producían efectos casi de arco iris y hacia el Oeste, muy a lo lejos, nubes como osos polares con vetas azules o bolas de humo colgadas sobre el horizonte, como procedentes tal vez del mismo vapor, al que alcanzaba su avión, o que alcanzaba a éste, el cual alcanzaba, a su vez, al tiempo o viceversa o ambas cosas, y siempre la sombrita del avión sobre el desierto, la crucecita, los abismos y cañones y después nada —nada— nada.

«Este sitio no ha cambiado gran cosa en ocho años», dijo Sigbjørn.

Un lago a lo lejos. ¿Azul? ¿Verde? ¿O sería un espejismo? De repente, en medio del desierto y debajo de ellos apareció —encuadrado por carreteras negras— un grupo geométrico de alquerías —los campos, verdes; las casas, situadas exactamente en los ángulos—: la carretera cruzaba, recta, el desierto y desaparecía, al parecer, en el borde del mundo y aquélla era la tierra de su amigo Fernando, la tierra —¿sería posible?— donde quería morir.

En el avión Sigbjørn miró a Primrose, tan bonita y tan animada, absorta, hipnotizada por lo que, al fin y al cabo, sólo era desierto, tan llena de vida: ya daba señales de que el viaje le estaba sentando bien. ¿Era posible que existiese una persona tan alegre, tan adaptable, tan valiente y al mismo tiempo tan encantadora e inteligente —si bien perspicaz era el calificativo más exacto— y que, además, fuera su esposa? Santo Cielo, ¡qué descripción más horrible! Y, sin embargo, eso era lo que pensaba. Las descripciones eran lo que peor se le daba y probablemente no tuviese el menor talento para escribir. Se estaba engañando a sí mismo. Además, ¿de verdad era eso, o algo parecido, lo que estaba pensando incluso en aquel momento, incluso mientras ella saboreaba su helado, que todavía no se podía comprar en el Canadá? Pues, sí, era verdad, aunque no toda la verdad y, desde luego, no había duda —¡qué caramba!— de que era un hombre afortunado. ¿Qué otra persona habría soportado lo que ella había tenido que aguantar en los últimos años? Volvió a verla acarreando aquellos pesados baldes de agua por el bosque y desde la tienda —el pozo seguía seco aquel otoño, pese a que había hecho un tiempo de mil demonios, el pozo embrujado, que, aparte de su querido embarcadero, su primer ensayo de construcción, había sido casi lo único que había sobrevivido de su antigua casa— y calentándolos, para que él se remojara los pies, en el horrible hornillo de segunda mano y en la casa que ni siquiera habían conseguido hacer habitable para el invierno. Y Sigbjørn veía la casa nueva con toda claridad. Sí, eso era algo que veía, no algo que simplemente fingiese deber ver o que viera por un motivo no confesado. Sigbjørn veía la casa inacabada, que se alzaba, indefensa, sin la menor protección, a merced de los naufragios y del viento que la azotaba, algo como sus propios amores, la verdad.

Ahora Sigbjørn, siguiendo el ejemplo de un hombre sentado al otro lado del pasillo, que llevaba una insignia del ejército y había sacado unos papeles de una cartera impresionante, hizo lo mismo, es decir, que también él sacó una libreta negra de su maletín, regalo también de Primrose, y se puso a hojearla con aire de perplejidad consciente, cual si —como así era en realidad— desease que todos los pasajeros del avión supieran que él tenía tanto derecho como ellos a estar allí, opinión que abrigaba con tan poca convicción, que debía ponerse al instante —pensó— a escribir, absorto, para demostrarlo: ah, la terrible alienación de los escritores; en un instante se dio cuenta de que no estaba asimilando lo que en ella estaba escrito, sino que simplemente esperaba que lo observaran en aquella pose de inteligente o, como las demás personas —gracias a Dios, ya no había soldados, lanzallamas de uniforme—, de perfecto caballero o, por lo menos, de justificación por ser justo lo contrario; la emoción fue tan intensa, que le entró calor y, al ver que no había leído ni una palabra, tuvo que alzar la vista para aliviar la tensión: nadie —ni por asomo— lo miraba y, armándose de valor gracias a ello, dirigió la mirada al hombre de la cartera, al que ahora vio haciendo —sin la menor vergüenza— un horóscopo, y, como en modo alguno se podía considerar ese comportamiento propio de todo el mundo precisamente ni de un perfecto caballero siquiera, Sigbjørn volvió a sus notas menos cohibido: la libreta negra, junto con las notas, tenía una historia singular, pero lo extraordinario era que, pese a haber perdido él tantas cosas, contenía observaciones anotadas años atrás en sus anteriores visitas a Oaxaca, y que, de un modo o de otro, más que nada en el primer capítulo, ya había incorporado a *El valle de la sombra de la muerte:* uno u otro la había salvado (fue Primrose, por supuesto) del holocausto de los dos, pero, desde luego, la habría olvidado por completo, si no se la hubiera enseñado Primrose un día —no hacía mucho— a partir del cual, en los momentos en que los pies lo torturaban, se había entretenido añadiendo cosas, cual si de verdad no fueran sino como un preludio para la obra que estaba creando ahora, o que otro creaba por mediación suya y en virtud de su regreso; puesto que, en cualquier caso, no se trataba de un horóscopo —¿o sí?—, Sigbjørn empezó a interesarse por lo que había escrito. Leyó:

La ascendencia de Juan Fernando. Según él —a veces bajo la influencia del mezcal—, la ascendencia de Fernando se remonta, por línea materna, hasta un rey de los zapotecas llamado Cosijoeza, lo que a nadie puede extrañar al ver su majestuoso porte. Según la leyenda, el rey se disgustó con unos mercaderes, que habían venido a comerciar desde otros reinos, y mandó matarlos en Mitla. El emperador azteca, aconsejado por los mercaderes de Chalca, envió a Mitla a hombres que, para vengarse, incendiaron la ciudad y mataron a sus habitantes sin tener piedad de ninguno.

Su bisabuelo fue un español de pura cepa, un ingeniero que había estado en California en la época en que ésta pasó a poder de los Estados Unidos y se había casado con una americana. Obligado por la necesidad a dirigirse hacia el Sur, se había establecido primero en Tabasco y después en Ciudad de México, donde su esposa dio a luz a un hijo, el abuelo de Fernando, quien se casó con una inglesa, hija de uno de los directores del ferrocarril de Oaxaca, la línea de vía estrecha construida por los ingleses a lo largo de una ruta lo más larga posible, ya que les pagaban a tanto el kilómetro. El padre de Fernando había ido a vivir a Oaxaca, donde se casó con una zapoteca de pura raza, de la que procedía la ascendencia real de Fernando.

Pero lo importante es que su padre había sido un hombre de formación intelectual y su madre una zapoteca de pura cepa y que entre sus parientes colaterales había un renegado inglés, que había bebido hasta matarse en Oaxaca, donde se le permitió permanecer porque contaba con la protección del cónsul británico, también pariente suyo. Fernando había estudiado Farmacia, pero, por haberse visto en el horrible trance de tener que operar a su hermana, ya que su padre se negaba a llamar a un médico —su padre, que había interrumpido incluso la operación antes de que Fernando hubiera acabado— se había ido de su casa para siempre.

El mezcal. Las bebidas mexicanas han sido víctimas de la calumnia: el tequila es una bebida pura, está libre de los demonios que viven en el whiskey *de centeno, aunque puede que otros, peores, vivan en ella; también el mezcal es una bebida pura. Se debe tomar en copas pequeñas y el ritual exige mano firme y la pura y simple intención de alternar; así tomado, el mezcal es una bebida civilizada, pero, según dicen, el mezcal va directo a la cabeza: cualquier* barman *te demostrará, mientras te sirve otro, cómo lo hace exactamente (aunque no debe suponerse que los indios, para quienes en tiempos la embriaguez se castigaba con la pena de muerte, aprueben que otra gente lo beba). Cuando eso ocurre, no pocas veces el cerebro exige que, como cualquier otra bebida, el mezcal no sea un rito, sino que se beban botellas enteras. El* ochas *está hecho de hojas de naranjo hervidas y se debe beber caliente y añadiéndole alcohol puro, pero, si se le pone mezcal, es todavía más estimulante. Como las bebidas mexicanas, también ha sido víctima de la calumnia la amistad de dos personas de capacidad alcohólica semejante y con la intención de beber hasta que se hunda el mundo y permanecer lúcidas, amistad que nada sella como el alcohol. Se convierte como en una hermandad de sangre. Lo mismo se puede decir de las amistades trabadas bebiendo cerveza, pero no tanto si la bebida es el* whiskey *de centeno, pero en el mezcal radica el principio de esa fuerza divina o demoníaca de México que, como sabe cualquiera que haya vivido en ese país, ha seguido sin calmarse hasta hoy. Bajo la influencia del mezcal, los mejores amigos harán todo lo posible por asesinarse, pero una amistad que, engendrada por el mezcal, lo sobreviva sobrevivirá a cualquier cosa.*

Y su amistad había más que sobrevivido. Leyó:

6 de enero de 1938. Sigbjørn, he ido allí a las 8 en punto y no te he encontrado. Ahora, en este momento, no puedo ir a hablar contigo, conque haz el favor de escribirme una nota y enviármela. Cuéntame tus tragedias de hoy y también si estás borracho. Te veré mañana a las ocho de la tarde en ese lugar, pero procura ser puntual. ¿Has ido a Correos, como te dije? ¿Has hablado con Lomilla? ¿Te has abstenido de beber hoy? ¿No va a haber otro remedio que cortar nuestra amistad, si sigues bebiendo? Un abrazo, Juan Fernando.

Ésas eran las notas de ocho años antes. Ahora Sigbjørn se puso a fumar su pipa, bastante sucia, y leyó las notas que había tomado en Erídano el mes pasado:

Para un cuento largo o novela corta, comenzar por los años 1936-37-38 con el material de la libreta de México, que es lo único que el protagonista sabe sobre México, etcétera, pero ahora, tras escribir un libro (inédito) sobre México, vuelve allí a finales de 1945. Carta del editor inglés: «Nunca había estado tan impaciente por leer un libro como en el caso de El valle de la sombra de la muerte. *Le enviaré un telegrama tan pronto como lo haya acabado». Esperando el telegrama, que nunca llega. Tensión que se acumula hasta resultar insoportable. El argumento secundario debe ser una vez más el conflicto de la bebida, junto con su análogo, el abuso de los poderes místicos... sólo que esta vez será de verdad un conflicto.*

Sigbjørn sonrió, si bien tenía más ganas de llorar en realidad.

Debajo de esas notas, había tomado algunos apuntes para un cuento que iba a titularse «Via Dolorosa» y que trataba de la última vez que vio en su vida a Ruth, cuando ésta lo dejó en diciembre de 1937, en el Hotel Cornada de Ciudad de México. Ese cuento iba a tratar de aquel período e iba a estar situado en el momento, inmediatamente anterior a su partida para Oaxaca por segunda vez. En realidad —reflexionó por segunda vez, por haber olvidado que ya lo había pensado antes—, Sigbjørn había usado gran parte de aquel material en *El valle de la sombra de la muerte* y por un momento, mientras el avión saltaba de pronto hacia adelante como un resorte torcido, le sorprendió la pobreza de una imaginación que lo había vuelto a guiar hacia un material antiguo y usado, pero sin duda no había tenido intención de escribir el cuento; en realidad, abrigaba poderosas dudas sobre la posibilidad de volver a escribir jamás nada, por lo que tal vez no importase —pero, ¿qué diría Primrose?— demasiado.

«Primrose», dijo Sigbjørn de repente, al tiempo que volvía a guardar la libreta en el maletín y éste en el bolsillo del asiento, «¿devolvimos el libro sobre Chaliapin a la biblioteca?».

«Sí, sí», dijo Primrose. «¿No recuerdas que devolví todos los libros la última vez que fui a la ciudad? ¿Por qué?»

«Por nada. Acabo de encontrar unas notas que había tomado de él. Tengo cariño a esa biblioteca de Vancouver. Me gustaba sacar los libros y después volver a casa en el autobús y encontrarte esperándome en Erídano. Y luego darme una zambullida desde el embarcadero antes de tomar el té.»

«¿Qué pasa, cielo? ¿Ya sientes nostalgia?»

«No, es sólo una añoranza sin motivo e incomprensible. Estaba preocupado por Pushkin. Me refiero al gatito.»

«Ah... Pero Quaggan cuidará de él perfectamente. Adora a Quaggan.»

«Quaggan va a dar a Pushkin demasiado pescado y después se encariñará demasiado con Quaggan y no vendrá más a nuestro encuentro en el bosque y temo que antes de eso nos eche de menos y se vuelva neurótico o algo así. ¿Qué estás leyendo?»

«Querido, ¿cuanto tardaremos en llegar a Taxco desde Ciudad de México?»

Sigbjørn se inclinó a mirar el folleto que ella estaba estudiando con su foto de Taxco y que decía: *Desde el momento en que usted sube a bordo de un avión, camino del mágico México, entra en otro mundo... La magia de las altas mesetas y de las ciudades montaña de México y Guatemala lo llama... Lo convoca a usted a unas vacaciones* diferentes *en 1946... Y esa magia comienza en cuanto monta usted en el avión en Miami, Nueva Orleans, Houston,*

Brownsville, Nuevo Laredo. «Me gustaría saber cuántas personas que lean ese anuncio recordarán cómo eran unas vacaciones en tiempo de paz», se decía, o no se decía, Sigbjørn para sus adentros. «No, es bastante fácil llegar a Taxco. Se tardan unas tres o cuatro horas en autobús desde Ciudad de México. No más de una hora o dos desde Cuernavaca. Cuando visité México por primera vez, fui por mar y desembarqué en Acapulco, por lo que Taxco fue la primera ciudad interesante que vi. Había una carretera terrible de Acapulco a Taxco, pero supongo que ya habrán acabado la que entonces estaban empezando.»

«Oh, Sigbjørn, ¿de verdad podemos ir a Taxco? Parece un sueño.»

«Había objetos de estaño muy bonitos.» Sigbjørn, como buscando esos objetos de estaño, miró (bajo la foto en color de Taxco que estaba contemplando, con las dos torres churriguerescas, idénticas, de la catedral de Borda y la cúpula con siete —¡siete!— estrellas de mar blancas y puntiagudas sobre fondo azul y frente a un edificio bajo con tejas españolas —La Asturiana no sé qué de Abarrotes—) a la típica pareja en luna de miel, el hombre con camisa hawaiana blanca y espiroquetas verdeanaranjadas y pantalón marrón y la muchacha vestida con el estilo típico de Cuernavaca y falda española. El hombre estaba tomando una fotografía (con mano firme, es de suponer). *La inolvidable belleza de Taxco es típica de las tierras altas de México en verano... Aquí la altitud es de 1.500 metros.* Mientras tanto, en el recuerdo de Sigbjørn, Hart Crane tocaba las campanas con su espantoso repique en lo alto de la torre de la iglesia, *y todos mis compatriotas se precipitan hacia un tabanco* —casi se podía ver el tabanco en cuestión, que era la *cantina* de Doña Berta—, mientras el propio Sigbjørn dormía en los escalones de la iglesia en 1936, dormía también en el balcón del hotel vacío y de grandes puertas, mientras las palomas le caminaban sobre los pies y las manos al sol, la altitud significaba: *Así, pues, el exilio es el purgatorio, no como el que construyó Dante, sino más parecido a un centón que a una colcha, y* las campanas: *sabré las horas que olviden tocar, como corresponde a quien, en otro tiempo, no vivía en altura tal.* En otra foto se veía a la misma pareja en luna de miel compartiendo un vino cerca del pretil de Los Arcos, pongamos por caso, o del Rancho Selva —¿o era el restaurante con el *delirium tremens* por toda la pared?—, servido por un mexicano de barbilla puntiaguda que parecía un capitán uniformado a bordo de un acorazado francés en una película sobre Indochina y, evidentemente, tan contento de estar haciéndolo y sin despreciarlos para sus adentros, sin odiarlos con toda su alma; también se veía la catedral de Borda con sus cruces gemelas en sus gemelas torres también, pero en un fondo más lejano. *El lujo moderno en un ambiente antiguo*, decía. *En el clima templado de estas altas regiones, disfrute de hoteles modernos con catedrales antiguas en segundo plano. Los burros suben por estrechas calles empedradas entre casas blancas techadas con tejas rojas…* Ah, sí, Sigbjørn sentía a Primrose identificándose ya con esa bonita muchacha de la foto y a él, Sigbjørn, con el hombre que la hacía. Tal vez se imaginara también vestida con la trabajada falda de Tijuana —¿y por qué no, la verdad?— que aparecía más abajo en la foto de la chica de Tehuacán, quien, con apariencia de autenticidad, daba una bienvenida totalmente hipócrita. *Entra usted en un mundo diferente desde el momento en que sube a bordo de un avión para…*

«Sigbjørn, ¿estamos de verdad en México, querido? Dime que estamos de verdad en México.»

Sigbjørn le apretó la mano, al tiempo que notaba que el hombre había guardado su horóscopo. «Tal vez la semana que viene a estas horas estemos en Taxco», dijo, «y tú llevarás un traje de Tijuana…»

Y después, como llovidos del cielo en apariencia, el frío y la niebla, el silbido de la corriente de aire y las montañas: tenía la sensación de ir despacio, demasiado despacio —*Abróchense el cinturón de seguridad*—, la sensación de peligro y de estar en manos de instrumentos. Niebla, niebla, niebla. De vez en cuando vislumbraba lo que parecían ser laderas de montañas. El avión se estremecía y saltaba. Era como abrirse paso a ciegas; el avión parecía ir tan lento como una tortuga y balancearse como un barco, pero tal vez la niebla los hiciera llegar con retraso y no tendrían que pasar la aduana de Monterrey —pero Sigbjørn se peinó con vistas al paso por la aduana— o quizá, mejor aún, se estrellaran y no llegasen a Monterrey. De repente, hacía mucho más frío también, parecía que fuera a aparecer en cualquier momento un iceberg navegando a través de las brumas movedizas. *¿Rumbo al Mar Blanco?* ¿Y los barcos, los barcos de verdad que se habían hundido o habían naufragado, mientras él escribía esa obra ahora quemada? *El Ariadne N. Pandelis*, el *Herzogin Cecelia.* ¡Y la terrible coincidencia con la muerte de Erikson! Ah, el creador de tragedias. La incertidumbre —pensó— se había prolongado ya tanto tiempo, que todo el mundo debía de ser presa de algún susto o, por lo menos, de la idea, aunque sólo fuera como algo que, por decirlo así, se les exigía. ¿Y acaso no era así? Por lo pronto, aquel mes había sido el peor de la historia de la aviación comercial.

Era un largo y continuo gemido: un coro desenfrenado gritando al Cielo. Lágrimas por los muertos que no volverán a casa, a ninguna orilla, con ninguna marea. Descubrirán una lápida por los supervivientes del *Titanic.* A continuación la Sociedad del Oratorio interpretará el *Réquiem alemán* de Brahms dirigido por Damrosh, con lo que pondrá fin a la primera parte del programa. La segunda comenzará con una selección orquestal apropiada, el *Liebestod*, seguido por la interpretación vocal por parte del Sr. Rinaldo Strappo y Mary Garden, pongamos por caso, de «Ocurrió en Monterrey una tarde de diciembre». El *signor* Ernest Consolo interpretará «Get With Child a Fallen Constellation»... seguida de un concierto de Bach en Re menor (primer movimiento); Enrico Caruso cantará «El acorde perdido» de Sullivan, en inglés. El príncipe Pierre Troubetzkoy ha acabado un cuadro titulado «El espíritu triunfante», que se reproducirá en postales y se venderá en la función de esta noche a beneficio de los supervivientes. La pintura representa a una mujer hermosa y con expresión triunfante que surge de las aguas obscuras, mientras en segundo plano se alza el perfil en llamas de un barco. ¿Por qué en llamas?... Sigbjørn intentó concentrarse en el recuerdo de la última vez que había visto

Erídano, la nueva casita aún inacabada abajo, el cedro, el embarcadero en escorzo, su barca en la plataforma y vuelta para que estuviera más segura durante su ausencia, pero había estado lloviendo entonces, había habido tormenta y lo que deseaba era una imagen serena del lugar, pero, sin saber por qué, se vio recordando a Kristbjorg, lo que también le inspiraba ideas inquietantes. Para colmo, la señal al frente del avión decía ahora *No fumar* y Sigbjørn apagó, obediente, el cigarrillo, pero pronto quedó claro que eso no significaba en absoluto que fueran a aterrizar. ¿Se habrían perdido? Avanzaban a tientas con una incertidumbre y una lentitud aún mayores.

El avión se inclinó: tal vez fueran a hacer un aterrizaje forzoso. No, aunque estremeciéndose de punta a punta como su casa cuando el viento y el mar desencadenados arrojaban un madero suelto contra los pilotes de abeto, ahora era evidente que el aparato ganaba altura... Imaginó a Kristbjorg fingiendo no sorprenderse demasiado, cuando tarde o temprano le llegara la noticia de que el avión se había estrellado y Primrose y él habían perecido. Le gustaría que quedara claro que él lo había previsto en cierto modo, lo había dicho incluso o, si no hubiera sido una cosa, habría sido otra; había tenido un presentimiento, no iba a volver a verlos nunca. Eso sería lo que diría; no obstante, los echaría de menos, pero Kristbjorg era a su modo otro creador de tragedias. En realidad, Sigbjørn había reñido con él por ese motivo en Erídano. Sí, le habría gustado reconciliarse del todo con él y lo lamentaba, pues era la única riña que habían tenido desde que se conocían, la única persona con la que había reñido, exceptuando a Primrose, en todo el tiempo que había vivido en Erídano. Sí, le habría gustado hacer las paces plenamente con Kristbjorg antes de marcharse, si bien pasaron por su cabaña y tomaron una cerveza juntos el último día. ¿Y si ahora fuese demasiado tarde para una reconciliación completa, después de todas las muestras de cordialidad de Kristbjorg? Al menos podía consolarse por haberlo hecho en parte. La riña se había producido así. Kristbjorg, como Glaucous, era pescador. ¡Cuando salía! Sí, pero aquella vez, en aquel momento de completa indulgencia, en aquel instante en que Sigbjørn comprendió, como Endimión —aunque tal vez fuera más sutil dejar a Endimión para el final—, que estaba en su poder (tal es la vida de quienes viven en la ventana de la existencia, la vida de quienes no cesan de pensar, en el borde, por decirlo así, de la eternidad) hacer tal vez fatalmente desgraciado a Kristbjorg, pero que no iba a usar ese poder, fue cuando, sentado observando el cabeceo y balanceo de la barca, tomó la decisión de llevar a Primrose a México... Sí, había sido entonces cuando había tomado la decisión, que en realidad era consecuencia de la otra, la acción consecuencia de la renuncia a la acción, y, mientras tanto, la cruz oscilaba sin cesar sobre el fondo de las tremendas montañas soleadas por encima del agua azul agitada y chispeante... ¿Habría hecho bien? ¿Quién sabe?

El avión tuvo otra caída y Sigbjørn se representó el choque, casi lo experimentó en realidad. Primero fallaba el motor y retumbaba estrepitoso, después caía, por lo menos setenta metros, sin respirar. Primero esa caída, después la nivelación de nuevo —la fuerza de emergencia sacada de no se sabe dónde—, luego la caída hacia el suelo y la certeza de que ibas a estrellarte, la angustia por Primrose, los gritos y alaridos de los pasajeros todavía con correas en torno a la cintura, después el choque con el edificio, la vuelta de campana, el choque contra otra cosa, el suelo, por el que resbalaba el aparato, luego la pesadilla del fuego de repente, la impotencia, el no saber si estabas vivo o muerto o si podrías salir del aparato, con el cuerpo invertido aún, pero todavía forcejeando para desatar a Primrose, después el heroico rescate de Primrose y los otros pasajeros forcejeando y saliendo a gatas por los agujeros y otros más forcejeando, las llamas alzándose a su alrededor, los cuerpos y los restos del aparato desparramados por el campo, con el deseo de ayudar pero sin poder hacer nada, pero Primrose se había salvado, heroicamente rescatada. Después la botella de tequila y la medalla de la Royal Humane Society propuesta por Alemán o el ministro del Interior.

Hubo exclamaciones y suspiros de alivio en el avión, que ahora había salido de la niebla. El aparato volaba por la misma cañada entre las montañas de antes, pero perdiendo altura rápidamente. Por la ventana Sigbjørn vio que la cañada daba un sorprendente giro hacia la izquierda, que el avión seguía, inclinado, y, tras cada inclinación, hacía un esfuerzo para elevarse un poco como una cometa y después empezaba a descender de nuevo, ladeándose profundamente y sin dejar de girar hacia la izquierda, a medida que se acercaban a un largo valle de aspecto algo pantanoso, en cuyo extremo había un pueblecito con fábricas de gas y ferrocarriles, cuyas vías atravesaban los pantanos, y algunas altas chimeneas de fábrica ocultas por la lluvia, todo ello rodeado de enormes montañas grises y chepudas cubiertas por la obscuridad y la lluvia, por lo que por un momento casi parecía, con aquel caos de niebla y tormenta de fondo, como si volvieran a estar en el Canadá.

Tal fue, sin lugar a dudas, el alivio de todos, al salir de la niebla, que a nadie pareció ocurrírsele, mientras descendían dando tumbos, que aun entonces podían estar haciendo un aterrizaje forzoso, al fin y al cabo. No era así: Sigbjørn se apresuró a peinarse; ahora aparecían abajo unos cuantos aviones aislados por entre los cuales se veían cañas y era el aeropuerto de Monterrey y no volvió a pensar en la aduana hasta que salieron del vientre del avión a la pista, donde en seguida les aseguraron que a causa del retraso no iban a pasar por la aduana hasta Ciudad de México, lo que era, en realidad, el procedimiento acostumbrado. Sólo iban a hacer una breve escala. El avión se encontraba en la pista delante de lo que parecía el pequeño pabellón de una cancha de golf con nueve hoyos, en cuyas ventanas se veía escrito Carta Blanca, Cerveza Monterrey.

Llovía con bruscas ráfagas de viento y el propio viento lanzaba aullidos y gemidos desoladores en torno al pabellón. Hacía un frío que pelaba, por lo que se dirigieron hacia el pabellón, donde con los otros pasajeros estiraron las piernas, pero era por la tarde y el bar estaba cerrado, conque salieron a la galería. ¡Qué impresión más lúgubre! Las montañas los rodeaban, desoladoras, entre la lluvia y aquellas pocas chimeneas de fábricas lejanas, algunas chozas y cabañas, y el sombrío paisaje pantanoso, propio de Gógol, era —como, si vamos al caso, suele ocurrir con los aeropuertos de las grandes ciudades— lo único que se veía de la metrópolis. En su anterior visita a México, alguien le había sugerido que fuera allí, razón tal vez por la cual tenía una de esas repentinas impresiones de haber estado ya en aquel lugar, que en realidad no conocía, de que habían estado incluso en peligro de muerte y de que Primrose se había extraviado y perdido; le cogió el brazo en actitud protectora y con el deseo de atenuar de algún modo la desilusión, pues por fin habían puesto el pie en el sombrío y misterioso país, pero Primrose estaba señalando, leal —porque seguro que debía de haberlas visto antes en California— en la obscuridad unas aves parecidas a sucios estropajos volantes que giraban y aleteaban, lentas, en melancólica procesión.

«¡Oh, Sigbjørn, tus *zopilotes*!»

«Otro Charles Addams», dijo Sigbjørn riéndose entre dientes, pero conmovido, sin embargo, por la referencia a *El valle de la sombra de la muerte*, donde esos seres prometeicos debían desempeñar un papel un poco menos obvio tal vez que en cualquier otro libro sobre la guerra, sobre México o sobre la muerte. «Deberías decir: "¡Oh, querido, nuestros primeros buitres!"»

Pero los llamaron a bordo y tuvieron que correr hacia el avión. «¡Quiere llegar a su hangar!», gritó Primrose, encantada, por encima del hombro a Sigbjørn, que subía la rampa cojeando detrás de ella.

«Acabo de oír que según la ley mexicana tienen que aterrizar en Ciudad de México antes de la puesta del Sol.»

«¿Quién? ¿Los buitres?»

«No, el avión, idiota.»

Subían y subían, cada vez más arriba por la Sierra Madre, montañas tras montañas y más montañas, donde los campesinos arrojaban sus semillas y las dejaban, sobre picos en apariencia inaccesibles —muy abajo se veían incluso señales de cultivos— y donde, según les dijo la azafata, los campesinos sembraban una vez al año y dejaban que las semillas dieran fruto, sin preocuparse de vigilarlas nunca, sin echarles una mirada en todo un año, al cabo del cual hacían una difícil peregrinación hasta allí —y seguro que aprovechaban la ocasión para celebrar una fiesta— y descubrían que habían florecido espléndidas, como las flores de Persifal en su ausencia. ¡Y qué lección había en aquello para un escritor! ¡Era una ascensión al Cielo mismo!

Sigbjørn había ido sentado a la izquierda y ahora se pasó a la derecha para ver desde dónde había una vista mejor. No cesaban de cambiarse de un lado a otro y de un asiento a otro; la Srta. Gleason, indiferente ante el panorama, los regañó, pero Sigbjørn no hizo caso, la salida de tantos pasajeros lo había liberado, le había librado el alma, y lo había vuelto audaz y decidido. Iba a valer la pena —pensó Sigbjørn— y se sintió alegre y orgulloso, mientras se comía su filete por encima de aquellos abismos gigantescos, pues, ¿acaso no era a él a quien Primrose debía gratitud por haber hecho posibles aquellas maravillas? ¡Y qué diferencia, qué diferencia triunfal, con su salida del país la última vez!

Montañas tras montañas, abismos tras abismos, se perdían, encadenados, en la distancia, abajo, mientras el firmamento —rayos de sol, nubes turbulentas, suaves grietas azules y jirones de niebla— se precipitaba girando hacia ellos, como atrapado en un gigantesco torbellino, enormes plantas celestiales arrastradas por el viento, una odisea hacia el Norte de la propia eternidad. Mientras que, más adelante —a seis mil metros de altura, avanzando a saltos demenciales, acelerando hacia el ocaso sobre un océano de nubes como algodón hirviendo, corriendo con locura, tropezando con grandes piedras celestiales, pero sin reducir nunca la velocidad, con las cimas de enormes volcanes hacia el Oeste que parecían montañas bastante bajas lavadas por esa clase de mar blanco y agitado que los marineros llaman agua blanca, donde esperabas ver de un momento a otro el mismo carguero celestial destrozándose contra las negras rocas—, no se parecía en nada a la vida —aun cuando reflejara bergsonianamente un proceso de vida—, era como navegar por las páginas de Shelley —¿o sería tal vez, en última instancia, como navegar por las páginas de tu propio libro?—, por *Prometeo liberado*, por lo que casi sentías alivio al apartar la vista para seguir comiéndote tu maíz y tus boniatos, aun cuando te perdieras el espectáculo, que pasaba silbando a barlovento, del Palacio de Invierno del Demogorgon. Allí, desde aquel sublime punto de vista de la majestad, podías rememorar tu vida sin demasiada pena ni orgullo, por haberlos trascendido, pero Sigbjørn no habría sido humano, la verdad, si, ahora que estaban otra vez sentados juntos, no hubiera reflexionado sobre el contraste entre aquella entrada triunfal y su espantosa e ignominiosa salida, borracho, más de siete años atrás en el autopullman llamado *Aristóteles*; sin embargo, lo extraordinario —mientras Primrose, para alegría de él, buscaba entusiasmada el Popocatepetl y el Ixtaccihuatl («¿Es ése? ¿Es ése?» «Sí... sí... sí... No... no...» «Ahí está... ahí está...» «No, tenemos que esperar un poco. O tal vez no podamos verlos»)—, lo extraordinario era pensar en que, por debajo de aquella masa de algodón hirviendo, por debajo de aquellos arrecifes y turbulentos mares blancos de nubes, muy, pero que muy, por debajo de aquellos picos de volcanes y fabulosas cimas, muy, pero que muy, por debajo, México seguía allí, sin lugar a dudas, sin apenas cambios, había estado allí todo el tiempo y había seguido igual sin él, Sigbjørn: sí, como si fuera un dios y pudiese levantar aquella tapa de nubes, allí —así lo vio con los ojos de la imaginación— estaba todo debajo de él, como si fuese un dios que acabara de levantar la tapa de una caja de juguetes: los burros, las flores, las tortillas, los cerditos, las indias, los bailarines con flecos carmesíes (habían escogido la fecha de su llegada para que coincidiera con las festividades de la Virgen de Guadalupe en la propia Basílica de Guadalupe), las aldeas dispersas y las vastas laderas envueltas en niebla, los cargadores acarreando sus tremendos fardos, los autobuses de Tlalpan o los tranvías de Xochimilco y Cuernavaca, la ciudad de su novela; sí, allí estaba todo y qué diferente de Vancouver. Sentía tal alegría, ante el milagro de su regreso, que casi no se dio cuenta de que Primrose había descubierto por fin el Popocatepetl: «Ahí está...» «Sí... sí... ahí», y Sigbjørn la besó encantado: para sus adentros, estaba un poco decepcionado, pues el sagrado y majestuoso pico quedaba reducido a muy poca cosa por la enorme altura a la que volaban, no era mayor que un montón de escombros, en realidad, pero es que, si vamos al caso, iban a aterrizar, por supuesto, en un punto elevado, Ciudad de México, y en aquel momento ya faltaba poco para que lo hicieran, al salir de entre las nubes, sí, ahí estaba el lecho de su lago, el de su volcán, de una fealdad increíble, pronto iban a aterrizar —ya lo estaban haciendo, de hecho, en aquel momento, con el ocaso detenido para ellos por ir en un avión americano, y ahora Sigbjørn no lo deseaba, no quería pasar por la aduana—, como si estuvieran tomando tierra en un planeta medio inundado en el que se hubiese producido una gran catástrofe, aunque lo que parecía haber habido antes no era el paisaje de islas flotantes y verdor de la fantasía ni el tipo de civilización bárbara y casi veneciana de la realidad, sino una asolada ciudad con fábricas de vidrio de Lancashire; ahora frenaban los motores, estaban hundiéndose, habían aterrizado.

4

Hacía mucho frío, lo que recordó a Sigbjørn que, al fin y al cabo, la capital de México estaba a más de tres mil metros de entre las nubes, por lo que Primrose ni siquiera tenía demasiadas razones para sentirse decepcionada por la relativamente poca altura (de momento, pensó Sigbjørn, algo taciturno) del Popocatepetl. Por supuesto, había habido la tensión habitual en la aduana, pero no demasiada, pues el aduanero jefe, muy amable, había marcado con tiza su equipaje sin decir palabra, mientras que los demás —por ejemplo, un americano que había tenido la temeridad de llevar consigo una botella de *whiskey*— no tuvieron tanta suerte. Desde luego, había sido un poco fastidioso oír al aduanero ayudante, un muchacho, repitiendo sin cesar, casi provocativo: «¡Un momento, jefe! ¡Un momento, jefe! ¡Vale, jefe, adelante!» Y también había sido fastidioso tener que decidir en el momento a qué hotel irían, pero, ¡qué triunfo haber resistido a quienes en el aeropuerto les ofrecían hoteles caros! «Nosotros no somos americanos ricos», habían dicho, ¡y cuántas veces iban a repetirlo, pensó Sigbjørn (en el momento en que el taxi pasaba por delante de una *pulquería*, que le resultaba algo familiar, llamada La Línea de Fuego, y se metía por una callejuela, para después salir a la calle principal), antes de regresar al Canadá! «Nosotros somos *canadianos* pobres»; y había parecido de lo más natural, como si estuvieran siguiendo un plan preconcebido, en realidad, verse en el frío crepúsculo cogiendo el último taxi del aeropuerto, que los condujo, a través del paisaje arrabalero y horriblemente charro y marcado con las cicatrices de la presidencia de Alemán, hasta el propio Hotel Cornada. Tampoco el cambio de moneda había ido demasiado mal; en el aeropuerto cobraron unos cheques de viaje sin problemas y Sigbjørn hasta los había firmado sin dificultad y, tras cambiar de sitio la coma de los decimales, como le había sugerido la Srta. Gleason, se sintió orgulloso de ocuparse de esas cosas con inteligencia y sentido práctico (por no decir operístico, pues en México, como en Italia, hasta las transacciones más insignificantes presentaban siempre un carácter operístico latente, que podía acentuarse en caso de que amenazaran con volverse serias) sin obligar a Primrose a cargar con demasiada responsabilidad. Desde luego, tras haber vivido y ahorrado como lo habían hecho en el Canadá y después de utilizar la unidad dólar, de valor relativamente elevado, era muy difícil volver a calcular con pesos: a Sigbjørn le dolió un poco, mientras contemplaba la puesta del Sol desde el taxi, darse cuenta, por ejemplo, de que ya le habían timado diez pesos en el aeropuerto en concepto de adelanto por el taxi; ahora bien, gracias otra vez a la ingeniosa manipulación mental con la coma de los decimales aconsejada por la Srta. Gleason, podía retener un rato la idea de que tan sólo eran dos dólares: además, Sigbjørn ya había hecho todo aquello tiempo atrás —siete años antes el peso estaba desplomándose: bajaba cada semana— y debería haber sabido que no debía atribuir demasiada importancia a la unidad «peso»; ahora bien, en aquella época calculaba en libras y tenía tanto dinero, que no sabía qué hacer con él y solía derrocharlo lo antes posible: ahora las cosas habían cambiado, a él incumbía, por consideración para con Primrose, sacar el mayor partido posible al dinero y, aunque sabía que al final, pese a sus propósitos, podría ser que dejara todo en manos de Primrose (entonces ella podría gastar casi tanto como quisiese y a Sigbjørn no le importaría, con tal que no le hablara de ello), de momento él era el responsable. En realidad, aquello formaba parte del plan, en el que él era el guía, su Virgilio, por aquellas intricadas regiones de fuego y purificación antiguos y de belleza transcendente y, si hubieran tenido que intercambiar los papeles, habría significado un enorme fracaso para él. El taxi avanzaba aullando, despacio pero con furia, por las estrechas calles, como un vapor atrapado en la niebla. Ah, sí, en aquella hora punta Ciudad de México parecía esencialmente la misma: olores, ruido, tubos de escape libres, a los que acompañaba la misma incitación a salir de allí lo antes posible; *pulquerías*, exactamente como las recordaba; los mismos peones; mujeres con rebozos; *cantinas*; iglesias corcovadas; al menos de momento, parecía haber poca diferencia, salvo que había más cervecerías que antes y el exorbitante número de anuncios insensatos que te ordenaban beber Coca-Cola helada, y, aunque todas las calles populosas hormigueaban con los milpiés de la memoria, al final representaba una concatenación de emociones que no había por qué disimular, aun cuando fuesen enteramente desagradables, sobre todo ante Primrose, casi muda de emoción, pues era sincero al contener el aliento mientras afrontaba los nombres de calles familiares —Isabel la Católica, Cinco de Mayo y demás— hasta parar por fin ante el Hotel Cornada, cuyo letrero luminoso sobre la entrada principal había perdido tres letras rojas —fenómeno bastante holofrástico y, según resultó, significativo—, con lo que, tal como se habría visto aquella llegada en un sueño, lo único que parecía darles la bienvenida eran las palabras *Hotel Nada.*

«Veinte pesos son todos, señor. Todos son pagados», había dicho Sigbjørn, aún riéndose para sus adentros ante aquella broma del destino.

«No, señor. Diez pesos más.»

«Pero... Primrose, me parece que no oigo bien.»

«Claro, querido, es por el avión. Todavía no estamos del todo en tierra.»

«Ya lo creo que no. Hotel Nada... ¡ja, ja, ja! ¡Uf!... Es todos, señor. Por favor, *mon bagliagli...*»

«Debe usted... esto... pagar un suplemento por el equipaje», dijo el taxista.

«Pero ya hemos pagado.»

«¿Americanos?»

«No, hombre. Nosotros no somos americanos ricos. Nosotros...»

«Nosotros somos *canadianos* pobres.» Primrose, acompañando "pobres" con un gesto significativo, salió, leal, en ayuda de Sigbjørn.

«Diez pesos más.»

«Bueno, hombre.» Sigbjørn pagó alegre al taxista. «¡Abajo los tiranos norteamericanos! ¡Qué caramba, Primrose! Al fin y al cabo, es nuestra primera noche aquí. No la estropeemos.»

«Conque *bagliagli*, ¿eh? Eres un encanto», comentó Primrose.

«Lo siento, he olvidado mi latín medieval. Quería decir "impedimenta". Ahora, a nuestros cuarteles de invierno.»

Pero, después de aquel vuelo, ni siquiera el Hotel Cornada de Ciudad de México fue una decepción. Aunque siempre había sido un hotelucho de mala muerte, unos años antes había parecido tan moderno (aunque barato... y, desde luego, céntrico), recordaba a una mezcla de lonja de algodón ruinosa y casa de pisos. La calle, Cinco de Mayo, se prolongaba en un vestíbulo obscuro y sin alfombra, donde los limpiabotas se mezclaban sin el menor impedimento con buhoneros que vendían sus mercancías e incluso con mendigos. Sin embargo, esa loable impresión democrática, aunque no fuera del todo engañosa, no significaba nada. El restaurante de la última mañana de Sigbjørn, cuando Ruth acababa de marcharse, y él partió para Oaxaca —no iban a volver a verse nunca más—, el colindante con el vestíbulo del hotel, por el que un hombre con cara de verdugo había arrastrado los cervatos aullantes para degollarlos detrás de la puerta del bar, seguía siéndolo, si bien de aspecto mucho más respetable, con manteles blancos, como los que se ven en algunas estaciones rurales de los Estados Unidos, pero el bar había desaparecido. Arriba, el lamentable estado de las instalaciones modernas producía una impresión extraña. Hileras de ropa lavada colgaban fuera de las ventanas, como en una escena de una antigua película soviética. Familias enteras, evidentemente reducidas a la pobreza, habitaban algunas de las habitaciones y en algunos puntos parecían enteramente acampar en los pasillos. Por otro lado, aparecía de vez en cuando un mexicano con ropa llamativa, cerraba su puerta y, fumando un puro y con toda la apariencia de prosperidad y de vivir allí también, esperaba el ascensor delante de uno de los baratos y desvencijados divanes de terciopelo azul eléctrico situados frente a la entrada de cada piso. Naturalmente, el agua caliente no funcionaba en las habitaciones que les enseñaron; nunca había funcionado. Lo sorprendente era el grado de abandono en un establecimiento construido hacía menos de diez años, hasta el punto de que, como ya hemos dicho, las instalaciones —era o había sido un lugar de rectángulos cortantes, ventanales con marco de acero, bloques angulares y violentos contrastes de colores, por lo que en tiempos había recordado a Sigbjørn una casa de pisos de Viena o de Berlín, supermoderna, pero de construcción barata y sin acabar por falta de dinero y después terminada con un plan aún más barato, si bien conservando esa ilusión de «modernidad»—, ya eran presa de la ruina y la decrepitud. El Hotel Nada, en efecto. El Hotel Cornada era en principio una copia de una copia americana de una copia alemana barata de su propia arquitectura berlinesa típica. Evidentemente, ni siquiera se adaptaba a su decadencia, como podría haber ocurrido con un edificio más antiguo o sólido. Sigbjørn había visto familias que se habían creado una especie de hogar cómodo con las ruinas de lo que en tiempos había sido un cuartito de un palacio veraniego de Maximiliano o una sección de un edificio quemado en una antigua hacienda. Aunque, al parecer, la gente lo hacía por alguna razón, no se podía imaginar que se hiciera algo parecido en aquel edificio, cuando quedase completamente reducido a ruinas.

Con todo, consiguieron una de las mejores habitaciones en el último piso; la luz del dormitorio era demasiado mortecina y la del cuarto de baño cegadora, pero eso no parecía importar. Primrose estaba muy animada y Sigbjørn tan aturdido, que, de haber estado solo y de no haber sido por aquel vestíbulo, se habría ido al instante a deambular por la ciudad, sin molestarse siquiera en deshacer las maletas.

«No estaría mal tomar una copa», dijo Primrose.

«¿No íbamos a salir a tomarla?»

«Quiero decir aquí.»

Sigbjørn, quien, posiblemente para provocar esa respuesta, había aludido a una bodega que había visto en el portal contiguo al hotel, encendió la pipa. «Mira, Primrose, es una sensación extraña, pues, no sé por qué, no me siento capaz de volver a pasar por ese vestíbulo en este momento.»

«Oh, yo iré.» Primrose se había puesto ya su abrigo de piel de mofeta ártica como una capa. «Será una aventura. ¿Qué compro?»

«Di: "Por favor, dame Berreteaga", sólo cuesta cuatro pesos, lo he visto en la botella, y es bueno.»

En la puerta Primrose se echó a reír. «Acaba de ocurrírseme que vas a tener que pasar por el vestíbulo alguna vez, querido», dijo, «a no ser que quieras quedarte en esta habitación todo el tiempo que estemos en México».

«Yo estaba pensando lo mismo, cielo. No sé lo que me ha pasado. Asegúrate de que la botella lleve un sacacorchos atado o di que te la abran, pues, si no, tendré que bajar, de todos modos, a pedirlo prestado y se me ha olvidado cómo se dice en español. Gracias.»

«Pero, bueno, ¿por qué he hecho esto?», se preguntó, después de que ella hubiese salido. Lo que quería decir era: no me siento capaz de bajar al vestíbulo, pasar por él o, peor aún, volver por él con una botella, por si me ven, sin haber tomado antes un trago. Comienzo significativo, aunque probablemente Primrose no vería nada especial en él. Cuando ella hubo salido, Sigbjørn se miró en un espejo. De todos modos, ¿por qué, se preguntó en voz alta, había de traerla precisamente aquí, al Hotel Cornada? ¿Qué me ha impulsado a hacerlo? La primera era una pregunta que no requería respuesta, aun cuando, como sostiene cierta escuela filosófica, la respuesta fuera sin duda contenida en ella, pero, ¿qué significaba todo aquello? ¿Por qué la había llevado allí? A aquel maldito, feo e incómodo... ¿Sería divertido para ella? Le pareció que en cierto modo sí, de momento, pero cualquier persona considerada la habría llevado al Reforma o al Regis o, por lo menos, al Tarleton, cualquier sitio donde pudiera sobre todo darse una ducha o un baño caliente antes que nada. Se acordó de que también los hoteles caros le traían recuerdos amargos, sobre todo el último, donde, al volver de Oaxaca y Acapulco, había estado con Stanford. Y podría justificarse con el argumento de que el Cornada no era «distinguido» —y Sigbjørn detestaba los lugares «distinguidos», sobre todo los recomendados por los funcionarios del aeropuerto con el pretexto de la hospitalidad; probablemente la única razón, aparte de la propia comisión por el taxi y el hotel, por la que te pedían declarar el hotel, o te aconsejaban uno, era que no querían perderte de vista—, de que suponía que seguiría siendo relativamente barato y estaba muy céntrico. No podía saber... ¡Qué rabia!... —en cualquier caso, esas preguntas tenían demasiadas ramificaciones—: le habría bastado con releer las notas que había ojeado en el avión de su proyectado relato «Via Dolorosa» para descubrir numerosos motivos válidos para no volver a pisar el Hotel Cornada, le habría bastado con leerlas. Tuvo la sensación de que dichos motivos lo asfixiaban, literalmente, y empujó la ventana, que se había encajado y debía abrirse hacia fuera como una visera —¿y cómo se llamaba ese cristal? ¿*Triplex*? ¿*Duplex*? ¿*Homo triplex*?—, a pesar de que el cuarto no tenía calefacción, pero para que entrara un poco de aire; de repente, se había levantado un fuerte viento fuera, ahora que el Sol se había puesto. Conque eso había sido lo primero que había hecho, enviarla afuera, en plena tormenta, a comprar una botella: apenas podía empujar la ventana, sobre sus averiadas bisagras, contra el viento, por lo que volvió a cerrarla. *Homo duplex*, pensó, por lo menos...

Desde luego, el Hotel Cornada había sido un lugar en el que adoptar decisiones, el escenario en que había tomado la decisión tal vez más puramente destructiva y negativa de su vida, a no ser —pues, si no la hubiera tomado, no habría conocido a Primrose y, desde luego, no habría escrito *El valle de la sombra de la muerte*— que fuera la más cruelmente constructiva y positiva, pero, constructiva o destructiva, había sido triste, las consecuencias parecían infinitas, tal vez hubiera sido el momento de mayor reflujo —¿habría que ver una clave en esa trivialidad? ¿Se verían las aguas de nuestra vida inexorablemente atraídas hacia ese reflujo máximo?— de su vida. Era como si el espectro de un hombre que se hubiese ahorcado hubiera regresado al escenario de su suicidio, no por curiosidad morbosa, sino por pura nostalgia, para beber otra vez las copas que le habían dado fuerzas para hacerlo y asombrarse, tal vez, de que hubiera tenido valor para hacerlo. Tiempo atrás, allí, en el Hotel Cornada, se había separado de Ruth, había cortado de un tajo su vida en dos con tanta certeza como si lo hubiera hecho con un machete y en aquel momento entró Primrose, alegre, con la botella de *habanero*.

¡El Hotel Cornada! Era extraño pensar, como pensó, después de que hubiesen saboreado su primer trago de Berreteaga, que había sido a aquel hotel, cuando había abandonado Cuernavaca, según creía, para siempre, con Ruth, donde había ido con ella, aunque sólo fuese porque era el primer hotel en que Ruth y él se habían alojado en Ciudad de México, que había sido de allí, tras la marcha de Ruth, de donde había salido para Oaxaca, que había sido al Hotel Cornada, después de lo de Oaxaca, después de lo de Fernando, al que había regresado, que había sido de allí de donde había salido para Acapulco en aquella segunda y fatídica ocasión y que, después de lo de Stanford y el Tarleton, había sido a aquel Hotel Cornada al que había regresado una vez más y que también desde allí había abandonado México, de modo tan humillante, más de siete años atrás, para, según creía, nunca más volver. Y recordaba otra cosa más. Recordaba su juventud. ¡No era extraño que no quisiese bajar en el ascensor! Era como una estación del calvario, en el inacabado Oberammergau de su vida, con lo que incluso en eso había sido un obscuro actor suplente, era en gran medida como si hubiese dejado la cruz allí, mientras hubiera salido una noche a emborracharse con Pilsener, y después se hubiese puesto a hacer otra cosa y hubiera olvidado el papel que estaba desempeñando: y ahora había tenido que volver allí a recogerla y acabar lo que quiera que hubiese empezado. ¿O habría dejado su cruz en Oaxaca, c/o Fernando Martínez, hasta que volviese a buscarla?

«¿No has tenido ninguna dificultad?»

«No, era un hombre muy agradable. Oh, Sigbjørn, ahora sé que me va a encantar México... Y la botella lleva el sacacorchos, como has dicho, y él me la ha abierto.»

Y la modesta, infantil y encantadora confianza que demostraba, pensó Sigbjørn, mientras llenaba los dos vasos: ni una palabra sobre el asqueroso hotel, ni una palabra sobre que la hubiera enviado en plena tormenta a comprar una botella de *habanero* aun antes de haber tenido oportunidad de lavarse, en un país extraño y peligroso, sino que se lo había tomado como una aventurilla, *y sé que me va a encantar México.*

«Este *habanero* es maravilloso», dijo Primrose riendo. «¡Por nuestra estancia en México!»

«¡Por nuestra estancia!», dijo Sigbjørn.

Uno de los detalles del Hotel Cornada, en todas las habitaciones mejores, seguía siendo —notó Sigbjørn— la ducha colocada justo sobre la taza del retrete, por lo que había que ducharse sentado o de pie encima de la taza, acción cuyo resultado en ambos casos era la inundación total del baño, como si fuera un comentario sardónico sobre semejantes comodidades en general. Por su parte, la cisterna del inundado retrete no funcionaba, la ducha nunca podía cerrarse del todo en aquella época, en eso el tiempo había hecho un sutil favor, ya que no una mejora, pues no sólo estaba rota la propia ducha, sino que tampoco funcionaban los grifos del agua fría.

Tampoco, en un plano diferente, abajo, en el obscuro vestíbulo, en el más que familiar mostrador —tras el cual seguía colgado el enigmático cuadro de las Montañas Rocosas canadienses, pero el retrato del presidente Camacho había substituido al del presidente Cárdenas, y otro que mostraba el águila mexicana picoteando la bandera nazi—, dio resultado su ruego casi innato

—«Nosotros no somos americanos ricos, nosotros somos *canadianos* pobres»—, tras el cual Sigbjørn, que pensaba haber reconocido a uno de los dos gerentes, añadió muy serio: «y amigos hace mucho tiempo», pues estaba intentando conseguir una rebaja, en caso de que se quedaran una semana, y ahora, tras haberse tomado el *habanero*, que reconociesen en él a un cliente interesante, pero no era sorprendente que no hubiese sido así, pues en los viejos tiempos había llevado barba de vez en cuando y aun entonces lo habían confundido con frecuencia, al detenerse allí, con el profesional de la lucha libre que vivía en el piso de arriba. «Pero un otro vaso, por favor, señor», pidió decidido. «Sí, señor.» El gerente, que ahora parecía como si lo reconociera después de todo, sonrió. «Otro vaso.»

«En fin, en cierto modo no se les puede reprochar que no construyan nada duradero», dijo Sigbjørn a Primrose, al tiempo que pasaban por la puerta giratoria.

«¿Por qué?»

«Ciudad de México está hundiéndose en el lecho del lago y el propio México será un desierto dentro de unos centenares de años. Al menos, eso dicen.»

«¡Qué alegre eres!»

«Exacto.»

Fuera el viento soplaba con un gemido sombrío y melancólico. Se subieron el cuello del abrigo y caminaron cogidos del brazo. Imperceptiblemente, los pies lo llevaban a sus antiguos y siniestros lugares predilectos, lo que no estaba reñido con el sentido común, pues así se dirigían hacia el teatro de la ópera y el Paseo de la Reforma. Las calles estaban obscuras y mucho menos populosas y quienes quedaban en la ciudad parecían dirigirse, presurosos, de vuelta a casa. Los timbres de los tranvías resonaban al viento. Sigbjørn tenía la inquietante sensación de estar haciendo varias cosas a la vez o, mejor dicho, de acercarse a varios umbrales y al tiempo moverse en ellos. En un sentido, iba simplemente paseando, feliz, por la calle con Primrose, satisfecho de haber concluido la primera etapa de su viaje, sin que se hubiera disipado lo más mínimo su sensación de triunfo y esperando con interés el futuro, unas vacaciones encantadoras con ella y, sobre todo, la oportunidad de enseñarle México, aunque aquella noche no iban a ver gran cosa. En otro sentido, iba caminando, pisando, mucho más en serio, por un como campo de batalla espiritual en el que Sigbjørn, cual Cortés, era el conquistador, mientras que los horrores de la experiencia que hasta entonces había trascendido con la conclusión de su libro y su simple presencia en México eran el enemigo derrotado. En otro sentido más, daba la sensación de que tal vez hubiese usado fuerzas traicioneras para lograr su conquista —no habría sido capaz de decir exactamente cómo ni por qué— y, al dirigirse así, derecho, al pasado, estaba incitándolas a vengarse. En ese nivel, el futuro apenas existía y cuanto más lo recorría mentalmente, menos era ni parecía una conquista. En realidad, más parecía una derrota, una derrota monstruosa, una «noche triste», de hecho, sólo, que entonces se disipaba hasta la sensación de encontrarse en un campo de batalla.

Era más que nada —pensó— como si, cuando llegaron al Bach, un café subterráneo al que se entraba por detrás de un quiosco que estaba cerrando, y empezaron a bajar las escaleras, como si, al entrar así en el pasado, hubiera tropezado con un laberinto, sin un hilo que lo guiara, donde el Minotauro amenazase a cada paso y, además, fuera un laberinto que ahora, a cada vuelta, condujese sin falta a un precipicio por el que podías caer a cada momento y en cuyo fondo estaba el abismo. De hecho, el Bach era un local sombrío con una larga barra a un lado y altos y negros compartimientos de madera, casi desierto, a no ser por la presencia de un oficial mexicano con una muchacha sentada en sus rodillas, y produjo a Sigbjørn la misma mezcla de sentimientos que —se imaginaba— una plaza vacía a un torero que se hubiera cortado la coleta o —pensó, al tiempo que se sentaban en uno de los compartimientos e intentaba atraer la atención del camarero, eterna figura fúnebre con un paño blanco sobre el brazo, quien en un millón de lugares diferentes de setenta países probablemente estuviera bostezando en el mostrador y ante un periódico de la tarde, como éste— un pabellón vacío a un jugador de golf retirado que, sin ser visto, acabase de hacer un hoyo de dos golpes, pero también le causó otro efecto, bastante más sutil.

«¿Es éste uno de tus antiguos lugares favoritos?», dijo Primrose.

Sigbjørn se rió y esperó para contestar con cautela. «En fin, tanto como eso tal vez no, pero había días que me los pasaba enteros aquí sentado: forcejeando con algún que otro soneto. ¿Qué vamos a tomar?»

«Oh, Sigbjørn, quiero beber lo que tú bebías y hacer todo lo que hacías».

«Dios no lo quiera... ¿Y si tomáramos un tequila, entonces?... Los mexicanos no dejan entrar a las mujeres en la mitad de sus *cantinas*», añadió, en el momento en que llegaban por fin los tequilas. «Y supongo que ahora debería enseñarte el rito de la sal y el limón.»

«¡Cielos!», dijo Primrose atragantándose. «¡Qué fuerte es! Dame el limón, ¡rápido! Me parece que no me gusta tanto como el *habanero*. Entonces, ¿esto es lo que el Cónsul llamaría una *cantina*?»

«No, pero ya habrá ocasión más adelante de que te enseñe alguno de esos sitios.» Sigbjørn encendió la pipa y después guardó silencio.

El tequila, de una variedad virulenta y sabrosa, era tan bueno o tan malo como siempre. Es una bebida que, si no te emborracha en seguida, estimula la meditación, no siempre de carácter alegre, sobre todo cuando sigue a un *habanero*.

«Me encanta verte fumar en pipa, Sigbjørn. Apenas lo has hecho desde el incendio.»

«Daniel solía decir que siempre era buena señal en un antiguo fumador de pipa que se hubiese pasado a los cigarrillos. En su caso solía significar, cuando estaba melancólico, que pronto se pondría a escribir.»

«Espero que signifique también eso en tu caso.»

Por qué se habría acordado de Daniel, se preguntó Sigbjørn. Sabía la razón. ¿Acaso no se había identificado con un personaje de Daniel... si no con el propio Daniel? Y cosa parecida le había ocurrido con Erikson, que tal día como aquél, dos años antes, había muerto. Mi primer día de muerte, podría haberse dicho. Dios mío, qué profunda era la existencia, pero profunda, lo que se dice profunda de verdad: profundidades y más profundidades y Sigbjørn volvió a sentirse mirando a un abismo.

«Eres de una lealtad tremenda.»

«¿Tanto la amabas?», dijo Primrose de pronto.

«Esto...»

«Nunca hemos hablado de eso. No me va a herir.»

«La cuestión no es ésa», dijo Sigbjørn, dejando escapar un gemido.

«¿En qué piensas, Sigbjørn?»

«Si de verdad quieres saberlo, estaba pensando que en realidad tengo más miedo de Oaxaca que de ningún otro lugar del mundo.»

«Entonces, vamos a Oaxaca», dijo al instante Primrose, alegre y como si nunca hubieran pensado en ello.

«Excepto Cuernavaca.»

«Entonces, vamos a Cuernavaca lo antes posible», dijo Primrose con la misma alegría.

En aquel momento, con un estampido y un gemido repentinos, la rockola empezó a chillar: «*I'm dreaming of a white Christmas*». «Americana», anunció, alegre, el militar mexicano, al tiempo que volvía contoneándose hacia la máquina. «¡Una canción! ¿Les gusta la música americana?»

«Muchas gracias, señor», dijeron Primrose y Sigbjørn, y después, susurrándose uno al otro, añadieron: «Pero nosotros no somos...»

Pero la enfermiza tristeza de la melodía, sentimentaloide pero no carente de belleza, les hizo salir de nuevo a la tormenta riendo y dejaron al militar americano con su chavala. Sin embargo, ¿había sido entonces cuando, con la admisión medio en broma del miedo, había hecho aparición —como si todas las demás angustias y miedos menores relacionados con su viaje y otras esencias y veleidades de miedos que se apiñaban tras él lo hubieran atizado y empujado hasta la plenitud de su conciencia— el propio miedo? Fueron paseando por la calle de Gante (que rimaba —por primera vez lo advertía— con Dante) en busca de un antiguo restaurante alemán llamado el Munchener Kindl, donde en tiempos se comía bien. Ya no existía: había pasado a ser, aquella vez, una *cantina* de las del Cónsul, donde no se permitía la entrada a mujeres. Sólo, que tenía una iluminación deslumbrante y justo al lado de la puerta gruñía una rockola. Vieron que estaban a punto de echar de nuevo a un borracho escandaloso que, cuando se acercaban, estaba golpeando la puerta para que lo dejaran entrar y, después, había conseguido colarse. No, se negaba a salir y también él se parecía al miedo o al miedo de Sigbjørn: sólo una copa lo induciría a salir un rato y, aun así, siempre volvía por otra puerta. ¡Cuidado con el matón! Se quedaron mirando la escena unos instantes. ¡Nostalgias absurdas! ¿Cuántas veces se había comportado él como aquel borracho o había estado sentado en el Munchener Kindl hablando con su propia neurosis, su propio dolor, su propia soledad? ¿O con su némesis, el fornido, desgraciado y perdido Stanford, oriundo de San Francisco, una de cuyas camisas blancas llevaba puesta incluso Sigbjørn? Y trabajando también —¡hay que ver!—, trabajando, mientras bebía la copa del asombro y la desolación y esperaba que sonara su hora, en el torbellino de su autodestrucción. Sí, Sigbjørn podía ponerse casi bíblico al respecto. Una vez en que había estado sin blanca por un tiempo había dejado allí en prenda el sombrero de Stanford y éste, pese a que debía a Sigbjørn una importante suma de dinero, había armado un escándalo terrible. «Eso no me gusta», había dicho. ¿Cómo explicar aquella atracción sobrenatural e insensata, por la que, a pesar del viento, casi tuvo que hacer un esfuerzo para alejarse de lo que en tiempos había sido el Munchener Kindl? Entraron en el Paseo de la Reforma y ocurrió lo mismo. Había sido un Getsemaní o una parodia de él y, aun así, le produjo casi la sensación de pisar una tierra con la que hubiera soñado durante mucho tiempo. Si hubiese habido un solo recuerdo feliz al que recurrir, lo habría entendido mejor, pero no había ninguno. Todos sus recuerdos eran de sufrimientos y angustia espantosa o de escapar de ellos o sumirse más en ellos con tequila o mezcal, de la certeza de que su vida se derrumbaba, se había acabado, pero sobre todo de la soledad o de una compañía que era peor que la soledad. Fernando era lo único que salvaba a México o, mejor dicho, Fernando y dos acciones quijotescas, pero Fernando pertenecía a Oaxaca y no a aquel lugar. Tampoco faltaba el detalle ridículo. Allí se alzaba el palacio de Bellas Artes, el antiguo teatro de la ópera, que estaba señalando a Primrose con tal aire de entendido, como si encerrara algún recuerdo precioso, y, por Dios, que así era. Se trataba de aquella ocasión en que, más sólo que la una y con una botella de tequila, había permanecido durante dos buenas horas sentado en aquel enorme teatro de la ópera, delante del telón con su recargada y absurda pintura de los dos volcanes, en espera de que empezase la película surrealista, que durante todo ese tiempo habían estado proyectando arriba en una antesala. Y, sin embargo, estaba señalando al Bellas Artes con el mismo orgullo que si en tiempos hubiera celebrado en él una exposición de cuadros con éxito. Aun así, había sacado provecho de muchas de aquellas cosas, gracias a Primrose, y apretó el brazo a ésta con más fuerza. Pero, Dios mío, ¡aquellas avenidas, aquellas campanas melancólicas! Las calles estaban obscuras y del todo vacías ahora y recordaban más que nada a Cambridge un domingo por la noche y, por encima de ellas, el cielo, sin estrellas, estaba obscuro también, excepto donde una parte lechosa ocultaba la Luna, que seguía su sombrío curso en cuarto creciente. Entretanto, otro restaurante alemán favorito, lugar de arquitectura vienesa y comida excelente, en tiempos regentado con competencia por un negro afable, que resultó ser ahora una joyería, había cerrado para siempre, como también, más allá de la plaza bordeada de árboles, el incomparable Broadway. Un pequeño restaurante mexicano, casi contiguo a éste, que Sigbjørn recordaba, estaba abierto, si bien había cambiado de nombre: en realidad, no tenía nombre. Y era mayor y estaba mejor iluminado. Entraron y Sigbjørn pidió huevos revueltos con chorizo, frijoles y cerveza. Había cambiado de dueños: en realidad, parecían ser casi todos chinos, por lo que era como si estuviesen de vuelta en Vancouver. A pesar de haber cenado en el avión, los dos tenían hambre y a Primrose le encantaron los chorizos, pero la puerta se abría con el viento a cada instante y hacía tanto frío, que hubieron de comer con los abrigos puestos.

«Aquí», dijo Sigbjørn, «había siempre una rockola. Stanford solía poner una canción llamada "Tipitipitín" hasta que casi me volvía loco».

«¿Es también el Café Nada?», preguntó Primrose sonriendo.

«No, éste se llamaba en tiempos El Petate», dijo Sigbjørn con la boca llena. «¿No recuerdas el poema del Cónsul que Yvonne y Hugh encontraron en el menú del antiguo Popo... justo antes de la muerte de Yvonne, cuando salieron camino de El Farolito? *Cuentan historias extrañas y diabólicas de aquella pobre alma fracasada que en cierta ocasión huyó hacia el Norte*. Bueno, pues, eso lo escribí sobre el menú de aquí, aquel en el que aparece la mujer de la lotería: el que apareció después del incendio y que, como descubrimos, teníamos con nosotros en Niágara.»

«¡Oh, Señor, sí!»

«Eso es todo. Aquí estamos. Reservamos el nombre de El Petate en el capítulo undécimo para otra *cantina* donde Hugh e Yvonne no encontraron al Cónsul, la que era cuanto quedaba del "quemado Anochitlán", con lo que me refería a Nochitlán, en Oaxaca, adonde fui con Fernando para entregar dinero del ejidal a los dos pueblos, Andoa y Chindoa, que combatían entre sí a ambos lados de la barranca. Anochitlán no queda lejos de Parián, donde Fernando y yo tuvimos que despedirnos, o el doctor Vigil —Juan Cerillo, como a ti te gusta llamarlo— y yo. Fernando tenía que volver a Cuicitlán, adonde lo habían trasladado desde Oaxaca, y yo al Hotel La Luna en la propia Oaxaca. Dentro de dos meses hará unos ocho años de todo aquello. Unos días después, abandoné Oaxaca para siempre y volví aquí, a Ciudad de México, al Cornada. Después, años después, Primrose, usamos el menú del antiguo El Petate con el poema del Cónsul como si fuera el menú del antiguo El Popo, donde Yvonne se emborrachó y Hugh compró la guitarra.

Recuerdo haber escrito el poema, lo que había de él, aquí, a eso de las cinco de la mañana, con el "Tipitipitín" sonando y Stanford y un montón de borrachos arremolinados alrededor.»

«Eso debió de ser poco antes de que tú mismo huyeras al Norte.»

«Por decirlo así.» Pero el Cónsul no había huido al Norte, pensó Sigbjørn, había huido a El Farolito, en Parián, para encontrar la muerte y ellos, Primrose y él, no habían huido al Norte tampoco, al menos aún no. Habían huido al Sur, un larguísimo viaje hacia el Sur, y muy pronto, «en cuanto podamos», huirían aún más al Sur, a El Farolito también —¿quién sabía?—, pues El Farolito no estaba en Parián, sino en la propia ciudad de Oaxaca, la parte de El Farolito, claro está, que no era El Bosque de Oaxaca ni La Universidad de Cuernavaca, hacia donde, si lograban ir también allí lo antes posible, huirían también con rumbo al Sur. Y en Oaxaca podrían alojarse incluso en el Hotel La Luna, si es que seguía existiendo, de donde Sigbjørn solía salir tambaleándose a las cuatro de la mañana camino de El Farolito. Y, entretanto, tras su cena de salchichas y huevos, volverían a escape al Hotel Cornada, sin señal de aquel drama en la frente que pudiera leer el conserje en el obscuro vestíbulo. Era muy extraño.

«Háblame más de Stanford, debiste de apreciarlo mucho», dijo Primrose.

«No, lo detestaba... Sin embargo, siempre le agradeceré que salvara *Rumbo al Mar Blanco.*»

«Para que yo no lo salvase.»

«No empecemos otra vez con eso, Primrose... No fue culpa tuya. Además, ¿acaso no te debo a ti la existencia de *El valle* en más de un sentido?» Sigbjørn apartó su plato y se puso a llenar la pipa. «Además, fue la fatalidad o lo que sea y, además, éste es el libro.»

«¿Cuál libro es éste?»

«El libro real. Ahora es como si todo lo que hacemos fuera parte de él. Desde luego, no puedo escribirlo.»

«Pero por lo menos estás fumando en pipa otra vez, Sigbjørn querido.»

«Y si lo hiciera, probablemente sería ilegible, pero éste es. Hasta los errores que cometemos parecen entrar dentro del propósito de ese flagelo... y tal vez éstas sean las partes que tacha a la mañana siguiente, cuando vuelve a instalar su precioso escritorio colgado entre dos estrellas. En caso de que duerma alguna vez o coma. Personalmente, creo que se limita a beber.»

«¿De qué estás hablando, Sigbjørn?»

«Tampoco es un flagelo, ni mucho menos. Lo que ocurre simplemente es que sus ideas sobre el arte, aunque a veces no difieran tal vez de las nuestras, son sencillamente más amplias. Sé que no es del todo un flagelo porque desea —lo noto— que yo, que nosotros hagamos el bien, seamos buenos. Lo malo —lo malo también para él— es que somos propensos a desmandarnos, tascando el freno de sus sentencias con nuestros propios dientes. Entonces nos sentimos henchidos de una autoconfianza inapropiada, que a él hinche, a su vez, de desesperación, pues, en realidad, dependemos totalmente de él y tenemos que pedir su ayuda a cada paso en lugar de la nuestra. De hecho, ése es su principal quebradero de cabeza, pues, al habernos dado una clase de vida, también nos ha dado una voluntad. Que ésta actúe o no constructivamente, como nosotros decimos, carece de la menor importancia, o de lo que nosotros llamamos deseo, en nuestro lenguaje, pero tiene importancia para él, porque, si nuestro deseo es lo bastante fuerte por el lado femenino, no puede vencerlo. Podríamos empeñarnos en que el final sea trágico y conseguirlo, cuando, en realidad, su intención es que sea feliz. En esos momentos es en los que quema nuestra casa o destruye tres cuartas partes de la obra de toda nuestra vida, simplemente para recordarnos que no permanece ocioso. ¿Satisface eso tus instintos trágicos?, parece decirnos; entonces, a ver qué haces ahora. Tal vez pienses que eso es el fin, pero para mí sólo es un comienzo. No es que pida humildad en el sentido más limitado, sino que no puede hacer nada, a no ser que seamos humildes, palabra que necesita una nueva definición, porque Uriah Heep parece haberla corrompido.»

«Parece como si estuvieras hablando de Dios.»

«Tal vez sí, tal vez sea yo religioso o tal vez el sentido de nuestra estancia aquí sea el de descubrir que no podemos vivir sin Dios, pero no tenía intención de hablar de Dios. Creía estar hablando de ese ser tutelar que los escritores llaman "duende" y mi idea era la de que mi duende estaba probando a escribir un libro él mismo, en lugar de hacerme escribirlo a mí, ya que he guardado bastante silencio desde el incendio y, además, he sido de una incapacidad clamorosa para percibir la broma que había en ello, ya fuera obra suya o de Dios.»

«No se me habría ocurrido que tu duende se especializara en finales felices.»

«Creo que he empezado con el demonio y después, en el curso de mi monólogo bastante presuntuoso, me he descubierto hablando de Dios.»

«¿Y si tu flagelo bueno decide que debes intentar escribir ese libro ilegible?»

«Entonces supongo que intentaré escribirlo.»

De vuelta hacia el antiguo El Petate, se perdieron y se encontraron en la Vía Dolorosa, una calle transversal, que ofrecía el mismo aspecto exactamente, ya miraras hacia arriba o hacia abajo. Sigbjørn no sabía, no podía asegurar, en qué dirección iban, pero, a saber por qué, no sentía angustia. Varios de los infrecuentes transeúntes habían intentado mostrarles, corteses, la dirección; Sigbjørn fingía entenderles bien para no revelar su desconocimiento del español y fue más que nada la buena suerte la que los guió de regreso al Hotel Cornada. Primrose, muerta de cansancio, no tardó en quedarse dormida. Sigbjørn no pudo pegar ojo. Era como si continuara la conversación consigo mismo que había sostenido antes y que había quedado interrumpida por el regreso de Primrose con la botella de Berreteaga, que ahora estaba en el baño. Sí, en efecto, ¿por qué la había llevado al Hotel Cornada? Y, sin embargo, tenía la sensación de que no habría podido llevarla a ningún otro sitio.

El Cornada era donde había tomado una gran decisión objetiva que cambió todo el curso de su vida: era la torre donde hizo al Cónsul —Cónsul, nada menos; eso era tan gracioso como lo de Hotel Nada— intentar adoptar una decisión semejante, pero era algo más. Allí se había separado de Ruth. Era una decisión que se había mantenido en suspenso hasta el último minuto, había estado en suspenso después de que abandonaran Cuernavaca, mientras hacía sus obscuros y difíciles preparativos con Hölscher para intentar llegar a España desde Salina Cruz, o imaginaba estar haciéndolos, cuando, en realidad, tras haberlos concluido, estuvo acostándose con una prostituta tras otra, presa de una pasión como no había conocido hasta entonces, en un esfuerzo por perder o proyectar o conectar su sufrimiento con algo, en suspenso toda aquella noche atroz en la Vía Dolorosa: hasta el último minuto preciso ella no había dado carácter definitivo a la decisión de regresar a los Estados Unidos.

Pero había un precio: un precio que no había estado dispuesto a pagar, el precio del Cónsul, un precio, ahora que lo pensaba, que no deberían haberle exigido nunca, de igual modo que él se había abstenido de crear un personaje tan poco compasivo como para exigirlo. «Querido, si me quedo contigo, ¿dejarás de beber?...» «¿Ahora mismo, hoy?» Un sufrimiento que se prolongó tanto como la angustia, en casa del médico, a propósito de la sífilis que, según había creído, le había contagiado ella. «Sí, ahora.» «Pues mi respuesta a eso es "no". ¿Qué esperabas? Voy a bajar tu bolsa.» (Por lo menos Primrose nunca habría armado un escándalo a propósito de la bebida, en caso de que ésta hubiera vuelto a ser un problema; de hecho, estaba bebiendo cuando la conoció y, aun cuando no se hubiese enamorado, casi habría valido la pena casarse con ella, porque era la clase de persona que no armaba un escándalo o dicho de otro modo: si no se hubiese parecido a esa clase de persona, nunca habría pensado él que valiese la pena dejar de beber siquiera. Y había llevado la bolsa —su primero y último servicio a Ruth, pensó— hasta donde estaba esperando el coche con los dos americanos para trasladarla a California, tras detenerse a tomar un mezcal en el bar. Aquella escena era la que no dejaba de repetirse, una y mil veces, como la de una película rota (y esa película rota era una incómoda imagen de él mismo): la bajada en el ascensor con la bolsa, la sensación de irrealidad, los americanos esperando a que bajara Ruth en el coche de dos plazas y asiento trasero descubierto en la acera de enfrente del Cornada y después, cuando ella apareció: «¿Estás seguro de que no vas a cambiar de opinión, querido?... Ni siquiera ahora es demasiado tarde. Podríamos ir a Yucatán.» «Absolutamente seguro. Yo me encargo de lo del dinero.» «Sigbjørn...» «No es cuestión de cambiar de opinión, Ruth, o, si lo es, primero es necesario adoptar la clase de opinión que tú apruebes.» Pero Ruth había vacilado un momento en el umbral del Cornada, casi muda, con un dedo en los labios, perpleja, como una niña, y lo único que le impidió a él ablandarse fue, tal vez, pensar en la tiranía de los niños, o en el suyo muerto, cuya asesina era ella. «Pero, ¿no va a ser esto la ruina de tu vida?», preguntó ella. «Algo así.» «Te vas a arrepentir, ya lo sabes.» «Si es así, tú no te enterarás. De todos modos, aunque te quedes, me voy a España.» «¡Ya, ya! A España», saltó ella en tono despectivo y se volvió. «Y, pareces haberlo olvidado, pero estoy trabajando.» «Trabajando... ¡Ja, ja!» «Pero no te vayas así», añadió Sigbjørn, sin embargo, casi llorando. «Oh, querido, tú no me quieres ni me has querido nunca, pero adiós y que Dios te bendiga. Buena suerte.» «Adiós.» «Sigbjørn, lo siento por ti.» «No pases pena. Ya tengo yo bastante y», le gritó mientras ella se alejaba, «me alegro de que tengas bastantes planes en reserva como para que yo no tenga que sentirlo por ti».

Y después los mezcales y los cervatos degollados, Hölscher, Oaxaca y Fernando Martínez y, más adelante, Stanford y Acapulco. La separación se había producido hacía casi ocho años exactos, casi a la misma hora, pues también entonces había sido por la mañana. «Tú no me quieres ni me has querido nunca.» Era cierto; más aún: de acuerdo con las categorías mediante las cuales se conciben esa clase de cosas, ninguno de los dos —por citar a Lucrecio, por citar al Cónsul, por citarse a sí mismo— había amado al otro de verdad. Nunca había hablado del asunto con Primrose por miedo a herirla, como tampoco ella había comentado con él una angustia similar: los dos podían leer entre líneas en sus pasados, sobre todo Primrose, ya que, como señalaba él, comprensivo, tuvo que mecanografiar la crónica de gran parte del de él, pero, si Primrose hubiera sabido la verdad, no se habría sentido dolida: muy al contrario, a no ser por él.

Todo lo cual no explicaba el sufrimiento, el hecho de que los días pasados en Oaxaca —y más adelante en Acapulco y aun después allí, en Ciudad de México otra vez, antes de abandonar México por tren de forma tan humillante y, según pensaba, para siempre— hubieran sido los más tristes de su vida. Cuando Sigbjørn pensaba en un amor como el que existía entre Primrose y él —o el que había existido entre sus propios padres o, si vamos al caso, sus hermanos y sus esposas— siempre le sugería algo como el roble negro pesado, fuerte, pero también elástico, bendecido por el sol, brillante o sombrío según la estación, pero capaz de sobrevivir a los rayos, las grandes lluvias y las dificultades y sin dejar nunca de crecer, misteriosamente o —pensaba también con frecuencia— era como el bravo embarcadero de Primrose y de él, asombrosamente parecido a aquel bravo embarcadero mismo, que no era, como podía parecer en un principio, un símbolo estéril, pues se podía extender continua, ya que no infinitamente; además, siempre había que repararlo y, si bien contaba con los cimientos más resistentes, tenía también la más ligera de las estructuras y, sin embargo, había soportado las tempestades más violentas. Tampoco había sido obra exclusiva del amor: el amor nunca lo es. Con frecuencia habían jurado como carreteros, mientras lo construían, y habían reñido ignominiosamente. De igual modo que al construir la casa, que era un símbolo aún mejor, pues estaba aún más evidentemente incompleta, o habría sido uno mejor, si en cierto sentido no la hubieran abandonado atolondradamente, aunque sólo de momento, pero también aquel sufrimiento, o su recrudescencia —y tal vez ésa fuera la única explicación— representaba, y había representado siempre, un desplazamiento, una alteración del orden de su vida; se le ocurrió, como con terror, que tal vez fuera como un aviso, anterior a un acontecimiento que debiese evitar a toda costa;

así sería, si, por su culpa, ahora más plenamente, llegara a perder a Primrose.

Pero, si eso era cierto respecto del amor, es decir, que no había existido, ¿qué decir del sufrimiento? ¿Se había convertido lo que no era amor en sufrimiento? ¿O era posible, por la pérdida de lo que habría podido ser, no ya enamorarse, como se suele decir, del sufrimiento, sino ser presa de él, como se es presa del amor? El tiempo, con su roma vara de acero y su eficaz clavera, había remachado aquellas angustias bajo la superficie de su espíritu. Ahora brotaban a borbotones con él. Aún estaban aplastadas y encajadas en su ser, pero ahí estaban, con todo, ahora, como no habían estado, claramente a la vista, durante años, y dolían, pero por lo menos el sufrimiento, el mental, el del alma, no se presta a descripción concreta. Los clavos, la cruz incluso, en la que fundamos nuestra esperanza, son de la Tierra, pero el propio sufrimiento parecía proceder de algún otro sitio, era de otro sitio... y no se deja describir y parece en perpetua metamorfosis y metáfora confusa y delirante, símil imposible. Como la sangre, como el humo, como la llama, rezumando a través del suelo, floreciendo a través de la ventana, ahogándolo, sofocándolo, en espasmos de angustia, tristeza y asfixia. Y después como un fragor de agua que nunca cesa, a pesar de alzarse y caer como el mar que rompe contra una cueva. Como eso, pero sin ser lo mismo y tampoco como eso, sino algo así como lo que esas palabras podrían evocar a partir de su confusión, a partir –sí– de la propia incompetencia de su disposición, como si el sufrimiento perteneciera a un orden en que la incompetencia fuese una cualidad válida, como —de nuevo el cliché convertido en realidad— absolutamente nada, en verdad, de este mundo.

Cuando un hombre se deja abatir completamente por la catástrofe, tiene propensión a olvidar, en realidad, aunque siga llorándolas automáticamente, las alturas que antes alcanzó y los obstáculos superados para alcanzarlas: el antiguo yo contempla al nuevo con tan absoluto desprecio por haber sucumbido, que éste, amedrentado, rehúye totalmente su terrible mirada a lo largo de los años, lo olvida, en todos los sentidos, al final y, a pesar de que la inteligencia misericorde es la responsable de esa excreción de la memoria, en ese proceso no hay la menor misericordia, entendida en el sentido más profundo. Y fueran cuales fuesen las excusas que pudiera haber, ¿acaso no se había dejado casi abatir? Y Primrose con él. Visto así, era tentar al destino, en verdad, aquel viaje, no era innoble, aun descartando lo que había —no le costaba trabajo convencerse de ello— de generosidad para con Primrose y, si había en él alguna admisión de fracaso, era, no le cabía la menor duda, en gran escala. Era como si la pira funeraria hubiese resultado inadecuada para el fénix y tuviera que buscar a su alrededor otra clase de inmolación en las profundidades del pasado. Y, si en algún sitio podía encontrar su antiguo yo, era allí, en México, si bien no exactamente el antiguo yo que había creído; si en algún sitio podía encontrarse cara a cara —además, esperaba, de con Fernando— con todo lo que aquel yo había trascendido imperfectamente, era allí.

«No te calientes la cabeza», le dijo la voz de su hermano de sangre, con la familiar cadencia final. «Piensa en lo que debes hacer. ¿Qué estás haciendo ahora? ¿Creando más tragedias? ¡Pobre amigo mío!» De acuerdo, pensó Sigbjørn; después, sí, quiero ir a Oaxaca, Fernando, la verdad es que ardo en deseos de verte, hermano de sangre, más que de nada en el mundo.

¿Había batido las alas el fénix, como le había preguntado, alegre, Daniel? No, ay, podía responder ahora Sigbjørn; por desgracia, no había sido así: aún no. Cierto, podía ver en el propio México la perdición total, una ruina quemada en sí mismo, la condenación de la que se había alzado él, como el fénix, para escribir su trilogía, pero el mero hecho de haber escrito *El valle* o de disponer de *El valle* como hecho consumado no parecía ser bastante. Qué otro requisito debiera cumplir no estaba claro, pero no se podía decir que se hubiese alzado hasta no haber acabado su casa y, sin embargo, parecía encontrarse de nuevo en otro desastre del que tampoco se hubiera alzado. Tal vez estar en México fuese, por decirlo así, la analogía espiritual del segundo desastre, cuando su casa se desplomó con el incendio, conflagración de la que no se había alzado ni mucho menos y en medio de la cual, en sentido espiritual, se encontraba aún. Aquella noche había pensado en las calles, las obscuras calles como boca de lobo, en las melancólicas campanas, que a veces hacían que Ciudad de México le recordara a Cambridge, y aun ahora sólo en relación con el alcohol podía recordar aquellas maravillosas mañanas claras y soleadas que había observado en aquella *cantina* con la pintura marrón descascarillada, cerca de la estación de ferrocarril, mientras las muchachas y los estudiantes iban a las carreras y el viento soplaba y su única compañía era el miedo, el prolongado miedo con que se espera la incubación de una enfermedad temida. Pensó en sus primeros poemas, todos perdidos, pero era emocionante recordar la extraordinaria concentración de aquella época, la asombrosa reducción progresiva hasta un solo punto del pensamiento, hasta el extremo de que en cierta ocasión un trozo de limón exprimido en un cenicero había adquirido el aspecto de una vieja encapuchada, sentada y tiritando en plena nevisca. Fernando era lo único que salvaba todo aquello y, aun así, el símbolo de todo México. Entonces, ¿cuál era, en nombre del Cielo, la atracción de éste, su influencia sobrenatural sobre él?

Había habido una breve tronada (fuera de la estación normal, además, exactamente como ocurría en su libro) que había despertado a Primrose y, mientras la tenía rodeada con los brazos y ella, como le gustaba que uno u otro hiciesen, le contaba una historia, él había pensado que era como si un yo en su interior —igual que el amigo de Roderick Usher, cuando éste se encontraba horrorizado ante la ventana abierta de golpe a la tormenta, ante el torbellino, ante la velocidad con que las nubes, resplandeciendo con rayos nunca vistos, volaban de todas partes como barcos dando de quilla y chocaban unas con otras en torno a la condenada casa de Usher— le estuviese diciendo: «No debes contemplar esto. Aquí está una de tus novelas favoritas. Voy a leer y tú a escuchar... y así pasaremos juntos esta noche terrible», y eso una noche que en modo alguno era terrible, sino alegre incluso. A aquel amigo, a aquel «yo», de Roderick Usher era al que debía intentar —estaba intentando ahora, de hecho— mantener en primer plano, por el bien de Primrose y también el suyo, pero, como, por desgracia, no podía disipar el miedo de otro modo, empezó a parecer de nuevo que no podía hacer salir a la superficie aquel «yo» sin beber. Aun así, todavía nada había salido mal del todo y la noche había sido un éxito. ¿En un sentido? Pero, por otro lado, durante la noche, durante la primera noche de los dos en México, había sido cuando había empezado a caer en la cuenta lentamente del peligro psíquico innegable, aunque obscuro, en que se encontraba y ante el que había ido a exponerse, decidido e incluso encantado, había ido a exponer a los dos decidido y encantado: en cierto modo Primrose lo sabía. Al fin y al cabo, se conocía al dedillo *El valle de la sombra de la muerte*: en el caso de ella, de lo que se trataba, por el bien de él, era de conjurar fantasmas, pero en el de él era distinto. Ahora bien, para empezar, el fantasma más poderoso al que debía enfrentarse era él mismo y abrigaba considerables dudas sobre si quería dejarse conjurar.

5

El autobús de Cuernavaca, con escape libre y un ruido de lona rasgada, daba pequeños tirones en sus últimos esfuerzos por sacudirse de encima la ciudad, como las fortalezas exteriores del ideal de Nietzsche (si bien Ciudad de México distaba de ser un ideal), su vestidura exterior (de horrendos suburbios parisinos), su mascarada (de *pulquerías*) y su endurecimiento momentáneo (del yeso de los nuevos edificios de pisos), rigidez como de estructuras esqueléticas que nunca se terminarían y la dogmatizante «Moralización» propia de Alemán. Y entonces el autobús inició su ascensión, en cansinas vueltas y revueltas, hacia Tres Marías por un paisaje que no difería del de New Hampshire o los Cotswolds; a Sigbjørn, apretujado en el autobús de segunda clase y sin apenas atreverse a respirar, se le ocurrió que, pensándolo bien, su viaje podía tener un significado más amplio para ellos. ¿Acaso no era como si ellos mismos fuesen en peregrinación? ¿Como si fueran casi ante el altar, o el oráculo o el milagro, a colocar su ignorancia al pie de la Cruz con humildad y preguntar si, tras lo ocurrido, tenían algún sentido sus vidas? Durante los años anteriores les habían sucedido cosas extrañas con tanta frecuencia, que era casi como si una fuerza estuviese intentando, machacona, hacerles entrar en la cabeza un asunto importante, pero el caso era que algo casi imperceptible se había modificado en los dos. Pasó revista de nuevo a lo sucedido la semana anterior. Se habían puesto a visitar iglesias y aun aquel día, antes de salir con las bolsas y resacas para la plaza Netzalcuayatl, en la Iglesia de Isabel la Católica habían pronunciado una fervorosa oración ante el Santo de las Causas Peligrosas y Desesperadas, pero, ¿qué tenía —se preguntó Sigbjørn, demasiado hipócrita para dejar algo en el cepillo, en el momento en que una vez más cambiaban de velocidad y empezaban a tomar despacio otra curva cerrada, tras pasar ante el letrero habitual, *Euzkadi, otra vulcanización*— de peligroso o desesperado todo aquello? ¿Cuál era, en realidad, la causa o las causas? Una respuesta parcial a su pregunta parecía surgir de la carretera que quedaba por delante y por encima de él y que serpenteaba cada vez más arriba hacia las brumas y *chevaux de frise* de Tres Marías. No era de extrañar que fuese como volver a casa, pues, ¿acaso no había vivido antes en Cuernavaca y había hecho aquel viaje, en ambos sentidos, muchas veces antes, unas contento y otras apenado, y después, presa de la desesperación más absoluta y abrumadora, yendo y viniendo de Acapulco, apartando la vista de Cuernavaca cada vez que llegaba a ella, como si su alma, como él mismo había escrito, hubiera estado atada a la cola de un caballo desbocado? Aquella última y siniestra ocasión en que había regresado de Acapulco con Stanford... no, mejor no recordarlo: tal vez no hubiera sido la última vez; en cualquier caso, no quería asegurarse ahora de cuál había sido la última vez y, sin embargo, tenía la misteriosa sensación de que aquella carretera de Ciudad de México a Cuernavaca tenía algo que enseñarle —por desgracia, o gracias a Dios, que enseñarles; para bien o para mal, Primrose también iba subida al carro—, alguna lección obscura que, cuando había estado allí antes, no había logrado aprender y que debía hacer aquel camino muchas, muchas veces de nuevo, en ambos sentidos, antes de aprenderla para satisfacción de la fuerza, fuera la que fuese, que orientaba su vida, pero después de todo... causa peligrosa y desesperada.

En parte por su terquedad iban en un autobús de segunda clase y no en uno de turismo. Aquella vez el problema había empezado en la plaza Netzalcuayatl por un malentendido por parte de Sigbjørn. Si bien no había querido coger el Flecha Roja, o simplemente el Flecha, el autobús de segunda clase, pues llevaban demasiado equipaje y lo más probable era que no consiguiesen asientos, sí que había querido coger un autobús, a saber, el de primera clase, el Estrella de Oro, para el que, como en los viejos tiempos, se compraban los billetes y después, al no estar permitido viajar de pie, tenías tu asiento reservado y te sentabas en él. Era un buen sistema. Sin embargo, tras haber comprado el asiento, le dijeron —lo que era una mentira evidente: antes de acabar la discusión, el Estrella de Oro llegó y se marchó sin ellos— que el autobús de primera clase no iba a salir y que cogieran uno de turismo: legalmente el precio no era mucho mayor, pero, entre el equipaje y la portentosa presencia del abrigo de pieles de Primrose —ahora lo llevaba sobre el regazo: casi lo agradecían, pues estaban llegando a Tres Marías— ascendía al triple. Casi en seguida le exigieron otra media docena de pesos más o menos, por adelantado. Aunque se trataba de tan sólo sesenta centavos, americanos o canadienses, Sigbjørn se negó y aquella vez la propia Primrose fue la más indignada.

«Pero, señor, nosotros no somos americanos ricos» dijo excitada y Sigbjørn añadió: «No... nosotros somos *canadianos* pobres».

A pesar de que dos mexicanos bien vestidos, un hombre de aspecto casi italiano y una mujer de pelo color mermelada, habían salido, corteses, en su defensa, tiraron sin contemplaciones fuera del turismo su equipaje —por fortuna Sigbjørn tenía cogida la guitarra— y otros dos mexicanos ocuparon sus sitios. Entretanto, el cobrador del Flecha, que salía por el otro lado de la calle y había estado tomando una limonada en el bar contiguo, al oír, al parecer, la palabra *canadianos*, se acercó a ver qué pasaba.

«Winnipeg... ¿conoce usted Winnipeg?»

«Sí, sí, conozco Winnipeg un poco»: habían visitado esa extraña ciudad espejismo, después del incendio cuando habían ido a ver los Reids. Eso fue todo lo que hablaron, pero al cobrador le había gustado verlos en su autobús (Sigbjørn estaba demasiado exhausto para advertir el número de éste) e incluso propuso que otros dos viajeros —indios— cedieran sus asientos, cosa que hicieron de buen grado y sin aceptar su negativa, y, para mejor asegurarse de que no volverían a molestarlos, el cobrador que había estado en Winnipeg les escribió el precio, incluido el suplemento por el equipaje, que ascendía a una tercera parte más o menos del otro, en un papel que les pasó por la ventana, al tiempo que les instaba a pagar eso exactamente y nada más, y en aquel momento les cogieron el dinero, desde fuera, exactamente como en *El valle*, pagó eso y no más y el hombre le dio un boleto arrugado en el que aparecía la imagen de un enorme dios de piedra.

Entretanto, iban hacia Cuernavaca.

El viaje en autobús de Ciudad de México a Cuernavaca engañaba, como Sigbjørn sabía de antiguo. Aunque sólo eran sesenta o setenta kilómetros, con decir eso no se da idea de su naturaleza. Una carretera pesada, larga y polvorienta, para salir de Ciudad de México y luego, media hora después, el largo ascenso tortuoso a Tres Marías. A pesar de haber partido de una altitud de dos mil quinientos metros, subes a una altitud de más de tres mil. En el punto más alto de la carretera —un tinglado desolador de cabañas medio en ruinas llamado Tres Cumbres, en Tres Marías, donde puede sorprenderte una ventisca— empiezas a descender invirtiendo la espiral, por una carretera igualmente tortuosa, hasta encontrarte, en Cuernavaca, a una altitud de unos mil metros, es decir, en un punto bastante más bajo que el de partida; en ese sentido, el viaje siempre le había parecido a Sigbjørn bastante similar a la propia vida. Si repites el viaje muchas veces, tienes la pavorosa sensación de repetir la existencia una y mil veces, lo que, aunque tal vez sea aplicable a cualquier viaje, por alguna razón parece serlo sobre todo a ése. A causa de la altitud y el abrupto cambio de temperatura, estás expuesto a sentirte agotado y, cuando por fin llegas a Cuernavaca, completamente exhausto, pero al menos Primrose y Sigbjørn, ya que no por el viaje, compartían, por fortuna, el gusto por los desplazamientos en autobús.

Y Sigbjørn notaba que Primrose estaba disfrutando con la contemplación del bello paisaje, las flores, las dispersas aldeas de adobes, los cerditos, los delicados tobillos de las mujeres mexicanas. Tenían delante una vasta ladera velada por la niebla: Tres Marías. Llegaron a Tres Cumbres, donde se detuvieron brevemente, y Sigbjørn, sin regatear lo más mínimo, cosa que estaba empezando a espantarlo, compró a una anciana regañona una torta para Primrose, ante la mirada encantada de ésta. Para él, eso era una hazaña, además de una muestra de generosidad, pues había algo en su naturaleza que detestaba romper el ritmo; sólo había algo que detestara más que detenerse y era seguir en movimiento, acunado en determinado talante. A la derecha había una señal que indicaba hacia abajo una carretera serpenteante: *A Zampoala*. Era un lago, en un punto muy elevado de las montañas, que Sigbjørn recordaba no haber visto nunca, y se propuso llevar a Primrose allí. Por allí podía Primrose sentirse muy feliz: lagos, cumbres, posibilidades de elección, supraterrestres o sublacustres.

Cuando reanudaron la marcha, Sigbjørn recordó la visita que habían hecho a la Basílica de Guadalupe unos días antes. Habían cogido el autobús en Bellas Artes y en la basílica Sigbjørn había quedado encantado con el espectáculo: *La Maldición de Dios... ¡Acérquense, señoras y caballeros y no dejen de ver este asombroso aparato de óptica! La cabeza que habla y cuyo cuerpo fue devorado por las ratas.* Primrose se había sentido hechizada con las mujeres —que, por pobres que fueran, llevaban exquisitos zarcillos de plata y tenían manos y tobillos divinos y muchas de ellas magníficos rebozos y porte de reinas— y los bailarines: uno con flecos carmesíes y plumas de medio metro en la cabeza y el otro con una máscara en la nuca que mostraba una mueca horrible.

Bebieron una cerveza maravillosa en un chiringuito situado frente a la basílica: la estatuilla de la Virgen parecía una modelo en el escaparate de unos almacenes americanos de hacia 1917, vestida con un estampado chillón y un candil en la mano, junto a ella había un muchacho de unos dieciséis años inclinado sobre su hombro. Contemplaron a las familias sentadas bajo los árboles con sus dulces y fáciles sonrisas y después se pasearon por la Basílica de Guadalupe... ellos, que hacía veinte años que no entraban en una iglesia. Sigbjørn tuvo una sensación de fe ciega, cuando Primrose se arrodilló y rezó ante el altar, y vio la expresión de sinceridad apasionada en las caras de la gente, un padre enseñando a su hijita a persignarse, una anciana tocando la urna de cristal y rozando la cara de un niño de pecho contra ella —los niños mexicanos, conscientes del trágico fin del hombre, no lloran—: «Aquí dormí yo una vez» —pensó, pero no dijo, Sigbjørn, refiriéndose al suelo de la propia basílica, borracho— con un impermeable prestado, en diciembre de 1936. Percibieron el olor de Ciudad de México —el olor familiar, para él, a gasolina, excremento y naranjas— y bebieron una estupenda cerveza Saturno por cuarenta y cinco centavos.

Entonces ocurrió un incidente, desagradable, lo bastante, en cualquier caso, para que, si hubiera estado escribiendo sobre ello, lo hubiese conservado como el «primer acorde del bajo». Iban paseando, mezclándose con el gentío en Guadalupe, sin apenas saber adónde se dirigían; tal gentío, de hecho, que, al no poder avanzar más, se metieron en una tiendecita en la que, como en tantas otras parecidas, vendían cerveza y licores. Había gente bebiendo y hablando en el mostrador, pero les hicieron sitio, corteses. Pidieron Carta Blanca y estuvieron bebiendo tan contentos sin dejar de contemplar la escena exterior, en lugar de la interior. Pasó tambaleándose una mujer ciega con un perro muerto en los brazos. Un borracho, en un estado de embriaguez casi inimaginable, con una vara en la mano y, por lo que Sigbjørn pudo ver, sin la menor provocación, empezó de pronto a golpearla, brutal, con la vara y después golpeó al perro muerto, que hizo un ruido horrible al caer al suelo. La ciega, furiosa, con obsceno dolor, buscó a tientas el perro muerto y, al encontrarlo, volvió a apretarlo contra su pecho. Entretanto, la multitud se había vuelto del mostrador como un solo hombre y se apretaba hacia la puerta abierta para ver lo que ocurría, momento en que un indio bigotudo tiró al pasar la botella de Carta Blanca de Primrose, que se encontraba sobre el mostrador, y la rompió. El indio se excusó, solícito, y se puso a recoger los cascos, con la ayuda de Sigbjørn, y entonces éste, ante el caos, pensó, por Primrose, que ya era hora de pagar la cuenta.

«Nosotros no somos americanos ricos», empezó a decir Sigbjørn, ya que según la lista de precios en la pared les estaban cobrando un peso de más por botella de una cerveza que costaba setenta y cinco centavos. Sin embargo, ésa fue la señal para que el borracho se volviera hacia ellos. La botella rota, etcétera, tenían que pagar. ¡Americanos! ¡Abajo los tiránicos americanos! Sigbjørn se negó, pero, al ver que el indio se ofrecía a abonarlo, hizo ademán de pagar, pero entonces el borracho se empeñó en que pagaran cinco pesos más y se oyeron gritos de «¡Policía!». En realidad, los policías ya habían llegado y estaban hablando, airados, a la ciega. Y, mientras todo el mundo discutía, escaparon como mejor pudieron.

«Es culpa nuestra», dijo Primrose. «Los americanos bajan aquí y tiran el dinero por todos lados. ¿Qué se puede esperar?»

«Pero nosotros no somos americanos», dijo Sigbjørn, cariñoso, al tiempo que notaba también que le habían robado el tabaco, alguien, seguro, que lo había confundido con su cartera. «Nosotros somos *canadianos* pobres.» Sin embargo, a pesar de su calma —ahora estaban a salvo, aunque en otra tiendecita—, la cruel y bestial escena le había causado una impresión espantosa. De sobra sabía cómo podían acabar cosas así en México y el delito de ellos había consistido en no ser «muy correctos» y comportarse como americanos, al beber en una *cantina* de mala muerte. De hecho, en cierto sentido sutil, ni siquiera tenían el menor derecho a echar un vistazo a la imagen de la Virgen de Guadalupe. A Sigbjørn tampoco le gustaba mucho más el perro muerto, que parecía, a su vez, exhumado de *El valle de la sombra de la muerte*. Era un incidente por lo menos del tipo de los que podría haber usado y tal vez no fuera demasiado tarde para usarlo.

La tumultuaria escena delante de la basílica era muy curiosa: los carruseles y espectáculos obscenos u horrendos y casetas a la sombra con el tremendo calor (la otra única vez que había visitado la basílica había sido de noche) y los gritos de «¡Entren, damas y caballeros, y vean el asombroso espectáculo de la cabeza cuyo cuerpo fue devorado por las ratas!», las desenfrenadas danzas paganas, la impresión de libertad y reclusión a un tiempo y la sensación de peregrinaje auténtico hacia la basílica y, aun así, la virtual imposibilidad de dar un paso o bien descubrías que estabas dando vueltas y más vueltas a la plaza, la sensación de milagro sagrado preservada en medio de todo aquel caos, el contraste del obispo hablando o, mejor dicho —para lo que se oía— abriendo y cerrando la boca en silencio —con lo que podría haber sido Mynheer Peeperkorn antes de su suicidio pronunciando su discurso final ante el fragor de la cascada en *La montaña mágica*— y, aun así, enunciando en medio de todo aquello su bendición, casi como si fuera su encíclica a una orden de clausura, para todos los presentes, incluso Sigbjørn y Primrose, mientras los estridentes altavoces chillaban y gemían en inglés cada vez más alto: «*I'm dreaming of a white Christmas*»; había absurdo y horror en todo aquello, se habría justificado simplemente por su abrumador efecto de sinsentido y fealdad, si no hubiera sido por la sensación, igualmente abrumadora, de algo sublime y omnipresente, de fe.

No se podía decir que fuera una fe sencilla, omnipresente como las rockolas y una curiosa inscripción que había observado, *Kilroy estuvo aquí*; no se podía precisar. Si vamos al caso, hasta un católico ferviente —Primrose descendía de un obispo católico a machamartillo y Sigbjørn de brujas practicantes de la isla de Man— del tipo occidental común habría sentido igual aversión y se habría mostrado mucho más crítico que él ante los símbolos votivos y de mal gusto de aquel credo, mientras que en el propio Sigbjørn —probablemente mucho más supersticioso y menos escéptico y, aun así, reacio a someterse a la disciplina de iglesia alguna, incrédulo, de hecho, respecto al culto público— podría haber detectado algo de orgullo, a pesar de su humildad, en muchos sentidos como la de Uriah Heep, en realidad, que lo habría situado al instante entre los condenados y, sin embargo, persistía la abrumadora sensación de algo irrefutablemente sublime, de fe, de una fe compleja.

Ahora, al iniciar el descenso en espiral hacia Cuernavaca, Sigbjørn no podía por menos de reflexionar sobre la extraña vaguedad de sus planes. En realidad, no tenían plan alguno, aunque el de Sigbjørn de tomar una copa lo más pronto posible pudiera llamarse tal; quizá Primrose se imaginara, pero se equivocaba, que él había pensado en la cuestión del alojamiento en Cuernavaca y, por lo que él sabía, todos los hoteles iban a estar llenos o serían prohibitivamente caros. Se veían atraídos como por una cuerda invisible, pero aquellas ideas permanecían en suspenso de momento ante el enorme entusiasmo de volver a ver los volcanes, pues Primrose, leal, quería verlos exactamente como aparecían en el libro de él. La verdad es que, si hubiera que comparar aquella sensación con cualquier otra cosa, pensó Sigbjørn, sería, cosa extraña, con la lectura de un libro. Sí, precisamente un libro que, si bien el terreno está comunicado con tal viveza, que parece familiar, que, de hecho, ha llegado a sernos, a medida que leemos, familiar, es exasperante porque no cesa de asaltarnos la idea (el convencimiento) de que podemos hacerlo mejor. En aquel caso era —suponía—, si bien no del todo, como si aquel libro fuese en parte suyo y los pasajes aludidos equivalieran a aquella aldea, o a aquella cumbre montañosa de allá, fueran evocados bien por una sensación de omisión o ineptitud o incluso una frase sobre las flores, una aldea perdida, la novedad de las tortas, un cerdito. ¡Eso no lo capté! ¡Mecachis! ¿Cómo se me pudo pasar eso? Si en aquel momento hubiera estado convencido de que iba a escribir de nuevo, habría echado a perder su gozo tomando notas al margen o en la libreta que, por desgracia, ya no llevaba consigo.

Por otro lado, y con mucha mayor intensidad, el libro que estaba leyendo era como otro que, paradójicamente, aún no se había escrito del todo y probablemente no fuera a escribirse nunca, sino que, en cierto sentido trascendental, se estaba escribiendo a medida que avanzaban. Visto así, lo que Sigbjørn leía era aún más subyugante. Sin embargo, en aquel momento sentía la tentación, a causa de la ansiedad por lo que fuera a suceder a los protagonistas, de saltarse páginas y enterarse. Como eso era imposible, y al menos en parte dependía del destino, y como ellos mismos eran los protagonistas, lo que parecía ocurrir en realidad era que de vez en cuando, aunque tal vez no se pudiese intensificar más el ensimismamiento, lo que parecía, en realidad, suceder era que de vez en cuando parecían estar a punto de desaparecer por completo, sensación tan placentera, que te hacía olvidar la resaca y deseabas prolongar para siempre.

Volver a la realidad en aquel momento con la conciencia, sin embargo, de aquella resaca, con la que al mismo tiempo le sobrevino, una vez más, el terror (tal vez se buscaran las resacas deliberadamente, porque eran la analogía más próxima a la sensación inspirada por el amor sin remedio), fue para comprender que la forma de prolongar aquella sensación era tomar una copa cuanto antes. Más o menos de ese modo, en cualquier caso, así como Sigbjørn podía explicar la desgana que le impidió el menor movimiento en Tres Cumbres, ni siquiera para comprar un bocadillo a Primrose, así también podía explicarse la vaguedad de sus planes. De cualquier modo, en el nivel de reflexión más elemental, era de lo más extraño, desde luego, ir de regreso a aquella ciudad, tan extraño, que Sigbjørn no habría sabido dar una explicación lógica a aquellos pensamientos, tal vez tan misteriosos, de hecho, que empezó a creer que su única característica esencial era la de ser producto del alcohol, pero, de todos modos, quedaron en suspenso de momento por la impetuosa emoción, leal y, aun así, sincera, de Primrose ante la perspectiva de volver a ver los volcanes en su marco más admirable, según le había asegurado Sigbjørn, es decir, tal como aparecían en su libro. «Mira; no ahí, no; ahí», buscaba tan entusiasmada como en el avión. Sin embargo, estaban ocultos, lo que tal vez acentuara —pensó Sigbjørn— las líneas de sombra de sus vidas: ambos estaban dejando atrás la juventud. Ahora bien, nada podía ser más engañoso que esa idea sombría y lógica, porque, exactamente igual que en la canción de *The Maid of the Mountains*, quizá sea en ese momento cuando tu juventud abre ante ti todas sus posibilidades que antes no veías por falta de madurez. Mucho más frecuente es experimentar en la adolescencia las torpezas que asociamos con la vejez y en la propia vejez recobrar el prodigio que popularmente se atribuye a la infancia, cuando, en realidad —tan ciegos aún como gatitos hambrientos y tan poco deseados aún como ellos—, corremos peligro de que nos manden al fondo del océano con una piedra en el saco. Era difícil explicárselo a Primrose. Cuántas veces leemos: «Era una mujer de edad madura» o de unos cuarenta años. Lo hemos notado, con mayor frecuencia tal vez al acercarnos a los cuarenta, a nuestra vez, y sin poder evitar nunca un escalofrío. ¡Ánimo! No es cierto, pues en eso al menos el mundo ha progresado. Hace diez años bastaba con que un protagonista se acercara a los treinta. En la época victoriana «No volvería a cumplir los veinticinco años» era suficiente para sugerir que la manzana estaba a punto de caer del árbol. En cuanto a él, que contaba treinta y tantos años, Sigbjørn pensó que, si alguna vez escribía una novela autobiográfica, comenzaría así: «Me acercaba entonces a la crítica edad de cinco años».

Si bien ahora podía verse la propia Cuernavaca muy por debajo de ellos y a intervalos regulares, al tomar las curvas, una como neblina violeta suspendida sobre todo el valle impedía ver los volcanes y, aunque era un día hermoso y hacía calor, que aumentaba a medida que descendían, no le pareció a Sigbjørn, por lo que recordaba del clima, que aquella neblina fuera a alzarse a tiempo para que pudiesen ver las montañas antes del ocaso. Sin embargo, faltaba poco para el plenilunio y tal vez fuera a verlos Primrose aquella noche a la luz de la Luna, lo que sería aún mejor. Para Sigbjørn, la sugerencia de un volumen en la distancia, la vislumbre de una gran presencia allá, los volvía aun más impresionantes en su defección.

Ahora la carretera se extendía en línea recta y empezaron a pasar por los arrabales de la propia Cuernavaca y un poco después, frente a un gran cuartel, que antes no estaba allí, apareció una señal *Quauhnahuac*, el nombre azteca de Cuernavaca con su traducción en español: «Cerca del bosque». Era una innovación. Nueve años antes, a Sigbjørn, que entonces no había leído a Prescott, le había costado mucho trabajo descubrir cuál era ese nombre azteca y había pensado que, si lo usaba, disimularía que el escenario de su libro era, en gran parte, Cuernavaca. Ahora, en caso de que se publicara ese libro —y, pese al retraso en recibir noticias de Inglaterra y a los informes decepcionantes de los Estados Unidos, aún no había perdido todas las esperanzas—, cualquiera que hubiese visitado Cuernavaca recientemente lo sabría. También se imaginaría que había cometido errores geográficos por su falta de observación, cuando, en realidad, la razón era que la parte del territorio no del todo imaginaria estaba basada asimismo en la ciudad de Oaxaca y sus anexas. El autobús pasó, sin dejar de descender, por delante de la Cuernavaca Inn, a la que estaban añadiendo obscuras ampliaciones. Ahora bien, por todos lados estaban surgiendo edificios horrendos, Beba Coca-Cola, la gran estatua de piedra; la nueva parada del autobús —ya no existía la antigua *cantina* de la Terminal; ¿y dónde estaría la señora Gregorio?— era más abajo del palacio de Cortés, por lo que, nada más apearse, se encontraron ante una vista de los murales de Rivera que él había descrito en el capítulo VII de *El valle*. Sin embargo, estaban reforzando el muro de debajo del palacio de Cortés y el sendero a través del muladar que el Cónsul e Yvonne habían seguido, cuando ella volvió junto a él, había desaparecido; ahora habrían tenido que bajar por unos escalones de piedra.

Dejaron las bolsas, no sin dificultades, en la consigna de la estación de autobuses, excepto el abrigo de pieles de Primrose, y, a propuesta de Sigbjørn, fueron caminando hasta la plaza. Se detuvieron, en vano, ante el palacio de Cortés a ver de nuevo si distinguían los volcanes. Él la guió hacia una *cantina* llamada La Universal, que seguía —lo había visto en seguida— en su sitio y a cuyo propietario, un español con quien solía jugar a los dados y que siempre, antes de tirarlos, se daba un golpecito en la cabeza con el cubilete, había conocido en tiempos. Las rockolas, por lo menos veinte al parecer, lanzaban chillidos interminables. En La Universal había sido donde lo había sorprendido parte del diálogo que había colocado en el capítulo XII y situado, en realidad, en un lugar espantoso de Oaxaca llamado El Farolito: era en parte El Farolito y en parte otro lugar de la ciudad de Oaxaca, llamado El Bosque.

La Universal había sido siempre un café con terraza y seguía siéndolo. Se sentaron, cansados, a un velador y, tras haber pedido dos cervezas, Sigbjørn dejó doblado el abrigo de Primrose sobre una sillacontigua. Con la previsión de que había carecido con tanta frecuencia durante los muchos años que había pasado sin beber, había insistido en que ella cogiera el abrigo, pues había pensado que podían tardar bastante en abandonar La Universal, las noches eran frías y la consigna de la estación de autobuses podría estar cerrada. La cerveza era negra y deliciosa; brindaron mutuamente a su salud y pidieron otra. De vez en cuando la catedral soltaba un ruidoso cacareo de campanas. «¡Ojalá pasara por aquí Juan Fernando!» Había querido añadir: «Así no tendríamos que ir a Oaxaca», pero no lo hizo porque habría herido a Primrose, quien dijo algo por el estilo, y Sigbjørn replicó: «En fin, iríamos a Oaxaca de todos modos. Tal vez con Fernando».

En la plaza, como señaló Primrose, había incluso una noria y varios tiovivos en desuso, para darle la bienvenida; aunque la noria parecía un elemento permanente y no un accesorio, como lo era en una fiesta de su libro, estaba atestada de americanos, con todos los trajes imaginables y todos con aspecto de tener mucho dinero. Muchos iban de uniforme. Sin embargo, muchos paraban en La Universal; parecían preferir aquel y otro pequeño café con terraza entre el suyo y el Hotel Bella Vista. Pasaban despacio lujosos coches americanos y, de vez en cuando, un turista solitario o una pareja, con pantalones cortos, mochilas a la espalda y mirada de asombro: si yo pudiera ser así, pensó Sigbjørn. Aun así, tal vez —¿por qué no?—, en vista de que tenía sin duda cosas más maravillosas que contemplar que turista alguno. Las rockolas bramaban.

Llegó la segunda cerveza y esperaron a que se presentara el destino. Sin embargo, a Sigbjørn le pareció, entretanto, que cambiaba el aspecto de las cosas. Empezó a sentirse animado. ¿Cómo demonios se podría comunicar —o, si vamos al caso, excomunicar— el extraordinario drama que todo aquello representaba para él? Tenía que haber algún modo, pero, ¿cómo hacerlo? Además, tal vez no fuera interesante, salvo para él. Todos aquellos pensamientos que antes habían estado amorfos en su mente cobraron ahora, con la proximidad de su realización, forma concreta. De vez en cuando, el pequeño autobús de Chapultepec llegaba, se detenía y volvía a arrancar. Ése era el autobús que en su libro iba a Tomalín. Allí delante, en aquel banco del parque, era donde se había sentado el Cónsul. Y más abajo del palacio de Cortés, en una dirección en la que apenas se había atrevido a pensar, bajando por aquella calle del final, estaba —¿seguiría allí?— aquella casa de locos de M. Laruelle cuya existencia hasta Ivonne olvidó, cuando Sigbjørn la hizo regresar. ¿Seguiría allí? ¿Y la inscripción en la pared: *No se puede vivir sin amar*? ¿Y la calle de Humboldt como Ivonne la había conocido? ¿Y la casa del Cónsul en el número 65, que en tiempos había sido la suya, la de Sigbjørn y Ruth? ¡Dios Santo! La casa de Laruelle, donde el Cónsul había cumplido su voluntad.

Sigbjørn fue adentro a preguntar cuánto costaba la cerveza —«Nosotros no somos americanos ricos»— y, cuando volvió, se encontró con que la española de pelo color mermelada y su marido estaban sentados con Primrose. Habían visto el timo que habían sufrido los Wilderness en la plaza de Netzalcuayatl. «Estamos avergonzados de mi país.»

Se pusieron a hacer tertulia y el día se volvió magnífico. El señor Kent, el propietario del café, se acercó y se lo presentaron. «¿No nos conocíamos ya?»

Sigbjørn se había levantado cortés. «Hombre, sí...»

«¿No se acuerda de mí?» El señor Kent le dio su tarjeta, pero en aquel preciso momento alguien que pasaba distrajo su atención y, al coger la mesa en equilibrio inestable, Sigbjørn derramó el tequila en las rodillas del mexicano y a continuación dejó caer la tarjeta. Acudió en su ayuda una camarera bastante desaliñada, que después les cobró más de la cuenta. Aparte de todo lo demás, lo que de europeo tenía Sigbjørn necesitaba, como Don Quijote incluso, algún café como centro de su círculo, era una necesidad para él en los viajes, si no quedaba más remedio que viajar, y era evidente que La Universal —personaje dividido, por decirlo así, y con doble vida, Dr. Jekyll fuera y Mr. Hyde dentro, si bien a veces las dos se mezclaban por la noche— no serviría. Entonces empezaron a pasar cosas a gran velocidad en la cabeza de Sigbjørn.

«¿Sabes una cosa, Sigbjørn?», dijo Primrose, entusiasmada. «Dice que sabe de un piso por alquilar en la calle de Nicaragua... quiero decir, en la calle de Humboldt.»

«¿En la qué?» El corazón de Sigbjørn se puso a latir como un loco. «¡Santo Cielo! Pues en mis tiempos no había pisos de ninguna clase en ella. Son todas casas particulares.» La verdad es que Sigbjørn se estaba sintiendo muy extraño.

Primrose se fue y volvió encantada con todo lo que había visto, la gran cantidad de flores, los hombres montados en caballos y burros, las tremendas cargas que éstos llevaban.

Y después, Primrose estaba diciendo, aún más entusiasmada, «He estado en la calle de Humboldt y sigue exactamente igual como tú la describes... ¿Y sabes una cosa? La torre de M. Laruelle sigue allí... es exactamente como tú dices: sólo, que no hay tantos adornos ni inscripción alguna en la pared, pero es maravillosa por dentro.»

«Nunca he estado dentro. Lo inventé todo.»

«¿Y sabes otra cosa? Estaba tan emocionada, que casi se me olvida decírtelo. La han convertido en casa de pisos y podemos alquilar uno. Hay una piscina y un jardín enorme y se llama la Quinta Dolores.»

«¿Estás segura de verdad?

«¿Segura de qué?»

«De que no hay una inscripción en la pared.»

«Completamente segura.»

«De acuerdo. Sólo era una broma.»

Pero Sigbjørn nunca había estado dentro. ¡Santo Cielo, qué idea! ¿Y si, después de vivir, por decirlo así, en ella tanto tiempo, fuera a entrar, a habitar dentro de la torre ahora? ¿Si esa torre se convirtiese, por un tiempo, en su hogar y una vez más por simple coincidencia, pues no había movido un dedo en aquella dirección, ya que, aparte de dirigirse —la iniciativa más evidente, más lógica, la iniciativa casi inevitable para quien conozca México y no pueda soportar la ciudad ni tenga planes concretos— hacia la propia Cuernavaca, no había dado ningún paso en aquella dirección? ¿Y si sucediera? ¿Cómo sería? Desde luego, hacía entrar en quiebra la imaginación o al menos le confería poderes que, según se consideraba normalmente, la transcendían, a no ser que, en realidad, estuvieran tan alejados, por debajo y por detrás de ella, que el efecto fuese el mismo: era suficiente para volverte loco o hacerte pensar que estabas sobre la pista de alguna verdad nueva que nadie, a saber por qué, había llegado a descubrir y que, sin embargo, coincidía con alguna ley fundamental del destino humano.

La propia Quinta Dolores era en gran parte un jardín que se extendía desde la calle de Humboldt hasta la barranca. La ladera estaba sin cultivar y al comienzo del declive, en terreno llano, había una piscina. Lo más parecido a aquel establecimiento en los Estados Unidos o en el Canadá era precisamente uno de esos autocines o campamentos de cabañas de primera clase que habían amenazado y amenazaban la existencia de Primrose y Sigbjørn en Erídano. No obstante, se trataba de una comparación injusta para la Quinta Dolores. El lugar en conjunto, de estilo grotesco e instalaciones sanitarias deficientes, espacioso y al mismo tiempo incómodo, no carecía de belleza, por no decir esplendor, cosa que suele faltar en sus homólogos americanos, más funcionales.

Acordaron pagar ciento cinco pesos a la semana y después Sigbjørn llevó a Primrose de paseo calle de Morelos arriba, por la que habían bajado a primeras horas de aquella tarde en el autobús: la vislumbre por el soportal del anciano y el niño en el banco, el patio empedrado y el edificio de piedra a la derecha, luego colinas y campos ondulantes y la sensación de luz y espacio con el bajo Sol del atardecer y maravillosos cúmulos de nubes; después, los caballos negros corriendo por los campos en declive, el Popo con aspecto magnífico, una nube en forma de sombrero convirtiéndose en nube que brotaba de la cumbre como una erupción; luego, ¡la barranca!.. la barranca, tal como él la había descrito.

Primrose dijo: «¿Es ésta? Tienes que decírmelo».

«No es éste el sitio, desde luego.»

Aunque no fuera el sitio, era vasta, amenazadora, sombría, obscura, aterradora: la espantosa altura, la obscuridad abajo. Se quedaron largo rato en aquel escenario y Primrose observó, oportuna: las calles con trazado recto de Este a Oeste reciben el Sol todo el día, pero las que van de Norte a Sur lo pierden hacia las tres de la tarde. Era como un poema. Era difícil entender que aquello pudiese producir —no así al Cónsul, su protagonista— felicidad, pero así era y flotaba como una esencia. Era la felicidad engendrada, cosa bastante curiosa, por el propio trabajo, por la transformación del atroz abismo poético en prosa sobria o recta, si bien modificada en ocasiones por Calderón, o la felicidad engendrada por el propio recuerdo del trabajo concluido, de días felices, otros paseos vespertinos o, dicho con mayor precisión, por el recuerdo de cuando escapaban —de una parte o de otra de aquella transformación, tras tomar el té, cuando lo comentaban para llegar a alguna conclusión y en ese caso con el propósito de convertir el mal en bien— a ver a Mauger, el pescador, que contaba historias de águilas ahogadas por salmones o de cómo el viento que soplaba desenfrenado parecía mantener la marea alta durante todo un día o de peces con pico y espinas verdes.

Y de otros paseos en Erídano, la vez en que fueron a visitar al viejo William Blake, por ejemplo, inglés también, que estaba haciendo un jardín junto al bosque. Su casa estaba muy limpia, con tejado nuevo y alféizares rojos. «Es la mejor construida de la playa», dijo, orgulloso. «Sí y el interior no está mal tampoco. ¿Los han visto», añadió, «en la playa? ¡Cangrejos que saltan!» Su forma de hablar era, o así le parecía a Sigbjørn, la que Wordsworth soñaba con recoger, humilde y auténtica como los platos en la estantería de una casa de campo. Dio de comer a las ardillas y después les mostró la fuente a la que acudían los ciervos a beber. «Los ciervos bajan hasta el faro, nadando por el estrecho.» En invierno eran mansos, se les podía dar de comer. Después, como era al principio de su vida en Erídano y ni Primrose ni él conocían bien el camino, les enseñó el sendero, ahora ensanchado por leñadores brutos: brutos no por ser leñadores, sino porque practicaban la tala de envergadura, que había dejado tras sí tan sólo un pérfido corte. «Vayan siempre por la izquierda», dijo, «y sabrán cuándo estarán casi en casa, porque el sendero tuerce, allí donde el bosque es menos espeso y se puede ver la luz en el cielo». Y también aquella vez, mucho antes de su propio incendio, y hasta se trataba de un recuerdo feliz, porque fue en aquella ocasión cuando se encontraron con una casa quemada en el bosque. Los aleros caídos a un lado, el tonel destruido en el que los dueños habían plantado un árbol y botellas rotas en un charco, monos muy usados y el poste de tender la ropa cubierto de enredadera. Era el anuncio sin palabras del desastre.

Luego subieron más arriba, por la ciudad, para ver la salida de la Luna sobre los volcanes, con la intención de pasar después por la Cuernavaca Inn, regentada por un tal señor Pepe, quien debía conocer a Sigbjørn de otro tiempo. Mientras se acercaban a la posada, la luna llena, vista sobre un basural naranja lleno de latas rotas y oxidadas, se alzaba ya sobre el Ixtaccihuatl. En la cumbre un velo de nubes se hinchaba a la luz de la Luna. Al entrar en la posada, Sigbjørn dijo:

«Éste es el sitio de verdad en que Hugh ofrecía estricnina al Cónsul, pero ésa es una larga historia, no sé si te la he contado alguna vez.»

Pero lo único que Don Pepe pudo decir fue: «Mucho tiempo, mucho tiempo»; la verdad era que no se acordaba, después de ocho años, y Sigbjørn se sintió más que aliviado. La posada estaba muy cambiada, pues la antigua piscina ahora estaba oculta tras un gran muro y nadie vivía en el antiguo edificio desvencijado.

Cuando Sigbjørn y Primrose salieron, se ofreció a su vista un espectáculo extraordinario. Por encima de Ixtaccihuatl la Luna estaba en eclipse, que —a medida que se dirigían hacia la Quinta Dolores, con extrañas vislumbres de la horrenda sombra cada vez más amplia de Tellus, la Tierra, sobre la Luna—, llegó a ser total. Tenían vislumbres misteriosas de ella por las callejuelas y, a medida que caminaban contemplando, poco a poco la sombra de la vieja Tierra iba tapando poco a poco la Luna; a nadie le interesaba, excepto a un muchacho chino que miraba en el Zócalo con prismáticos y a un hombre que llevaba a un niño en brazos por la calle de Humboldt, la antigua calle de Nicaragua de Sigbjørn. ¡Qué siniestra y, sin embargo, apasionante, había parecido, con aquella sombra más obscura que la noche la casa de Laruelle, la Quinta Dolores! ¿Qué funesto presagio encerraría para ellos, que entraban a ciegas en aquel día, y qué radiante y argénteo portento después? Oyeron la voz pura de un mexicano que cantaba en un balcón, como regocijándose de que el mundo hubiera retirado su sombra y la Luna volviese a estar con ellos. Y, después del eclipse, asomados a la galería de la terraza, la sensación de espacio y luz, de estar casi arriba en el cielo. Largas enredaderas se agitaban y proyectaban sombras sobre las persianas. Las estrellas centelleaban como joyas por entre blancas nubes lanudas, plateadas y el ancho y cercano cielo blanco y zafiro, un blanco océano de vellones, y la brillante Luna llena deslizándose por el cielo de color zafiro.

6

Enchiladas con salsa de mole... Fama est enceladi seminstum fulmine corpus, Urgeri mole hac, ingentemque insuper aetnam... *Enchiladas —Encélado, identificado con Tifón, o Tifeo, que estuvo encarcelado bajo el Monte Etna, recuérdese* El valle— *y las mil cabezas y voces. ¡Toma ya! La Luna duerme con Endimión... Como jugadores de golf airados, los Cíclopes lanzaron sus porras al mar... Así, mientras que Endimión tuvo la oportunidad de salir de su fatal ensimismamiento para ayudar a otro, el destino de Glauco arroja algo más de luz sobre el problema, que es, en la concepción de Keats a lo largo de todo el poema, la relación del amor en sus diferentes formas con las ambiciones más elevadas del alma... La Luna ilumina la noche. Envuelto en su luz, se deslizó, veloz, con ella una vez más hasta desaparecer en el eclipse total. Entonces la horrible sombra de la Tierra cayó sobre ella.*

Poco a poco las cosas fueron ocupando un lugar, como le sucede a un marinero, tras haberse incorporado borracho la noche anterior a un navío desconocido. Sigbjørn permanecía tumbado con la luz de la Luna de un mes después derramándose sobre él. Poco a poco fue tomando conciencia de estar a medias soñando y, al mismo tiempo, en la propia Cuernavaca. ¡Quauhnahuac! Y no sólo en Cuernavaca, sino, además —¿de verdad? ¿De verdad? Intentó alzarse sobre el codo, pero descubrió que no podía moverse—, en la torre de Laruelle, en la casa de locos de Jacques, en la torre del capítulo VII. ¿Dónde demonios estaba, en realidad? Una luz cegadora entraba por la ventana y cerró los ojos. ¿Una luz cegadora procedente de dónde? ¿Estaba dormido por la mañana? ¿Qué clase de luz deslumbrante? Estaba enfermo; estaba borracho. Estaba borracho, es decir, que había estado borracho. «Y cogí este *stekel* —*stekel* significa "estaca"— y golpeé a aquel hombre y entonces fue cuando envié mi abrigo a Berlín.» ¿Quién había dicho eso? Pues, hombre, él, Sigbjørn Wilderness y nadie más, lo había dicho, o escrito, en algún relato. Aun así, en fin, no era esa clase de *stekel*. Era que había estado *leyendo* a Stekel, el escritor, justo antes de conciliar el sueño, si es que podía de verdad llamarse sueño. El sueño significa revivir el pasado, olvidar el presente (cosa que había hecho sin duda) y presentir el futuro, según había leído. ¿Era cierto? No podía asegurar que hubiese estado dormido, probablemente fueran los efectos también del fenobarbital que había tomado por recomendación de Hyppolite, pero, en lo que a revivir el pasado se refería, era bastante válido. Todo aquello había sucedido... De repente, abrió los ojos, aquella luz debía de ser la de la Luna llena, recordó, volvió a cerrar los ojos, con profundo desagrado ante la idea de recobrar la conciencia plena. Por otro lado, estaba del todo despierto. Se oyó música fuera; era aquella posada, había estado sonando cuando se había ido a la cama. También había perros ladrando y otros ruidos, ¡Dios, qué ruidos!; aun con los tapones en los oídos que usaba al nadar en Erídano los oía. Cuernavaca era una ciudad infernalmente ruidosa y jaranera por la noche. El sueño —si es que era un sueño entonces, pero no lo era, pues había estado despierto— era realidad, realidad absoluta en todos los detalles.

La Luna llena —la primera vez que habían entrado en la casa había sido con Luna llena, o sea, que hacía un mes— era esa luz. Y la luz o el ruido había sido lo que lo había despertado. Le pareció que su vida estaba empezando a adquirir cada vez más el carácter de un sueño. Reflexionó un poco sobre ello. En conjunto, era más que evidente. Tal vez la vida fuese para la mayoría un estado parecido al sueño, en realidad, y, por esa razón —si bien no era cierto, gracias a Dios—, la mayoría de lo que los hombres llaman sueños fuesen, por decirlo así, funciones válidas... Se le quedó la mente en blanco. Lo malo era que tenía un poco más de tiempo que la mayoría de la gente para reflexionar sobre el carácter realmente extraordinario del destino humano y era muy propio del destino jugar una mala pasada así a un hombre sin dotes filosóficas, un hombre, en una palabra, tan estúpido, que el destino se sentía bastante seguro de que nunca revelaría la verdad. Era una lástima: tal vez la sensación de estar escribiendo que había experimentado en relación con la carta tuviera que ver con un recuerdo vago que ahora parecía subir a la superficie, como si hubiese estado escribiéndolo todo, como si, de hecho, estuviera escribiendo esto o como si otra persona estuviese escribiéndolo o escribiendo por mediación de él.

Era una idea espantosa y, sin deseo de especular sobre hasta qué punto podía haber estado presintiendo —palabra horrible— el futuro, hizo un esfuerzo enorme para despertar, aunque sin abrir los ojos aún, pues sentía la violenta luz de la Luna casi taladrándole los párpados. En fin, tal vez Júpiter le hubiera conferido, como a Endimión, el don del sueño perpetuo, además del de la juventud perpetua. De hecho, a veces Sigbjørn se sentía, en efecto, como Endimión. En cualquier caso, la edad madura era algo que le resultaba inconcebible, por lo que, al ser de edad madura, no pensaba en ella. Desde luego, nunca había experimentado algo tan dramático como aquel eclipse de Luna, el día mismo en que habían entrado en la Quinta Dolores. Fue un momento de éxtasis puro y Sigbjørn lo conservaba ahora en el pensamiento y lo revivía. Permaneció tendido y del todo inmóvil y después, como le dolían los oídos, se quitó los tapones, con mucho cuidado, para no despertar a Primrose, y procurando no abrir los ojos.

¡La Virgen! ¡Dios del Cielo, qué tumulto! Era como si, al quitarse los tapones, hubiese abierto la puerta de un cuarto de máquinas y le hubiera asaltado de repente todo el enmudecedor estruendo de la maquinaria o como si hubiese yacido semiinconsciente en un camarote herméticamente cerrado de un barco durante una tempestad y alguien hubiese abierto una tronera por la que de repente oyese, en toda su potencia, el bramido del mar, combinado con truenos, aparejos saltando en pedazos, gritos y llamadas de socorro. Sigbjørn fue presa como de un estupor. Los ruidos disminuyeron un poco. Y por el carácter de la ciudad antigua de Cuernavaca, rodeada de bastiones abruptos, el sonido se derramaba hasta él en grandes oleadas de eco, al tiempo que disminuían con un gemido. Así era todas las noches. Las risitas de buitres insomnes que buscaban el calor de los techos y de aquellas aves más pequeñas, peores aún, que parecían estar practicando para llegar a buitres y cuya precursora era el ave que había visto el primer día y que todos los atardeceres (por el mismo paso del crepúsculo púrpura y celestial, el mismo crepúsculo sangriento y sanguinario sobre cuyo fondo se recortaba la catedral dorada o de cúpula dorada —todas las noches se veía la torre de la catedral sobre un fondo de puro turquesa pálido y estrellas doradas y la luz que se apagaba a la altura de los volcanes, al encenderse la de la atalaya de la cárcel, y los sencillos y sucios soportales del palacio de Cortés y el gran *golem* gris de piedra que estaban esculpiendo a su lado—) volaba hacia su nido, acompañada de aquellas avecillas saltarinas y líricas, a pasar la noche en la plaza: ¡qué espectáculo! pensó Sigbjørn, hundido en la cama como si fuera un caparazón, a propósito de aquellas terribles y abominables aves, color hollín y de larga cola, de vuelo tan feo, bamboleándose como bicicletas mal conducidas, cruce de estornino y algún insecto repulsivo. Sí y era sobre todo horripilante cuando el Sol declinaba encendido, con ciclones de polvo que barrían la calle y el arco iris en un cielo azul intenso por encima —¿será que influyo en los elementos, dado que nadie recordaba haber visto en su vida cambios de tiempo tan tempestuosos, aunque ocasionales, a mediados de enero?— y masas de nubes desenfrenadas barridas por el viento y aquellas malditas aves cayendo del cielo y diseminándose y el viento, ¡el viento, el viento! Por la calle la gente se subía el cuello y forcejeaba y una breve lluvia compacta caía con su chapaleteo antes que el propio ocaso, momento en que aquellas aves se posaban en multitud sobre los árboles de la plaza para cotorrear y graznar con increíbles chillidos como innumerables grillos trastornados, sobre el fondo de los altavoces, y los propios altavoces —ésos todavía los tenía en los oídos—, ¡la Virgen!, las rockolas y las radios a todo volumen, un horror eólico y enloquecedor que habría mantenido alejado de una *cantina* hasta a su propio Cónsul, por mucho que necesitara un trago: todos aquellos ruidos que no habían cesado o, aun cuando así hubiera sido, seguían resonándole en la cabeza y en la antigua ciudad delirante; sí, parecía oírlos todos a la vez, todos los ruidos de la estridente obscuridad de todas las heladas noches y ahora ahí iban los pavos, que parecían desgarrarte el propio tejido de la cordura, a medida que desgarraban el azul tejido de todas las tardes: ¡hubblebubblepoppervengalabotella! ¡Dios santo, qué ave, en parte buitre, pavo real, y el resto babuino y que, además, a veces parecía ladrar casi! Y los alaridos, los aullidos, los maullidos incluso de ciertas clases de perros, las explosiones de cohetes, todo aquello junto con el pandemonio de organillos, pitos de coches, escapes libres y otra vez aquel atronar de cinco millones —parecía— de altavoces a todo volumen, junto con el penetrante gemido del eterno tren en el valle, que parecía equipado con la sirena del *Lusitania*, y los gallos que se ponían a cantar, y también —le parecía— las gallinas, a las 8 de la noche (o las 8:20, si era el tren) y no paraban hasta el amanecer (aún era temprano, pensó) y el interminable tictictic de las termitas en el techo, en las vigas, bajo el yeso refractario, y ésa era una ventaja de aquel lugar: que no ardería ni aunque lo incendiaras. Pero no debía olvidar las termitas en sí mismas, ni tampoco dejar de hablar de ellas a la señora Trigo o, mejor, ya que cada vez sentía mayor miedo de hablar de nada, pedir a Primrose que lo hiciera.

Sigbjørn intentó moverse en la cama, extender la mano hacia su esposa, que yacía a su lado, pero no pudo: no podía mover ni el meñique siquiera. Aunque el techo se desmoronaba, le caía en trozos sin cesar en la cara, no se movía, no podía moverse.

La ciudad es de la noche, pero no del sueño. De vez en cuando se levantaba, es decir, pensaba, al cabo de un momento, haberse alzado sobre un codo para decir algo así como «¡Cristo, ayúdame!» en voz alta o «No era como si...» o «La cosa» o «La burbuja» o «Que no se te escape el tema, Emily»; la resaca lo había sorprendido en plena noche, pero ahora pensaba que volvía a recordar. No era en plena noche. Era aún muy temprano, lo bastante, pensó, al tiempo que se despertaba un poco más, para que siguiesen oyéndose los ruidos de la fiesta de la posada contigua, o del otro lado de la barraca, fuera donde fuese: el clarinete elevó el tono. «*Smoke gets in your eyes*» (¡Ya lo creo!). El clarinetista había improvisado una buena tirada, era una melodía cargada de significado, había sido, de hecho, la melodía favorita de Ruth, dijo en voz alta; después, con la esperanza de que Primrose no lo hubiera oído, de repente más en sí y extendió la mano de verdad hacia ella volvió, para tocarla, pero no estaba lo bastante cerca, era una cama muy ancha y no se sentía capaz de acercarse. Ah, cielo y amor mío, ¿eres tú? ¿Quién?

Eso era lo que estaba escrito en la pared del triste Jardín Borda donde Primrose y él habían paseado el domingo siguiente, el siguiente al eclipse, porque sólo estaba abierto los domingos y, a medida que se sumía a medias en el sueño de nuevo, las ennegrecidas ramas muertas y las fuentes vacías y secas del jardín, por donde los condenados Maximiliano y Carlota, pálidos fantasmas reales del Cónsul e Ivonne, se habían paseado, empezaron a urdir un lastimero tema musical en su conciencia: tanto más lastimero cuanto que se trataba del recuerdo, durante una resaca, de otra resaca, pues él había —en realidad, los dos habían— empezado a beber mucho más desde que se habían trasladado a la torre, aunque en parte contra su voluntad. La verdad es que el Jardín Borda se le aparecía como la casa de Usher a Poe: sombrío, sin flores, sin hierba, hasta los árboles eran obscuros, las flores morían en capullo en él, ni siquiera los geranios en los tiestos florecían, los pilares no sostenían nada y las raíces de los viejos árboles levantaban el pavimento en ondas quebradas, unos pocos patos nadaban en el estanque largo y poco profundo, unas pocas ancianas solitarias aparecían sentadas aquí y allá, algunos turistas americanos reían entre dientes y hablaban en voz alta y estúpida, un artista exhibía horribles grabados chillones, y Primrose y él pasaban paseando ante las fuentes, leyendo en los bajos y desconchados muros: *3/24/36 Recuerdo Julián Medina, el amor es la excelsa sonrisa del espíritu, miradme compasivos ojos claros que por el vasto mar del amor mío de mis deseos al gentil navío próvidos guiáis como dos faros.*

Pero lo que había estado intentando evitar, impedirle a ella ver, lo que lo atraía en aquellas paredes y, sin embargo, le hacía temerlas, ¿no era acaso que temía ver talladas —o temía que ella viera— al final, junto a la enramada, en el árbol, las palabras de hacía nueve años que, después de todo, habrían crecido: *Recuerdo Ruth y Sigbjørn, noviembre de 1936?*

Recuérdame.

Aquella tarde, el día en que habían ido al Jardín Borda, Sigbjørn la había llevado, como para completar la experiencia posterior, al palacio de Maximiliano, más allá de la casa del Cónsul; la antigua prolongación de la calle de Humboldt había quedado interrumpida: el camino continuaba recto hacia nuevas vistas con nuevos árboles plantados, incluso pasaba por él un autobús, la antigua prolongación por el puente, desde el que había saltado Hugh y desde el que Ivonne había visto los caballos, ahora era un simple sendero, si bien el precipicio, ahora más parecido a una grieta, seguía siendo aterrador; fuera del palacio de Maximiliano un letrero:

Quinta de Maximiliano
Vivero de la
Comisión Nacional de Monumentos Históricos

La estufa y el techo desaparecidos, los muros con hierba y enredadera que crecía encima; arbolitos dentro de las habitaciones, las buganvillas, ladrillos rosa, más nombres y corazones atravesados por flechas en las paredes, ropa colgada a secar en una habitación, mazorcas amontonadas en otra... Sigbjørn pensó en Carlota y el Papa y en su definición del Infierno.

Sigbjørn Wilderness estaba ya totalmente despierto. ¿Por qué no estaba allí su esposa? Porque estaba dos habitaciones más allá. ¿Y por qué estaba dos habitaciones más allá? Oh, oh, oh, los capullos de rosa cantan tan fuerte.

Entonces recordó todo o casi todo. La debilidad y la irrealidad son lo peor; la vergüenza lo embargó en grandes oleadas apretadas y heladas. ¿Cómo podía haber caído tan bajo? ¿Haberse convertido en su propio «personaje»? Qué va, peor aún. Tuvo una sensación de pena y vergüenza tan angustiosas, que fue como si toda su alma se viera estirada en un potro de tormento... Pero, ¿quién era aquel otro Wilderness? Una sensación de miedo de él, pues ese Wilderness era absolutamente despiadado... Era ese Wilderness, no él, quien quería —¿para qué?— la torre. Una sensación de desperdicio también: como si también su vida se viera consumida por las llamas, como el hombre en la feria de Guadalupe cuyo cuerpo estaban royendo las ratas. La culpabilidad por decir mentiras, pues decía, en efecto, mentiras, casi cada vez que abría la boca y también aquella otra forma, siniestra, de culpabilidad, aquella sensación de verse observado... Intentando rezar, con el corazón latiendo enloquecido: ¿y si se parara? ¿Se habría parado ya? La sensación de patetismo era casi obscena. Intentó rezar, pero sólo pudo pronunciar obscenidades. ¿Cómo se puede luchar contra la muerte, cuando sin duda ésta está ya en la debilidad y la cobardía que te tienen agarrotado? Y la sensación de complicar a Primrose en todo aquello. Oh, Dios mío, ¿por qué había vuelto a México? ¿Por qué habré vuelto?, gritó, mudo, a las incansables termitas y a los espectros que ya empezaban a pasearse —parecía— por la habitación. Mi cielo y mi amor, ¿eres tú? ¿Por qué? ¿Quién? Sigbjørn comprendió que estaba viviendo una experiencia excepcional: la verdad era que estaba demasiado asustado para ir a tomarse una copa y tal vez aquella sensación de pánico absoluto fuese lo peor.

Sigbjørn Wilderness se había levantado como había podido y, con ojos como platos, estaba mirando por la ventana a la calle, la calle de Fray De las Casas, la calle de Humboldt. ¡La calle de *El valle de la sombra de la muerte*! ¡Su calle! ¡La calle de la Tierra del Fuego!

Conque estaba viviendo en la torre, desde luego, la torre de M. Laruelle, la famosa calle de Nicaragua y calle de la Tierra del Fuego. Por un momento fue como si él fuera el propio Cónsul y a continuación el Dr. Vigil fuese a telefonearlo para pedirle que fuera a Guanajuato. Un deseo de beber sin cesar, de hablar sin parar, a alguien, a cualquiera, se apoderó de él. ¡El Dr. Vigil! ¡Fernando! Pronto iba a ver a Fernando. Por primera vez notó que, como por arte de magia, tenía una copa junto a la cama: la probó. ¡Qué extraño! ¿Cómo había sucedido? De todos modos, recordó: no era una bebida propiamente dicha, sino una infusión de hojas de naranja cocidas, prescrita por el Dr. Hippolyte, en caso de que tuviese insomnio, y administrada por la enfermera. ¡La enfermera! No, eso fue mucho tiempo antes, ¿cuánto tiempo? Era Primrose quien ahora administraba el *ochas*, pues eso era: *ochas*, que traía recuerdos de Oaxaca y El Farolito, pero sin el alcohol puro. No obstante, había una laguna en sus recuerdos más inmediatos; mal asunto, pues no solía haberlas. Notó que el *ochas* lo adormecía un poco y alejaba el dolor. Sin embargo, vio que aún no había amanecido: era la simple luz de la Luna. En fin, eso ya lo sabía, tal vez hiciera sólo unos minutos desde el momento en que parecía haber habido otro síncope, otra laguna. En realidad, era la luz de la Luna, brillante e infernal —¡la Luna bilingüe, que hablaba a un tiempo el lenguaje del amor y la locura!— a cuyos rayos, delante de la panadería, donde compraban los panecillos por la mañana, entre las sombras cruciformes de los postes del telégrafo, los tres mismos perros, dos machos y una hembra que estaban copulando con avaricia, cuando se fue a la cama, seguían haciéndolo frenéticamente: como lo de la posada, había comenzado antes de que se acostase, y debía de haber seguido sin parar desde entonces, sólo que ahora a aquel estruendo infernal se sumaban los espantosos aullidos y gañidos de otro perro más, que debía de haber olfateado la reunión desde lejos: más gritos, risas, bailes, pataleo —ahora estaban tocando la Raspa, ¡y qué bien cuadraba a México ese áspero nombre! — llegaban también de la posada, del patio de detrás de la tintorería. ¿Qué demonios estaban haciendo? ¿Y por qué no se iban a dormir? Pero, ¿por qué, si vamos al caso, no podía dormir él? Saberlo no habría servido de nada, en caso de que de verdad hubiera querido dormir, después de tomar el *ochas*. ¡De *bum*! ¡De *bum*! ¡De bumditty bum de *bum*! ¡Te *bum*! ¡Te *bum*! ¡Te bumttity bum te *bum*! «La Raspa», la versión mexicana de «Sir Roger de Coverley»: habían cambiado una nota a la versión mexicana de «*For he's a jolly good fellow*» y lo habían convertido en un *ragtime*. ¡Y venga debombditty bumditty bumditty bumditty, bumditty bumditty bumditty *bomb*! Eso venía en medio, la gente pataleaba y gritaba, ¡y cómo volvía a atronar la horrible máquina de repetición!

¡Bomb!
¡Bomb!
¡Bombditty bomb de bomb!
¡Bomb!
¡Bomb!
¡Bombditty bomb de bomb!

Sigbjørn, que tenía la impresión de haber encendido un cigarrillo nada más levantarse, se puso a buscarlo por toda la habitación. Igual era la Humanidad actual, pensó, igual a un hombre que se acuerda de repente de haber dejado un cigarrillo encendido y no recuerda dónde. ¿Quién había dicho: la vida se parece a cualquier cosa, si así la consideramos? Copperfield. ¡La Virgen! ¿Es que no bastaba con que hubiera perdido la casa y el libro, pero sobre todo su casa, su querida casita, en un incendio, para que, encima, tuviese aquel miedo cerval al fuego? ¡Y cómo parecía perseguirlo el fuego, Señor!

¿Es que no bastaba con haberlo vencido —por no decir, tras haberlo conjurado como es debido—, con haber tenido el valor de volver y reconstruir, con sus propias manos, su casa —y ahí volvía a presentarse aquella idea, a aquellas alturas ya no una idea, sino algo semejante a la propia exposición truncada de aquella novela que el demonio estaba escribiendo—, con haberla reconstruido —a pesar de que alguien había construido, ya, a la desesperada, sobre parte de su terreno quemado— en seis meses con sus propias manos y la ayuda de los pescadores, para que después les quitaran todo tal vez, para que el bosque que habían salvado quedara dividido en campamentos de cabañas de lujo y a ellos los echasen como a ocupantes ilegales e indeseables? No era de extrañar que la pobre casa que habían dejado inacabada lo llamara con su recuerdo de otra casa y con su alusión a la última de todas las casas, la tumba.

Sí, ¿acaso no era bastante haber resistido todo aquello para no tener que verse expuesto a más tormentos —ése era el único calificativo posible— sobrenaturales? Sobrenaturales. ¡La Virgen! Sigbjørn, tras haber buscado en vano el cigarrillo, se sentó en la cama, gimiendo en voz alta, y deseó que la casa se derrumbara presa de las llamas y con él dentro; sólo, que aquélla era una casa que no podía arder. Un horror frío y hormigueante saltó a la cama y él lo abrazó. Ah, encontrarse atado —con frecuencia lo deseaba, como Stendhal y después Gide—, encontrarse atado a la cama, encadenado a ella, no porque deseara estar recluido en la cama, sino para que las cadenas, las cuerdas, estrujaran la angustia de sus pensamientos. *Un tremorcito saltaba y gañía por la habitación y Cartago dormía y todos los rigodones permanecían quietos y Dios tocaba el arpa y en la pecera se hundió la carpa y subió de nuevo para no volver a hundirse, inmortal en el suelo bestial.* Disparates así: increíbles en un hombre instruido, pensó. La botella de tequila estaba en la cocina... ¿por qué no? No tenía intención de dejar de beber. Era el único consuelo que tenía. Todo lo que había escrito sobre la bebida era hipócrita, pero aquella vez, sí, pasaba de castaño obscuro.

Pero no le cabía la menor duda de que su tormento era sobrenatural o por lo menos inhumano en cierto sentido. No era arte de calidad, pero era verdadero. Encontrar a alguien, pensó, en este planeta más abominablemente condenado que él sería punto menos que imposible. ¿Qué estaría tramando Dios al crear a un hombre así y qué se proponía al mantenerlo vivo, si es que se podía decir que lo estuviese? ¿Era Aquél tan bondadoso como para hacerlo por su esposa? Sin embargo, ¿qué extraño poder abrigaba en su interior, extraño y por fuerza maligno?... Y, sin embargo, ¿es que no era bueno? ¿Es que no eran buenos? ¿Acaso no habían sacrificado su propia casa, su trabajo, al bosque, por el bien de los demás? —Había olvidado eso, no era poca cosa tampoco—. ¿Sería un poder que desperdiciaba al escribir y que, por decisión de Dios, debía servir en algún sentido al caos?

Sigbjørn se levantó y se acercó a la ventana que daba al jardín. El buzón del correo era lo que más brillaba en él, más que todas las flores, como, de día, una pajarera diminuta y de color naranja; de noche lo único que se veía era un rectángulo del puntiagudo techo, aún de naranja brillante bajo la luz... Debajo de ella por la noche grandes hojas de cañacoros, por encima, un jacarandá que desaparecía en el cielo de la noche y, por encima de él, una estrella... no, era la luz de la atalaya de la cárcel. «No quiero recordar.»

Pero en la cárcel de Oaxaca no había atalaya. Nadie podía escapar de allí. ¿O sí? Recordó la ocasión en que la policía lo detuvo en el Salón Covadonga, no por estar borracho, sino por haber expresado una opinión política sincera en un local frecuentado por gente favorable a Franco. No llevaba consigo la documentación y la ley los autorizaba a encarcelarlo.

Pero la cárcel de Oaxaca, la «peor» cárcel: el asesino, cubierto de sangre, encerrado en el trullo, que conseguía mezcal del guardián, y limpiaba, educado, la botella, pero en ella había sangre... había sangre, no en sus labios, sino en su brazo, donde había limpiado la botella, para mostrarse amable... Sigbjørn Wilderness probó aquella sangre.

«Sí, hombre.»

«Sí, hombre.»

«Nochebuena.»

«*Merry Christmas.*»

«Feliz Navidad.»

«Es sangre.»

«Es verdad.»

Y luego el niño alcohólico, de no más de seis o siete años, al que habían encerrado allí, y el asesino lo había consolado durante toda la noche, mientras la sombra del policía angélico que proporcionaba mezcal oscilaba en la pared, al tiempo que hacía sus rondas incesantes en la mañana de Navidad, y después el cielo azulísimo y el espléndido aire del campo que llegaba hasta aquella zahúrda de la cárcel con la fuente sonando fuera y una mariposa negrosatinada y con alas salpicadas de zafiro revoloteando por allí en el aire animado por las campanas de Navidad, terciopelo negro con alas tachonadas de estrellas. Después se abrió la puerta para todos menos para él y, en lugar de campanas de Navidad, se oyó música de ritmo endiablado procedente de la radio de la cárcel.

Luego, cuando le dejaron ir al excusado, el soplón. Aquel lugar estaba plagado de aquellos espías con gafas obscuras que había visto delante del Hotel La Luna, donde se alojaba con Hölscher. Recibían órdenes y después se esfumaban otra vez y se mezclaban con las multitudes sudorosas y cubiertas con mantos que se paseaban, perezosas, al sol. Luego intentó dar un paseo. Parecía tardar un minuto más o menos en dar cada paso.

Después el capitán de la policía lo había sacado de la cárcel y le había invitado a una copa en la *cantina* de enfrente. «Hemos descubierto que es usted un criminal y que se ha escapado a través de siete Estados… Dice usted que es… esto… *escridor*. Hemos… esto… leído… esto… sus *escridos* y no tienen sentido.» Sí, en el fondo sus editores y la policía militar oaxaqueña eran primos hermanos. «Usted no es… esto… *escridor*, usted es un *escorpía* y en México fusilamos a los *escorpías*… ¿Dónde está su amigo?»

No hubo respuesta.

«¿Para qué ha venido aquí?»

Silencio. El silencio de Sidney Carton—Sigbjørn Wilderness.

Antes Sigbjørn había negado conocer a Hölscher; consideró la situación peligrosa de verdad, tanto más cuanto que el comunista estaba usando su pasaporte.

«¿Quiere... esto... escapar? ¡Escape! ¡Escape ahora!»

Por suerte —o por desgracia— Sigbjørn no lo había hecho; de lo contrario, en virtud de la «ley de fugas» que el capitán estaba deseando invocar, a aquellas alturas no lo habría contado.

Sigbjørn no había escrito sobre todo aquello, pero, si lo hubiera intentado, una palabra le habría resultado tan difícil como cada paso hacia el excusado. ¡Qué mentirosos son a veces los escritores y qué poco logrados los relatos de sus desesperaciones! Sus angustias debían de tener muy poco de extraordinario y, sin embargo, le parecía que, con que una sola persona hubiera sobrevivido a una cosa así para llegar a respirar un aire más puro y amar la luz, habría esperanza para la especie humana, pues la agonía de un hombre pertenece a todos los hombres y a Dios.

Sigbjørn notó las punzadas de un dolor ligero en su muñeca izquierda y también advirtió, por primera vez, que la tenía cubierta de esparadrapo. Bebió un poco más de *ochas* y después encendió la luz. Volvió a apagarla. En fin, no quiero recordar. La luz titiló al apagarse y después, como de costumbre, volvió dos veces antes de extinguirse. Aunque apenas lo necesitaba, se miró en el agrietado espejo: algo horrible le devolvió la mirada. *Jamoncito, ¿quién te hizo? ¿Sabes quién te hizo?* No quería recordar.

Dio un salto y, para no despertar a Primrose, corrió de puntillas por el cuarto de estar. La puerta de la habitación de Primrose, a su izquierda, estaba entreabierta —sujeta por unas cuerdas—, la luz de la Luna entraba a raudales por la ventana y hasta podía oír su respiración regular. En la cocina, se recortaba en la penumbra el brillo de la botella de tequila y Sigbjørn se quedó inmóvil junto a ella sin apenas atreverse a respirar, a su vez. Ya debía de estar acostumbrada a la Raspa, a los perros, a todas las explosiones, las rockolas, la cacofonía gallinácea y el cotorreo nocturno de Cuernavaca —debían de formar parte del poco sueño que lograra conciliar—, pero el menor ruido dentro de la casa podía molestarla. ¿Y si se despertaba y lo sorprendía bebiendo tequila? Pero el tequila estaba mezclado con agua y, si lo bebía, seguro que se atragantaría y en ese caso seguro que Primrose se despertaría. Así como aquella tarde, mientras Primrose estaba en el mercado, se había quedado delante de la bebida intentando no beberla, así también se había quedado ahora y había algo indeciblemente atroz en ese simple hecho de quedarse junto a la botella, recibiendo algo así como un consuelo deprimente con su proximidad, casi demasiado débil para ceder a la debilidad, lo que al menos habría entrañado alguna acción. Ahora, como entonces, mientras parecía hacerse la quietud, también como entre los ejércitos por la noche, en el mortal (y pueril) conflicto de su interior, se encontraba como un espectro junto a la botella medio vacía. Aún oía la suave respiración de Primrose en la habitación contigua. «Escríbeme para contarme que no te has matado con la bebida.» Había repetido las palabras de Fernando en voz alta, sin poder evitarlo, y volvió a escuchar, al tiempo que daba un paso cauto hacia la botella, para poder tocarla y, si la hubiese despertado, echar tal vez un rápido trago a hurtadillas sin que ella se enterara, amparado en el ruido que haría al darse la vuelta o levantarse, pero siguió oyéndose su respiración regular y Sigbjørn permaneció inmóvil como un muerto y con la mano en la botella. Ocho años antes, en la época de Oaxaca con Fernando, habría bebido de modo inconcebible; tres, cuatro años antes, en Erídano, si se hubiese sentido así de vil, ni siquiera se le habría ocurrido, se habría dado un baño y por un momento pensó en eso: la carrera hasta el extremo del desembarcadero de Erídano, construido a continuación de la puerta de entrada a la casa, la zambullida en el verde elemento, frío, delicioso y salvador, y la subida de vuelta por la escalera; el rápido regreso goteando hasta el calorcito de la casa —el inevitable comentario: «¡Dios mío, qué maravilloso! ¡Te hace desechar los disparates!»—, pues habían construido el muelle justo delante de la puerta delantera, con los sombríos problemas que lo habían precipitado a la ensenada hundidos ahora en el fondo de ella o, tal vez, en vías de solución.

Pero, ¿qué había fallado? Por un momento le pareció repugnante e injusto que algo así sucediera, que algo así pudiese llegar a ser un problema, pues obraba en ambos sentidos. Amigo alegre, constructivo y admirable, era para él enemigo no tanto malo cuanto indigno. No obstante, ya que había aceptado, al menos en parte —sintió debilitarse ligeramente su argumento—, su desafío, su despreciable desafío, no podía aplacarlo sin alguna solapada traición moral... ni tú tampoco, Geoffrey Firmin. En resumen, no podía tomar un trago cuando más lo necesitaba y cuando, como ahora, «mejor» le iba a sentar en realidad. (Cualquiera que fuese el significado de esa expresión.)

¡Bomb!
¡Bomb!
¡Bombtittybombtittybomb!
¡Bomb!
¡Bomb!
¡Bombtittybombtittybomb!

Sin embargo, que el tequila estuviese mezclado con agua no era, desde cierto punto de vista, buena señal: se debía a que la víspera, al haber pasado toda la tarde solo en la casa —la verdad es que hacía varios días que no había salido de ella—, había sucumbido por fin: había tomado varios tragos y había llenado la botella hasta el nivel anterior, porque no quería que Primrose se enterara de que los había tomado antes de que empezasen con su habitual —por cierto, ¿dónde estaría?— *habanero* (pero no tequila y, desde luego, no mezcal, ni siquiera se le habría ocurrido; dio medio paso hacia la botella y hasta le puso una mano encima), que bebían a las seis de la tarde. Por otro lado, era buena señal. Que no hubiese más agua en aquel tequila era buena señal y que, a pesar del agua, hubiera algo de tequila, por poco que fuese, era una señal aún mejor, ¿no?

«La enfermedad no está sólo en el cuerpo, sino también en esa parte que se suele llamar alma», murmuró, involuntariamente otra vez, y esa vez dio otro paso más hacia la botella de tequila y la agarró con mayor firmeza; sí, la verdad es que Fernando estaba en lo cierto. Así era exactamente, si bien ni Fernando —el Dr. Vigil— ni el propio Hippolyte siquiera habrían sabido especificar qué complicada enfermedad padecía Sigbjørn Wilderness. (Ah, encontrarse en un viejo carguero, balanceándose por el cerúleo mar hacia Pijijiacic, con una carga de cerezas en salmuera, mármol antiguo y vino). Ah, viejo creador de tragedias, ¿estás creando más tragedias? Aquel anochecer Primrose y él habían bebido una buena cantidad de *habanero*. Oficialmente, bebían mientras ella preparaba la cena, como, de hecho, todo lo demás, pero la trampa, con esa forma de beber, consistía en que, cada día que pasaba, las horas que precedían a las seis de la tarde se volvían cada vez más largas e intolerables, por lo que había llegado incluso a adelantar el reloj, con la consecuencia añadida de que era como encontrarse otra vez en el avión: eran las cuatro, al cabo de un instante cinco, eran las cinco, pero, mira por dónde —¡qué rápido pasa el tiempo en México!—, ya eran, gracias a Dios, las seis. «Anoche cogí una borrachera tan terrible, que habré de dormir tres días enteros para recuperarme.» No, no era así; no tenía que pensar eso, pues en aquel momento había advertido la botella de tequila en la pila y había visto que estaba medio llena. Sin embargo, era extraño que, después de tantos años, siguiese recordando las palabras de Fernando y sin lugar a dudas las habría recordado, aunque no lo hubiese convertido en un personaje de su libro, pero más extraño aún era pensar que dentro de pocos días podría reunirse de verdad con el propio Fernando en persona... pues, ¿acaso no había propuesto en la cena que salieran por la mañana de viaje, en autobús, para Oaxaca?

«Primrose, he estado pensando», había dicho de repente, en la cena: «¡Qué caramba! No voy a estropearte más las vacaciones con estas historias. He estado leyendo el folleto, esa *Guía de turistas*, y te tengo reservado un viaje de verdad».

«¿De verdad, querido?»

Y Sigbjørn había explicado, basándose en el folleto, que ahora le parecía posible ir de Cuernavaca a Oaxaca por carretera, una carretera que antes no existía y que había tardado tanto en hacerse como su libro en escribirse, detalle que tal vez revelase algo sobre el esfuerzo humano. En cualquier caso, irían por Yautepec, de feliz y complicado recuerdo, a Cuautla y de allí a Matamoros, hasta allí por terribles carreteras sin pavimentar y en autobús de segunda clase, pero en Matamoros, según había calculado, si tenían suerte, podían empalmar con un autobús de primera clase procedente de Puebla y Ciudad de México y continuar hasta Oaxaca, distancia que, al menos en el mapa, parecía insignificante.

Primrose se había sentido entusiasmada y él también, al irse a la cama temprano, demasiado borracho para acostarse con Primrose, que, sin embargo, estaba bastante borracha, a su vez, en aquel otro dormitorio, con su espejo cubierto de manchas en el que todo parecía roto y no del todo normal, entre los *sarapes*, los frascos de perfume, las chinches y el serrín de las termitas que caía toda la noche en ducha incesante; había parecido una buena idea, una idea espléndida incluso e incluso reconfortante, pero ahora, de repente, se sentía presa del terror ante la idea de ir sentado, brincando y dando tumbos, en aquel espantoso autobús de segunda clase, pero lo que sobre todo le resultaba intolerable era pensar en las iniciativas que habría de tomar, la cortesía, los «por favor», los «perdóneme», los «dónde está el salón» o «los camiones para Zuxpetecs», los «adiós», la necesidad de evitar todo el tiempo que le estafaran a cada paso: bastaba con pensar en aquel gordo del «Cerveza de Barril» desierto que le había dicho que la cerveza sólo costaba sesenta céntimos la jarra, pero, con el pretexto de no tener cambio, le había devuelto sólo tres pesos por los diez con que Sigbjørn le había pagado y después le había llenado la jarra antes de que hubiera tenido tiempo de acabarla, fingiendo que iba a convidarle, al tiempo que se servía coñac, y a duras penas Sigbjørn consiguió, hipócrita, que no le vertiera coñac en la cerveza, que por una vez no deseaba, y seguía sin recibir el cambio, y luego, cuando hizo ademán de irse, le pidió quince pesos, y después, cuando se resistió, diecinueve, y luego arrojó sus tres pesos a una camarera y, al tiempo que pedía veinticinco pesos, lo amenazaba con llamar a la policía, ya estaba, de hecho, telefoneándola… y Sigbjørn tuvo que salir corriendo. ¡O que le robasen! Sí, en efecto: la necesidad de afrontar la extraordinaria mezcla de caballerosidad, odio, miedo, gracia, admiración, trapacería, zalamería servil y desprecio infinito que se manifiesta en la actitud del mexicano para con el *gringo* y que tan a menudo, si no casi siempre, era —como él mismo había gritado— «culpa de vosotros, malditos americanos, que intentáis imponer vuestro detestable e higiénico modo de vida, sin mitos y sin amor, y vuestros productos de pacotilla, charros y caros»; Primrose estaba en la puerta y él agitó el puño hacia ella: «y Coca-Cola bien fría que siempre está tibia y horrores ruidosos y producidos en masa y filosofía vacía y egoísta y películas para retrasados mentales y modales execrables a un mundo que... ¡os explotará en la cara antes de aceptarlos!»

«...»

«Es culpa vuestra y sólo vuestra, de vosotros, malditos americanos, que, no sé por qué, ¡os lo tenéis tan creído! Seguís imponiendo vuestro pobre y maldito modo de vida a todo el mundo...»

«Nosotros no somos americanos ricos», dijo Primrose.

«Huy, la Virgen, vámonos de aquí. Me está matando. Nos está matando a los dos. Por el amor de Dios, ¡huy, la Virgen! es horrible. Volvamos a casa. Alejémonos de esto... ¿Cómo hemos podido venir a un país tan atroz?»

«Pero tienes que escribir tu nuevo libro. Tienes que hacerlo, Sigbjørn, ¡tienes que hacerlo! Y pensaba que querías ver a Juan Fernando Martínez.»

«...»

«Y probablemente no tengamos casa, en cualquier caso.»

«¿Por qué dices eso?»

«Pero, Sigbjørn...»

«Fue culpa tuya. Debías haber hecho lo que te dije», gritó. «Sabes muy bien que fuiste tú quien quemó la casa.»

Pero aquello estaba dejando de ser una broma. No quería recordar.

«¡Ding! ¡Dong! ¡Dang! ¡Ding-dong-ding-dang!», empezó a oírse, procedente de la catedral.

«Que Dios me ayude», dijo entonces Sigbjørn. «Que Dios me ayude. No quiero su ayuda, sólo quiero una copa, pero que me ayude igual.»

Primrose se inclinó sobre él, lo besó tan silenciosa, tan suavemente como si un pájaro hubiera cerrado su párpado contra la mejilla de él.

«No hay correo», dijo, al tiempo que alzaba los brazos hacia ella. «No podemos zarpar...»

Ding-dong-ding-dang-ding-dong-dang-ding-dong-dang.

«Es la Virgen de quienes a nadie tienen.»

«... de quienes a nadie tienen...»

«... de quienes a nadie...»

«... de quienes a nadie tienen...»

«Me gusta con ellos trabajar.»

«Entonces rézale.»

«Pero yo no soy católico, soy hereje, comunista, conservador, inglés, desertor, ladrón de comida de perro, sólo Dios sabe lo que soy.»

«Entonces rézale.»

Sein oder nicht sein, das ist die Frage[1]. Esa no era la cuestión, entonces, por mucho que lo hubiese sido antes; era intranscendente. En su caso, levantarse simbolizaba la lucha entre la vida y la muerte. Ahora lo recordaba todo: cinco días antes había hecho un intento casi logrado de suicidio, dos intentos, en realidad, uno de ahorcarse con un cinturón de bata, el otro de cortarse las venas; en realidad, el segundo había seguido al fracaso del primero debido a un nudo inconscientemente (tal vez a propósito) mal atado.

Al mismo tiempo su mirada recayó en el bañador, que estaba seco: no se lo había puesto desde el día diez y ahora era el quince; se le ocurrió una idea brillante; tal vez pudiese nadar y guardar la ropa, nadar y tomar un trago o, mejor, al revés: iba a necesitar un trago para poder nadar. Y, maldita sea, por fin había despertado a Primrose: mientras los movimientos de ella disimulaban los ruidos de Sigbjørn, éste, tan rápido como un colimbo al sumergirse, agarró la botella, echó un horrible-maravilloso trago de tequila

[1] «Ser o no ser: ésa es la cuestión.»

y volvió a colocarla en la pila sin el menor ruido y, conteniendo las náuseas, encendió la luz como coartada para el caso de que el gorgoteo delator no hubiera pasado inadvertido.

«¿Qué pasa, querido?», oyó decir a Primrose.

«Nada. Estoy por aquí. No podía dormir», Sigbjørn abrió la puerta y miró dentro. Primrose, iluminada por la luna, se había alzado sobre el codo.

«¿Te encuentras bien, querido?»

«Sí... ¿y tú?»

Primrose se dejó caer de nuevo sobre el almohadón. «Sólo, que estoy tan terriblemente exhausta, nada más. Por Dios, qué ruido más espantoso.»

«Qué bonita eres.»

«¿De verdad?»

«No olvides que mañana nos vamos a Oaxaca.»

«Oaxaca.» Primrose había parecido a punto de decir algo, pero había vuelto a quedarse dormida al instante sin apagar la luz.

Sigbjørn vaciló en el umbral. Decir que la luz de la Luna era brillante e infernal era quedarse muy corto en la descripción. Aquella habitación, la de las aspilleras deterioradas, de tan extraordinaria e increíble importancia en su libro, había contado con cristales de color, colocados en aspilleras, las ventanas en forma de cheurón de su capítulo VII, o lo que quedaba de ellas, ahora vistas desde dentro con la luz de la Luna que entraba a raudales a través de un filtro de azul, amarillo y rojo: a través del rojo, parecía como si por un momento se viera la calle de abajo con sus perros copulando, no tanto a través de una película cuanto a través de uno de esos velos, llameantes de fuego infernal, negros como hollín y pálidos como un cadáver, a través de los cuales los habitantes del mundo espiritual swendenborgiano, que habían adquirido una fe arraigada y exclusiva en la naturaleza, miraban desde el «Cielo» —ya que su entendimiento estaba cerrado a la luz espiritual de arriba— a la Tierra (a pesar de que estaba obscura e infernal); no era real, no, Sigbjørn no podía estar en aquella habitación.

En aquel momento vio el calendario de «Feliz Año Nuevo», procedente —ironías de la vida— de la tienda de licores, Casa de la Vega, el único calendario que les habían enviado, con su imagen de Pátzcuaro. ¿Mandarían también felicitaciones de Año Nuevo los enterradores y los verdugos?

7

De pronto llamaron bajito a la puerta principal y en la cabeza de Sigbjørn sonaron terrores. Fue de puntillas hasta la recámara del comedor, se quedó inmóvil de pavor otro instante junto a la botella de tequila, después miró por la ventana del hueco (la casa parecía tener aquel día más huecos de ésos que de costumbre): era Eddie —Eduardo Kent— y abrió la puerta despacio, con un dedo en los labios. Era evidente que Eddie estaba como una cuba, perfectamente borracho.

«He visto luz y he pensado que estarían los dos levantados. Sé que a veces se quedan leyendo y como me dijo usted que viniera a verlos.»

«Primrose está durmiendo ahí.»

«Bueno, baje y tomemos una copa...»

Sigbjørn contuvo el aliento por un momento. Si al menos ella tuviera consideración y se tomara lo de la bebida de él como la segunda esposa de Dostoyevsky lo del juego. Al fin y al cabo, algún día (futuro gigante, tal vez), le sacaría provecho. La mayor fuerza equivale a la mayor debilidad. O —pensó, al comprender que había estado a punto de formular la pregunta a la que Eddie, exultante, acababa de dar respuesta afirmativa, «¿Se trata de algo importante?»— podría preguntarle: «¿Te importa?», y ella podría responder: «No, querido... claro que no... corre y que te diviertas.» Así podría ser, pero en ese caso se despertaría.

Sigbjørn cogió de detrás de la puerta su abrigo de lana de Irlanda, «*Man of Aran*» —sólo él sabía lo que había estado escondido en los amplios bolsillos de aquel abrigo rescatado del fuego del que no se pudo salvar *Rumbo al Mar Blanco*—, con gesto rápido, se lo puso encima del pijama y, tras dejar la puerta entreabierta para no ser oído a la vuelta y sin pensar, salvo un segundo, en la posibilidad de que entraran ladrones, bajaron las escaleras de arcilla roja del piso en la torre, la torre de M. Laruelle: Sigbjørn sintió angustia al pasar por delante de la vasija de barro con agua hervida sobre la baranda que Primrose sacaba todas las noches a refrescar y cruzar el portón que daba portazos toda la noche, un vestigio del inquilino anterior a Eddie —tal vez por creer que podía serle útil un día de aquéllos, Sigbjørn no lo había quitado, no había aprovechado el permiso de la Señora Trigo para quitarlo—: al pie de la escalera tuvieron que saltar un charco formado por el agua rebosante del depósito cilíndrico del techo de la azotea; por lo general, había también una cascada, pero aquella noche había cesado.

«¿Qué hora es?», preguntó Sigbjørn, que había olvidado su reloj, al tiempo que se volvía y miraba por las puertas abiertas de la Quinta Dolores la calle de la Tierra del Fuego, completamente desierta, pese al ruido procedente de la posada, al amoroso alboroto de los perros y a una vieja, solitaria y perpleja y de aspecto melancólico y terrorífico, parada en la esquina de la calle de Nicaragua —la calle de Humboldt, en realidad— bajo un único farol mortecino. Laberinto de encrucijadas.

«Casi las once... Con este escándalo... no sé cómo puede dormir nadie.»

«¿Sólo las once?», dijo Sigbjørn con la extraña idea de que el tren debía de estar a punto de partir. «No puede ser que haya usted cerrado tan temprano esta noche.»

«Ahora tengo ayuda, no cierro en toda la noche. Pensaba que se lo había dicho. Por cierto, ¿cómo está usted? Había oído decir que no se encontraba muy bien.»

«He estado un poco pachucho.»

«Espero que no haya sido la antigua dolencia.»

«¿La antigua dolencia? ¿Cómo?... No. Eso, no, gracias a Dios. Por cierto, hay que ser listo para ver la luz en la torre.»

«¿Por qué?

«Porque estaba apagada.»

«Debe de ser la luz de la Luna. Si mira ahora, parece que hubiera luz.»

Bajaron por el camino, cruzaron el jardín espectral y pasaron por delante de la espectral fuentecilla —sólo había una luz mortecina en la habitación del pobre Dr. Parragas, que nunca tenía pacientes— y del espectral coche del Dr. Hippolyte, que tenía demasiados, incluido, recientemente, el propio Sigbjørn (según Hippolyte, Sigbjørn nunca había tenido enfermedad más grave que las venas varicosas, que aquél había esclerosado de nuevo con buenos resultados, por lo que ahora Sigbjørn podía caminar sin dificultad), por delante del espectral buzón de correos con su trágica luz espectral, adonde sólo llegaba la desesperación, mientras Sigbjørn, al observar las siluetas de los ángeles de la casa de la Señora Trigo, cuya serie completaba los que habían quitado de la torre, se preguntó si estos últimos existirían ahora sólo en su libro o si los habrían trasladado a otro sitio; bajaron del tosco pretil al pradito obscuro y encharcado y al jardín del *bungalow* de Eddie, bordeado de flores de pascua, más allá del cual se encontraba el estanque lleno de hojas en el que la Luna nadaba bajo el agua; entraron en la casita y Eddie encendió la luz.

«Ahora es demasiado grande para mí.»

«He visto que han quitado la escalerilla», dijo Sigbjørn, «pero tal vez no suba usted a menudo al techo.»

«Por Dios, ¿para qué habría de hacerlo?» Sigbjørn notó que Eddie le tenía clavados sus castaños ojos. Después se echó a reír. «Oh, ya le entiendo. No, no puedo tomar mucho el sol... En realidad, si me pasara el día sentado al sol como usted, hace una semana que estaría muerto.»

«Yo tampoco», dijo Sigbjørn distraído, al pensar, no sin agrado, en la ironía del caso, dadas las circunstancias: que diera la impresión de tener la sana costumbre de pasarse el día sentado al sol, cuando, a decir verdad, cinco días antes había intentado matarse. Mientras Eddie salía otra vez al porche y a la cocina, que estaba en el extremo de aquél y más cerca de la torre, para ir a buscar vasos, Sigbjørn se quedó contemplando la botella de *whiskey* Four Roses sobre la mesa.

De repente, se oyó un ruido infernal de ululatos y lamentos procedentes del valle. Era el importante trenecito —Sigbjørn se sintió embargado de amor, porque Primrose lo adoraba— que, con explosiones y resoplidos que parecían alcanzar hasta el Popocatepetl y volver con el doble de volumen, llegaba todas las noches a la estación de Cuernavaca a las ocho y veinte exactamente —seguro que lo había oído antes en sus turbulentos sueños— y salía a las once —cuatro horas tardaba en llegar a Ciudad de México—: era en parte el pequeño ferrocarril serpenteante de su novela, el que debía de haber cogido Hugh para ir a Veracruz. Allí iba: ¡Chuf! ¡Chuf! ¡Chuf! ¡Chuf! El tren por la vía entre los cactus y bajo las maníacas montañas, todo ello bañado por la luz de la Luna. En fin, de todos modos, cuando Primrose y él regresaran, no lo harían por tren, volverían a coger el avión, en caso de que pudieran pagarlo. Dostoyevsky (y podría haberse consolado recordando lo que hasta aquel momento no le había venido a la memoria: que también aquél había proyectado en tiempos un libro sobre la bebida, que se iba a titular *Los bebedores*, el libro que se había convertido en *Crimen y castigo*, por lo que el protagonista no fue Marmeládov, sino Raskólnikov, el hijo de Pulqueria) había calificado su período de viajes de «peor que la deportación a Siberia». Y, en efecto, ¿qué mejor, para él, que Siberia?, pensó Sigbjørn. Maldita sea, hasta él podía llegar a sentir una especie de nostalgia de algo parecido a Siberia: la amable Siberia. Sin responsabilidades ni miedo a que lo «espiasen», mientras se paseaba a caballo por las estepas junto con dicho fiscal general, se enamoraba de la esposa del capitán Isaiev, se bañaba en el río Irtich, de altas orillas, junto con dicho fiscal general, el angélico barón Vrangel, o regaba los arriates de flores vestido con su camisa de algodón y después volvía a su cuartito sin ventana y ennegrecido por el humo para escribir su infernal escena del baño en *Recuerdos de la casa de los muertos*, con los pobres judíos y polacos dando alaridos, vomitando y haciendo resonar sus cadenas a medida que subían y subían y salían de entre el hediondo vapor, y luego quitaba nieve con la pala y tiraba bolas de nieve —en caso necesario, hasta se podía tirar una bola de nieve a un policía— o trabajaba con alabastro: era la vida ideal, sobre todo para un escritor, tanto más cuanto que, como no estaba autorizado a publicar ni una palabra, se libraba de la continua angustia por el rechazo. Los ojos de Sigbjørn buscaron de nuevo el fantasmal buzón naranja y advirtió que había dado un paso hacia el Four Roses, cuando Eddie volvió.

«Chinchín.»

«*Lhiat myr hoillin*!»

«¿Qué significa eso?»

«Que tenga usted el éxito que merece... ¿Cómo va el negocio?», preguntó Sigbjørn, riéndose para sus adentros ante la mirada cortés de Eddie mientras hablaba en gaélico.

«Por los suelos... Es por la leche. Ya no puedo conseguir leche fresca de la lechería.»

«Primrose lo va a sentir, cuando se entere... pero no sabía que sus ganancias dependían de la leche.»

«Y no consigo que las chicas se queden.»

«¿Y quién lo consigue? ¿Quién, a ver? En fin... Al fin y al cabo... no es nada nuevo. ¿Por qué no compra una *pulquería* y pone fuera el cartel de "se habla inglés?», le propuso. Sigbjørn estaba pensando otra vez en Dostoyevsky.

«¡Una *pulquería*! ¡Jesús, María y José!»

«Lo digo en serio. Aquí todas las *pulquerías* están llenas de la mañana a la noche, son alegres, por lo menos, con incesantes rasgueos de guitarras, y baratas... tendría que rechazar a millares de americanos por falta de sitio y no tendrá que preocuparse de la leche para sus ganancias.»

«La policía no lo permitiría.»

«Pero, ¿no es usted la policía?»

«Tengo permiso para veinte máquinas tragaperras... Y voy a colocar una rockola», dijo Eddie muy serio y a Sigbjørn le pareció que hablaba con tono bastante ofendido. Eduardo Kent, que tenía fama de asesino, cinco veces casado y estafador («Si algo detesto, es un estafador», le gustaba decir), era también, en caso de que se le pudiese creer, policía («Uso este restaurante sólo para disimular... en fin, no para disimular exactamente... eso suena un poco a falso, ¿verdad?), el jefe, de hecho, de la policía judicial de Cuernavaca, cuya tarea consistía en parte en sacar de la cárcel bajo fianza a turistas americanos y en parte en seguir la pista a asesinos, y cultivador de claveles para exposición, al tiempo que regentaba, paralelamente, el ruidoso e incómodo cuchitril de la plaza llamado La Universal, frecuentado sobre todo por americanos, a quienes servía hamburguesas caras que él mismo preparaba con mano temblorosa. Tanto Primrose como Sigbjørn, que compraban allí su agua con sílice y la leche, aunque no las bebidas, pues eran demasiado caras, lo apreciaban inmensamente y, de hecho, a él se debía que hubieran ido a la Quinta Dolores.

Sigbjørn había oído una historia sobre Eddie. En cierta ocasión, cuando tenía diecinueve años, en Puebla, había visto cómo un tranvía atropellaba a una mujer. Le había amputado las dos piernas. Todo el mundo vacilaba a la hora de hacer algo por miedo a la ley y, de hecho, como el propio Sigbjørn había representado una escena semejante, a propósito de esa cuestión había surgido la historia. Eddie había corrido hasta una tiendecita próxima, había comprado un ovillo de bramante y había colocado torniquetes en los muñones de la pobre mujer. No había escapado a la ley, ni siquiera por una cosa así, si bien el juez había elogiado su humanidad. En realidad, lo que Sigbjørn y Eddie tenían en común era lo ficticio de sus vidas: sin embargo, Sigbjørn estaba, cosa curiosa, convencido de que esa historia era cierta... aunque sólo fuese porque aún no se la había oído contar a Eddie.

«¿Se ha recuperado ya de lo de Taxco?», dijo Eddie al cabo de un rato, sonriendo, al tiempo que se ponían a beber el Four Roses.

«Depende de lo que entienda usted por recuperarse.»

«Helen y Guido no salían de su asombro ante ustedes. Dijeron que eran la pareja más feliz que habían conocido en su vida.»

Sigbjørn echó un largo trago. «Eso es algo que siempre gusta oír.»

«Yo he estado casado cinco veces... Tengo un hijo de veinte años y me casé por primera vez a los veinte años, conque tengo... cuarenta, ¿no?»

«No necesariamente. Aun así, voy a creerlo.»

«Y, sin embargo, no puedo decir que haya sido nunca tan feliz, entre unas cosas y otras... verdad», prosiguió Eddie pensativo, «pero siento auténtico placer de estar con ustedes. Sí, eso es lo que me gusta: ¡ver a gente feliz!»

Sigbjørn estaba pensando en lo poco feliz que había sido la pobre Primrose en aquel viaje a Taxco con Eddie. «No sé si se da usted cuenta del todo de dónde nos embarcó, cuando habló a Primrose de este lugar para que viviéramos», dijo.

«Su esposa dijo que le gustaría coger un piso aquí, en Cuernavaca. A mí me gusta vivir aquí y hablo inglés, conque la acompañé hasta aquí y ella dijo: "No doy crédito a mis ojos..."»

«No le dijo por qué.»

«Nunca he sabido bien cómo fue. ¿Estuvo usted aquí antes? ¿O era algo relacionado con el libro que estaba escribiendo?»

«Ambas cosas, en cierto modo. Ya le dije que estuve aquí hace diez años. Es decir no exactamente... A ver, estamos en enero de 1946. Estuve aquí de septiembre de 1936 a fines de julio de 1938.»

«Pero, ¿no viviendo en esta casa?»

«No, quería decir que estuve aquí, en México», respondió Sigbjørn, «si bien pasé parte del tiempo en Cuernavaca. En realidad, la mayor parte del tiempo. Vivía más abajo, en la calle de Humboldt. No sé si conocerá usted esa casa: de todos modos, han cambiado el número». Sigbjørn se quedó callado un rato, recordando la reciente ocasión en que había llevado allí a Primrose para ver la casa del Cónsul, en el número 65, ahora 55, 52 en su libro: habían reparado el portón, la buganvilla seguía allí, el jardinero estaba trabajando en el camino de entrada y se sorprendió, cuando de repente lo pensaron mejor, dieron media vuelta y volvieron a salir sin mirar atrás una sola vez, si bien le echaron otra mirada furtiva desde el otro lado de la barranca. La casa no parecía haber cambiado, salvo que habían añadido otra ala pequeña. «Nunca había puesto los pies dentro de la Quinta Dolores hasta que Primrose me trajo aquí hace un mes», prosiguió, «y dijo: "Mira, ¡una sorpresa para ti!" Ahora bien, por haber vivido en esa calle y haber escrito sobre ella, la conocía como si hubiera sido mi propia casa. Desde luego, entonces no se llamaba Quinta Dolores».

«No estoy seguro de entender todo lo que me ha dicho», dijo Eddie.

«Sí, mire: cuando he dicho "casa", me refería a la torre», dijo Sigbjørn, «el piso donde ahora vivimos Primrose y yo. La torre estaba ya allí en aquella época; de hecho, era prácticamente lo único que se veía desde la calle, pero, que yo sepa, entonces no había habitaciones para alquilar en ella. Era de un artista y supuse que la parte de abajo sería un estudio, porque tenía grandes ventanales».

«Ése sería el hermano de la señora Trigo, pero ya ha muerto.»

«Hace años», dijo Sigbjørn, al tiempo que aceptaba un Bohemios, medio hablando consigo mismo y paseándose ahora de aquí para allá inquieto, «había dos torres con un como pasadizo entre ellas que las unía por el techo, y en una de ellas, que parecían usar de mirador, había toda clase de ángeles y otros objetos redondos, esculpidos en arenisca roja. Las curiosas ventanas en forma de cheurón siguen allí, pero antes había debajo de ellas algo escrito en hoja de oro que se leía desde la calle. Y parece que han derribado una de las torres, si bien he observado que algunos de los ángeles han reaparecido en la casa de la señora Trigo».

«Entonces, ¿la torre le inspiró?», dijo Eddie. «Le encendió la imaginación, ¿no se dice así?»

«O mi imaginación incendió la torre... Pero, por desgracia, alcanzó a nuestra casa del Canadá: ahora, que ésa es otra historia... Lo que quería decir, Eddie, era lo siguiente. No sé por qué, hice que un personaje importante de mi libro viviera en aquella maldita torre y también una de las escenas más importantes del libro sucede en ella», dijo Sigbjørn: «una escena en que mi protagonista debe elegir, por decirlo de modo bastante estúpido, entre la vida y la muerte... Y ahora yo mismo estoy viviendo en ella».

Los ojos de *croupier* de Eddie se entornaron con el interés, si bien —ya fuera de interés precisamente por lo que Sigbjørn había dicho, aunque lo había repetido, al decir: «Y ahora está viviendo en la maldita torre, ¿eh?», o por otra serie de ideas que sus palabras hubiesen desencadenado— añadió sensato: «Eso es lo que se llama una coincidencia, ¿verdad?»

«O algo peor.»

«Qué es el libro?... ¿como una historia policíaca?», preguntó Eddie.

«Se lo prestaré... Tengo una copia del manuscrito, pero se la he dejado a Hippolyte. Ahora bien, quiero preguntarle una cosa. En realidad, la tengo aquí. ¿En qué estaré pensando?» Sigbjørn sacó un trozo de papel arrugado del bolsillo.

Eddie se puso las gafas con aire de importancia y leyó: «"¿Le gusta este jardín? ¿Que es suyo? ¡Evite que sus hijos lo destruyan!" No, esto está mal.»

«Pero, ¡si lo copié! Por cierto, ¿cómo lo traduciría?»

«¿Le gusta este jardín, que es suyo? Evite que sus hijos lo destruyan.»

Sigbjørn miró por encima del hombro de Eddie. «Pero si lo copié directamente del letrero en Oaxaca.»

«Entonces, eso lo explica... Tiene que ponerlo bien.»

«Cambia todo: ahora veo que es un error absurdo, pero durante al menos ocho años nunca se me ocurrió que podía significar otra cosa que "¿Le gusta este jardín? ¿Por qué es suyo? ¡Expulsamos a los que destruyen!"»

«No tiene nada que ver con expulsar.»

«Aun así, eso me da una idea... Tendré que cambiarlo, desde luego, pero podría hacer que mi Cónsul pensara al principio que significa eso. Sí, veo que eso sería aún mejor.»

«Tiene que ponerlo bien; si no está bien, no sirve.»

«Y después otra persona puede hacer la traducción correcta. Va a ser una complicación tremenda, pero veo que la traducción correcta es todavía peor.»

«Creía que decía que era mejor.»

«Quiero decir más apropiado y terrorífico», dijo Sigbjørn, al tiempo que doblaba el papel. «Gracias, Eddie. ¿Puedo servirme una copa?»

«Para eso está la botella», dijo Eddie, al tiempo que se quitaba las gafas. Volvió a oírse con estridencia «*Smoke Gets in Your Eyes*», procedente de la posada cercana. «Pero me interesa: a ver, dígame de qué trata el libro», dijo Eddie, al tiempo que volvía a llenarse la copa.

«De la bebida, sobre todo», respondió Sigbjørn Wilderness.

«Por supuesto, yo no sé nada de eso. Resulta terrible decirlo, pero me bebo una botella, sí, una botella de Berreteaga al día. Nunca me emborracho. Nunca tengo resaca», dijo Eddie.

«Primrose y yo sólo bebemos un litro de aguardiente de garrafa», dijo Sigbjørn, sentado en el pretil con las manos sobre las rodillas y mirando hacia arriba, hacia la torre bañada por la luz de la Luna, «y tenemos resacas».

Sin embargo, a Sigbjørn se le había pasado el humor depresivo y sintió que poco a poco lo embargaba casi una sensación de éxtasis, junto con una especie de orgullo morboso, al contemplar el espectral jardín, la lunática y tenebrosa torre a la luz de la Luna. «Y nos emborrachamos», añadió. Era como si estuviese, en realidad, moviéndose en medio de su propia creación y, aun cuando dicha creación fuese un fracaso, la sensación era casi divina. Pues, ¿acaso no podemos pensar que Dios mismo se mueve dentro de Su creación del mismo modo espectral? ¿Y cómo hemos de verlo, si no, cuando sentimos vagamente que tiene poder para excluirnos por completo y en cualquier momento de Su extraño y tenebroso manuscrito?

«¿Cuándo se va a publicar?»

Sigbjørn movió la cabeza. «Probablemente nunca», y Sigbjørn sabía lo que iba a venir a continuación.

«Espero que me regale un ejemplar firmado...»

¡Cuántas veces habían estado sentados allí Primrose y él esperando al cartero, que, por cierto, era el mismo hombrecillo del capítulo VI de su libro y no había envejecido lo más mínimo a pesar de los años transcurridos, con el mismo paso enérgico, la misma perilla y el mismo aire de ser siempre portador de noticias extraordinarias! Y la noticia de Inglaterra, el rechazo, había llegado el día de Nochevieja, la habían encontrado en el buzón al regresar de Yautepec. «Y el Sr. Wilderness, al tiempo que imita los trucos de Joyce, Sterne, los surrealistas, los cultivadores del monólogo interior, nos ofrece el pensamiento y el corazón de Sir Philip Gibbs. Además, recuerda inevitablemente al reciente éxito de la novela y la película tituladas *El rigodón del borracho*». Pero hasta entonces, hasta aquel momento, ¡qué encantador último día de año habían tenido! Tras despertarse por la mañana con un esfuerzo tremendo —como pensaba hacer el día siguiente por Primrose— para regalar a ésta un acontecimiento maravilloso: ver desde el autobús el dorado maíz esparcido en los patios, el Popo y el Ixta aparecer y desaparecer, y después el propio Yautepec, el pueblecito, no descubierto por los turistas, las blancas y enormes mariposas flotando como flores del viento. Y después la contemplación del patio de la iglesia, fresco, sombreado, el paseo junto al riachuelo. Habían regresado tan felices en el autobús atestado y allí estaba su libro rechazado y, peor aún, el insulto gratuito y la promesa sólo de prolongar la tensión, pues la noticia de Inglaterra no había sido del todo definitiva. «Pero, pese a eso, me parece que el libro tiene cierta calidad», concluía el informador, «el principal problema parece ser que al menos dos terceras partes del libro carecen de relación con el tema principal. El autor ha querido abarcar demasiado. Aunque el autor se burle de esto, sugiero que lo reescriba, aun a riesgo de que llegue a parecerse aún más a *El rigodón del borracho*, cuya influencia resulta evidente, y que hasta recibir su respuesta conservemos el manuscrito».

Sigbjørn había enviado una respuesta extensa, en la que disecaba el libro capítulo por capítulo y dejaba bien claro que, puesto que había sido reescrito ya diez veces, debía sostenerse o hundirse como estaba. Y, oh, Dios mío, aquella Nochevieja, luego los cohetes, el ruido, los terribles pitidos del tren que desgarraban el aire, el horror ebrio y, aun así y después de todo, ¡el amor final! Y el horror aún peor de Año Nuevo, pero, ¿por qué habría de querer nadie estar sereno en México? Si no estabas borracho con tequila o mezcal, no tardarías en estarlo con el Sol o el cielo azul cobalto o la luz de la Luna o los volcanes, ¡a no ser que quisieras dormir todo el tiempo! O volverte loco... Y después, justo tras la otra, había llegado la mala noticia habitual de los Estados Unidos, aquella vez algo nuevo en el lenguaje del rechazo. El editor, o asesor, americano, hasta fingía haberlo leído dos veces (cosa que podía muy bien haber hecho sin saberlo, había dicho Sigbjørn, ya que la misma editorial lo había rechazado en una versión anterior nada menos que en 1940). «No emito esta opinión simplemente porque piense que no se vendería... Al releerlo, se intensificó mi impresión de su carácter imitativo...» ¡Carácter imitativo! ¡La Virgen!, pensó de nuevo Sigbjørn, angustiado, pero no, por carácter imitativo entendía algo distinto. «A juzgar por nuestros archivos, parece que, tras la publicación de *El rigodón del borracho*, todo escritor joven que alguna vez tuviese una resaca parece pensar que el relato de una borrachera es el camino más corto hacia el éxito.» Sigbjørn sólo fue capaz de enviar una muda súplica al propio Jason Wilkes: «¿Es eso lo que usted llama el camino más corto?» Y, por otro lado, podría haber preguntado, ¿qué virtudes encerraba el maldito libro de Sigbjørn, en este caso, para que el editor hubiera de leerlo dos veces? Una sensación de amargura, de desconcierto, de fracaso absoluto volvió a embargar a Sigbjørn. Empezó a sentirse sensiblero. ¡Y qué desilusionada se había sentido Primrose! ¡Qué valiente y desinteresada se había mostrado! Ahora Eddie estaba haciendo algo en la cocina.

«Un ejemplar firmado», gritó Eddie desde la cocina, «de la primera edición».

«No va a haber edición alguna, supongo, excepto la de una antología titulada *Su Majestad el Alcohol*, compuesta totalmente de novelas publicadas en los dos últimos días», contestó Sigbjørn también gritando. Ya sólo faltaba que Eddie le hiciera, y ya lo creo que se la estaba haciendo, esta pregunta:

«¿No será un poco del estilo de ese... cómo se llama?... *¿El rigodón del borracho?*»

«*Et tu Brute*... No me diga que ha oído hablar de él aquí, tan al Sur.»

«Un como... cómo se llama... plagio.» Eddie era tenaz como un avispón.

«Ja, ja... No, una vez más, ja, ja, podríamos decir simplemente otra simple coincidencia.»

«¿Eh?»

«Nada.»

«Beba», dijo entonces Eddie, procedente de la cocina. Por ser del ramo de hostelería, Eddie era muy limpio y, al parecer, había estado lavando platos. «En fin, ¿qué me dice?» Eddie se sentó.

«Nada. Todo lo que se ha dicho al respecto es falso. Incluidas cualesquiera conclusiones a las que yo haya llegado en algún momento. Si hubiese de escribir mi libro de nuevo, sostendría que en lo fundamental es constructivo. Nunca puedo confiar en los abstemios y la gente que no puede beber suele convertir en tiranía alguna otra cosa y, en cualquier caso, hacer desgraciados a los que sí pueden. Aunque debo reconocer que yo mismo estoy luchando ahora o me gusta fingir que lo hago.»

«Por cierto», dijo Eddie. «Tengo una nueva Janey.» Y, tras sacarla de la funda, colocó una pistola nueva y resplandeciente sobre el pretil. «Le puedo presentar a un hombre... Le podría contar una historia... ¡Hombre! Podría escribir un libro. Se lo voy a contar. Mató a tiros veinte libros... veinte hombres en otros tantos segundos, ¡bang! ¡bang! ¡bang!, así. Jefe de policía de Yautepec» —¿y habría estado Sigbjørn hablando también de Yautepec, cuando creía haber estado pensando simplemente?— «... ¿Y sabe lo que le digo? Un perfecto caballero... En cierta ocasión maté a tiros a cincuenta hombres... y si el Tío Sam vuelve a necesitarme alguna vez... pero ésa es otra historia. ¿Sabes una cosa, Sigbjørn?, si puedo tutearte. ¿Puedo tutearte?»

«Pues claro.»

«Detesto a los estafadores.»

«Yo también, pero, ¿por qué no te guardas eso? Lo que iba a decir era...»

«¡Hombre!», dijo Eddie (y en aquel momento parecía enteramente que estuviese hablando Stanford, se estaba volviendo por momentos Stanford, era, en verdad, Stanford). «Mira... De eso te quiero hablar; en realidad, de eso te quería hablar, cuando me he tomado la libertad —sí, sí, demasiada libertad— de llamar a tu puerta, Sigbjørn. ¿Puedo llamarte Sigbjørn?»

«Me llamo Thorbeard», dijo Sigbjørn con voz grave.

«¡Por cierto!» interrumpìó Eddie. «Me voy a Acapulco mañana. ¿Por qué no os venís a Acapulco conmigo y os olvidáis de todo eso?»

«Magnífica idea», dijo Sigbjørn, vacilante y, como iba, por decirlo así, contra su voluntad, volvió a sus cabales por un momento. «Magnífica... pero...» Pensó en Acapulco, en la última vez que había estado allí —por supuesto, allí estaba Stanford, el Stanford de 1938—, cuando aún llevaba el traje blanco —¿de qué material era? Algodón, no— que Fernando le había vendido por cinco pesos en Cuicitlán («Mi pobre yegua, muerde y muerde sin cesar»): Acapulco era el puerto por donde había entrado por primera vez (como Yvonne) en 1936; en realidad, había sido en Acapulco donde había tomado su primer mezcal; pensó en el mezcal y después en Taxco. Si iban a Acapulco con Eddie, como habían ido a Taxco —y, quieras que no, volverían a pasar por Taxco; tal vez podrían redimir incluso a Taxco—, seguro que tomarían muchas copas por la mañana, justo la clase y el número de copas que él desearía el día siguiente, pero Primrose se mostraría inflexible al respecto: por otro lado, no, no podía hacerlo, pues, ¿acaso no iba a llevar a Primrose a Oaxaca? ¡Oaxaca! Pues, ¿qué iba a recordar Primrose de Taxco —pese a formar parte de la pareja más feliz que Helen y Guido habían visto en su vida— en realidad, de aquella vez que habían ido con Eddie, además de las descomunales borracheras que había cogido él, Sigbjørn? Tal vez las dos torres de la catedral, primero la luz del ocaso sobre ellas, en las cúpulas (mirando desde el café del *delirium tremens*), el cielo azul cobalto, la luz agonizante, las estrellas —Marte y Saturno entre las torres y quizá Sirio y Canopo más allá—, sí, y, aunque él no las había visto, tal vez las estrellas por entre las hojas de palmera y la luz de la ciudad abajo, que le había mostrado Eddie, no él, desde la terraza del Victoria. Bailar la Raspa. «La pareja más feliz que he conocido en mi vida», había dicho Guido y, sin embargo, Primrose había estado —en cierto sentido, claro, siempre en cierto sentido— acongojada. Sigbjørn recordó el folleto del avión, con la imagen del joven sacando una fotografía. Desde luego, no había sido esa clase de Taxco ideal. No, no y no, no iba a desilusionarla así de nuevo. Además, los viajes que no habían planeado ellos raras veces «salían bien». Eran más felices solos.

«No, creo que no, Eddie. Es que estoy pensando en llevar a Primrose a Oaxaca», dijo.

«¿Es que no puedes ir a Oaxaca otro día?... Mira, tengo el coche. ¿Cómo piensas ir a Oaxaca?»

«En autobús de aquí a Cuernavaca.»

«No puedes, tienes que ir a Ciudad de México», dijo Eddie, «y coger el tren o el autobús desde allí. El tren tarda toda la noche —aunque yo nunca he estado en Oaxaca—, pero en cualquier caso tienes que pasar por Puebla».

«Ya sé todo eso», dijo Sigbjørn sonriendo, al tiempo que pensaba en que tal vez ya hubiese visto muchas más partes de México que Eddie, que era mexicano y ni siquiera se había molestado en ir a Oaxaca, pese a haber nacido relativamente cerca, en Puebla. «Ya he ido otras veces en tren desde Ciudad de México, pero anoche estuve mirando un mapa y pensé que se puede ir desde aquí a Matamoros en autobús de segunda clase y empalmar allí con el autobús procedente de Puebla.»

«La carretera de aquí a Cuautla es espantosa y de Cuautla a Matamoros no creo que haya carretera, lo que se dice carretera, siquiera. De todos modos, estaríais medio muertos cuando llegaseis allí en uno de esos autobuses atestados. A un mexicano no se le ocurriría una cosa así.»

«Al parecer, sí que se les ocurre o, si no, no irían los autobuses tan atestados o, si no, no irían sentados hasta en el techo de los autobuses que veo dirigirse a Matamoros», dijo Sigbjørn, «y, en cualquier caso, va a ser una aventura».

«¡No para mí!»

Ahora Sigbjørn se sentía bastante despejado y contento de no haber cedido en su propósito de ir a Oaxaca. «Pero tengo otra razón concreta para ir a Oaxaca. En mi libro hay un personaje al que llamo Dr. Vigil, que es una persona real, un amigo muy querido al que conocí cuando viví aquí, en México, tiempo atrás, es decir, cuando estuve en Oaxaca, pues es oaxaqueño. Mientras escribía el libro en el Canadá, le mandé varias cartas, pero —no sé por qué— no tuve respuesta: siempre me las devolvían.»

«Mira quién está ahí.»

La blanca figura era la del propio Dr. Hippolyte, aunque no estaba próximo, sino que se acercaba por el césped de Eddie, con un paquete bajo el brazo, y, mientras se acercaba, a Sigbjørn le parecía oír tambores... los oía, en realidad, si bien no eran los del vudú. El Dr. Hippolyte era haitiano, en tiempos había sido el encargado de negocios de su país en México, pero por algún motivo no había regresado a Haití y seguía viviendo en Cuernavaca: un negro gigantesco, vestido con traje clásico y blanco y corbata negra; lo acompañaba una esencia, un murmurio, por decirlo así, de enredaderas y la visión de un negrito subido a una de ellas y diciendo «cinco centavos, por favor», casas con tejado de zinc y adornadas como con encaje entre los flamboyanes, los cinco entierros entrando en el refulgente camposanto blanco y los silencios ahogados de mujeres vestidas de blanco como gaviotas subiendo y bajando sin cesar de Kensikoff; Sigbjørn había visitado el país —también había acariciado la idea de llevar a Primrose allí— años antes, cuando era marinero: los tambores no cesaban.

«Hola... Hola...», dijo el hombre que sólo cinco días antes había salvado la vida a Sigbjørn. «Le he traído el manuscrito... Lamento haber derramado un poco de tequila sobre él.»

«Algo así como la persona que devolvió *Ulises* un día después de que se lo prestaran y comentó: "Muy bueno".»

«Todavía no he emitido una opinión... Tal vez», el Dr. Hippolyte sonrió, «no sea digno. Yo también soy un exiliado. Pensaba que odiaba al hombre blanco porque es el conquistador del mundo y porque produce complejos tanto de superioridad como de inferioridad en el negro...» El Dr. Hippolyte estaba degustando su ron con aire de profesional. «Yo creía ser un negro, pero ahora descubro que creen que soy blanco y eso es una tragedia para mí. Ya ve, yo también tengo tragedias, si bien hago lo posible por no crearlas. Tal vez sea porque no tengo talento para ello... En mi país hay una revolución en este momento: incruenta. Vamos a echar al Presidente de su mausoleo blanco simplemente haciendo desfilar a los niños de las escuelas una y mil veces en torno a la plaza tocando tambores y abochornándolo. Por eso traigo la damajuana.»

«¿Era Vigil un médico de verdad?», preguntó Eddie.

«No, pero con frecuencia tenía que hacer de tal.»

«Yo, también, desde luego», dijo el Dr. Hippolyte. «No creo que me gustase ser el doctor Vigil de su libro.»

«Iba a decirte que era como para pensar que, si era conocido en Oaxaca, le habrían remitido las cartas a su nueva dirección», dijo Eddie.

«No, por eso no me preocupé. En la vida real, aunque había estudiado Farmacia, trabajaba para el Banco Ejidal, que envía a sus empleados por todo el Estado a centenares de kilómetros de distancia, donde no hay estafetas, para entregar el dinero a las granjas colectivas... y ése era su trabajo; en cierta ocasión yo mismo fui a caballo con él hasta las montañas... en realidad, está representado por dos de mis personajes, aunque no creo que eso pueda interesarte demasiado... También trabajó de actor en *Tormenta sobre México* de Eisenstein.»

«Eisenstein me prestó un *smoking*», dijo Hippolyte.

«Aun así, deberías haber pensado que el banco estaría en contacto con él.»

«Siempre estaba a punto de dejar el empleo y llegué a la conclusión de que debía de haberlo hecho, pero pensé que había muchas posibilidades de dar con su paradero yendo yo en persona a Oaxaca y, si no lo encontramos en Oaxaca, conozco a algunos amigos suyos en las montañas de allí que pueden tener alguna idea de dónde está.»

«Acercarse a sitios así, sobre todo con una mujer —no voy a usar la palabra "*gringo*"—, es ir en busca de líos.»

«Ningún mexicano lo haría.»

«Los negros lo hacen. En realidad, en Oaxaca viven muchos negros. En tiempos yo creía ser negro...»

«No», dijo Eddie riendo. «Ningún mexicano lo haría... pero, cuando los americanos vienen aquí, parecen perder la cabeza, de todos modos. Tengo que sacar de la cárcel con fianza a un promedio de dos americanos por semana. Por ejemplo, la otra noche en el Bar Universal había un joven americano y un campesino borracho le echó un pulso. Un policía lo detuvo por luchar y alterar el orden. Estaba luchando y alterando el orden tan poco como yo. Simplemente era una trampa para sacarle algunos dólares. Esa parte de mi trabajo carece de misterio: procede directamente del gobernador. Quieren fomentar la industria turística y no quieren que los americanos se metan en líos. Si llega el caso, es una cuestión de dólares exclusivamente. Después aquel americano me ofreció quinientos dólares. Sí, quinientos dólares, no pesos. Por supuesto, no los acepté.»

«En fin, yo no soy la clase de persona que se mete en líos, al menos no por la bebida. El único contratiempo que he tenido en toda mi vida en México ha sido por no llevar la documentación. Fue en Oaxaca, pero de eso hace mucho tiempo y espero que lo hayan olvidado. De todos modos, no hubo problema, cuando por fin llegaron mis papeles de Ciudad de México.» Sigbjørn se dio cuenta de que debía de estar bastante piripi para poder despachar tan alegremente aquel incidente espantoso. «Sin embargo, hice que mi Cónsul se metiera en líos por diez.»

«¿Tu Cónsul? ¿Qué le hiciste?»

«El Cónsul de mi libro.»

«¿Qué le ocurrió?»

«Lo mataron a tiros y después lo tiraron por una barranca.»

«La mala suerte siempre te aguarda en la barranca», dijo Eddie taciturno. «¿Cómo fue que acabara allí?»

«Bebiendo. En fin, ahora Hippolyte ya sabe todo lo relativo al Cónsul.»

«Sí. Me gustó mucho. Sentí verlo morir. De hecho, mi opinión es que el personaje de Ivonne es el que debería rodar barranca abajo a fin de que el Cónsul y su hermanastro vivieran contentos en adelante, con la casa, el mezcal y todo lo demás para hacerlos felices.»

«Se metió en líos. El mezcal era su némesis... Y, naturalmente, tuvo la desgracia de no tenerlo a usted para ayudarlo.» Sigbjørn se echó a reír y dio un sorbo a su copa. «Desde luego, hablando con propiedad, ya no era cónsul. Si vamos al caso, ya casi no era un hombre. Había perdido a su esposa: ésta se había divorciado de él, pero, el día en que comienza la historia en realidad, había vuelto con él. Sus amigos, Monsieur Laruelle allí arriba, en esa torre de ahí, y su hermanastro —es decir, yo; lo mismo podría decir, en cierto sentido, de todos los demás personajes—, que está viviendo con él, y, desde luego, el Dr. Vigil —cuyo verdadero nombre, no sé si lo he dicho, es Juan Fernando Martínez; por cierto, que, por ser él zapoteca, a mí me llamaba con un nombre indio, al ser yo escritor: el «creador de tragedias», decía siempre: «Hola, ¿estás creando más tragedias hoy?»; era su forma de saludarme por lo general, en un bar—, toda esa gente, incluida la esposa del Cónsul intentan ayudarlo, de diferentes formas, para que deje de beber, se marche al Canadá, se interese por otras cosas, beba otra cosa, se vaya, por decirlo así, a Acapulco. Por ejemplo, el Dr. Vigil le invita a ir a Guanajuato con él, en coche, igual que tú me has invitado a ir a Acapulco, y cosas así.»

«Creo que voy a escribir un libro», dijo Eddie.

«Yo no lo haría, si le va a hacer el mismo efecto que aquí, a nuestro amigo», dijo el Dr. Hippolyte.

«Yo, que tú, no lo haría», dijo Sigbjørn, al tiempo que apartaba el paquete a lo largo del pretil.

«¿Qué fue lo que le dio la idea de escribirlo?», preguntó el Dr. Hippolyte.

«Un día, hace unos nueve años, era a fines de 1936, cuando vivía ahí abajo, en el número cincuenta y cinco», señaló con la cabeza la calle de Humboldt, «cogí un autobús para Chapultepec: no el Chapultepec grande, sino el pequeño, el que queda cerca de aquí. Antes había una cascada y cosas así, pero ya no. Iban conmigo varias personas, una muy querida para mí, a la que llamaremos X, la señora X, mi primera esposa —en realidad, no estaba casado con ella, pero ésa es otra historia—, y dos americanos, uno de los cuales iba vestido con traje de vaquero... que también era el traje de un personaje al que yo había llamado Hugh: había llegado de Texas hasta aquí en un camión de ganado por una apuesta y en la frontera le habían confiscado la ropa. Íbamos a un *jineteo de toros*, a este lado de Chapultepec. La plaza de toros está aún allí, porque la vi el día de Año Nuevo, cuando íbamos a Yautepec. A medio camino nos detuvimos junto a un indio que parecía estar agonizando junto a la carretera. Todos queríamos ayudarlo, pero nos lo impidieron, dicho brevemente», en aquel momento el Dr. Hippolyte se echó a reír, «porque nos dijeron que iba contra la ley. Lo único que ocurrió fue que al final lo dejamos donde estaba y, entretanto, un borracho del autobús le había robado el dinero del sombrero, que estaba tirado a su lado, en la carretera. Pagó el billete con el dinero robado y seguimos hasta el *jineteo de toros*».

«Continúe.»

«Eso es todo. Toda la historia se desarrolló a partir de aquel incidente. Lo comencé en forma de relato corto. Después se me ocurrió», Sigbjørn se echó a reír, aunque sin demasiada hilaridad en la voz, «que nadie había escrito un libro adecuado sobre la bebida, sobre la cual yo era entonces, por no decir algo más, una gran autoridad, conque, mientras la primera versión corta del libro era rechazada por un editor tras otro, me puse a desarrollar ese tema de la bebida, tanto en mi vida como en el libro, ¿comprenden? Habría mucho más que decir, por supuesto, pero a partir de ese tipo de cosas surgió el personaje del Cónsul; para adelantarme a usted, Hippolyte, podría decir que conferí mis vicios a una figura con autoridad con objeto de no sentirme demasiado avergonzado de ellos».

Eddie bostezó, pero más por la historia, pensó Sigbjørn, que porque deseara ir a la cama, pues se sirvió un buen lingotazo de Four Roses. Por otro lado, como parecía el destino de Sigbjørn exponer su obra ante gente que en el fondo no sentía el menor interés por ella, prosiguió obstinado.

«Tras haber escrito la historia del indio junto a la carretera y haber tenido la inspiración de convertirla en una novela larga, escribí el fin de este libro», indicó el manuscrito que descansaba sobre el pretil, «en primer lugar. Hice que un grupo de policías matara a tiros al Cónsul en un bar. Coloqué esa *cantina* por encima de la barranca y en un lugar que se parecía un poco a Chapultepec, es decir, el que está cerca de aquí, no el de la batalla. Más adelante, tras haber ido a Oaxaca por última vez, cambié de nuevo la naturaleza de la *cantina* por completo y la convertí en parecida a una de la propia Oaxaca llamada El Farolito y que solía abrir a las cuatro de la mañana. Yo mismo había estado en La Universal y había entrado en conversación con un grupo de borrachos perdidos, quienes, lejos de molestarse por que escribiera en una libreta todas y cada una de las palabras que decían, parecían halagados. Ellos intentaban hablar inglés y yo español y la confusión resultante era precisamente lo que yo deseaba. Debo reconocer que yo también estaba perfectamente borracho».

«Pero recuerde lo que le dije, Sigbjørn. En el vudú, hay una gran lección que aprender. Hay disciplina. Los bailarines no salen del círculo de fuego. Si le parece, puede usted decir que se liberan de sus neurosis y, aunque el sacerdote entra en trance, la ceremonia continúa. Cuando se alcanza un punto más allá del cual puede llegar a ser peligrosa, se toca una campanilla. Usted debe ser su propio sacerdote y tocar su propia campanilla. Sí, se lo voy a decir. Usted también está poseído. Está usted poseído por Sigbjørn Wilderness, pero no por el Barón Samedi ni por el Papa Legba, el ministro del Interior de la Muerte. Usted está poseído por Sigbjørn Wilderness. Es decir, Sigbjørn está poseído por Wilderness. Eso tampoco está mal, si bien debe usted decidir a quién prefiere.»

Aunque Sigbjørn tenía la sensación de haber hecho un amigo para toda la vida en la persona de aquel doctor encantador, aun así lo irritaba, tal vez por haberlo hecho posible.

«Tuve que proteger a usted de sí mismo. Un pequeño caso de suicidio no es nada en Haití. Mi propio hermano se pegó un tiro en el corazón, cuando pensó que había contraído una enfermedad, pero ahora está muy bien y, en realidad, no tenía ninguna enfermedad, exactamente como usted.»

«¿Qué quiere decir con eso de "exactamente como usted"?»

«¿No lo recuerda? Eso es lo que me dijo usted. Me dijo que salió usted a contraerla deliberadamente.» Eddie fue adentro y se lo oía moverse por la cocina.

«Oh, Dios santo, ¿dije yo eso?»

«Es cierto: por supuesto, el amor no puede ir más lejos», dijo Hippolyte.

Sigbjørn, como escritor que era, intentó describir a Eddie. Empezando por la cabeza, pues tenía una cabeza con forma de cabeza que había untado con una cantidad de brillantina bastante mayor de la normal. Tenía un cuerpo con forma de cuerpo, de estatura media, pero, como nunca exponía la menor parte de él al sol —detalle en sí significativo tal vez—, no se podía decir qué clase exacta de cuerpo. Contra lo que era de esperar, uno sospechaba que carecía de heridas producidas por balas. Pies con forma de pies, calzados con *huaraches*, completaban el retrato, pero, si alguna vez desease escribir sobre él, tendría que preguntar a Primrose qué aspecto tenía, lo que delataba una falta de curiosidad normal. Sí, la curiosidad para Sigbjørn (a pesar de su desmedida vanidad) era una forma de pecado. Lo mismo en gran parte, si bien en escala diferente, le sucedía con la propia Quinta Dolores. Podía decir: «A la izquierda había esto y lo otro» o «a la derecha» o «hacia el Sudoeste», pero, cuando Sigbjørn se encontraba esos artificios en alguno de los pocos libros que había leído de la primera a la última página, lo único que conseguían era hacerle poner el libro patas arriba, confundirlo. En cualquier caso no iba a ser el Nornoroeste del lector ni su Este–cuarta–Este, ¿para qué intentarlo? De todos modos, Primrose lo sabría y una vez más, en caso necesario, le preguntaría a ella.

«He notado en usted, doctor, algo curioso para ser haitiano: no es supersticioso. Mi caso es el de alguien diez veces más supersticioso que quienquiera que haya conocido usted, aun en Haití.»

«Oh, yo tengo mis pequeñas posesiones...», dijo el Dr. Hippolyte riéndose entre dientes. «En cierta ocasión, en Port–au–Prince, vi a una mujer sin cabeza bailando a la puerta del Hotel Olaffson.»

Sigbjørn pensó que la escena entre ellos recordaba extrañamente a la ocurrida entre el Cónsul y el Dr. Vigil en su libro.

«Me gustaría que se explicara usted más a fondo a propósito de lo sobrenatural.»

«Ah, lo sobrenatural», dijo Hippolyte. «Por desgracia, si bien las fronteras de la ciencia no cesan de ampliarse, no abarcan todo en una época dada y la ciencia sólo puede ayudar a la persona cuya experiencia la supera, aconsejándole consolarse con una mentira, provisional y útil, es decir, una racionalización, hasta que aquélla la alcance.»

«Desde luego, supongo que escribir un libro sobre eso constituye un buen intento de cura.»

«Pero hasta lo sobrenatural está regido por lo racional, conforme a sus dictados. Por ejemplo, al hablar con usted, veo que está obsesionado por las coincidencias, los números, etcétera.»

«Sí, hasta eso es una coincidencia misteriosa.»

«¿Cómo así?»

«Escribí un libro sobre un encuentro con el pasado.»

«Desde luego, como hombre inteligente que es usted, convendrá en que ese asunto de los números es absurdo. En realidad, una de las mejores curas es la comprensión y lo que se conoce por buen ejemplo, como el de alguien que sepa lo que es sufrir. A eso se deben los clubes anónimos y cosas así. Sin embargo, como la mayoría de los escritores son opuestos por naturaleza al anonimato, parecen tener un problema difícil. Aunque me atrevo a decir que, si usted no fuera tan opuesto por naturaleza a él, no sufriría tanto por lo de *El rigodón del borracho*... Me interesa la parte en que su doctor dice "Tal vez sea mejor más alcohol". ¿Sabía usted que eso es cierto?»

«Ya lo creo que lo sabía.»

«Por vía endovenosa», dijo Hippolyte riéndose entre dientes, «quiero decir. Lo usan con bastante éxito; se llama etiloterapia, si no me equivoco en la traducción. Es como nivelar el contenido líquido de dos recipientes... pero, ¿qué está usted haciendo ahora? ¿Cómo se las arregla para escribir semejante libro?»

«Parte de la desesperación del artista», dijo Sigbjørn, en parte como si hablara para sus adentros, y caminando inquieto ahora, «frente a su material tal vez se deba al hecho evidente de que el propio Universo —como sostenían también los rosacruces— está en proceso de creación. Una obra de arte orgánica, tras haber sido concebida, debe crecer en la mente de su creador o perecer. Para acabar *El valle de la sombra de la muerte* llegué al límite de mis fuerzas... Gracias por no decir: "Yo también". En realidad, siempre se hacen ambas cosas, claro está; de modo que, mientras trabaja, el autor es como un hombre que no cesa de abrirse paso por entre un humo cegador para intentar rescatar objetos preciosos de un edificio en llamas. ¡Qué esfuerzo tan desesperado e inexplicable! Pero, ¿acaso no es el edificio la obra de arte en cuestión, perfecta hace mucho en la imaginación y convertida en vehículo de destrucción exclusivamente por el esfuerzo que requiere realizarla, transmutarla en el papel?»

«Bebe», dijo Eddie, de vuelta de la cocina otra vez.

Pero, dominado por el deseo de hablar, Sigbjørn dijo que no con la cabeza.

«Parece como si este edificio fuera singular, no sujeto a las leyes del mundo, no sin relación, de hecho y en un sentido, con las criaturas del *Infierno* de Dante, pues, si bien sigue ardiendo, como en un infernal fuego exterior, mientras el autor persista en sus esfuerzos, seguirá, con la misma rapidez con que sus paredes se derrumban, erigiéndolo de nuevo, por decirlo así, con una mano, mientras con la otra intenta recoger los tesoros que aquél le arroja por encima de la cabeza. También es cierto que el artista debe dormir, lo que tal vez constituya la diferencia principal entre él y Dios. La bebida, como ha señalado Waldo Frank, representa uno de sus fútiles esfuerzos para llenar ese vacío.»

«¿Has intentado alguna vez escribir eso en forma de relato?», le interrumpió Eddie. «Claro, que yo no soy un experto.»

«No, nunca. Por la sencilla razón de que no sería un buen relato... pero, para volver aún más ridícula esa imagen —pues a estas alturas ya se ha vuelto ridícula, del mismo modo que cualquier cosa puesta por escrito cesa desde ese momento y progresivamente de ser cierta—, debemos considerar lo que ocurre todas las mañanas cuando el artista vuelve a enfrentarse a su obra. ¿No habrá cambiado en su ausencia? Pues claro que sí. Aun puesta por escrito, algo le ha ocurrido... Aun cuando el autor desechara esa idea ya del todo incomprensible del edificio en llamas y considerase su obra como el simple esfuerzo de un carpintero para realizar una maqueta mental, todas las mañanas se despierta y va a ver su casa y parece que durante la noche seres invisibles hayan hecho travesuras en ella: se han llevado una viga por la noche y la han substituido por otra de calidad inferior, mientras que el suelo, colocado con tanto cuidado a nivel la noche anterior, ahora parece como si no se hubiese nivelado ni siquiera colocándole encima un plato con agua y se escora como la cubierta de un vapor en una tormenta. Tal vez sea por razones análogas a ésta por lo que se inventaron los poemas breves, como estructuras perfectamente medidas y levantadas en un instante de inspiración y que sugieran el resto, lo que en parte es una forma de superar ese proceso con astucia.»

«¿No irá a decirme que no sabía usted eso?», dijo el Dr. Hippolyte. Eddie guardaba silencio, un silencio elocuente, aun cuando no estuviera escuchando, un silencio que se podía oír; Sigbjørn se paseaba sin parar.

«Había una verdad sólida y pragmática en la afirmación de que la poesía es la forma literaria más alta y, en menor medida, en la sentencia de Poe de que un poema debe ser breve. Si Dios presta menos material procedente de la fuente de toda creatividad al poeta que escribe, pongamos por caso, un soneto genial, también se destruirá una mínima parte en su creación y la verdad que indica será tan indestructible como la crisálida o la salamandra, mientras que entre la estructura de los versos arde, inofensivo, el fuego necesario... Eso es algo que no entiendo y eso explica la artimaña que hay en esto, la artimaña aún mayor —y tan cara al poeta auténtico— de escribir obras dramáticas que, mientras se representan, nunca son del todo las mismas de una noche para otra, ni en sí mismas ni en las transformaciones a las que los actores someten a los personajes. Desde luego, lo que estoy diciendo son absolutos disparates. Si vamos al caso, un lector es asimismo un actor... Ya ve, todo lo que he dicho se ha derrumbado ya. Parece ser mi maldición.»

«Tal vez intente usted introducir demasiadas cosas», dijo Hippolyte. «Al menos, ésa fue mi primera impresión de su libro. Es la impresión que me dan también algunos de nuestros pintores haitianos. Haría falta un poco más de selectividad.»

«¡Selectividad!», exclamó Sigbjørn. «Pero, por Dios, imagínese que estuviera usted en mi posición, obsesionado a cada momento con la idea de que se produzca un fuego o cualquier otro desastre y destruya lo que ya ha creado con tanto trabajo antes de que tenga oportunidad de darle forma más o menos permanente, cosa que también me sucede con mi casa, si bien no voy a entrar de momento en la cuestión de la casa», añadió, sin dejar de pasearse. «¡Huy, la Virgen! ¿Por dónde iba? Pero, siguiendo con la analogía, a propósito de la casa, tan sólo de momento: ¿no tendría también usted tendencia a "introducir demasiadas cosas" —para empezar, la casa es demasiado pequeña para cobijar lo que se salvó de la otra, pese a lo poco que fue— con la idea de que es mejor introducir demasiadas cosas que dejar demasiadas fuera, sobre todo si, por decirlo así, así como yo estaba viviendo en la casa que estaba reconstruyendo antes de acabarla, estuviese usted al mismo tiempo viviendo el libro que estuviera escribiendo o debería estar escribiendo?». Eddie estaba roncando. «Y eso es lo que ocurre, supongo: que estoy viviendo lo que debería estar escribiendo. Incluso en esta conversación, pero, ¿cómo puedo hacer ambas cosas a la vez?» Hizo una pausa y añadió, humilde: «¿Podría usted decirme exactamente adónde quiero ir a parar?»

«A volverse loco de momento», dijo Hippolyte, «y a mí también. Por ejemplo, no estaba usted, me parece, obsesionado a cada momento, como dice, cuando estaba escribiendo el libro que acabo de leer, al menos cuando estaba haciendo la redacción final, pues el otro día me habló de la sensación de seguridad que tenía cuando lo estaba escribiendo y que el fuego destruyó. Aun así, sólo pudo ser una sensación de seguridad relativa en aquel preciso momento. Sin embargo, me está usted dando ganas de leerlo otra vez».

«Yo que usted, no lo haría. Eso es lo que hizo un editor y no por ello le gustó más... Dijo que se intensificó su impresión de que se trataba de un libro de carácter imitativo. De todos modos», añadió, «no podrá usted hacerlo, al menos no ahora mismo. Tengo que añadir algunas cosas».

«No me diga que no recuerda lo que ocurrió la última vez en que el editor le devolvió un libro para que lo reescribiera. ¿No sería buena idea dejarlo como está, ahora que ya lo ha acabado? Al menos, no tiene que preocuparse por que se pierda, si tiene copias en América y en Inglaterra y una aquí.»

«No, no son añadidos importantes... Sólo una o dos cosas que se me acaban de ocurrir... Ese rótulo, por ejemplo, y algo más... Además, mañana me voy a Oaxaca y tal vez pueda verificar las palabras del rótulo, si sigue aún allí»

«Y, por cierto, para responder a su pregunta sobre hacer ambas cosas a la vez», dijo el Dr. Hippolyte, «¿acaso es usted el único que se encuentra en una posición así? ¿Acaso no estamos todos más o menos en la misma situación, obsesionados a cada momento, de uno u otro modo, por que se produzca un fuego y destruya lo que con tanto trabajo hemos creado? Pero seguimos, con fe, construyendo igual.»

«No, no es así. Es más que evidente», dijo Sigbjørn, «pero tampoco es eso lo que yo he dicho.»

«De todos modos, ¿y la nueva obra?», prosiguió el Dr. Hippolyte, contando con sus obscuros dedos. «Creo que debería usted hacer las cosas por orden: uno, dos, tres, cuatro. Por orden. ¿Va usted a escribir otro libro?»

«Supongo que no, porque esto parece serlo.»

«¿Cómo va a titularlo?»

«Obscuro como la tumba en la que yace mi amigo.»

«Otro ejemplo de su exageración. ¿Por qué no simplemente *Donde yace mi amigo?»*

Se echaron a reír y el Dr. Hippolyte señaló la damajuana, pero Sigbjørn sacudió la cabeza; se acordó de un chiste verde, pero se abstuvo de contarlo: se habrían puesto a tomar otra copa. Eddie se despertó y le ofreció más Four Roses, pero Sigbjørn lo rechazó también, y tal vez aquella tentación le pareciera más fácil de resistir por haber resistido antes la de acceder a la invitación de acompañarlo a Acapulco.

Sigbjørn volvió a la torre por el jardín, subió a tientas los escalones de arcilla roja, teniendo cuidado con el portón, pasó, como pudo, por el cuarto de Primrose sin despertarla, hasta la habitación con las ventanas en forma de cheurón, por la escalera, como pudo, hasta el techo, que en tiempos había sido el mirador de su libro, y desde allí contempló Cuernavaca a la luz de la Luna. Tenía una botella allí arriba, pero no bebió; se sentía agradablemente piripi, consciente de una gran sensación de alivio por haberse desahogado así, mientras pensaba en la presentación y el significado de la torre, desde la que aún podía ver vagamente la figura de

Hippolyte hablando con Eddie. ¿Estarían hablando de él? El ruido procedente de la posada le impedía oír. Miró al Norte, al Sur, al Este, al Oeste, incluso a la pirámide de Teopanzolco. Pensó en la Navidad, en el día de Año Nuevo otra vez y en lo que había sido el Año Nuevo —los cohetes explotando en el cielo, mientras él citaba a Bergson— e incluso en la Semana Santa, que habían pensado pasar allí, en todas las fiestas de la esperanza. Entonces volvió a sentir de pronto y con toda su intensidad el miedo, la sensación de persecución y, a modo de reacción contra ellos, se descubrió mirando fijamente a la luz de la esquelética torre de la cárcel, pero aquélla era una cárcel civilizada, Pedro, mientras que la cárcel de Oaxaca, y aquella mañana de Navidad... Tal vez pronto volvería a ver a Fernando, pero esa idea le dio sed y quiso beber a la salud de Fernando. Se permitió un traguito y después dejó de sentir miedo... pues, cuando soy débil, es cuando soy fuerte, al menos no me estoy escondiendo aquí arriba, ¿verdad, Dios mío? ¿Me veis aquí arriba? Ah, si al menos pudiera creer en su obra... Norte, Sur, Este y Oeste, volvió a contemplar las ondulantes colinas desnudas, las trágicas hendiduras, los caminos quebrados, las llanuras de cactus y los falsos volcanes de su vida y vio poca luz —ya que la Luna brillaba—, salvo la aportada por la locura: y, sin embargo, se trataba de un valle fértil. ¿Estaría mirando en realidad hacia Oaxaca? ¿Serían aquellas llanuras obscuras las de Oaxaca? Oaxaca, donde, en realidad, estaba —y volvió a sentirse presa del terror— Parián, para él imagen de la muerte, aunque en su libro, visto desde la torre (y nunca había tenido una sensación tan intensa de encontrarse dentro de su libro) y de día, le había parecido muy cerca a Hugh, con los prismáticos. De la catedral llegó furioso el ding-dong-ding-dang-ding-dong-dang de las campanas tocando a maitines: era la madrugada, el momento anterior al alba, las últimas horas de los condenados. ¿Cuántos estarían ahora esperando la muerte?

8

Sigbjørn se quedó junto a Primrose, dormida. ¡Qué hermosa estaba, y apacible, como absorta en un sueño de flores silvestres en primavera! La luz de la Luna entraba a bañarla. Tenía unos ojos francos y con largas pestañas, que cambiaban de color, como los de un cachorro de tigre; era una persona vivaz y estimulante: una muchacha como una llama. En otro tiempo, la desesperación había grabado la inquietud en su rostro, pero en los últimos años las señales casi habían desaparecido. Tal vez Sigbjørn le hubiera hecho algún bien. A veces le parecía que ella podía hacerlas aparecer o desaparecer a voluntad. Nunca estaban visibles, cuando estaba «viva» y Primrose tenía una forma muy particular de estar «así». Tenía la capacidad de asombro de una niña: su rostro podía convertirse en un caos de ceños.

Sonrió al recordar cómo había sido la víspera de Navidad para Primrose: su heroica lucha para hacer funcionar la estufa de carbón avivándola y después se había ido la luz: los plomos fundidos y, después de que regresara —pues Sigbjørn se negó a ir con ella a comprar nuevos plomos; sus ojos parecían clavados en el buzón—, Sigbjørn siguió con la imaginación lo que le describía: caminando con la extraordinaria puesta del Sol en busca de los plomos, pan, tortillas, y deseando a todo el mundo —¡qué hermoso y qué propio de ella!— Feliz Navidad, tanta emoción, amor y alegría, gente que llevaba cohetes, un gentío en el Zócalo, los soberbios volcanes, la gente en la panadería comprando pan dulce, la mujer de los *tacos* a la puerta de El Vacilón, la *pulquería* donde las guitarras sonaban como locas, todos tan contentos, le parecía a ella, le había de parecer a ella, desde luego y, tras la cena, los fuegos artificiales por toda la ciudad como en el Cuatro de Julio y las campanas de las iglesias sonando, retumbando, ensordeciendo, atronando. Sigbjørn no había recibido aún respuesta de Bartleby, Dismas and Bull, por lo que miraban, angustiados, el buzón. Comieron, como habían hecho la primera noche en El Petate, chorizos y frijoles, muy buenos: y los ruidos toda la noche, las explosiones, música procedente de docenas de altavoces, risas, gritos, alboroto en aumento.

Aun entonces, ella estaba intentando convertir la torre en un hogar: las mismas dificultades con la estufa de carbón, el desagüe de la cocina atascado, la dificultad para conseguir carbón y, además, la aún mayor para conseguir DDT o lo que fuese, y era ella, pensaba Sigbjørn, ella, la extranjera, quien, con alegría o nobleza o ambas cosas, se ocupaba de todo aquello. Tal vez hubiese muchos esposos que pudieran ocuparse de una estufa de carbón y vigilarla, como ella decía, y era verdad que ayudar eficazmente a arreglar la estufa no necesariamente compensaba un abandono espiritual mayor. Tampoco vacilaba Sigbjørn a la hora de reconocer sus fallos, pero su reconocimiento era —así parecía con demasiada frecuencia— también una maniobra, como si, al no mejorar nunca, su reconocimiento —aquel sacar con franqueza sus fallos a la luz— equivaliera, en realidad, a la propia ayuda y, una vez reconocido eso, no hacía falta hacer nada más al respecto y esas cosas empezaron a acumularse. Para él, más importante, por ejemplo, que el DDT o el carbón era haber descubierto que se podía comprar *habanero* a granel por uno sesenta el litro en el mercado, mientras que en la tienda de licores, la Casa de la Vega, era uno setenta y cinco y, aun así, era ella la que iba a comprar incluso el licor, como había hecho en el Canadá.

A Sigbjørn le había resultado cada vez más difícil moverse. No quería hacerlo; en realidad, nunca lo hacía, a no ser que fuera inevitable, pero nunca cedía del todo. Ahora bien, las cosas empezaron a adquirir algún orden. Consiguieron reducir su presupuesto a quince pesos diarios, en lo que iba incluido el salario de la lavandera, una tal Concepción: ahora que lo pensaba, ésta se parecía demasiado a Concepta, la criada del Cónsul, como para poder sentirse uno del todo tranquilo.

Si ella no se lo hubiese contado, nada habría sabido de la extraña forma de cortar la carne en el mercado, de lo difícil que era conseguir leche, hasta con la ayuda de Eddie Kent al final, de la propia existencia de las flores en el jardín ahora —el seto de tulipanes que separaba el césped de Eddie de la piscina, por ejemplo—, de los *zapotes* parecidos a gelatina de chocolate pero con sabores exquisitos (según ella), de todas aquellas cosas.

También era cierto que, si bien Primrose hacía la mayor parte del trabajo, éste le encantaba y también sus conversaciones con la señora Trigo, que después contaba a Sigbjørn:

«Los carboneros no vienen con el carbón en mulas, porque, como ahora es Nochebuena, no van a la montaña. Van andando, andando sin cesar, a la iglesia, pero han prometido que después de Año Nuevo vendrán aquí con el carbón.»

«Pero, ¿qué vamos a hacer, entretanto?»

«¿Quién sabe? Se pueden comprar dos kilos ahí abajo en esta calle. Coja el cubo y vaya, pero es más caro.»

«¿Por qué cogieron esas dos niñas nuestra bolsa y nuestro cesto y los tiraron barranca abajo?»

«Son el diablo, esas niñas, porque viven todo el tiempo con criadas y nadie se ocupa de ellas. Su papá es muy rico, dos millones, va a una fábrica donde hacen el chicle —¿sabe lo que quiero decir? ¿El chicle?— y, cuando viene aquí, vive en el Bella Vista y la madre va allí a dormir con él.»

Primrose le preguntó dónde estaba ella el resto del tiempo.

«¿Quién sabe? Pero no está aquí y esas niñas son el diablo.»

La antigua dueña de la casa con la torre tenía un hijo de doce años y una criatura de un año —¡un niño tan fuerte y bonito!—, «pero se está muriendo, porque se pasa la mañana sentado en el agua helada, ¿sabe usted?, y llorando». La señora Trigo había ido a ver si el niño estaba bien, cuando la madre estaba en Ciudad de México, y la criada estaba desayunando, mientras el niño estaba en el suelo y se había derramado agua de la nevera. «¿Qué hace aquí?» «Duerme aquí, señora, en el suelo: la señora no quiere tenerlo en su habitación» (algo parecido a lo de Sigbjørn, podríamos decir).

«Cuando la señora llegó, pensé: es una dama agradable, porque es tan joven y guapa y habla tan bien y tiene esos niños tan bonitos, pero después vienen los hombres mexicanos... ¡ah, muy apuestos! Pero no de buena familia, ¿comprende? ¡Son policías y taxistas! ¿A saber lo que pueden hacer? Y por la noche beben y se pelean y me parece que van a asesinar a alguien. Por eso, ahora se va con su amigo a Ciudad de México y me alegro y deseo que no vuelva.»

Y, hasta cuando le contaba esas cosas, el interés de él era fingido y no apartaba la vista del buzón: seguía sin haber carta. ¿Por qué?, se preguntaba. ¿Conque el admirable niño jardinero tenía unos ojos extraordinarios? ¿De verdad? Así, ¿que limpiaba las flores de jacarandá de la piscina por las mañanas? O sea, ¿que en aquel mismo momento se había vuelto a desbordar el desagüe delante de sus ojos? Así sería, ya que ella lo decía. De lo contrario apenas si se habría enterado y, en cualquier caso, no iba a ser él quien se ocupara de eso.

¿Conque Primrose, camino del mercado, había subido la escalera de la nueva terraza ante el palacio de Cortés para ver el Popo y el Ixta y los había encontrado siempre allí, siempre diferentes? Se alegraba, pero para él eran lo que eran, simples volcanes, muertos y extintos. ¡Qué lujo, una estufa de petróleo, que les había prestado la amable señora Trigo! Pero, ¡qué desastre! No podemos comprar petróleo. A él le daba todo igual. Con ojos apagados observaba los gatos, perros y pavos paseándose por el jardín sin molestarse unos a otros. Muy bien. O sea, ¿que no se molestaban? De todos modos, la mayoría iban a acabar en la barranca al final. Todo acababa en la barranca. Dos camiones de basura, uno llamado «Cruel es mi destino» y el otro «Mi amigo», venían de vez en cuando por la basura, pero sólo para arrojarla por la misma barranca abajo y, puesto que ellos mismos podían hacerlo más fácilmente, ¿por qué molestarse en esperar el camión?

Como la basura, Sigbjørn se descubrió hundiéndose cada vez más en el miedo, en una barranca, la suya, una barranca de miedo a no sabía qué. Ah, ¡qué extraño era México! Y ese miedo que se apodera de uno como una parálisis: ¿quién hablaba de las neurosis de los viajeros? ¿Del odio de los viajeros avezados al viaje, su única unidad de lugar en perpetuo escape?... La estridente obscuridad de las noches frías...

Las rockolas —ahora las oía—, el terrible, pero es que terrible, ruido de las rockolas y las radios a todo volumen, el horror de un murmullo enloquecedor, sólo las *pulquerías* con su música de guitarra tienen verdadero sabor mexicano, pero no es elegante, pero es que nada, para los extranjeros.

Con cierta conformidad con su condenación y, aun así, con una absoluta determinación de no dar a entender a Primrose que admitiera algo así, cuando de verdad hacía el esfuerzo angustioso, el de caminar también sobre sus pies, e incluso el esfuerzo mayor de reconocer, humilde, que, hablando en sentido relativo, no valía la pena la vergüenza de hacer un esfuerzo, ¡qué contenta se ponía ella cuando de verdad la acompañaba al mercado! Ver, a través de un resquicio en las paredes de una calle empinada y empedrada, una casita de adobe, por debajo del nivel de la calle, un gato en la ventana, una gallina picoteando en el patio, la ropa tendida a secar en una cuerda fijada a un techo contiguo y, más allá y en lo alto, el Popo y el Ixta: ¡qué alegría le hacía sentir, por fin, estar compartiendo aquellas cosas sencillas con él, que él participara! ¡Cómo le encantaban las viejas o dos viejos leyendo cartas con tal expresión de angustia, las cestas de dulces envueltos en papeles brillantes y después sobre hojas verdes portadas a la cabeza por dos muchachos que bajaban la empinada cuesta corriendo y riendo! O bien se detenía unos minutos ante los encendidos jazmines pequeños y trepadores. ¡Cómo le encantaba dar —con su típica generosidad— aquellos paseos a los que Sigbjørn o ella misma habían dado vida! Todo aquello le hacía saltar de gozo el corazón, cantar, como ella decía, cual calandria, en caso de que aquel brillante pájaro amarillo y negro posado en el tulipán fuese una calandria. Aquello era su vida. Era su renacer, su conversión en fénix. Y, sin embargo, mientras Primrose renacía otra vez, Sigbjørn parecía no ver nada, no amar nada, alejarse de ella hacia alguna angustia del pasado, alguna agonía del yo, encadenado por el miedo, envuelto en los tentáculos del pasado, como un Laocoonte taciturno...

¡Cómo gustaban también a Primrose los paseos solitarios a la hora del ocaso, los paseos a la hora del crepúsculo por la empinada cuesta abajo en busca de carbón, hacer cola incluso para comprar sus tres kilos, en aquella infernal escena crepuscular al borde de la barranca, para que un hombre negro como un minero le diese una bolsa de carbón en polvo! Todo era vida, aventura y novedad para ella, ¿y qué significaría en el plano espiritual? Y, en consecuencia, ¿cuánta vida y aventura no se estaba perdiendo él, Sigbjørn? Pues cada vez más esas pequeñas experiencias que componen la memoria las estaba registrando Primrose sola, por lo que, cuando recordase todo aquello, sería para decir, triste: «Aquella época en que bajaba a comprar el carbón» o esto o lo otro, no «la época en que bajábamos».

Todas las noches, tras haber tomado su tercer *habanero* más o menos, Sigbjørn se proponía de todo corazón luchar contra aquel estado de cosas con todo su ser: todas las mañanas se encontraba más lejos de conseguirlo que nunca, por lo que había llegado al extremo, casi, de tener miedo literalmente a salir: había abandonado incluso cosas pequeñas pero significativas, que lo vinculaban al matrimonio y las vacaciones, como ir por la mañana a la panadería a comprar los panecillos frescos; incapaz de crear, de vestirse siquiera, de comprar algo para sí, con miedo a comprar hasta un billete de autobús: su vida se estaba reduciendo a nada. Un trozo de madera empapado y arrojado por el mar a la playa tenía más vida que él, pues hasta los horrores de que era presa parecían inertes, espectros de antiguos horrores. ¿Y por qué? ¿Por qué? ¿Por qué?, se preguntaba.

La noche anterior al día —último del año viejo, último amanecer del fatídico año de 1945— que iba a ser Nochevieja, hizo un esfuerzo enérgico para salir de sí mismo, de los dos, para ver la situación tan objetivamente como si estuviera viendo una película en la que ellos fuesen los actores. Como nada es más triste en cierto modo que el espectáculo de unas vacaciones por mucho tiempo esperadas y bien merecidas arruinándose imperdonablemente, el efecto era en extremo penoso; tanta era la compasión que sentía por Primrose y la exasperación para con Sigbjørn, que era como para ponerse a lanzar gemidos en voz alta: por el amor de Dios, haz algo para hacer feliz a esa pobre chica, llévala a hacer un viaje más largo, llévatela a casa, haz la colada, deja de beber, cómprale un regalo, ponte a trabajar otra vez, dile aunque sólo sea una palabra cariñosa, deja de pensar en ti, pero, por el amor de Dios, haz algo de verdad desinteresado por ella. Y, así, Sigbjørn se decidió, por la senda de los buenos propósitos, pero de una vez por todas, a hacer un montón con todas sus vacilaciones y todo su pasado y deshacerse de él allí mismo —del mismo modo que aquella noche había decidido llevarla el día siguiente a Oaxaca— y así empezaría de nuevo, aun antes del Año Nuevo, llevándola a Yautepec el día de Nochevieja.

Yautepec era un bello pueblecito al sur de Cuernavaca, a medio camino de Cuautla. Los recuerdos anteriores que Sigbjørn tenía de él eran todos horribles —citas a las que había faltado, una fiesta bestial e interminable, una pelea atroz, haber dormido sobre la piedra de una habitación inmensa y alta, haber intentado en vano pagar copas con un anillo de obsidiana de Ruth que después le habían robado, haberse pasado media noche sentado con un ejemplar prestado de *El asno de oro*, que nunca iba a devolver, imaginándose que lo leía—, pero no por ello quedaba invalidado necesariamente. En realidad, si así hubiera sido, habría tenido que invalidar la mitad del México que conocía conscientemente, pero iba a exorcizar -pensó— incluso aquellos recuerdos. En parte ya lo había hecho usando fragmentos de ellos en forma constructiva —una carretera aquí, una *cantina* allá, un edificio acullá— en *El valle*: ¡cómo les había sacado provecho!

¡Qué emoción en el autobús en Cuernavaca antes de que partiera! La gente con cestas, los niños, los bultos, incluso un bloque de hielo dirigido con optimismo a Cuautla, que se deshacía constante y solemnemente en el suelo junto a ellos, sentados detrás, y de cuya continua delicuescencia tenían que apartar los pies de vez en cuando. Un montón de mujeres y niños subieron y se instalaron, por lo menos seis, con mucho ajetreo y mucha conversación, luego se levantaron todos de repente y volvieron a bajar; los vendedores ofrecían polos y naranjas dulces; metieron por la ventana una cesta de tortas y pan con mantequilla; todo parecía totalmente arbitrario, pero, como era habitual entonces en los autobuses mexicanos, partieron puntuales a las once.

El autobús, el Flecha, cuyo número era el siete, según vio Sigbjørn («¡Que venga el número que quiera!», gritó alegre), era antiguo o, mejor dicho, por no ser sino una masa de vieja chatarra apiñada y colocada sobre un chasis resistente, era difícil determinar su edad; el techo, tan bajo, que no cesaban de chocar la cabeza con él, se estaba cayendo, literalmente, salían del autobús pedazos volando tras él por las angostas calles y poco faltaba para que acertaran a los otros camiones y, de hecho, rozaron a uno, pero todo iba bien, señaló Sigbjørn, junto al letrero *No distraiga al chófer*. Avanzaron traqueteando y salieron a campo abierto. Cabras, cerdos, vacas, un burrito, andaban solos y sueltos junto a la carretera. Sigbjørn, con su resaca habitual aún contenida con dos *habaneros* que se habían metido a hurtadillas entre pecho y espalda, sabía, contento, que Primrose estaba temblando de emoción y contemplando todo con avidez e incluso se puso él mismo a observar algunas cosas con ella, pero, por decirlo así, por su cuenta. No demasiado interesantes ni sorprendentes para él, ya que había escrito sobre todo aquello, pero, aun así, estaba viéndolo, pensó Sigbjørn, no simplemente recordándolo, lo que no era poco, y con nuevos ojos. Los árboles cubiertos de flores blancas, como dondiegos de día, pero más bonitas, los convólvulos azul cobalto, flores amarillas y naranja; el campo estaba entonces tórrido y cubierto de polvo, blanco de polvo; las chozas con techo de paja como en los mares del Sur, cercados bajos de piedra, maíz dorado extendido en un patio. El Popo y el Ixta aparecían y desaparecían: se estaban acercando.

Sigbjørn miraba automáticamente a un lado y a otro. Tal vez, porque aquélla era en cierto sentido «la carretera a Tomalín» —ah, sí, pues allí era donde seguía para Chapultepec, y allí, a la derecha, estaba su plaza de toros, aún en pie, después de tantos años, y parecía también como si estuvieran haciendo los preparativos para una corrida, tal vez el día siguiente—, miraba a un lado y a otro, casi como esperando ver a un indio tumbado junto a la carretera, con el caballo cerca, en el que también figurase el número siete, pero a ambos lados estaban excavando zanjas para el alcantarillado. El progreso no dejaría sitio ni siquiera para que un indio durmiese. Morelos se estaba modernizando, pero, aparte de eso, todo era muy parecido a como había sido en otro tiempo.

Doblaron el camino hacia Yautepec y alejándose de Chapultepec. Fue en aquel punto o después, en la colina, donde tuvo la brillante idea por primera vez (que aún deseaba cumplir el día siguiente y ahora, tras el tequila y el Four Roses, su intención era más firme que nunca) de hacer todo el viaje hasta Oaxaca en autobús. Aquel autobús llevaba escrito *Matamoros* en el frente, aunque seguro que no pasaba de Cuautla, y tendrían que cambiar, y habría de mirar un mapa, igual que había hecho la noche anterior en busca de la carretera para Yautepec. Debía de ser posible, pero, entretanto, que aquél fuese, por decirlo así, un pequeño ensayo general del otro viaje más largo. Era otra vez el comienzo de una nueva vida y hasta entonces todo se presentaba bien. Para un observador indiferente, esos viajecitos de vez en cuando, visitas, aquellas pequeñas excursiones, eran simples viajes, visitas, excursiones, pero aquella mañana, aquel último día del año viejo que había dado a luz una nueva era no le habían parecido sólo eso. En realidad, eran como intentos, no sólo por parte de ellos, sino también por parte de su matrimonio, en caso de que semejante unión se pudiera considerar una entidad viva, desde la catástrofe del fuego, de resucitar, de renacer. El viaje a Niágara había sido lo mismo y el regreso de Niágara para reconstruir su casa también o era como la marea en Erídano. Cuanto más entraba tierra adentro, más bajaba después. Todas las veces era como una reconstrucción, cada vez había un incendio. Tampoco se limitaba aquel simbolismo, si es que podía llamarse así, a los viajes o las excursiones. El acto de acabar *El valle de la sombra de la muerte*, tras el incendio, había sido igual. Y después otra vez, tras el accidente de Primrose, el de seguir construyendo su casa y una vez más, tras la enfermedad de él, el de ir a México y luego el de ir a Cuernavaca y así sucesivamente. Todas aquellas pequeñas huidas tenían algo en común y su ritmo había sido algo así: empezando con el desastre, la reacción, la determinación de superar el desastre, el éxito, el fracaso, había llegado a ser un esfuerzo, un éxito aparente, algo ocurría, fracaso. En todas las ocasiones, como en el caso de una persona que lucha contra un vicio —la bebida, por ejemplo (si bien no podía llamarse vicio a la bebida, ¿o sí?, desde luego)—, el esfuerzo llegaba a ser mayor y el fracaso consiguiente peor y, cada vez que el esfuerzo llegaba a ser mayor, lo mismo ocurría con la tentación. Era como el movimiento de un péndulo, pues en cada ocasión éste oscilaba con mayor violencia hacia un lado o hacia el otro. Exactamente eso: como entre el péndulo y el pozo. Desde luego, no era exacto. Tanta mayor razón, en consecuencia, para que estuviera decidido a romper aquella pauta, en caso de que pudiese compararse con una pauta, para colocarlos en una espiral ascendente, en caso de que pudiera compararse con una espiral, huida en espiral, pauta de péndulo, era inútil que Sigbjørn se preocupase de reflexionar sobre lo confuso de su pensamiento. La cuestión era hacerlo, conseguir hacerlo.

Recordó cómo llegaron a la cuesta final, al abandonar el valle y empezar a internarse desfiladero arriba para luego descender hacia Yautepec. Aquel día le había sucedido a Sigbjørn otra cosa que lo volvía memorable. Era un pequeño aniversario particular.

Un año antes, en Niagara-on-the-Lake, en la Riverside Inn, cuyo propietario era el Sr. Sherlock, había hecho la última corrección en el texto mecanografiado por Primrose de *El valle de la sombra de la muerte* y lo había enviado a los editores. Era cierto que el año anterior y el anterior y el anterior y así hasta época tan lejana como 1936 —y en cada ocasión pensando: ¿cuántos años más seguiré haciendo esto?—, había hecho lo mismo, pero aquel año había habido una diferencia. Lo había enviado y aún no se lo habían devuelto.

Ya estaba a la vista Yautepec y con ella la sensación —pues era absolutamente necesario poner alguna excusa para tomar una copa y pronto, a fin de contribuir al éxito del viaje— de que aquel aniversario podría resultar útil en algún sentido. Desechó aquella idea por un lado, pero ésta volvió de un salto por la otra ventana. Volvió a desecharla, por decirlo así, hacia la izquierda, pero, como un cigarrillo arrojado contra el viento, volvió casi hasta su cara. Buscó un modo de perderla por la derecha y una *cantina* que apareció por la derecha, que le pareció conocida y desde cuya barra le hacía guiños una botella amarilla, le confirmó con mayor firmeza que así era.

Llegaron a la plaza. No parecía que los turistas hubieran descubierto aquel pueblecito. Había un bonito quiosco de música con fuentes debajo en el pequeño Zócalo, bordeado, como el de Cuernavaca, de enormes fresnos. Sólo una estridente máquina de música que clamaba en el vacío y los omnipresentes carteles de *Beba Coca-Cola, Bien fría*, como si fuera una ciudad evacuada por ejércitos victoriosos, revelaban que en tiempos se había visto invadida. Se apearon del autobús y entonces no había a dónde ir sino precisamente a aquella *cantinita* de allí, claro está. Sin embargo, llevó, leal, a Primrose a dar dos vueltas alrededor de la plaza. La cuadratura del círculo, ¿o el círculo en el cuadrado?

«Ésta es la plaza», había dicho, bastante perogrullescamente, y «veo que el antiguo quiosco de música sigue ahí... recuerdo...», pero, como no le gustaba recordar, añadió, tras una pausa: «Ahí hay una *cantina* muy simpática... Puede que siga el mismo propietario... He pensado que tal vez, ya sé que es por la mañana, pero he pensado que podríamos transgredir una norma hoy, pues, ¿sabes una cosa? Hoy es el aniversario del día en que envié *El valle.*»

«Ya lo sé, Sigbjørn. No te lo había dicho para darte una sorpresa. Estaba a punto de proponer yo misma que tomáramos una copa.»

«En fin no estaba pensando en una bebida alcohólica, Primrose», prosiguió Sigbjørn, febril, «por lo menos, no del todo. Es una mezcla como el Advocaat que tienen aquí, algo muy especial». Ya habían llegado a la *cantina* y entraron. «¿Ves? En esa botella amarilla. Se llama *rompope.*»

«¡Anda ya, Sigbjørn! Sé muy bien que el *rompope* es una bebida alcohólica.»

«¿Cómo lo sabes?»

«¿No recuerdas tu propio libro?»

Sin embargo, sólo tomaron una copa o, como máximo, dos o tres... Sigbjørn no recordaba en realidad, pero se había contenido, sincero. Además, si bien no era analcohólico, el rompope era al menos un digestivo, por lo que, aun cuando, como aquella mañana en particular, no hubieran comido aún, podían sentirse como si lo hubiesen hecho, lo que, en consecuencia, significaba (por un momento olvidó las demás copas) que no era como beber antes de desayunar.

A un lado de Yautepec, más cerca de los volcanes, había una gran colina rocosa cubierta de maleza y a ella conducía —recordó Sigbjørn— una calle, muy empinada, soleada y bordeada de cabañas de paja y adobe y formada por enormes rocas volcánicas. Era una colina de aspecto cruel y en cierta ocasión había inspirado a Sigbjørn el siguiente pasaje, en el que la transponía a la calle de Humboldt e imaginaba al Cónsul subiéndola y después cayendo: «Su vida se extendía ante él como una colina de piedra resbaladiza, que no acabara nunca, como una vida de angustia»... algo así: en cualquier caso, figuraba en él la palabra "angustia".

A pesar de la angustia, hacia aquella colina —sin el *rompope* no habría podido hacerlo, desde luego—, hacia aquella curiosa colina había sido hacia la que se había dirigido para su diversión matinal. A aquella colina había sido a la que había llevado a Primrose y propuso que la subieran y en pleno calor del mediodía, hasta la cumbre misma, donde podrían ver una cruz y desde donde había, seguro, una vista excelente. Resultó llamarse calle del Mirador y Sigbjørn estaba en lo cierto. Desde luego, no era una calle, ningún vehículo habría podido subir por ella: enormes rocas, muy empinada y soleada, cabañas de adobe con techo de paja, gatos, perros, gallinas, lagartos, niños. México era una sextina con esas palabras, del mismo modo Sigbjørn se estaba convirtiendo en otra con horror, bebida. Después aquéllos desaparecieron y surgió un sendero que subía entre rocas escarpadas y abrasadoras de calor. Estaba absolutamente desierto. Subieron con cautela, por si hubiera serpientes, y, de hecho, ellos y el Sol alcanzaron su meridiano al mismo tiempo. Se podría haber pensado que su humor se hubiera visto afectado, tras el ascenso a aquel Pisgah; al contrario, se sentían contentos. El paseo les había sentado bien y tenían la sensación de haber logrado una hazaña. Allí estaba la cruz, dedicada a un general que en tiempos había tomado la colina, pero parecía un símbolo de su nueva vida o como si ellos hubieran tomado, a su vez, la colina; parecía que nadie había estado allí desde que se había erigido la cruz. Detrás de ellos, y muy abajo, estaba el pueblo desierto; a la izquierda, las montañas rocosas y peladas; al frente y en primer plano, los verdes campos y árboles, un río, y la carretera, que se alejaba serpenteante y, más lejos, Popocatepetl e Ixtaccihuatl, que se alzaban, derechos, desde el fondo del valle.

No se oía un sonido en el teatro del mediodía, la calma era absoluta, la soledad completa, hasta allá arriba, sólo llegaba, aun hasta allá arriba, en la cima de la colina, el sonido de las rockolas, en verdad muy alto; era un desafío bronco y horrendo a aquella soledad y, viniendo del vacío, casi ridículo, y tan alto, que parecía haber mantenido a los pájaros despiertos en los fresnos del Zócalo desde donde sus voces, traídas por una brisa repentina, sonaban como puertas que giraran sobre bisagras oxidadas. Se echaron a reír y de repente se detuvieron, pues, más allá de los volcanes, mucho más allá del horizonte, en una lejanía inverosímil, casi como el mar Blanco y Arabia, casi como un sueño, más allá de las montañas más lejanas, como podría haber aparecido la Tierra Prometida a los Hijos de Israel o Ceilán, con los tres toques de campana, al marinero dedicado a quitar herrumbre, le había parecido a Sigbjørn, mientras señalaba con el dedo, que allí y por primera vez, se vislumbraba, vaga y evanescente, Oaxaca.

Habían bajado a almorzar en un pequeño restaurante sin nombre a la sombra de la plaza, donde regañaron un poco. Sigbjørn estaba sediento tras la subida y deseaba una cerveza y le pareció razonable que Primrose tomara otra.

«Tómate una tú, si la deseas. Yo brindaré.»

«Pero, ¿no vas a tomar tú una? Acabas de decir que te morías de calor y que estabas sedienta.»

«Pues, ahora no. Tengo frío. De todos modos, es demasiada molestia: tienen que mandar a alguien a buscarla.»

Pero, sabe Dios por qué, Sigbjørn adoptó una actitud hostil. «Pero, bueno, ¿será posible? ¡Si sólo es una cerveza! Parece como si fuera a tomar un tequila o algo así.» Además, no quería beber solo, tal vez porque deseaba dos cervezas, no una, o incluso tres.

«Es igual lo que tomes: beber por la mañana sólo conduce al mismo desastre al final.»

«Oh, ¡ya estás tú! Pero, si esto no es beber por la mañana. Si hubieras dicho eso antes, cuando hemos tomado el *rompope*, lo habría entendido.»

«En fin, te has tomado el *rompope* y ahora quieres emborracharte antes de comer.»

«¿Quién ha hablado de emborracharse?»

El almuerzo, que se compuso de sopa y huevos rancheros y fue bueno, aunque sin cerveza, transcurrió casi en silencio, si bien Sigbjørn, que había estado furioso por dentro, y como si lo hubiera estado ensayando todo el tiempo, exclamó una vez, brutal: «Basta pensar en lo mucho más deprimente y horrible que habría sido el fin de semana de Jack Charleson en *El rigodón del borracho* para comprender lo acertado de su elección.»

«Oh, Sigbjørn, ¿cómo puedes decir eso? ¿En la víspera del Año Nuevo?»

«Y en el aniversario del día en que acabé el maldito libro que ya ni siquiera sé —ni me importa— cómo se llama.»

Eso les hizo reír, se reconciliaron y salieron, pero, era cierto, sus disgustos se debían en parte a que Sigbjørn bebiese por la mañana. Ahora bien, ¿qué tenía eso de malo? ¿Dónde estaría ella entonces, si él no hubiese tomado unas copas antes de desayunar aquel día? Era un placer sutil: ¿quién iba a saberlo mejor que él? Beber antes de desayunar sólo podía compararse a veces con nadar antes de desayunar. Y en aquel caso no había sido ni siquiera eso, sino sólo por la mañana, estando sediento, antes de almorzar, como aperitivo. Beber antes de desayunar, ya lo creo... Sintió tal desprecio por toda la gente que no bebía antes de desayunar ni por la mañana, que se detuvo en seco en la calle, cuando Primrose dijo:

«No quiero ser una aguafiestas y ahora tengo sed. Vamos a tu cantinita y nos tomamos una cerveza.»

«Mi contrariante cielito, pero no lo hagas por mí.»

«No, hazlo tú por mí.»

«Pero yo no lo hago por ti, porque tengo sed.»

«¿Quién es el contrariante ahora?»

¡Cuando podrían haber tomado la otra, cómodos, sin dramas, y podrían haberse puesto a pasear mucho antes!

Al salir, se encontraron con una masa de enormes mariposas blancas que flotaban a la deriva, como flores del viento, sobre el puente encima de un arroyuelo centelleante. Cielo Santo, Cielo Santo, ¡qué hechizo! Y ante semejante hechizo, que se podía encontrar a cada paso por el mundo, y estando él libre para descubrirlo para los dos, y con Primrose, teniendo a Primrose, ¿qué necesidad había, se preguntó, de beber? Tras haberse tomado la cerveza o, mejor dicho, el *habanero*, pues, engañando a Primrose, en el último momento cambió de idea, al tiempo que parecía absorto en conversación profunda con el tabernero, para que ella no pudiera poner objeciones en público, ¡gracias a Dios, aún no habían llegado a eso! (cuando, en realidad, la única palabra que entendió del tabernero fue la palabra, bastante singular, «resulta»), tras aquello, ¿eran más encantadoras las mariposas? ¿O lo parecían? Sí, en efecto. Desde luego que sí. Sin el mágico *habanero* —se dijo mientras caminaba—, la cadena de sus pensamientos habría parecido a un oyente espiritual y omnisciente algo así: mariposas fuego; mariposas miedo; mariposas mentira; mariposas Primrose; mariposas vacaciones arruinadas, mariposas culpabilidad; mariposas culpabilidad; Erikson; mariposas Erídano; mariposas campamentos de cabañas de lujo; mariposa fracaso; mariposas angustia; mariposa nadie comprará nunca *El valle de la sombra de la muerte*; mariposas Erikson; mariposas Fernando; mariposas no estoy cumpliendo con Primrose; mariposas plagio; mariposas ¿lo descubrirán?; mariposas al fin y al cabo; mariposas edad madura; mariposas pies; mariposas ¿qué ha sido de la decisión que tomé anoche?; mariposas la he cumplido, ¿o no?; mariposas tonterías; mariposas edad madura; mariposas desgracia; mariposas muerte; mariposas Erikson; a las que podrían añadirse: mariposas comunismo; mariposas ¿lo soy yo?; mariposas están torturando a la gente en China; mariposas bomba atómica, y así sucesivamente, dando vueltas y más vueltas, aunque caminara en línea recta, exactamente igual que el pobre y viejo Sansón gruñendo en torno a la rueda en la ópera de Saint-Saëns, pero, tal como estaba, ¡zas!, sólo había mariposas. ¿O no? Pues era verdad que aun ahora estaba pensando así y se había tomado el *habanero*, pero ahora aquellos pensamientos parecían los de otra persona, un horrible cascarrabias que pasara por la acera de enfrente, meneando la cabeza en la sombra. Aquellos pensamientos se disiparon, pero acudieron otros en su lugar. Sin embargo, ahora podía al menos repasarlos con claridad, con relativa falta de dolor. Desde el incendio, con frecuencia el mundo le había parecido, como la naturaleza a Blake, curiosamente muerto. Parecía el fin; nada, absolutamente nada, podría levantarle el ánimo, y Primrose había estado en el mismo barco. Sin embargo, ella tenía la compensación del viaje: de realizar la ambición de su vida o lo que consideraba la ambición de su vida y, aunque

México hubiera sido deprimente y aburrido, y también Sigbjørn, esa idea del exotismo de México habría acudido en su ayuda. Era como cuando él se había hecho a la mar por primera vez, cuando había visto Sokotra por primera vez, después de no haber conocido sino los resecos sufrimientos en una escuela privada inglesa y después los aún peores, si cabe, de un castillo de proa: «¡Valía la pena!» Por eso, pensaba él, Primrose podía decir, pasara lo que pasase: «¡Vale la pena!»

Ahora, al verla dormir pensó que podría haber sido demasiado fuerte para ella y que tal vez ya no pudiese decir para sus adentros: «Vale la pena». En realidad, era la primera vez en su vida, durante aquellas últimas semanas, en que el alcohol se había convertido en un problema entre ellos. Durante la mayor parte de su medio decenio de vida en común, él no había bebido absolutamente nada. Ahora, de repente se preguntó si ella habría sentido miedo respecto de sí misma. Debía de haber tenido una pequeña resaca, una buena en realidad, pero —tras las resoluciones de aquella noche— había estado intentando hacer algo al respecto por su cuenta y él no la había ayudado y eso era lo que había causado su casi sórdida riña. Le parecía inconcebible que pudieran tener semejantes riñas. Sí, mirándolo objetiva, claramente, ¡qué sórdido!, pero, ¡qué sórdido! ¿Por qué ponerse así por una botella de cerveza que, a decir verdad, no deseaba en realidad? No valía la pena estropear el almuerzo por ello, mucho menos aún el día, mucho menos aún sus vidas. Ahora le parecía que no era un tema digno de un libro siquiera. No, no lo era. Como problema social, le importaba menos que un comino. ¿Que mataba a más personas que la tuberculosis? Mejor: ¡otras tantas personas menos en el mundo! Los empresarios perdían más horas de trabajo por su causa que por accidentes laborales y enfermedades venéreas. ¡Espléndido! ¡A tomar por culo con su egoísmo y su engreimiento! Y tanto más ocio para sus empleados... ¡y que se pusieran ciegos! Y qué gilipollez la idea de que sólo las personas que apenas aguantaban sin emborracharse eran los bebedores con problemas. ¡Qué problemas ni qué leche! Para él había sido un desafío, porque parecía que nunca se había hecho. *El rigodón del borracho* lo había echado a perder; nunca lo habría escrito, si hubiera creído a alguien capaz de hacer lo mismo, a pesar de lo que había dicho a la hora del almuerzo. Aun entonces, si sólo hubiera tratado de la bebida, si la bebida no hubiese significado algo más, relacionado con algo valioso, al enterarse de la existencia de *El rigodón del borracho*, no lo habría enviado, habría tenido el valor de reconocer su fracaso. Ahora abierto el camino, iba a haber muchos otros libros sobre el mismo tema deprimente que, no por ser sintomático de los tiempos que corrían, lo era menos. Era cierto que, para él, sin Erídano, y sin el mar y sin su trabajo, el mundo se había vuelto de nuevo casi insoportable, pero, si se debía escoger entre aceptar que el mundo fuera insoportable y Primrose, dejaría la bebida: radicalmente. Estaba convencido de que no serviría de nada —¿acaso había impedido el incendio?—, pero estaba dispuesto a hacer el sacrificio, si es que podía estar seguro de que lo era. Lo era. Con la cerveza, pensaba ahora, o, mejor dicho, con el *habanero*, las mariposas se habían vuelto algo más que mariposas, el arroyo algo más que un arroyo, igual que con el *rompope* la colina se había vuelto algo más que una colina y antes, gracias a su inspirador *habanero* matinal, el viaje en autobús algo más que un viaje en autobús y, si vamos al caso, Sigbjørn algo más que Sigbjørn, desde luego, y Primrose algo más que Primrose.

Pero «desastre», no. Bien sabía Dios que no deseaba ningún «desastre», como lo llamaba Primrose. A decir verdad, detestaba emborracharse y, además, había aquellas «lagunas». Eran graves. Por lo que, a fin de cuentas, cuando habían pasado por el puente, cogidos de la mano y contentos otra vez y habían empezado a pasearse a orillas del río, por primera vez en su vida Sigbjørn se habría dejado convencer de verdad de que se había perdido algo en México por haber bebido demasiado en aquella época. En primer lugar, nunca había sabido que aquella parte de Yautepec existiese siquiera.

Primero había sido la vislumbre del patio, fresco, sombreado. El arroyo, estrecho, profundo, serpenteaba entre una espesa y tupida arboleda, cuyo follaje se inclinaba sobre él y que formaba charcos de sombra como en el río Cam, y fueron paseando junto a la orilla. Ah, ¿olvidarían alguna vez aquel paseo junto al arroyo? Por un momento, si no te fijas con demasiado detenimiento, dijo Primrose, México podría ser Michigan, donde ella había nacido. ¿No era ésa una preciosa insinuación de que, pese a él, Primrose estaba «obteniendo algo de su viaje», de que tal vez estuviera, en cierto modo, renaciendo aquella vez? Así el esfuerzo de Sigbjørn valía la pena con mayor razón. Sí, pensaba ella, México podría ser Michigan; los verdes árboles inclinados sobre el centelleante arroyo, la hierba, los patos, la sensación de paz y suavidad... después te vuelves y ahí tienes las sierras escarpadas, peladas y yermas, a lo lejos, el burrito gris y con el vientre blanco y pezuñitas negras, caminando modosito por la calle: un perro lo persigue y, sin miedo, se desvía y escapa al galope como un antílope, pero, ah, ¡el riachuelo, libre, encantador, inolvidable!

Estaba avanzada la tarde cuando regresaron, caminando entre el polvo abrasador, tanto que quemaba sus fatigados pies a través de los zapatos de cuero, pero Sigbjørn iba sonriendo y estaba decidido a no estropear nada quejándose ni a arriesgarse siquiera a que así fuese de nuevo proponiendo que tomaran una copa, pese a que el calor y el resol sobre las blancas paredes era ahora más insoportablemente tórrido que a mediodía. Y, de hecho, al ver lo contenta que estaba Primrose, él había empezado a disfrutar de todo aquello otra vez. Pese a que el pueblo somnoliento estaba intentando despertar: los cerdos trotando por la calle, el hombre que llevaba un manojo de nardos, niños fumando marihuana en un portal, la horrible mendiga ciega a la puerta del restaurante, con sus andrajos y los pies hinchados y descalzos, la muchacha que le dio un panecillo, aquellos hombres con sus trajes ligeros —a menudo muy limpios— y sombreros blancos que se pasaban todo el santo día sentados en la plaza. Ah, si hubieran podido seguir así eternamente paseando a la luz del Sol. Después El Cielo —una *pulquería*, de paredes anaranjadas, al sol abrasador, árboles de color verde obscuro sobre el fondo de un cielo azul cobalto y una vislumbre de siluetas negras bebiendo en jarras de barro y un jardín más allá, las guirnaldas de papel por encima, la música—; era, además, una de esas *pulquerías*, raras y deliciosas para Sigbjørn, como un sello raro, que también despachaban tequila y mezcal, exactamente como El Farolito en ese sentido, y, a través de la puerta abierta, se vislumbraba más allá el cielo, como en «La última cena»: ah, ¡cómo había deseado unirse a ellos, beber sus sueños con ellos, entender, sumergirse en aquel mundo sereno y absorto! ¿A quién, sino a un mexicano, se le habría ocurrido llamar El Cielo a una taberna?

Había estado recibiendo el castigo por las copas que había tomado antes: sentía el doble de calor, cansancio y sed, pero, de todos modos, estaba prohibido a las mujeres entrar en aquella *pulquería*. Conociendo la pasión de Primrose por las bebidas refrescantes y sin alcohol de México, antes de reñir a propósito de la *cantina*, a cuya puerta se encontraba el dueño saludándolo con una inclinación, compró, mientras esperaban en el autobús —¡y deberían tenérselo en cuenta el día del Juicio Final!—, dos refrescos de fruta, que servían de un gran jarro de cristal, del que una muchacha tenía que sacar moscas continuamente... Le hizo atragantarse, pero lo pasó de un trago.

Al atardecer, cansados, habían regresado, tan contentos (así lo había dicho Primrose), en un autobús más atestado que el otro. El techo de aquel autobús era aún más bajo y en la parte trasera no tenía asientos, sólo un largo banco. Para dejar más sitio a Primrose, Sigbjørn intentó sentarse en el suelo, pero, como el chasis y la carrocería parecían —igual que en el otro autobús— obedecer diferentes leyes del movimiento, pronto se encontraron sentados uno encima del otro: Primrose, como pudo, sobre las rodillas de Sigbjørn, sin poder moverse, salvo a requerimiento de las dos mareantes personalidades gimnásticas del camión, que luchaban y se balanceaban como gelatina. A pesar de los pesares y del barullo, consiguieron ir cogidos de la mano. En aquella mañana la bajada hacia Yautepec había sido muy pronunciada; subirla en sentido opuesto, y con mucho mayor peso, fue cosa muy difícil. Cada vez que cambiaba de velocidad, el autobús se detenía, se bamboleaba, parecía casi a punto de deslizarse hacia abajo, se recobraba, al recuperar las fuerzas el potente motor americano, y entonces empezaba a avanzar poco a poco hacia adelante y hacia arriba, casi tan despacio como una mujer arrastrándose por el camposanto para ir a rezar ante la Cruz. (¡Cómo se habría recreado un escritor soviético, un decenio antes más o menos, cuando esas cosas estaban más de moda, con aquel simbolismo del autobús roto y desvencijado, en el que todo el mundo iba torturado, llevado por el inflexible y potente motor americano!). Aquella idea le hizo intentar alzarse a ver si aquel autobús era también devoto del Santo de las Causas Peligrosas y Desesperadas: ahí estaba —le dirigió una oración por los dos— junto a un letrero, encima del cual aparecía una chavala bonita enseñando las rodillas, que en aquel caso decía: *¡Distraiga al chófer!* Sigbjørn lanzó una carcajada alegre y estrepitosa como un mexicano, pero había tal pandemonio, que no pudo señalárselo a Primrose, quien, por su parte, se lo estaba tomando todo como una gran aventura.

Por fin, habían llegado a Cuernavaca y a la Quinta Dolores y aquella vez el buzoncito contenía una carta, una carta con matasellos de Londres, y, al no haber sido enviada por avión, la afable cara del rey Jorge VI lo miraba como un pájaro desde un sello azul de dos peniques y medio. La carta había sido remitida desde Erídano y sólo podía ser de... Incapaz de abrirla, se la llevó al baño para mirarla a solas. ¡Qué final para aquel día, si de verdad fuera una carta de aceptación! Y, de hecho, no llevaba adjunto el manuscrito. Buena señal. Después volvió a la cocina, se sirvió un vaso de *habanero* y se la llevó al baño de nuevo: se bebió la mitad del *habanero*, volvió a la cocina, lo llenó de nuevo, acabó el vaso de un trago y abrió el sobre. «Consideramos aquí que su libro tiene importancia y coherencia virtuales.» El corazón le dio un vuelco, casi se lo gritó a Primrose, que estaba tan excitada como él y esperaba el veredicto en el dormitorio, pero... en aquel momento cayó otra carta del sobre. Era el informe del asesor literario y se apresuró a leerlo. «El autor ha querido abarcar demasiado. El libro va a recordar inevitablemente a la novela y la película *El rigodón del borracho*, de reciente éxito...»

No era un rechazo total, pero en cierto sentido era peor. El libro tenía posibilidades y, aunque no lo rechazaban de plano, le pedían que lo reescribiera. ¡Cómo! ¿Reescribirlo otra vez? Recorrió mentalmente los nueve años seguidos de fracaso continuo desde la víspera del Año Nuevo, de 1945 hasta la misma víspera del Año Nuevo de 1936, en que también se encontraba allí, en Cuernavaca. Nueve años, tiempo de crecer, de morir, de combatir en tres guerras mundiales, tiempo para que un niño hubiera llegado a adulto y se hubiese vuelto un borracho. Y me pregunto cuántas vísperas más de Año Nuevo estaré luchando con este maldito asunto —había comentado, profético, a un amigo—, pero entonces estaba en un estado o casi un estado —sí, lo veía por la carta—, en que lo habrían aceptado de plano. Pues, en efecto, lo que querían era que deshiciese todo el trabajo hecho en el libro desde entonces y lo devolviese a su forma más sencilla o, en cualquier caso, a la primera. Pero aquélla sí que era, pensó, una ocasión para ceder a la tentación.

Lo que era mucho más importante que la aceptación o no del libro en aquel momento concreto —fue capaz de pensar, gracias al *habanero*, al coger la carta para enseñársela a Primrose, si bien era bastante difícil comprender aquella verdad en la víspera del Año Nuevo, sobre todo cuando un triunfo (y el día, al fin y al cabo, había sido un triunfo) habría encajado tan maravillosamente con el rumbo de sus pensamientos y sus «decisiones»— era cómo se lo tomase él; era fácil ver, si tenía la nobleza de reconocerlo, que un éxito de plano, justo en aquel momento concreto, habría sido tan peligroso como un fracaso de plano. Y ahí tenía: ni una cosa ni otra. Lo que lo volvía peor —y, aun así, mejor, sí, al mismo tiempo, como había señalado a Primrose— era que, desde luego, había algo de verdad en lo que el informador había dicho. Se parecía mucho al caso del compositor italiano, Pietro Rinaudi, tal como maravillosamente lo describía el escritor inglés Cecil Grey en el libro *Contingencies*, quien, como la termita blanca, que, cuando perturban su morada, construye una especie de torre fantástica (y ahí estaba, por así decir, la torre), se había puesto a construir una torre fantástica para música: tres oratorios, que se interpretaban uno el primer día, otro el segundo y otro el tercero y en la cuarta noche se interpretaban los tres a un tiempo con tres directores diferentes, bajo la dirección de otro, el propio compositor, o las dos óperas, una bufa y otra seria, que habían de interpretarse a la vez. En aquel caso, había sido, desde luego, el fracaso y nada más lo que había vuelto su libro cada vez más complicado y había añadido todos los diferentes niveles de significado y lo único que el «lector» —es decir, el asesor del editor, aún no podía hablarse de ningún otro lector, pues no hacía falta decir que ni Bartleby ni Dismas ni Bull habían leído nunca un libro hasta el final— pedía, con razón, era que escribiese simplemente su primer oratorio, su Putifar, por decirlo así: que redujera su partitura a un metro más o menos, pues, según Grey, el original tenía un metro y medio más o menos.

«Pero, ¿no irás a escribirlo de nuevo?», había dicho Primrose.

«¿Por qué no? No estoy haciendo ningún otro trabajo. Así tendré algo que hacer», había dicho él, valiente: sólo él sabía cuánto.

«Por encima de mi cadáver.»

«En fin, tal vez tengas razón. Aun así...»

«Son unos cretinos sin remedio. Oh, sería capaz de matar a ese asesor por haberte agraviado, Sigbjørn... Tú mismo dijiste que todo el talento inglés ha acabado en la crítica literaria y que están celosos de cualquier libro de verdad bueno que aparezca y añadiste algo sobre el carácter nacional en la actualidad: que, si bien siempre está deplorando que vuestra literatura nacional haya llegado a ser tan floja, cuando se cierne algo que parece la respuesta exacta a sus plegarias, harán todo lo que esté en sus malditas manos para destruirlo.»

«¿Dije eso? En fin, tal vez tuviera razón. A no ser, claro está, que sea americano... Y eso solamente si les parece que lo han descubierto ellos mismos, pero...»

«¿Y qué vas a hacer en relación con los Estados Unidos? ¿Vas a reescribirlo también para los Estados Unidos?»

«Si así lo desean... desde luego, me había olvidado...»

«En fin, los americanos son más generosos.»

«No dijiste lo mismo, cuando recibimos la carta de McGuire.»

«Yo no recibí la carta de McGuire. ¿No recuerdas que la abriste tú y no me dejaste leerla durante meses?», dijo Primrose. «Y, además "Nosotros no somos americanos ricos"», dijeron juntos, riendo. «"Nosotros somos *canadianos* pobres".»

Pero no sirvió de nada. Por mucho ánimo que se dieran, no parecía haber demasiada esperanza, sólo continuación de la tensión. Su tensión y desaliento, que no era sino parte de la tensión y el desaliento mayores, como esperando que se incubase una enfermedad. Había olvidado eso también. Y era imposible dormir, por culpa de los cohetes y del ruido: no, no había modo lo bastante rudo de librarse del año 1945, estaban despidiendo con estridencia una era vieja y daban entrada a otra peor. Y no había nadie a quien hablar, nada que hacer por la noche, a no ser beber o dormir. No hay obscuridad que presente tanta desesperanza como la de México.

«En fin, de todos modos, de acuerdo, les escribiré y les diré que no voy a cambiarlo. Les explicaré de qué trata cada capítulo, ya que no parecen saberlo.»

«Y yo te ayudaré.»

Conque cogieron papel y lápiz e intentaron hacer un esquema de lo que se debía decir, pero todas esas explicaciones... ¡qué desesperadas y pesadas parecían! Y suspiró desalentado. Y Primrose, que parecía, la verdad, estar tomándoselo en conjunto peor que él, dijo: «Anda, Sigbjørn, sé razonable. Considerémoslo una *prueba.*»

«Pero, Señor, ¿es que no lo estoy considerando una prueba? Ya llevo nueve años con ella... de hecho, nueve años y dos meses. Había olvidado los dos meses, pero incluso dos meses pueden ser interminables.»

«Piensa simplemente en lo libres que somos, somos las personas más libres en esta tierra de Dios, y, si seguimos quejándonos por cada cosita que pase, nos caerá de verdad un ladrillo en la cabeza y tendremos motivo para preocuparnos. Es exactamente igual que antes del incendio.»

«¿Qué es exactamente igual que antes del incendio?»

«Dije entonces que, si seguíamos quejándonos, nos encontraríamos de verdad con algo de qué preocuparnos.»

«Supongo que tienes razón, Primrose, pero, ¿quién estaba quejándose, como tú dices?... Yo, no.»

«En fin, echemos otro trago y sigamos con la carta.»

Y entonces el pitido del tren empezó a desgarrar el aire como el *Lusitania* y fue «Feliz Año Nuevo», en lugar de «Feliz Aniversario». Se abrazaron en la cocina, pero inmediatamente después ya estaban riñendo: al ver los cohetes, Sigbjørn intentó poner fin a su riña citando a Bergson, pero sólo sirvió para empeorar las cosas.

Entonces vino el peor horror del día de Año Nuevo, pues, como si hubiera dejado grabado en ella, el día anterior, a la puerta de El Cielo, aquel anhelo inconsciente de entrar en aquel mundo en el que las mujeres no podían entrar, la había convencido de que bebiesen ahora por la mañana. Y se habían escondido, en realidad, sí, se habían escondido a beber toda la mañana en aquella casa, la torre de Laruelle, y después él había ido a la Casa de la Vega, la tienda de licores, y había comprado dos botellas más y aquella vez la mano le temblaba violentamente, aun al aceptar el obsequio; se estaba agravando un poco: no era sólo que tuviese la sensación de que la gente lo miraba, sino que, además, como en el caso del Cónsul, así era en efecto. Sólo entonces, cuando él tenía la responsabilidad y Primrose estaba teniendo incluso leves alucinaciones (una cría de pavo imaginaria), pudo serenarse, gracias a la necesidad de serenarse de los dos, pero, como si alguien deseara serenarse de nuevo en México y, si se serenaba, no por ello dejaría de ver doble.

Sigbjørn tenía a veces la sensación de beber tanto como un campesino ruso pegaba a su mujer y Primrose... pero le pareció discreto cambiar de tema en aquel punto. Sin embargo, después del día de Año Nuevo, bebieron un poco menos. En primer lugar, lo que a aquellas dos buenas personas, artistas ellas mismas, les faltaba, según la argumentación que Sigbjørn había propuesto un día, era precisamente el solaz del arte.

Tardaron cuatro días en salir del cenagal del día de Año Nuevo. Entretanto, Sigbjørn siguió intentando explicar a sus «editores ingleses» por qué no debían haberse aburrido con su novela, por qué no tenía intención de modificarla y por qué debía sostenerse o hundirse precisamente como estaba. Hizo un análisis exhaustivo de cada capítulo. La pérdida de tiempo le parecía a menudo lamentable —mirar ahora al propio escritorio al que se había sentado día tras día lo ponía enfermo—: habría podido escribir el primer borrador de otra novela corta en el tiempo que estaba tardando y sólo la ilusión que le hacía sentir de estar empezando a escribir de nuevo creativamente, junto con el detalle de que agradara a Primrose, lo había movido a seguir, aunque sólo fuera por practicar, si bien lo que imaginaba estar practicando era otro cantar. La pobreza de su facultad creativa —¿o sería la inversión de la sensibilidad?— no podía llegar a más. Por otro lado, se convenció a sí mismo de que de la repercusión de aquella carta podía depender la aceptación de su libro en Inglaterra. Lo que empeoraba las cosas, y le hacía perder aún más tiempo, era que todas las noches, durante el período en que bebieron, invariablemente olvidaba cuál era el propósito de la carta y se descubría dedicado a hacer pedazos su libro e incluso dando la razón por completo al asesor. ¡Imbécil! En la mañana siguiente, enfrentado a aquella dicotomía, descubría que una tercera parte del trabajo del día anterior era inaprovechable y había que rehacerlo. Además, el libro, en el que en tiempos había cifrado tantas esperanzas, empezó a cobrar el aspecto de un enemigo y Sigbjørn se descubrió incluso deseando que se hubiera quemado del todo junto con *Rumbo al Mar Blanco*. En la medida en que se sentía obligado a centrar su atención exclusivamente en la carta, ésta le estaba impidiendo dedicarse al asunto, más importante, de «centrarse» en Primrose y sus vacaciones, pero, ya que el tiempo era esencial (no veía nada irónico en eso), le parecía absurdo, tal vez un error fatal, dejarla sin acabar, por ejemplo, e ir a Oaxaca y, de todos modos, Primrose, por el bien de él, se habría negado a ir. Sí, el libro estaba echando a perder también aquello.

Una tarde estuvieron contemplando el ocaso en lo alto de la torre. El color y la luz cambiaron, rápidos, sobre Ixtaccihuatl y Popocatepetl: de blanco a oro y rosa, con sombras que se intensificaban de azul a violeta. La torre de la catedral se recortaba sobre un fondo de turquesa puro y pálido y nubes doradas. Ahora la luz iba apagándose en los volcanes y, como una enorme estrella, apareció la de la atalaya de la cárcel. Largas nubes de color perla corrían sobre el Popo. La gatita negra del tejado de más abajo se despertó, estiró las patas delanteras, después las traseras y se marchó contoneándose hacia su tarea nocturna. En el Este apareció el malva; en el Oeste, el azul, un rosa delicado, el gris perla, el bermellón y el cielo seguía en llamas: Dios mío, cómo le gustaban a ella todos aquellos colores —que él apenas veía— y los enumeraba uno por uno, como si nunca hubiera visto una puesta del Sol. La calle de abajo ya estaba en sombras. Un hombre con camisa blanca y montado en un burro bajó por la calle de Humboldt, la calle de Nicaragua, y después dos niños que llevaban un cubo de carbón. Un borracho salió tambaleándose de El Vacilón y ahora una mujer bajaba, con paso lento y cansino y una niñita de la mano, por la calle de Tierra del Fuego. Calle de Fray De las Casas. ¿Cuál era real? Y ahora el viento agitaba los árboles y el *sarape* sobre la balaustrada; el Popo y el Ixta se desvanecían, desaparecían. Hasta el palacio de Cortés, donde algunos rezagados estaban contemplando los murales, estaba adquiriendo una sombría dignidad, de la que carecía a la luz del día. Una mujer, mucho más abajo, caminaba por el tejado de la tintorería de la acera de enfrente para recoger la ropa lavada. Un camión bajaba la cuesta bamboleándose: «Canada Dry», y después otro: «Cruel es mi destino». La última luz de un cielo ahora incoloro resaltaba los eternos charcos de la calle y ahora los primeros murciélagos pasaban revoloteando por ella, sobre las bajas chimeneas de ladrillo y los depósitos de agua acanalados de cada tejado. Sonó, bronca, la bocina de dos notas de un coche. Se oyeron dos tañidos de campanas que anunciaban vísperas, cuando el cura debería esconderse para salvar la vida. El hombre que vendía a Primrose frijoles y arroz estaba ahora, como acostumbraba, a mitad de la calle de Tierra del Fuego, mientras, detrás de él, una luz naranja caía sobre los escalones y alcanzaba la falda de una mujer que salía de su tiendecita. Y así descendía el Sol, pero Sigbjørn se había alzado, ¿no? ¿Acaso no era como un ascenso estar allí, de pie sobre aquella torre, viviendo en aquella torre? ¿Es que no era como un ascenso del alma, tras la terrible prueba del incendio, hasta la comprensión de su auténtico objetivo? Pero, ¿quién era ese otro Wilderness que se encontraba a su lado? Sintió miedo de él, de ese Wilderness absolutamente implacable. Era ese Wilderness el que había querido la torre, no él. ¿Y para qué? ¿Y con qué objeto? ¿Quién lo sabía? Pero, ¿qué importaba, puesto que parecía haber un objeto? Y, en cualquier caso, era una oportunidad para celebrarlo.

Así se puso el Sol y se acercaron los horrores de la noche y, mientras Primrose luchaba con las dificultades de la estufa de carbón, él siguió con su análisis en la torre de lo que significaba el capítulo VII, el relativo a la torre, la torre erigida contra la venida del segundo diluvio, sabiendo perfectamente que debería reescribirlo a la mañana siguiente y que lo que significaba era cualquier cosa menos comunicable, pues lo que significaba era *eso*. ¡A propósito de la proyección del inconsciente en la realidad! Y, para gran desgracia suya, habló, en efecto, de eso, y al editor inglés, con lo que perdió aún más tiempo, pero siguió trabajando y bebiendo. Hasta cuando Primrose se fue a la cama, seguía trabajando y a las tres de la mañana seguía bebiendo.

Sin embargo, no abandonaba. El día siguiente, Eddie los había invitado a los dos a ir en coche a Taxco con él, pasar allí la noche y regresar el día siguiente y, al haber resultado un fracaso, al menos desde el punto de vista de Primrose, el martes pasado, día diez, la había llevado a Zempoala, como había pensado hacer la primera vez que habían pasado por Tres Cumbres en autobús. En realidad, ése había sido el primer viaje que habían hecho hacia el Norte, de vuelta en dirección a Ciudad de México y, por extensión, al Canadá. Todos sus demás viajes seguían siendo hacia el Sur, hacia su destino, ya fuera Oaxaca o Acapulco. Y llevarla allí estaba en consonancia con la decisión a medias por su parte de abandonar, de regresar de verdad al Canadá muy pronto y resultaba curioso cómo aquel viajecito había parecido ilustrar lo peligroso o incluso imposible que era el regreso, al menos hasta que las extrañas disonancias provocadas por el error originario, inherente a su regreso a México, se hubieran resuelto en cierto modo o tal vez fuese demasiado tarde. Si hubieran dado media vuelta en Ciudad de México y hubiesen vuelto a casa en el próximo avión, tal vez no se habría cometido ningún error grave y habría sido diferente, pero, pasara lo que pasase, no había modo de regresar aún y eso era lo que aquel día parecía deber comunicarles. La verdad es que no podía haber empezado peor, todo había salido mal, mientras habían permanecido en aquella línea geográfica de regreso: Sigbjørn había calculado mal la distancia a Zempoala, hacia donde, según resultó, no había autobús desde Tres Cumbres y, de hecho, en ningún momento llegaron a ver el lago siquiera ni, mucho menos aún, se acercaron a él; les había sobrevenido un ventarrón, casi una ventisca, se habían cortado los pies con vidrios, se habían irritado los dos, pero, cuando empezaron a encontrar de nuevo la ruta hacia el Sur, caminando por un antiguo camino azteca en desuso —y eso, milagrosamente, disipaba el pasado— hacia Cuernavaca, hacia casa —pues aquélla era ahora su casa—, todo se había invertido, había parecido marchar bien y había salido bien. Había sido uno de los momentos más felices de sus vidas, algo que recordar con alegría y para siempre y el día siguiente Sigbjørn iba a necesitar ese recuerdo, si empezaba a vacilar sobre si ir a Oaxaca.

Sigbjørn volvió a mirar el buzón. Naturalmente, otra vez se había repetido la misma canción de siempre: desde luego, así había de ser, ya que nunca había variado. Aquella vez había habido malas noticias de los Estados Unidos. Con esta única diferencia: aquella vez él estaba en guardia; había estado casi preparado para recibirlas y no iba a dejar que le estropeasen aquel día, conque no había dicho ni palabra a Primrose, se había forzado incluso a sí mismo —así le parecía— a olvidarlo.

Sin embargo, fue una desgracia que Sigbjørn saliera a comprar otra botella y se detuviese a tomar una cerveza, y después, al volver a casa, hubo una terrible escena histérica con Primrose y aquella noche, recordó, se había emborrachado en exceso, de un modo que detestaba y que solía ser muy raro en él, hasta el punto de tener lagunas en la memoria, que aún persistían. Lo único que recordaba era haberse despertado en el suelo, con una botella vacía de mezcal en la mano. Primrose estaba dormida en la habitación que ahora ocupaba y al instante se le había ocurrido a Sigbjørn —a pesar de haberse emborrachado, no había bebido demasiado para lo que acostumbraba— que su borrachera debía de haber sido consecuencia de la fatiga. En cualquier caso, si hubiera estado borracho, o incluso borracho a medias, al despertarse habría echado un buen trago y se habría ido a la cama. El remordimiento, al menos de momento, habría quedado absorbido y aplazado. Y después había tocado la guitarra —totalmente desafinada— con la suma de toda la culpabilidad que había sentido en su vida. Intentando rezar, con el corazón latiendo desenfrenado —¿y si se paraba? ¿Se habría parado ya?—, la sensación de patetismo era casi obscena. Intentó rezar, pero sólo pudo expresar obscenidades. «En fin, ¿quién puede ayudarme?» «Dios te ayudará, si se lo pides.» «Pero eso es lo que quiero decir», dijo Sigbjørn, con lágrimas rodándole por las mejillas. «Tú no dijiste eso, lo dijo Fernando Martínez.» «Yo también tengo mis tragedias.» «En fin, todos las tenemos.» ¿Cómo se puede luchar contra la muerte, se preguntó, cuando con toda seguridad la propia muerte es una debilidad y una cobardía que nos tiene en su poder? Y la horrible sensación de implicar a Primrose en aquello y la sensación de ser —sí, aun ahora— observado, pero la debilidad y la irrealidad eran lo peor y entonces empezó a sentir de nuevo el peso de las coincidencias, la fatal decadencia en el trabajo. El problema del dinero también, que estaba tirando, testarudo, era como si estuviese devorando su vida entera. El fracaso de Taxco y ahora haber arruinado aquel día. En fin a ese paso era mejor arruinar la eternidad. Por lo que en lugar de tomar una copa, había cogido una hoja de afeitar y se había cortado, brutal, una vena de la muñeca, pero, al hacerlo, golpeó la guitarra y despertó a Primrose, quien acudió corriendo, vendó la herida y corrió a buscar a un médico, pero, por fortuna, se encontró a Hippolyte, de vuelta del baile de la Cruz Roja, quien, aunque no vivía allí, dejaba el coche delante de la casa. Primrose pensó que se trataba de un accidente y después Sigbjørn pensó que no lo había hecho del todo en serio. Sí y no. Al principio y de modo accidental —estaba usando la hoja de afeitar para cortar una de las cuerdas de la guitarra—, casi experimental, por decirlo así, se había cortado la muñeca y la había mirado con cierta fascinación, un corte no demasiado profundo, y probablemente no tuviera intención de ir más lejos... pero, ¿cómo se puede saber seguro? En primer lugar, en aquel momento decisivo, en que había pensado: «Entonces, ¿qué te creías?» «Aquí se acabó todo para mí y nada más», había tenido dos pensamientos simultáneos: uno para Primrose, «Esto no está bien y es una cobardía»; el otro, el de que, si salía bien, incluso su muerte iba a ser, por decirlo así, poco original. Aunque no había visto la película de *El rigodón del borracho,* había leído que también en ella el protagonista había estado a punto de suicidarse. Hippolyte le había dado fenobarbital («Conque deje de dar vueltas a lo de *El rigodón del borracho.* Está escrito y no veo cómo podría usted borrarlo, ni siquiera con la ayuda de...») y, el día siguiente, *ochas.* Y se había pasado todo el viernes en la cama. De hecho, Hippolyte había enviado a una enfermera para que lo acompañase, sentada junto a la cama. Durante el fin de semana, había seguido, como había podido, con la carta; ahora ya estaba acabada y ya se había enviado. La carta estaba acabada y el día siguiente se iba a ir a Oaxaca.

Se sentó junto a Primrose, contemplando su belleza y procurando no despertarla, pero lo hizo y fue como si ella estuviera velando por él, pues sus primeras palabras fueron: «¿Dónde está Sigbjørn?»

«Aquí. Perfectamente, amor mío.»

«¿Está bien la barquita?»

«Estamos en Cuernavaca, querida, no en Erídano.»

«¿Has dicho de verdad que mañana nos vamos a Oaxaca?», murmuró somnolienta. «Para buscar a Fernando… Pero, ¿sabes una cosa?», seguía hablando con los ojos cerrados, como en trance. «He soñado con que decías: "No te preocupes, querida; si este viaje no sale bien, te llevaré por toda Suecia volando a lomos de ganso.»

«Pues sí, pero saldrá bien, ya lo verás.»

«¿Sigbjørn?»

«¿Sí?»

«Cuéntame la historia de aquel petrel.»

«¿El que llevaron a Roma y encontró el camino solo de vuelta a casa desde Roma a Dinamarca?»

«Pero, oh, déjame descansar un poco. Estoy tan cansada.»

«No puedo hacer las dos cosas.»

«No importa. Sólo quería pensar en eso, nada más.»

«No has dormido bastante», dijo Sigbjørn con ternura. «Siento tanto haberte despertado.»

«No importa.» Sonrió, tierna y dulce, y se quedó dormida. No hay pájaro tan salvaje, que no tenga su tranquilo nido.

Dios santo, no se la merecía. Sigbjørn se quedó allí sentado en completo silencio por un ratito, sin soltarle la mano, sin apenas atreverse a respirar. Seguiría sentado un rato más para asegurarse de que estaba dormida y después se iría. Debió de haber sido el tono de su voz, pensó, lo que le había recordado aquella ocasión, en que todo el mundo había pensado que estaba agonizando en el hospital de Vancouver, cuando lo habían mandado llamar aquella noche, y ahora la velaba, en aquella habitación de extrañas ventanas con vidrios de colores, recordando aquella ocasión en que él había estado en vela, el día en que ella se había hincado un clavo en el pie, cuando habían empezado a llevar madera del antiguo aserradero para la nueva casa. ¡Qué agradecido estaba de tenerla, de que siguieran teniéndose el uno al otro! Pero aquella vez él había estado sentado a su lado, medio muerto de angustia, pero también de remordimiento: no había podido conseguir un médico, o no bastante a tiempo, y, si ella moría, su último recuerdo sería el de una riña. El recuerdo de aquella otra ocasión era tan vívido, que de nuevo fue como si la muerte estuviese en la habitación.

La muerte con su delirio, su locura, su aparente irrevocabilidad y, sin embargo, ¡qué absurdo era temerla, suponer que acababa ahí, suponer que fuese siquiera la muerte! ¿Qué se entendía por muerte? Con todo desapasionamiento, se preguntó, sentado allí, si no habría él muerto, en realidad, tiempo atrás, no podía decir exactamente cuándo, y si no sería eso. Le parecía razonable incluso: ahí estaba, en la torre de su propia creación, rodeado por aquellos fantasmas del pasado, de su vida —era un sueño—, y a punto de salir al encuentro de uno de sus personajes. Seguro que era más eso lo que se entendía por muerte. Muerte en vida, pues podías estar muerto y, aun así, tener también existencia en la Tierra, al menos según Dante. Tal era la muerte, tal era la vida, pensó, sentado y muy derecho junto a la cama, pero Primrose: ¡eso era otra cuestión! Ella no estaba muerta; ella se había salvado y él había podido conocer la alegría de verla salvarse.

De repente, se le ocurrió que podría disfrutar de las ventajas de ambos mundos a la vez: Primrose estaba viva y él sería su ángel de la guarda. En cuanto a sus pensamientos de aquel momento, se los atribuiría al Cónsul. Debía esforzarse por dar un centro a sus vidas, al comprender la imposibilidad de rectificar la suya por sí solo.

Seguía el alboroto de la posada; la Luna brillaba aún: aunque fuera absurdo, parecía más cerca. Recordó la pequeña iglesia —*¡las trémulas llamas de las velas!*— situada enfrente del Cinema Morelos, junto al Jardín Borda. Se habían detenido en ella la tarde en que habían ido al Jardín Borda. Aquella iglesia tenía una decoración excepcionalmente chillona y desmerecía en comparación con las otras iglesias, en las que los limpios manteles, almidonados y orillados de puntillas, y los jarrones con flores de papel eran en cierto modo sinceros y, si se quiere, patéticos y, desde luego, conmovedores, pero toda aquella iglesia era de mal gusto, con extraños murales pintados por encima de los habituales altares laterales. Uno mostraba al pie el globo del mundo con México en primer plano y encima un enorme corazón con una herida abierta y una corona de espinas, que dejaba caer una lluvia de sangre sobre el mundo. La parte superior del corazón era como un jarro abierto del que brotaban llamas. Todo ello rodeado de ángeles incorpóreos. En la pared de enfrente había otro corazón del mismo tamaño; rayos de luz amarilla, puntiagudos y rígidos como lanzas, irradiaban de él a su alrededor; estaba atravesado por una espada, rodeado de una corona de gardenias y en torno a la parte superior había una guirnalda de nomeolvides rosa y azul. Un tercer mural mostraba, en la parte superior, un cordero, recostado, modoso y apacible, en una caja azul abierta. Sin embargo, de un gran tajo en el costado salía un chorro de sangre, que pasaba por algo así como un xilofón hasta un cáliz enorme, el cual rebosaba sobre la escena inferior, el infierno probablemente, pues había llamas, pero sólidas, como maguey retorcido, por entre las cuales miraban los desdichados. Por debajo del cáliz unos ángeles intentaban tirar hacia arriba a uno de aquellos desdichados.

Había los santos habituales en hornacinas acristaladas; uno que se parecía a Hamlet, vestido con una toga romana enjoyada y tachonada de oro y calzado con sandalias enlazadas por las piernas, parecía estar —estaba, de hecho— apuñalándose en el estómago con una pluma. Otro escritor —había dicho Sigbjørn—, seguro.

Un hombre y una mujer, ésta tocada con el pañuelo de él, miraban, reverentes, esas cosas, junto con tres indias, dos de ellas con la cabeza cubierta con el mismo rebozo. También había dos muchachos que se arrodillaron, se persignaron y salieron en seguida. Al abandonar la iglesia, Sigbjørn y Primrose se tropezaron con un cerdo enorme en la puerta, que asustó a Primrose y a cuyo lado pasó ella, cautelosa, tras lo cual el cerdo, con un trotecillo bastante simpático, entró en la iglesia por la puerta abierta.

Entonces el atormentado y afligido rostro del sombrío Cristo de la vitrina de la puerta lo miró.

9

En cuanto Sigbjørn se despertó, decidió levantarse y lavarse y, tras beber el té, reflexionar sobre la situación, teniendo en cuenta diferentes aspectos... en suma, entrar en el tema a fondo. Se quedó acostado media hora y atormentado por su decisión.

«Es la Virgen de quienes a nadie tienen...»

«... de quienes a nadie tienen...»

«... de quienes a nadie tienen...»

«Entonces, levántate.»

Sein oder nicht sein, das ist die Frage. No era ésa la cuestión ahora, aunque lo hubiese sido antes; no tenía nada que ver. Para él, levantarse simbolizaba, por decirlo así, la lucha entre la vida y la muerte. Por fin, lo hizo con tremendo esfuerzo y se sentó en el borde de la cama, demasiado exhausto para moverse, temblando como un flan. «Pero, ¿qué hacer ahora? He olvidado qué hacer, lo que se hace, cuando se levanta uno.»

«No te calientes la cabeza», parecía decirle Fernando, «mi creador de tragedias. ¿Quieres crear más tragedias? Date una ducha; no, mejor date un chapuzón. Después la copa necesaria... Sí, hombre, ¡te has olvidado de que eres un ser afortunado!»

Desde luego, pensó Sigbjørn, he olvidado que, todas las veces que he intentado recuperarme y me he puesto en camino —pero, ¿no estaba pensando en la noche anterior o en una hora antes?— hacia algún sitio, ha sido como si Dios mismo estuviera intentando ayudarnos.

Así, levantarse por la mañana es siempre como un nuevo nacimiento (Freud). Dormir es sumergirse en sí mismo (Hebbel). Dormir significa experimentar de nuevo el pasado, olvidar el presente y presentir el futuro (Stekel).

Volvió a tumbarse. «Anoche cogí una borrachera tan terrible, que voy a necesitar tres días enteros de sueño para reponerme.» Era extraño cómo seguía recordando las palabras de Fernando, cómo las había recordado todos aquellos años: años de trabajo, años de grandes esperanzas, años de valor, orgullo y desastre.

«Entonces, levántate.»

«Me voy a levantar ahora y me voy a poner el calzón de los rechazos, el calzón de las erecciones», dijo en voz alta. Sigbjørn encontró el calzón de baño; tenía una resaca tremenda, pero, en fin, peores las había tenido en su vida, diez años antes, por ejemplo, por no hablar de dos semanas antes. Le costaba trabajo ponerse el calzón de baño, el de los rechazos, el de las erecciones, pero la idea de encontrarse con Fernando otra vez le daba ánimos: el principio de vida, fuera el que fuese, se reafirmaba.

Primrose estaba en su habitación con la puerta cerrada. Sigbjørn bajó hasta el patio habitado por los fantasmas de sus personajes y por el camino, tambaleándose, iba diciendo en voz alta cosas absurdas, como: «Tembleque tembleque tembleque.» «Mira a ver qué hace Sigbjørn.» Y una vez, en voz alta: «La muerte al acecho». Y se dio —fue un tremendo esfuerzo de la voluntad— un chapuzón. Era buen nadador. «¿Es que no he hecho nada bueno?», pensó, mientras se secaba con una toalla. «En fin, rescaté a tres hombres que se estaban ahogando.» (Lo gracioso de ese reconocimiento era su falsedad.)

Le estaba costando trabajo abrocharse los zapatos. «¿Debo hacer mis ejercicios?» No. Se sintió incómodo. La gente podría estar mirándolo. La proximidad de la casa de la señora Trigo le preocupaba y también la casita de Eddie más abajo, con la botella de Four Roses aún sobre el pretil.

Apareció la señora Trigo e inició una conversación tonta. «¡Qué fuerte es usted!»

«¡Sienta muy bien!», dijo él, al tiempo que se secaba con la toalla. Su exagerado pudor lo torturaba y la señora Trigo, que era viuda, parecía estar examinándolo con detalle.

«Tiene usted un aspecto tan magnífico.»

Por un momento —unos cinco minutos— se sintió radiante y con auténtico heroísmo paracélsico intentó incluso hacer gimnasia, ahora que la señora Trigo se había ido. Se inclinó a medias hasta el suelo una vez y resbaló en el agua que había rebosado de la piscina. «He hecho gimnasia, tengo un buen bíceps»; y volvió a la torre, tras pasar por delante de la fuentecilla, sintiéndose cohibido por llevar los cordones de los zapatos sueltos —¿llevaría la herramienta colgando?— e incapaz de resistir a la tentación de mirar otra vez en el buzón, no había carta, e intentando evitar la mirada del Dr. Hippolyte, que ya se dirigía a su coche al otro lado del patio.

Al abrir la puerta, la idea de que se estuvieran arruinando las vacaciones de Primrose después de todo lo que había pasado junto con él, el incendio, el agua, el aguardiente, era insoportable y desgarrador, pero ahora la idea de que iba a tener sus vacaciones, después de todo, y de que él le iba a ofrecer un hermoso viaje, era maravillosa.

La puerta de ella seguía cerrada. La botella de tequila, ¿por qué no? La cogió. Tómate la copa necesaria. Volvió a dejar la botella.

Se dio una ducha, se vistió y fue a la habitación de Primrose. Estaba pegada a la ventana. Abajo, donde los perros habían estado copulando toda la noche, delante de la tintorería, vista a través de las ventanas con forma de cheurón, de color a medias rosa, que había descrito, parecía haber mucha agitación. En su éxtasis, se había olvidado de lo que pasaba en el mundo exterior. Se acercó a ella, le puso una mano sobre el hombro.

«Mira, es una boda», dijo ella, misteriosa, sin dirigirse a él.

Así, que eso era lo que había habido durante toda la noche. «Ya veo», dijo él. «En fin, querida, no estés tan triste.»

¿Estaría ella pensando en su boda en un edificio de pisos, con un ministro unitario, ya fallecido, quien tras la ceremonia les había ofrecido un vaso de zumo de zanahoria?

Y era una boda, en efecto. Lo más a propósito era que se trataba de una boda en el lugar exacto en que él había situado un entierro en *El valle de la sombra de la muerte*... Junto a los *abarrotes* también, con la escena de «¡Usted es un hombre al que le gusta mucho el vino!» Pero, ¿qué era, en realidad, lo que esperaban todos? El coche, decorado como una cesta de Pascua, los hombres que iban y venían corriendo a La Mínima, tal vez a telefonear al novio —sí, debía de ser la casa de la novia—, los hombres con *smoking* a aquella hora (igual que el Cónsul) y pelo negro y reluciente, el hombre que venía por la calle con un pseudo*smoking*, quien, sintiéndose importante, de repente escupió. La muchacha de las flores, una niña, atisbando, tímida, desde el portal.

Había varios coches magníficos y brillantes que atascaban la calle, uno de ellos envuelto en cintas blancas de papel decorado con guirnaldas y flores blancas de papel. Toda la calle era presa de la agitación y había gente, la mayoría mujeres y niños, parada en los portales y asomada a los balcones. Tal fulgor y contraste de blanco y negro elegantes: zapatos como espejos, pantalones negros de raya tan fina como hoja de cuchillo, pelo negro y reluciente de brillantina y camisas blancas centelleantes.

Se quedaron mirando desde la ventana de la torre: el gallardo joven llevaba puesta la chaqueta del *smoking* y cada cinco minutos subía corriendo la calle para telefonear; llegaron un amigo, con *smoking*, corbata blanca y zapatos marrones y relucientes, y dos hombres mayores con traje de ceremonia; aumentó el gentío y la tensión: ¿estarían esperando a la novia? ¿Al novio? ¿Al cura? Sí, la novia con vestido blanco, largo y ancho, y muchos metros de velo salió corriendo del portal y montó en el coche; alguien le arregló el velo. Metieron en volandas a la niña que llevaba las flores —una nena de tres o cuatro años—, vestida a imitación de la novia. Al arrancar el coche de los novios, salieron por el portal cuatro damas de honor, muy elegantes y tiesas, con largos vestidos de tafetán rosa pálido adornados con guirnaldas de rosas más obscuras, velitos rosa y flores en el negro pelo y ramilletes en la mano; revoloteaban de un lado para otro, solemnes y agitadas, lanzando risitas sin cesar y arremolinando las faldas, mientras la multitud de mujeres y niños miraba y hacía comentarios encantada. Después montaron en otro coche, salió más gente de la casa y montó en otros coches y toda la procesión de coches relucientes se puso en marcha y recorrió lenta la calle traqueteando.

«Estoy haciendo café», dijo Sigbjørn. «Me voy al Miramar a por dos panes dulces y uno blanco y vuelvo en seguida; tú, mientras, prepara esos huevos de pavo. Ya está decidido. Nos vamos a Oaxaca.»

«Oh, ¿sí?» Primrose volvió a mostrarse alegre.

Cuando Sigbjørn volvió, los huevos estaban chisporroteando. ¿Debería echar un trago? No; para escapar a la tentación volvió a subir al tejado y contempló la ciudad. ¡Qué diferente se sentía de la noche anterior! A pesar de no habérsele disipado la resaca, se sentía exultante. Ahí estaba, encerrado en su libro. En un sentido, le daba sensación de poder; en otro, se sentía como un títere. ¿O cerraría Dios el libro sobre él, como si fuese un insecto? Era un día espléndido: nubes veloces, cielo azul, el palacio de Cortés y los amables pajaritos matinales. Respiró hondo y volvió a prometerse que Primrose tendría un viaje agradable.

Hasta que se encontraron sentados en el autobús, con olor a sudor y sus imágenes de la Virgen de Guadalajara y del Santo de las Causas Desesperadas y Peligrosas, y ya en marcha, no recordó de nuevo que también en su libro Oaxaca representaba —si es que debía representar algo— la muerte: *¡El valle de la sombra de la muerte!* Y el número del autobús era el siete.

El autobús Flecha Roja serpenteaba, temblaba y daba sacudidas al bajar la empinada cuesta a lo largo del palacio de Cortés, tan «carente de esperanza como un pozo de mina»: ¡calle de las Causas Desesperadas y Peligrosas! Pasó el coche de la novia, después el de la madre de la novia, que lloraba feliz, y todos alegres y contentos. Ya había acabado la boda y Primrose y

Sigbjørn se sonrieron. El metal, maleable, la sensación de que el autobús estaba vivo, era escurridizo, pero como una medusa o un dragón marino, movimiento violento y voluptuoso. Sigbjørn, con un esfuerzo tremendo, había comprado a Primrose un helado e iban comiéndolo apretujados en la parte trasera del autobús. Al cabo de un rato, las esperanzas de Sigbjørn parecieron disiparse un poco. Les sucedió la sensación de que Dios se hubiese cansado de él, como un magistrado, pensó Sigbjørn, que dice al marido convicto por quinta vez de agresión y castigado a pagar una multa de quinientos dólares para que haya paz: «Espero no volver a verlo nunca más. Ya los he visto bastante a usted y a sus amigos. Estoy harto».

Pero, al cabo de un rato, cuando pasaban traqueteando y sin objetivo claro por los caminos del capítulo octavo de Sigbjørn, recuperó la esperanza, o la sensación de abrigarla: no demasiado profunda, pero sí conmovedora. No siguieron, pasado el mercado, el mismo camino que en su libro, el que pasaba por delante del mercado; la Avenida Guerrero, bloqueada por tenderetes, aledaños del mercado, estaba cerrada al tráfico, pero se dirigían a la misma carretera que los conduciría a Chapultepec, en su libro Tomalín, y que también llevaba a Parián, la muerte. Desde luego, había ciudades reales llamadas Tomalín o, por lo menos, Tomallín, y también Parián, el último lugar donde había visto a Fernando, quien le decía adiós en el andén de la estación con una botella de mezcal, después de su aventura en Nochitlán, pero aquéllas estaban en Oaxaca, mientras que en el libro figuraban en un Estado mítico llamado Parián, que, en realidad, era el de Morelos (Morelos y Oaxaca, para ser más exactos), y, por una ruta que en otro tiempo había estado impracticable, se dirigían a la propia ciudad de Oaxaca. Sin duda, era imposible comunicar a la mayoría de la gente, incluso a Primrose, la importancia que cada uno de aquellos lugares había tenido para él durante mucho tiempo como símbolo de alguna cámara o nicho del espíritu humano, pues semejantes pensamientos tal vez estuvieran emparentados con los que preocupaban a los muertos más que a los vivos.

En la cuesta que ahora iban subiendo no parecía haber sitio para que se cruzaran dos autobuses, pero serpenteando y desviándose lo conseguían de continuo: parecía cosa de suerte, era como si el paciente hierro se encogiese a ambos lados; pero aquellos chóferes mexicanos eran portentosos.

Sigbjørn y Primrose sentían la agradable sensación de estar en marcha, no tan incómodos como podían haber pensado, con la maleta en la redecilla encima de sus cabezas y la ventana abierta. Fueron primero hacia Chapultepec, hacia Yautepec. El Popo y el Ixta aparecían y desaparecían, cada vez más cerca. La cuesta final, al abandonar el valle e internarse en el desfiladero, y después cuesta abajo hasta Yautepec. Sigbjørn recordó aquella jornada de la víspera de Año Nuevo. El pueblecito no descubierto por los turistas. El precioso quiosco de música, en la placita, con la fuente debajo, los fresnos, las enormes mariposas blancas flotando como flores del viento, el centelleante riachuelo y la vista del Popo como un sueño. ¡Ah, en Yautepec era donde habrían podido vivir y amarse eternamente, tan felices el uno para el otro!

El autobús iba ahora abriéndose paso entre el polvo de campos tediosos y tórridos, cruzados una y otra vez por una estúpida línea de ferrocarril que, sin embargo, a veces les indicaba los nombres de los pueblos: Oacalco, Tenango, Calderón, Cuatlixo, Isabel Jáuregui, pero los nombres eran lo único bonito, pues todos los pueblos eran iguales, el terreno era llano y polvoriento, y Sigbjørn apretó la mano a su esposa. ¿Qué? ¿Te gusta? Lo estamos pasando bien, ¿eh?

Llegaron a la tórrida llanura de Cuautla. En el árido parque había un hombre jugando con un niño en la hierba y una mujer con sombrero de fieltro y una copa de helado de limón en la mano. ¿Dónde estarían los autobuses para Oaxaca? No había modo de saber en qué dirección iban. Comieron, bebieron cerveza e, inquietos por llegar a tiempo, montaron en el autobús que no era y estuvieron a punto de dirigirse hacia Ciudad de México: por fin, a pesar del caos, salieron hacia Matamoros. Cuando se metieron por las carreteras hacia los páramos de México, caía la tarde. Sigbjørn temía todo aquello, lo detestaba todo con una parte de su ser, pero con otra parte lo estaba pasando bien. Desde luego, había gente en el autobús, pero no advirtió su presencia: iban sentados como cuadernos de notas provisionales e ilegibles. Frases y párrafos pasaban traqueteando y el octeto no escrito del centelleante cielo azul obscuro.

Tal vez fuera Fernando el último amigo que le quedaba con vida o vivo en algún lugar de aquellas llanuras de cactus, aquellas colinas, en aquel infierno o cielo, el que lo había llamado «el creador de tragedias». «¿Ya estás creando más tragedias? La enfermedad no afecta sólo al cuerpo.» Tal vez fuese Fernando la única persona que pudiera ayudarlo. Sigbjørn recordó el proyectado viaje a Tehuantepec: «Cuando hayas encontrado a la chica adecuada, ¿comprendes? Si no te has matado con la bebida, dejaré mi empleo.» Recuerdos terribles: su primer poema allí, *el tictac de la muerte real, no el tictac del tiempo*, en el trozo de papel de cartas, los espantosos horrores, los insectos como máquinas voladoras, el ojo sin párpado de Dios, la caída en un agujero del camino y el indio que lo salvó... la lluvia, lluvia y más lluvia y el trueno que estallaba en las montañas góticas, pero aquella sensación como de trance, de conciencia, de éxtasis, y la Luna, premonición del Canadá tras la experiencia con Stanford, *que ha salido para traernos la locura justo a tiempo*, los directores de cine y los borrachos con quienes había estado en los baños sulfurosos, tocando el piano, el «jubileo» de Willard Robinson, en plena tormenta.

En Yesera, al cruzar una barranca, con ganado en el puente, con la animada multitud en el autobús, alguien estaba izando algo: un toro se había caído del puente; después Axochiapan y El Muerto, y los terroríficos cactus-órgano en el lugar oportunamente llamado Órgano; luego, más allá de aquel páramo muerto y disecado, sobre el que se ponía el Sol, un paraje verde y con agua: era Lagunillas. Describieron una larga curva hacia su izquierda y avanzaron por un valle fértil, el Popo quedaba a la izquierda, próximo e inmenso, pero inclinado en dirección contraria; los obreros regresaban, con el sombrero calado hasta los ojos para protegerse del sol, montados por parejas en mulas, a lo largo de las vías del tren, mulas cargadas de caña de azúcar, al acercarse a Ahuehuetzingo... y, ¡ah!, la belleza de aquellos *ahuehuetes*, el verde.

Sigbjørn veía por la ventanilla deslizarse la prosa perdida; peor aún que la pena que se disipa del todo es la belleza que el poeta ya no desea expresar. Sigbjørn intentó adoptar la expresión de quien busca algo con afán, concentración. En realidad, «veía» poco, o nada, observaba poco o superficialmente o nada y nada en absoluto buscaba, a no ser, en algún sitio, cualquier sitio, una excusa para beber hasta matarse: ¿o sería aquella conciencia que se había manifestado en El Farolito? Si no hubiera sido escritor, o no hubiese aceptado la mentira o la ilusión durante tanto tiempo, que había llegado a creerla, habría observado más, pero, como aún se consideraba tal, «observar» formaba parte de su trabajo y las emociones que se cernían en torno a esa perspectiva eran, a su vez, demasiado repugnantes para expresarlas con palabras. Era algo así como el anverso de él, pensó, tal vez el error que había arruinado sus amistades hubiera sido haberlo concebido como prosa, no como poesía. Tan pronto como había hecho un amigo interesante, se ponía a imaginarlo como personaje de un libro, pero Sigbjørn se había educado como, por decirlo así —quizá lo fuera en cierto sentido—, un caballero inglés. Tal vez usar a ese amigo para sus propios fines, poner por escrito sus debilidades, anotar (mentalmente incluso) su mal gusto, enterarse lo bastante de su trabajo como para identificarse con él, fuera contrario a un instinto suyo de integridad inherente.

En consecuencia, como se resistía, a fin de cuentas, a averiguar la menor cosa sobre ese amigo, nunca llegaba a conocerlo, se le difuminaba en una abstracción y lo perdía, pero tal vez fuera más exacto decir que, en cuanto la observación del amigo se convertía en trabajo —y así era aun antes del incendio—, dejaba de sentir interés por él: hacer el esfuerzo sólo por amistad era superior a sus fuerzas (si bien quizás por esa sensación inconsciente de que, de todos modos, sería escritor esencialmente) y también en ese sentido Sigbjørn Wilderness, quien con frecuencia se consideraba menos un hombre que una especie de demonio, era casi inhumano, pero, entonces, ¿cómo ser bueno, ingenioso, aventurero incluso, siendo inhumano? También por razones más o menos similares, probablemente Sigbjørn no había acertado a dar una descripción adecuada de Juan Fernando Martínez.

El Sol se estaba ocultando y había la belleza sobrenatural de la caña de azúcar, alta y ligera como pluma y recortada sobre el verde ocaso. El autobús se sumergió en él, en el verde ocaso bordeado de caña de azúcar oscilante, al salir de la carretera asfaltada para adentrarse en el polvo, la obscuridad y las tinieblas. El camino conducía a un pueblecito llamado Chietla, con una plaza cubierta de flores en el crepúsculo, que encantó a Primrose, pero Sigbjørn temía que el autobús se detuviera, pues iba a tener que hacer frente a la responsabilidad y estuvo paralizado por el pánico un cuarto de hora, durante el cual ni siquiera pudo comprar una torta a Primrose, por miedo a que quedaran abandonados allí de noche. Después el cobrador golpeó —pam, pam— en el lomo de hierro del autobús, «¡Vámonos!» y volvieron a recorrer el camino obscuro y lleno de baches, alejándose del bonito pueblo de Chietla —perdido, ¡pues nunca volverían!— y pasando otra vez junto a la caña de azúcar ligera como pluma, pero ahora era noche cerrada y después, acabado el rodeo, entraron de nuevo en la carretera asfaltada: debía de ser, pero, no, no podía ser que fueran a regresar a Atencingo. ¿Iría a ocurrir lo mismo que en Cuautla? ¿Deberían haberse apeado en Chietla? Sigbjørn fue presa de un pánico momentáneo, pero, gracias a la luz de los primeros faros con que se cruzaban, vio el letrero, no *A Matamoros*, sino *A Oaxaca*... ¡y qué extraño fue aquel momento! Pero, evidentemente, significaba que también iban a Matamoros.

Comenzó el traqueteo de nuevo, como cuando está aterrizando un avión; a la izquierda se alzaban antiguos muros, altos e interminables; el traqueteo llegó a ser absolutamente increíble, como si avanzaran sobre un volcán. Sigbjørn desvió la vista de ciertos hoteles posibles antes de llegar a la plaza, sencillamente porque la responsabilidad quedaba, al fin y al cabo, aplazada hasta que se detuvieran, y, aunque esto último le daba pánico, más pánico aún le daba tener que actuar de acuerdo con una decisión adoptada entonces sobre lo que podría resultar adecuado después, pues no podía aceptar ese «después»: al fin y al cabo, podía no haber un después... el autobús, ¡qué felicidad!, podría no detenerse nunca. El autobús guió como a un rebaño por las estrechas calles antiguas a mujeres indignadas, pero decididas a no dejar paso, y, por fin, llegaron a una plaza circular y obscura, en torno a la cual parecieron girar varias veces antes de apearse por fin, entumecidos, cansados, pero «felices».

Ahora bien, Sigbjørn estaba nervioso, tanto más cuanto que, pese a lo mucho que lo deseaba, no podía siquiera proponer que tomaran una copa. Era un pueblo obscuro, la verdad, el más obscuro que había conocido en su vida, sin la menor iluminación en las calles, y sólo algunas luces en la plaza y alguna que otra, mortecina, de una *cantina*. Se pusieron a buscar el Hotel Iturbide, que Sigbjørn, previsor, había visto recomendado en un folleto.

«¡Qué listo eres!»

«Tan listo, que ni siquiera sé en qué Estado nos encontramos.»

«¿Qué Estado decía el folleto?»

«Espera un momento. No podemos estar aún en Morelos... y estoy seguro de que no estamos en Oaxaca... ¿Hay un Estado de Tampico?»

«No sé. ¿Por qué?»

«Decía *Matamoros, Tamps.* Debería saberlo, pero no sé qué significa Tamps.»

«Pues seguro que Tampico.»

«Desde luego, podría significar Tamaulipas. En ese caso estamos a miles de kilómetros de nuestro destino.»

«Claro, la curruca de Tamaulipas.»

El Hotel Iturbide estaba, en efecto, en Matamoros (Tamaulipas) y eso demostraba en cierto sentido lo perdidos que estaban.

«Me da un poco de tristeza que tal vez no vayamos nunca a Tamaulipas», dijo Primrose.

El Hotel Reforma, el único que había en el pueblo, era un edificio alargado de color azul cielo con un largo corredor de piedra y a cielo abierto entre las habitaciones, por el que pasaba un arroyo; en un extremo el excusado, con puertas de rejilla —por lo que todo el mundo podía verte—, no tenía cerradura; era evidente que en tiempos había sido, como el antiguo convento de Santa Mónica en Puebla, un burdel. Al menos y por fortuna, se mantenía la tradición: tres pesos y nada de preguntas. Tras haber conseguido una llave y haber pagado los tres pesos, salieron a visitar Matamoros. Dieron, aturdidos, varios paseos en torno a la obscura plaza. Ahora Sigbjørn tenía miedo hasta de entrar en una *cantina*, de tan obscuro que estaba todo, y Primrose, por su parte, tenía sed y quería tomar un trago.

«¿Quieres decir que es mayor el miedo que tienes de entrar a preguntar si puedo acompañarte que el deseo de beber?»

«Sí.»

Primero se sentaron en la plaza y bebieron, tristes, dos limonadas calientes, pero al final Sigbjørn se armó de valor y entró en la *cantina* de enfrente.

Era la noche, una noche tranquila, con el silencio y la quietud de Matamoros entre muros obscuros. De vez en cuando Sigbjørn se despertaba recordando el delirio de las noches de Cuernavaca, pero no se oía un ruido, sólo la deliciosa quietud de la antigua ciudad amurallada hasta que, al amanecer, cantó el gallo y, cuando cantó, lo hizo tres veces.

En Matamoros y con la obscuridad, Sigbjørn volvió a recordar a Juan Fernando. De vez en cuando se ve en los Estados Unidos o en el Canadá a alguien así conduciendo a toda velocidad un coche, por lo general obscuro y reluciente, alguien de pelo extraordinariamente obscuro y brillante y, la mayoría de las veces, acompañado de dos mujeres hermosas; hay algo en la facilidad con que va conduciendo el coche, en el abandono y alegría de los tres, mientras el coche desaparece tras una esquina para siempre, la risa llevada por el viento que insinúa el encanto que encontrarán en cosas familiares y corrientes para ti, eso y algo en la extraordinaria destreza para conducir el coche indica que sobre el número de la matrícula figura la palabra "México": Fernando había entrado en la vida de Sigbjørn tan rápido como ese coche y casi igual de rápido había desaparecido, pero él nunca lo había olvidado.

Aquella noche la resaca aún no se le había manifestado a Sigbjørn; aún estaba ligeramente bebido, pero sin sueño. No obstante, tenía cierta sensación de paz. Pensó en las resacas. Hay resacas frías, como si el alma hubiera descendido al infierno maya, para contemplar en él su pérdida, sus mentiras, sus pecados, el desperdicio, la separación del amor, de su salvación y su mofa final de la vida. Frías como un ermitaño que permanece sentado en una cueva helada en la que cuelgan estalactitas de remordimiento, aterrado ante la posibilidad de que entre alguien: ah, desead al pobre diablo un poco de *whiskey*, pues ése es su único calor. Es un frío como el que conoce el toxicómano: triste como la visión por Poe de la casa de Usher. Roderick Usher se levantó a las seis y descubrió su casa en un estado terrible. Mejor dicho: la casa de Usher era una resaca. Poe no quería decir que la escena, su sensación, fuera como la atroz caída del velo tras una prolongada parranda. No, la casa de Usher era su estado de ánimo en una resaca así, los lagos y las brumas eran sus espantosos pensamientos y la caída de aquélla era la caída de su alma, al tiempo que Roderick Usher no era otro, claro está, que Poe en persona. El propio Poe debió de conocer también esa espantosa superposición de la realidad. ¿A qué otra cosa podía referirse con los cuadros de Roderick Usher que cada vez se parecían más a la vida?

Allí en la cama, no sentía nada de lo extraño de México: el miedo que supera el entendimiento, el miedo que se apodera de ti como una parálisis. Había silencio y en él se sentía seguro. Era un silencio como el de la propia y obscura tumba. Pensó en su mujer, que dormía tan silenciosa a su lado, y la abrazó con cariño. ¡Qué felices habían sido! ¡Qué felices podían ser aún! Mi amor y mi Cielo, ¿eres tú? ¿Por qué? ¿Quién?... ¡Qué admirable y generosa era ella en sus reacciones ante la vida! Ah, qué bien lo habían pasado antes del incendio. Después las riñas, cuando él estaba derrumbándose y había estado a punto, quizá, de volverla loca de verdad. «¿Por qué no te separas de él?» «Porque lo amo.» Por culpa del incendio, era demasiado tarde para tener hijos, pero eso importaba poco: si alguien en el mundo representaba la abstracción «vida», era Primrose Wilderness. Para él, ella era el principio espiritual de la vida, pero aliado a la tierra, que en tiempos fue también uno de los elementos. Y era también, por decirlo así, la capacidad de percibir la vida, esa capacidad de captar lo que la vida seguía siendo para él. Era una persona cuya percepción creadora era, sencillamente, la de la vida creativa, de una forma de vida creativa: no una escritora, sino una persona que ama la vida, que expresa su vida creativa al vivir la vida. Ése era el contraste: que ella la observaba mucho mejor. Así, la «vida» se ve atraída hacia la persona que puede adoptar su informe y vasto principio creativo y darle forma y carácter. ¡Cómo respondía cuando él estaba contento! ¡Cómo vivía la poesía! ¿Cómo había podido soportar las espantosas melancolías de él, su prolongado alejamiento de cualquier tipo de orden u organización que pueda alegrar la vida matrimonial o incluso la vida misma? ¿Por qué no era él una persona más soportable?

Por fin, partieron el día siguiente a las tres y media de la tarde, sentados en el asiento trasero, como de costumbre, junto a un abogado con su cartera, el cura y posiblemente su hermano enfrente y con una tremenda sensación de aventura. Cruzaron de nuevo el río, vieron los antiguos muros, soportaron el terrible traqueteo y desanduvieron el camino hasta volver a ver el letrero *A Oaxaca* con el mismo terror y emoción que si hubieran visto *A la muerte… A morir…* Después en marcha, una carretera asfaltada y cuesta arriba, arriba y arriba por un cruel campo de cactus; en determinado momento, cuando estaban muy arriba, al parecer todos los viajeros del autobús vieron algo horrible, o espantoso; todos se lanzaron hacia un lado del autobús señalando y jadeando de emoción; el cura (vestido de paisano), con su sucio traje negro, se despertó y se santiguó, pero Sigbjørn no sabía qué era, y Primrose no podía ver, y la innata delicadeza que en tiempos había sido característica de él como artista le impedía ahora preguntar.

Lo que en el mapa había parecido una carretera corta era en realidad una enorme distancia por recorrer. ¿No era acaso demasiado simbólico también aquello?... ¿De lo sencillo que parecía nuestro viaje y, sin embargo, tan largo, tan peligroso?... ¿O sería mejor decir de lo insignificante que, en nuestra ceguera, en nuestras torpes e inconscientes vidas, parecía nuestro viaje, siendo tan grande en realidad? Y avanzaban veloces, seguros, potentes. Subían a las tierras altas. El maíz hacinado en cactus-órgano tan grandes como una casa. Ahora sí que no había duda, se dirigían hacia Oaxaca. Cactus, cactus y más cactus. Nada está más muerto que un cactus-órgano muerto. El terreno se iba volviendo colorado. Primrose dijo: «Mira la gama de colores de la tierra: de rojo ladrillo pálido a bermellón puro. Todo es de ese precioso color que sólo he visto en los ladrillos antiguos y ahora ya se ha perdido el arte de fabricarlos.» En aquel país de tierra colorada, las casas y hasta las iglesias están hechas de la tierra misma, tienen su color, por lo que todos los pueblos, pobres y polvorientos, brillaban encendidos como el amanecer y el propio adobe tenía ese mismo color cálido y rojizo y el color del amanecer y, si se quiere, de la esperanza misma.

Sin embargo, a pesar de la esperanza, se acercaba el crepúsculo.

Al deslizarse cuesta abajo a más de ciento por hora y dar un rodeo hasta un pueblo que destellaba abajo, con sus iglesias debajo de las primeras estrellas, tuvieron de repente un pinchazo.

Sin embargo, siguieron traqueteando hasta una especie de mercado, hasta un pueblo tan extraño como cualquiera de los contemplados por el macabro Doughty en sus viajes por Arabia Desierta. Frías estrellas, iglesias blanquiazulinas como la idea infantil de Turquía, como Polonia: Chagall y mazapán. Frías campanas azules y el viento que soplaba en las montañas y la polvareda que recorría el azul pueblo montañoso y azotado por el viento. Un hombre se puso a orinar junto al autobús con elegancia, pero Sigbjørn no pudo imitarlo. Esa ansiedad provocó otra: ¿y si se tratase en realidad de Huehuepan de León? Temiendo que fuera el final del trayecto, Sigbjørn dijo al cura:

«Por favor, señor, ¿es esta *puebla* Huehuepan?»

«Sí, es Huehuepan.»

«¿Es Huehuepan? ¿Dónde, por favor, está un hotel?»

«Hotel. No hotel aquí.»

«Pero nuestra terminal es Huehuepan y es necesario para mi esposa y yo encontrar un hotel.»

«Huehuepan, sí.»

«Pero usted ha dicho que aquí es Huehuepan.»

«Oh, no, no es Huehuepan, aquí, es Acatlán.»

Era Petlalcingo. Una hora a Huehuepan y volvieron a ponerse en marcha.

Las tinieblas y extrañas luces se movían en las colinas; detrás del autobús destellaban luces en los campos. Destellos errantes, como de faros, causados por la luz tras ventanas con celosía. A veces aquellas luces parecían hacer señales como a un avión. Se debía al movimiento del autobús, pero la llanura de cactus, vista desde el obscuro, veloz y potente autobús con sus modositos pasajeros, inspiraba extrañas ilusiones. Una choza con techo de paja pareció por un momento a sus ojos cansados una casa de su país. En algunas curvas, hileras de piedras blancas escapaban de una visión del regreso a un lugar en tiempos llamado hogar, tan despacio, que la ilusión parecía apoderarse de él y volverse realidad. Le parecía a Sigbjørn que los cactus habían quedado atrás, substituidos por árboles parecidos a palmeras pequeñas, pero ahora era de noche. Unos hombres con extraños sombreros inacabados, como verdes coronas de espinas sobre sus cabezas sólo visibles a la luz del autobús, lo detuvieron riendo. El cobrador estaba nervioso y decía: «¡Vámonos! ¡Vámonos!», pero el conductor se detuvo y subieron, riendo, todos un poco piripis. Sigbjørn se preguntó si no habrían entrado ya en Oaxaca. Sin saber por qué, tenía esa sensación, esa sutil sensación de cambio, casi imperceptible, como tal vez cuando muramos no sepamos que estamos muriendo, sea el mismo tipo de obscuridad y no sepamos que estamos pasando al otro lado.

Después Huehuepan y, sí, vio que era Huehuepan (Oaxaca). La ciudad más obscura que Sigbjørn había visto en su vida: más obscura que Matamoros. Curiosamente, el autobús fue derecho hasta un hotel llamado El Jardín, sobre cuya puerta el autobús lanzaba justo la suficiente luz para que viese la palabra Parián, por primera vez de nuevo —y qué extraña sensación le produjo— en un letrero:

Camiones a Parián, Nochitlán,
Matamoros, Oaxaca y Anexas

Aquella ciudad mixteca era tan obscura, tan absoluta y totalmente obscura y siniestra, que resultaba casi increíble. De noche, a las diez, como en la Edad Media, se cerraban las grandes puertas del Hotel El Jardín, se echaba el cerrojo y se apoyaba un gran madero contra la gigantesca puerta, pero, por grandes que fueran los maderos, no impedirían la entrada al pasado.

10

Salieron para Oaxaca a las once y cuarto de la mañana siguiente. Al principio, todo era desierto, demasiada altura para que hubiese árboles siquiera, sólo unos cuantos robles achaparrados, cactus, mezquite y artemisa. Iban sentados atrás, como de costumbre, aquella vez en un autobús de primera clase, que seguía subiendo y girando, venga subir y subir y girar y girar; pasado Huehuepan, el conductor, cansado —había conducido desde Puebla aquella mañana—, apartó, como un dios, las manos del volante por completo y el cobrador fue manejándolo a su derecha; Sigbjørn tenía la sensación de que el autobús se conducía solo: sube que te sube, por la cruel intensidad del paisaje, pero de repente vieron un valle verde, un río centelleante y después una cascada. Más adelante el paisaje parecía aún más cruel; era como si el autobús estuviese entrando en una gigantesca porción de bizcocho seco o en un país del color de una herrumbrada fábrica de gas: acantilados, tierra tostada, escarpadas laderas rocosas y árboles muertos; el autobús siempre en segunda o primera velocidad, muy, pero que muy, despacio, serpenteando, zumbando, luego cuesta abajo y más abajo y cuesta arriba. Ésta es la Tierra Colorada.

Sin embargo, era Oaxaca, Oaxaca, no dejaba de repetirse para sus adentros. ¡Oaxaca! Grandes cañones se abrían a la derecha, donde vastos cataclismos habían resquebrajado la tierra. Una brisa fresca entraba por la ventanilla. Pasaron por aldeas de adobe, con techos de tejas y granjas cuidadas y el ganado parecía bien alimentado. Desde luego, nunca había pasado por aquel camino, pero le pareció que había una gran mejora en la condición humana y la atribuyó al Ejidal. Fernando había intervenido en eso, pensó; por todas partes le parecía leer la obra de su amigo. ¡Qué contraste también con el terrible viaje en ferrocarril por Puebla, que había hecho con Hölscher! Los eternos campos de cactus, el lento tren, fétido y atestado, que paraba en todas las estaciones, desoladas y tórridas, el delirio, el nene al que daban friegas con tequila, el calor y la desdicha. Le parecía que todo aquello encerraba una lección, que lo había conseguido, que estaba haciendo el mismo viaje, y, sin embargo, por una ruta más elevada, era casi como si fuese volando. En realidad, era una sensación muy parecida a la que había tenido al llegar a México.

Esa sensación se intensificó, cuando empezaron de nuevo a descender ligeramente, con la tremenda impresión del espacio y cordilleras tras cordilleras, dentadas y azules, a lo largo de centenares de kilómetros en todas las direcciones. En ninguna parte del mundo, ni siquiera en el mar o en la llanura, se tenía semejante impresión de un espacio inconmensurable y celestial como aquél y su propia alma parecía libre como un pájaro en su interior y a Fernando era a quien iba dando las gracias para sus adentros por todas aquellas maravillas; era como si Fernando supiese que estaban llegando y hubiera enviado parte de sí a darles la bienvenida y guiarlos.

Después Nochitlán (que Fernando solía pronunciar Anochitlán), donde lo invadieron los recuerdos de haber subido hasta allí a caballo en el último viaje para el Ejidal, la habitación en Nochitlán, el viaje hasta Andoa y Chindoa (nadie creería aquellas cosas, que eran innegables, conque, ¿para qué escribir sobre ellas? Nadie creería lo de Cuicitlán o lo de los tipos sentados en la torre de la iglesia de Andoa y Chindoa y que les dispararon, porque temían una invasión de bucaneros; nadie creería que habían establecido la paz entre aquellos dos pueblos belicosos y hasta una cortesía isabelina). «El pobre cerdo, pobre amigo mío», y estaban sentados en el teatro: «¿Ya estás creando más tragedias?» Durmiendo en el camposanto de Andoa, las colinas purpúreas y tristes de la muerte y su vida perdida, pero, «iremos a caballo hasta allí arriba».

Fernando. Sólo tenía veinticuatro años cuando lo conoció (recordó Sigbjørn sobresaltado) y medía un metro noventa y cinco —con lo que contradecía a la etnología, pues los zapotecas están considerados bajos, más bajos que los mixtecas— y por las facciones parecía más bien italiano. Se consideraba zapoteca, pero tenía también sangre española e inglesa. Había recibido una buena instrucción, pero sus preferencias se inclinaban por dormir bajo las estrellas y comer tortillas y frijoles. El empleo, al que Fernando se entregaba con pasión, constituía un extraño vínculo con el pasado. Era en el Banco Ejidal, cuya función histórica se basaba en un antiguo sistema azteca, un banco que difería de cualquier otro en que, en lugar de que tú fueras hasta él, venía hasta ti —en caso de que fueses una aldea oaxaqueña—, por lo general a caballo en aquel tiempo y atravesando terreno de montaña muy peligroso. Fernando tenía el don de las lenguas y lo necesitaba, pues su función era la de jinete, a menudo combinada con la de médico, y en Oaxaca hay catorce idiomas diferentes; él los hablaba todos, incluidos el chinanteco, el popoloco, el zoque y el melancólico y majestuoso español antiguo de los conquistadores. Además, hablaba italiano y francés con fluidez y había llegado a dominar el inglés, si bien tenía la obsesionante costumbre de alterar el orden de los elementos de la oración («Me gusta con ellos trabajar»).

En cierta ocasión, Sigbjørn había acompañado a Fernando en uno de sus viajes más arriesgados. En camino habían perdido un caballo y, en lugar de esperar a conseguir otro, Fernando había insistido en que Sigbjørn usara el suyo, mientras él iba corriendo. Era sólo cosa de veinte kilómetros, la mayoría cuesta arriba. Además, cada vez que Sigbjørn se disponía a desmontar, Fernando arreaba el caballo, que después de un descanso se estaba divirtiendo con todo aquello, para que se lanzara a medio galope de nuevo, y, cuando Sigbjørn le preguntaba si no se cansaba, Fernando se echaba a reír y tenía pulmones para hacerlo a carcajadas. Le gustaba, según decía, con su caballo correr...

Desde Nochitlán, aunque se encontraba en las estribaciones por encima del valle de Etla, aún había que subir más y Parián quedaba en algún punto a la derecha; *A Parián*, decía, melancólico, un letrero y, al subir por allí, la vista que quedaba atrás era absolutamente increíble: infinito tras infinito, montañas tras montañas y más montañas, la vista alcanzaba hasta tanta distancia, que tal vez Popocatepetl, o algo parecido, estuviera visible a miles de kilómetros detrás de aquel sueño infantil del cielo y valles ondulados, el sueño del marino dormido en la popa entre el vasto violeta del océano Índico, más intenso al mediodía... (o como la tentación que el demonio propuso a nuestro Señor). La vista afligió a Sigbjørn con una sed terrible por primera vez desde hacía horas: quería engullirlo todo, beberse aquellas montañas y prados...

Ahora iban serpenteando siempre cuesta abajo hacia Oaxaca. Rostros obscuros apoyados en palas los miraban. Un coche casi chocó con ellos al rodear un risco y de nuevo, ¡las montañas! ¡Las montañas! Era como ver más allá de los más lejanos abismos del sentido, un tremendo *crescendo*, ondulante, verde y pasmoso de todos los vastos mares y praderas mentales, inagotable, inconmensurable como el alma humana y que, sin embargo, parecía extenderse más allá de sus más remotos confines. Venga bajar y bajar y, con el ocaso, apareció el valle de Etla y el recuerdo de haber escarbado la tierra. «Ésta es la hora en la que todos los hombres se ponen a cantar y todos los perros en jauría.» Etla y el recuerdo de la cabeza fosilizada —otra vez, ¡qué símbolo del pasado era aquella cabeza!— que transportaban a la puesta del Sol la noche del domingo en que habían hecho esgrima por la mañana en el Banco Ejidal y habían pasado toda la tarde bebiendo en El Farolito.

Y ahora, a última hora de la tarde, iban bajando por el valle mismo, venga bajar y bajar, poco a poco, por la última depresión camino de Oaxaca.

Viajaban con el crepúsculo por el valle de Etla con las montañas a ambos lados, si bien más chatas a la derecha, las montañas con sus grandes hendiduras en sombra como enormes dioses con las manos en las rodillas.

En el último confín de aquella tierra vespertina, exuberante y verde, se veía una remotísima sombra de Oaxaca, como si fuera la ciudad celestial en la ilustración de una edición de *Pilgrim's Progress* para niños.

¿Por qué lo atraía así? Aparte de Fernando, ¿por qué? No eran los recuerdos felices de Oaxaca que había tenido con su primera esposa —primera esposa: eso tampoco era exacto; según Swedenborg al menos, no se había casado de verdad— lo que deseaba revivir; era el dolor del remordimiento, era el recuerdo de aquella antigua conciencia de la fatalidad lo que deseaba revivir, el estímulo del antiguo vino de la desesperación completa, cuyo interno arrebol buscaba, y los recuerdos de El Farolito.

¿Acaso deseaba regresar allí como para recrearse con la superación de aquellas cosas, como si mirara desde las montañas el valle, el ferrocarril de vía estrecha —ahora, como si el pasado se hubiese reunido con él, corría paralelo a la carretera de Oaxaca— que lo había trasladado en sus viajes primero y segundo y en el desastroso tercero y último, a Oaxaca, con sensación de orgullo, pensando que todo aquello había quedado transcendido? ¡Cuánto mejor soy ahora! No... pues, si así fuera, nunca se habría dejado atrapar en la tentación de nuevo. ¿De verdad lo había transcendido? ¿Es que acudía allí con Primrose, orgulloso de su hazaña y desafiante, para arrojar el guante al rostro del destino y decir (y, además, con tópicos): mirad, lo he conseguido, he transformado, sin ayuda de nadie, en vida mi muerte en vida; más aún: voy a sacar provecho a esa muerte en vida; he vuelto para demostraros que hasta la última hora, hasta el último minuto de mi borrachera, de mi continua muerte, valió la pena: no queda escoria ni siquiera de la peor de aquellas horas, no hay una gota de mezcal que no haya yo convertido en oro puro, ni una copa a la que no le haya sacado provecho.

¡Ojalá estuviese diciendo eso! Pero lo único que podía hacer era rezar para ser bueno de verdad y tener valor para decirlo, por el bien de Primrose.

Sus recuerdos versaban todos sobre desastres, incluso en aquel preciso momento, en que eran tan nostálgicos como los de un amante. Con qué absoluta desesperación, tras la actuación de los bailarines disfrazados de diablos en Etla (los demonios bailando en el barro de Etla, las montañas, la voz de Coco: «¡No tengas cuidado!»), había visto aquellas montañas volverse, como ahora incluso, purpúreas: una desesperación tal, que necesitaría otra lengua para describirla, la desesperación por su vida fracasada, arruinada, su amor perdido, su obra imposible, y por estar contemplando semejante belleza por última vez, una desesperación y sensación de perdición que intensificaba hasta la locura el remordimiento y la convicción de lo mucho que habría significado aquella belleza, si tan sólo la hubiera compartido con aquella a la que amaba y a la que había dejado marchar, testarudo, aquel día en el Hotel Cornada.

Entonces recordó algo curioso: los *huaraches*, comprados en el Canadá, que iban envueltos en un periódico de Oaxaca, le proporcionaron la información precisa que necesitaba para *El valle de la sombra de la muerte,* como si la propia Oaxaca se la hubiera enviado, envolviendo el precioso y pío símbolo de las sandalias en las palabras mismas que necesitaba. Sigbjørn no había atravesado aquellas montañas antes, apenas había visto la belleza de Oaxaca: ahora aquel hermoso viaje penetraba en el pasado inmediato; si tan sólo pudiera, comenzando de nuevo, construir una vida de semejantes recuerdos espléndidos para Primrose y él, pero ahora estaban en el valle y el pasado —simbolizado por el humilde trenecito que cruzaba, lento y jadeante, la terrible llanura de cactus con sus recuerdos del calor, la angustia y la borrachera— corría paralelo a la carretera, por lo que se sintió colmado por aquellos recuerdos del pasado; el pasado marchaba a la par con él, no podía dejarlo atrás ni un momento, iba a seguirlo durante todo el camino, de hecho, hasta la propia ciudad de Oaxaca... *¿Es Oaxaca aquello que se ve a lo lejos?*

A lo lejos se veía la estatua de Benito Juárez con la lámpara y la mano extendida, muy, muy, lejos, sobre una eminencia, a la izquierda: Sigbjørn la señaló. Estaban emocionados; al fin y al cabo, ¡era una aventura!

A la derecha pasaron como un acueducto que conducía a un pueblecito medio escondido por los álamos o sauces, con la iglesia allí oculta, como si fuese Tewkesbury. Y hasta allí, en cierta ocasión, una tarde, entre aquellos álamos, en la hierba, se había llevado la voluminosa antología de Keats y Shelley y se había sumergido en la furia de los sonidos de las palabras que había fingido a medias estar leyendo, como si, con la botella de mezcal al lado, estuviera aparentando comenzar una nueva vida —¡Dios mío, qué ironía!— aquel mismo día, aquella tarde, por decirlo así, mientras lo envolvía la indecible melancolía de los árboles, las nubes y los prados, una melancolía diez veces mayor, porque allí, en aquel remoto lugar de civilizaciones muertas con el que no tenía la menor relación, pero que, aun así, tenía el poder de evocar a su alrededor —a él, tan desposeído— los herbosos prados cubiertos de botones de oro, ranúnculos y sauces de Cambridge, estaba obedeciendo casi inconscientemente a una costumbre de su infancia, una antigua afición, ya perdida, de su adolescencia: salir al campo a leer. Y había también otras razones para sentirse atraído por Shelley.

Fue aquel mismo instinto de estudiante (del que no se había librado el propio Lawrence, desdeñoso, que buscaba sus despreciables naranjas —¡sí, naranjas!—) el que lo condujo aquel domingo por la mañana al banco para reunirse con Fernando, el domingoen el que habían «escarbado la tierra» en Etla y habían descubierto la cabeza petrificada, después de haber estado bebiendo en El Farolito y haber ido a dar una vuelta en un dos plazas. ¡Qué extraordinario! Dieron una vuelta y precisamente en un dos plazas. Con qué desprecio lo habían vuelto a dejar en El Farolito los amigos de Fernando de regreso a casa...! A no ser que fuera fruto de su imaginación, habían tenido la crueldad —le había parecido— de intentar incluso atropellarlo... Había tan poca generosidad en muchos mexicanos: a pesar de ser unos borrachos gonorreicos ellos mismos, su innato y furioso complejo de inferioridad los volvía desdeñosos con cualquier *gringo* que fuera igual: ¿sería también porque intrínsecamente codiciaban nuestra espantosa civilización, porque éramos su superyó y, en consecuencia, les afligía verlo comportarse mal?

Al amanecer el viento del Este se levanta con el Sol
Llevándose el humo azul río abajo
Y se hunde al cambiar la marea a mediodía
En nuestro sueño...

Y por allí debía de estar también la barbería donde tantas veces había ido a afeitarse y donde tantas veces las sesiones de afeitado habían degenerado en juergas a base de aguardiente tanto en la barbería como en el bar de enfrente. Un hombre noble, lo llamaban... qué mentiras había contado. Un héroe de la Guerra de España. Sólo Dios sabe lo que había dicho. ¿Serían aquellas mentiras las que ahora expiaba? Y la policía siempre tras él. Y el barbero le había hecho cambiar su cinturón de cuero de primera por el suyo, de calidad inferior...

Ése era, pues, su pasado; a algunos debía de parecerles tan triste y desesperado como una pobre ciudad desolada, pero para él era un venero de emociones perversas.

Pero Sigbjørn, mirando impaciente a un lado y a otro, como si hubiera sido el escenario de una apasionada y alegre historia amorosa, o de alguna gran transacción que hubiese cambiado su vida de una vez por todas para dirigirla hacia el éxito, no conseguía encontrar la barbería.

La verdad era que Oaxaca —a pesar de que en las ocasiones anteriores había llegado por la antigua carretera paralela (si bien ahora había dejado de verla); tal vez en aquel punto se hubieran juntado las dos una vez más, con lo que ahora pasado, presente y futuro eran uno solo— parecía muy diferente, a medida que se acercaban a ella: los rojos muros desnudos erigidos contra los cataclismos, la estación a la derecha con la *cantina* enfrente y las misteriosas y extrañas profundidades de las *cantinas* oaxaqueñas, donde había comprado, por cinco pesos, el maravilloso machete, donde había bebido, aquel día en que habían regresado de Parián y le habían robado la ropa, vestido con la de Fernando Martínez, con miedo de volver a La Luna (de repente, Sigbjørn recordó que tenía un ciego propio, el hombre de gafas obscuras a la puerta del Hotel La Luna que todas las mañanas marchaba a su paso, pero en la acera de enfrente; no parecía haber movimiento a la puerta del hotel hasta que él salía; entonces todo se ponía en marcha, gente que lo seguía a ambos lados de la calle, como si su salida matinal al sol fuera esperada por un director de orquesta invisible que entonces pusiera en movimiento a las multitudes). Ah, sí, sí, sí: aquellos muros rojos, las impasibles fachadas de aquellas casas —aquella en que Fernando y su amada habían intercambiado mensajes: «Mi cielo y mi amor»— con sus verjas de hierro, pero el más allá complejo, profundo y bello, y eso era aplicable incluso a algunas de las *pulquerías* más humildes.

Traqueteando, traqueteando al atardecer por las interminables calles: sólo él sabía lo largas que eran; las plazas eran diferentes, parecía haber más y tenía la curiosa sensación de que ya no era Oaxaca. Entonces Sigbjørn sintió la angustia habitual que le inspiraban los hoteles. *Hotel Monte Albán, donde el turista vive en un ambiente legendario* —el recuerdo de haber recogido allí al americano que los había llevado a Etla—, pero era demasiado caro y ahora, Dios del Cielo, ¿qué estaban haciendo?

Estaban parando delante del propio Hotel La Luna. Sí, no había duda, el Hotel La Luna, de tercera categoría —donde en tiempos Lawrence había escrito su famosa carta a Middleton Murry, y el propio Sigbjørn había muerto, ¿y no eran aquellas sensaciones, tal vez literalmente, una anticipación de lo que podían sentir los muertos?—, era ahora la terminal. El autobús se detuvo delante de la puerta y se apearon. El despacho de billetes de autobús estaba ahora en el vestíbulo donde solía dormir el viejo por la noche y Sigbjørn pasaba por encima de él cuando iba hacia El Farolito, pero los recibió el propio viejo, descalzo, y Sigbjørn confió en que no lo reconocieran. Como llevados por una fuerza mayor, estaban entrando.

«Nosotros no somos americanos ricos...»

Antonio Cerillo no parecía seguir allí; el director, en caso de que lo fuera, de aspecto bastante afeminado, quería cobrarles veinte pesos, lo que les pareció demasiado caro.

«Soy un amigo de Antonio Cerillo.»

«Hace cinco años que vendió el local.»

«¿Y su sobrino?»

«Aún sigue en la ciudad.»

Sigbjørn llevaba aún la bolsa que había comprado a Cerillo —o a su hermana— por cinco pesos, el día de su marcha hacia el Hotel Cornada.

«Tenemos una habitación, pero es muy mala. Normalmente, no la enseñamos a los turistas.»

Ya lo creo que es mala, pensó Sigbjørn.

Pero los condujeron arriba y Sigbjørn sabía lo que iba a ocurrir. Les enseñaron su antigua habitación. Era la número 40. ¿Dónde estaría Mr. Waterhouse, que trabajaba en minas de plata y se pasaba la vida escribiendo a máquina en la habitación contigua? No había habido cambios, salvo que la ventana estaba rota: no parecía haber la menor posibilidad de intimidad en ella. Entonces llegó el hombre descalzo con las bolsas. Dijo:

«Se está mejor en la azotea. Ahí pueden ver Monte Albán. Hay un papagayo en la escalera.»

El papagayo estaba en la misma escalera que conducía a la cocina, de la que llegaba el alboroto de las matanzas.

«¡Y posiblemente un *zopilote* después!», dijo Sigbjørn, recordando el buitre posado en su palangana, y el viejo se echó a reír.

«Música», dijo el viejo, inclinando la cabeza al oírla.

Había sido también allí donde Juan Fernando y él habían bebido tantas veces —como lo habían hecho por la mañana temprano el día que salvó la vida a Hölscher— y tenía otros recuerdos: cómo lo había vendado aquel día delante de la posada... «Cojo una borrachera tan terrible, que al día siguiente me caigo del caballo.»

Decidieron cambiar la habitación por otra —si quedaba alguna vacía—, pero Primrose quería agua caliente al momento: se la trajeron y se lavó en la antigua habitación de Sigbjørn: ¿significaría algo aquel proceso de purificación?

Más tarde salieron a la azotea con el viejo y contemplaron las misteriosas montañas purpúreas, por donde Fernando subía a caballo. La obscuridad estaba cubriendo, rápida, Monte Albán, sede de los reyes zapotecas.

Tras haberse cambiado a una habitación mejor, Sigbjørn y Primrose se pasearon por la ciudad antes de la cena, que servían hasta las nueve. Qué extraño fue aquel paseo por el pasado... qué diferente era la ciudad de lo que le había parecido en su delirio. Evitó el Covadonga, donde había conocido a Juan Fernando y donde, tantos años atrás, lo habían detenido. Primrose quería tomar una copa, Sigbjørn temía encontrar una *cantina*, a pesar de que también él quería echar un trago. No, la ciudad no era tan temible ni tan hermosa como él había querido presentarla: era falso; también la muerte era falsa, por eso tenía que llevar siempre una máscara, la imagen del miedo del hombre: ¿había inventado eso él, Wilderness? ¿Lo habría leído en algún sitio o lo habría dicho Primrose? Fueron al Salón Modelo: Sigbjørn iba medio muerto de miedo, entró en el bar en busca del tabernero, tuerto y encantador, y bebieron *habanero*.

Sigbjørn quiso entonces buscar Independencia 25, el Banco Ejidal, pero, entre otras cosas, parecía haber más plazas. Y eran de una fealdad asombrosa: chillonas luces eléctricas, cal blanca en los árboles. Sólo cuando abandonaban las plazas y se metían en las calles secundarias que subían cuesta arriba, se volvía a sentir el antiguo carácter siniestro.

«Debemos de haber pasado de largo Independencia.»

«No he visto ese nombre.»

«Creía que era más lejos, pero supongo que en aquella época tardaba más en llegar.»

Avenida de Matamoros, Avenida de Morelos... pero no Independencia. Y tampoco la plaza de Cervantes. Aunque los animaba una intención inexorable de encontrarlo, en la obscuridad no podían.

La persona que destruya
Este jardín será
Consignada a la
Autoridad...

¿Le gusta este jardín
Que es suyo? ¡Evite que
Sus hijos lo destruyan!

Sigbjørn estaba perplejo. Decir que estaban luchando contra un enemigo invisible era quedarse corto. Más que nada tenía la sensación de verse —como el zorro de la historia de Hudson en *The Purple Land*, debatiéndose y dando dentelladas al aire, pero cada vez más extenuado— aspirado desde lejos, por algún extraño magnetismo, hasta las fauces de una lampalagua, la serpiente que, en realidad, se parecía a la Inmigración Mexicana en que, a pesar de la extraordinaria lentitud de sus movimientos, captura a sus víctimas siguiéndolas hasta sus madrigueras.

Sí, había regresado de mucho más lejos que el Cónsul para comprobar el letrero...

Regresaron a La Luna inconscientemente por una callejuela por la que Sigbjørn solía meterse por miedo a que lo reconocieran y en La Luna ya había empezado la cena. ¿Cuántas veces había pasado por aquel comedor con los hombros echados hacia atrás para fingir no estar agonizando y había subido a su habitación «muy mala» para tomar unos cuantos mezcales antes de cenar?

Pero aquella vez entraron rápido sin subir arriba y se sentaron, mientras el viejo descalzo, ahora vestido de camarero, les brindaba una sonrisa.

La Luna era un hotel que parecía una estación de tren: patio cubierto de cristal; por la noche los ronquidos y los murmurios aumentaban y la cúpula de la estación les hacía eco. Sin embargo, en aquel momento eran más que nada los pensamientos y recuerdos los que parecían elevarse y resonar desde aquel comedor hasta el techo y producían en éste un eco susurrante, lúgubre, pero frenético, pues aquel colosal comedor, tan lleno de recuerdos odiosos, no había cambiado en lo esencial, ni siquiera el minúsculo bar al pie de la escalera donde aquella mujer pálida y desaliñada armaba tanto escándalo cuando le pedía un tequila antes de desayunar y todas las veces le hacía esperar un cuarto de hora: era mal sitio para beber, delante del comedor, muchos de cuyos ocupantes te miraban con desprecio.

En el comedor estaba sentado John Stanford.

Sigbjørn no se había sentido más asombrado, cuando, en cierta ocasión, en el mar, en medio del Pacífico, había salido a cubierta en pleno huracán y había visto una bandada de pichones de lechuza arrojados por el viento contra el velamen.

John Stanford, con la cara vuelta a medias en dirección contraria a los Wilderness, estaba sentado con tres mujeres dos mesas más allá, en la mesa grande junto a la pared en la que colgaba un enorme mapa anticuado de México. Sin embargo, Stanford no había reconocido todavía a Sigbjørn y éste sintió alivio al ver que el grupo de Stanford estaba acabando la cena, esperando, de hecho, el postre.

Parecía haber cambiado poco: tal vez un poco más corpulento, un poco más calvo, aunque siempre había tenido algunas entradas, pero tenía aspecto rubicundo tostado por el sol, bastante saludable incluso, a pesar de ser el tipo de hombre capaz de practicar la disipación más continua, y de carácter profundamente esotérico y fatigoso, sin demostrarlo lo más mínimo: ¡qué hombre más horrible era Stanford! Un borracho que nunca tenía temblores, un libertino que nunca se veía obligado a pagar sus culpas, porque —¿quién sabe?— era la culpa en persona.

Qué terrible era verlo allí... y, sin embargo... Sigbjørn sabía de sobra lo que se estaba sugiriendo a sí mismo, los ilimitados tequilas, los mezcales, la tremenda disipación que provocaría el encuentro con él y que convertiría aquello en otro Taxco para Primrose.

De repente Stanford se levantó, lo había visto: hubo un momento de tensión tan insoportable entre los dos hombres, que fue casi hermoso, hermoso porque resultó evidente al instante para Sigbjørn que o bien Stanford sentía lo mismo que él —es decir, que había decidido no reconocerlo, pese a que su sensación de culpabilidad debía de deberse a motivos muy distintos— o bien no lo había reconocido, pero pensar en la culpabilidad especial que Stanford debía de estar sufriendo despertaba otros sentimientos en él: y Sigbjørn se volvió hacia la sopa, que se estaba quedando fría, con un temblor que no se debía a la razón habitual, sino a pura ira, y presa a la vez del regocijo y el horror.

«¿Sabes quién está sentado ahí, Primrose?», dijo por fin, al tiempo que la invitaba con una señal a bajar la voz.

«No. ¿Quién? ¿Algún conocido tuyo?»

«Sí.»

«Entonces, ¿por qué no le hablas?»

«Chsss.»

«¿Quién es?»

En fin, después de todo, ¿cómo explicarlo, llegado el caso? ¿Quién era Stanford? Stanford era las resacas; Stanford era las mentiras; Stanford era la presciencia del desastre y su coeficiente. Stanford era todo lo que le había ocurrido en aquellos tiempos, desde que había abandonado La Luna y se había trasladado a Acapulco, tras salvar a Hölscher de la policía. En realidad, Stanford era un cómplice. Stanford era el pasado y la dificultad de transcenderlo y ahí estaba sentado: la tristeza de su vida, junto con toda su desgracia, todo lo que, al menos antes del incendio, había creído milagrosamente transcendido. De hecho, Stanford era más aún que eso: era incluso un hermano de sangre de una especie terrible. Era como si el reflujo más bajo de su vida hubiese regresado para revelar, entre el barro, el mismo horror precisamente que el tiempo no había podido desintegrar ni dispersar y más espantoso aún que la inverosimilitud de todo aquello era el deseo que sentía de saludarlo con alegría, con tacto, pero sobre todo de celebrarlo. En efecto, la tentación era enorme, pero Sigbjørn la resistió: aun así, se preguntó si tendrían en el hotel el antiguo vino de la casa o aquel vino cuyo carácter no pecaminoso atestiguaban los monjes que aparecían en la etiqueta y entonces pensó que tampoco deseaba que Stanford lo viera beber y, al advertir que Stanford no estaba bebiendo en la mesa, se preguntó, con curiosidad obsesiva, casi irresistible, si «bebería» Stanford.

Todo aquel tiempo, Stanford, que se había levantado y estaba mirando el mapa, parecía quedarse allí más de lo debido: sí, estaba más grueso, más «entrado en carnes», para ser precisos... pero indudablemente seguía siendo atractivo para las mujeres; en cualquier caso, lo acompañaban tres; pero ahora estaba claro que lo había reconocido. En fin, que se cociese en la salsa de su culpabilidad. (Otro detalle extraño era que Sigbjørn llevaba puesta una de las camisas de Stanford.) A partir de aquel momento Sigbjørn evitó su mirada.

Y ahora Stanford, tras haberse apartado del mapa, estaba sentado de nuevo y repasaba la cuenta, sumándola una y otra vez, con aire profesional, pero demasiado meditativo, preocupado: al menos, eso era lo que le gustaba, dar la impresión de ser un hombre de «negocios», y Sigbjørn recordó la escena en el Tarleton —«no he venido aquí para esto»—: una manifestación de rabia histérica por parte de un americano en México.

Los Wilderness siguieron cenando: ahora Stanford —maldito cobarde— se dirigía al mostrador, pero era inconfundible, con aquel balanceo al andar, propio de marinero, que había copiado al propio Sigbjørn ocho años atrás en Acapulco e indudablemente no había abandonado. ¿Debería Sigbjørn acercársele?... Pero recordó: *La persona que destruya este jardín será consignada a la autoridad... ¿Le gusta este jardín?*

Al menos había impedido que Sigbjørn perdiera *Rumbo al Mar Blanco,* el libro que trataba de Erikson, Erikson que había muerto; sus pensamientos giraban en círculo; además, el propio Stanford había escapado por poco de ser un personaje en *El valle*; era imposible no abrigar el convencimiento de que todo aquello era profundamente significativo; por otro lado, tuvo la vaga sensación de que, si de verdad hubiera entendido lo que significaba Stanford, habría enloquecido al instante. *Naturam expellas furca, tamen usque recurret* («Ya puedes apartar la naturaleza con una horca, que volverá a la carrera») había dicho Horacio. Muy cierto; peor aún: en otro plano, parecía que el pasado podía volver, armado, a su vez, con una horca, disfrazado de diablo. Además, el pasado también crece, y se te presenta con toda clase de formas, en los momentos en que menos lo esperas, cuando pensabas haberte librado de él por fin, como el niño que ayer mismo, al parecer, era una criatura temerosa de la obscuridad, pero que hoy se te aparece por detrás, gigantesco, acompañado de una puta, en la bodega, donde, por cierto, menos deseabas que te vieran. «¿No te acuerdas de mí? Era así de alto.» A lo que respondes: «Sí... no... en fin, has cambiado, desde luego»... sin recordar hasta después que tú, en cambio, vas con la misma chaqueta de *tweed* vieja y raída que llevabas la última vez que lo viste, coincidencia que indica la falta de crecimiento y que tal vez sea lo único que le haya permitido reconocerte, darte, por decirlo así, alcance.

Sigbjørn se encontraba acostado en la obscuridad, con Primrose al lado, en el Hotel La Luna. Nada más cenar se habían ido, evitando con cuidado a Stanford, a la cama, pues Primrose estaba cansada. ¿Qué significaba, en realidad, Oaxaca para él? Todas las congojas y angustias asociadas a ella: los pseudoespías de Franco —el ciego— persiguiéndolo, pero también el profundo deseo de muerte, la aflicción por haberse visto abandonado en el Hotel Cornada, que le había hecho acompañar a Hölscher a Oaxaca, y las imágenes casi insoportables asociadas con ese sitio, en un principio casi felices. Sigbjørn pasó revista, una tras otra, a todas las capas de la memoria. Llevaba puesto el traje que Fernando le había vendido por cinco pesos cuando conoció a Stanford, a cuya vista todos aquellos pensamientos se volvían aún más angustiosos; la verdad es que no parecían tener fin, parecían continuar hasta el infinito como la Sierra Madre. La experiencia de la cárcel que había sido el final de su modesto peregrinaje para liberar a la Humanidad: «¡Usted es un hombre al que le gusta mucho el vino!»; el horroroso espectáculo de la gente encerrada en El Bosque y pegándose; la terrible escena con el asesino en la cárcel; la Virgen de quienes a nadie tienen; La Luna y El Farolito, este último símbolo de la muerte, aunque Primrose, por estar tan convencida de que él debía convertir la muerte en vida, había dicho casi alegre: «¡Qué ganas tengo de ir a El Farolito!»

Una de las fuentes de su culpabilidad, pensó Sigbjørn, era que tenía una imaginación trastornada y vivía una vida fantástica: «mentiroso» era el mejor calificativo, como dijo el juez. Pensó en «La vida impersonal» y luego se preguntó: ¿qué fuerza horrible será la que me mueve? Se consideró el hombre más malo y triste de la Creación, volvió a recordar a Stanford y de repente pensó: «Dios mío, si llegara a ver de nuevo a Fernando, ¿no resultaría igual?» Fernando era uno de los mejores hombres que había conocido en su vida: un hombre de indómito valor, humildad y grandeza de alma, pero era la simple cara brillante de la misma moneda y esa medalla había sido forjada también en el Infierno; los dos hombres estaban unidos por vínculos invisibles; sólo, que uno era bueno y el otro malo, y de pronto pensó: «¿No sería meterme de cabeza en la tentación otra vez?». Y, al llegar a la conclusión de que tal vez no debía ver a Fernando tampoco, se sentó y dijo gritando, con lo que despertó a Primrose:

«¡La Virgen! No puedo continuar. Esto de haber encontrado a Stanford es el fin de todo.»

«Oh, ¿por qué tiene que haber siempre algo, siempre algo?», murmuró Primrose.

«Pero, ¿por qué tiene que ocurrirme a mí?... Mañana regresamos. Y después volvemos a casa.»

«¿A casa, sin ver a Fernando?»

«Aunque viésemos a Fernando, sólo sería otra juerga de borracheras y, si hablara con Stanford, lo mismo. El único período de paz en toda mi vida fueron aquellos años y en casa y después tuvo que ser pasto de las llamas. Estoy condenado, quiero decir que sigo ardiendo. Mi alma no es un alma, es un incendio.»

«Sí, anda, echa más leña al fuego», dijo Primrose, asqueada y envolviéndose en la manta en el otro extremo de la cama, mientras Sigbjørn se preguntaba qué habría hecho Henry James con semejante conversación.

A Sigbjørn se le ocurrió otra idea: «Tal vez yo no tenga alma».

«Pero no puedes irte sin intentar encontrar a Fernando. Para eso hemos venido, ¿no?»

«No... no... vámonos... ¡volvamos por lo menos a Cuernavaca!»

«No te dejaré. Tienes que intentar encontrarlo...» Y Primrose siguió con esa letanía.

«¡Oh, Jesús, María y José! Duérmete entonces», dijo Sigbjørn por fin.

Primrose se volvió a dormir, pero Sigbjørn tuvo que seguir torturándose. Pensó en sus costumbres en relación con la bebida, cuando no bebía. ¿Por qué le gustaría hablar de copas y delirios? Recordó su libro quemado: el dios del mezcal era un dios celoso al que no gustaba que Sigbjørn lo aprovechara sin emborracharse. Pensó en los motivos de su angustia, cuando se había quedado solo en México. Podía calificarse de angustia de soledad por el primer amor, retrasada en el caso de Sigbjørn, falsa, irreal, pero, desde el punto de vista del sufrimiento, casi prometeica, o de incapacidad para hacer frente al país, unida a sus sentimientos por sus amigos, que estaban muriendo en España. Recordó haber alejado a su esposa y haber intentado alistarse en un barco, haber acompañado a Hölscher hasta Oaxaca, sus falsas ilusiones, sus terribles percepciones cuando no bebía, su encarcelamiento, «Mezcal posible, mezcal imposible». «¡Usted es un hombre al que le gusta mucho el vino!»

Recordó que tal vez no hubieran transcurrido tres días desde su boda cuando ya estaba hablando de Fernando con amistad y cariño, a lo que siguió una idea aterradora: ¿no sería simplemente otra manifestación de su secreto deseo de muerte? *El alcoholismo es el enemigo n.º 1 del proletario* —el cartel en la Seguridad—; su encarcelamiento el día de Nochebuena; su autosacrificio, absorto; su negativa a salir bajo fianza —la «ley de fugas»—... «Usted no es el *escridor*»... en realidad, el capitán lo sacó de la cárcel para invitarlo a una copa —contestar al telegrama—, y, por último, su poema, el niño alcohólico y el asesino. ¿Qué había hecho con todo aquello? Y, sin embargo, aquellas cosas terribles no lo eran tanto en el recuerdo. Su sufrimiento había sido tan espantoso e intenso, que recordaba aquella época casi tanto como la belleza y la salud de la vida con Primrose en el Canadá. Eran días tan bellos como buitres volando en círculo a la luz del mediodía, tan bellos como la muerte, que vuela sólo por el placer de volar. Y de todas aquellas cosas Fernando era el símbolo en cierto modo. Nadie podía estar más vivo ni comunicar más vida que él a pesar de todo, lo que volvía tanto más desconcertante que el significado de todas aquellas cosas que tanto le gustaban fuese también, de modo tan evidente, el de la muerte... Se habían conocido en la plaza, en el bar llamado La Covadonga...

«No, hombre», había dicho Martínez, tras devolverle el cambio. «Lo he visto a usted —perdóneme— y, si me lo permite, creo que no debe usted calentarse la cabeza.»

«¿Quién es usted?», dijo Sigbjørn, un poco después. «¿Qué es usted? ¿Trabaja para el Gobierno?»

«No, no para, sino con, el Gobierno.»

Después Fernando dijo algo tan bello y con acento tan triste, con toda la música que encierran las palabras "oaxaqueño" o "desconsolado", pronunciadas, o cantadas, como sólo un oaxaqueño puede hacerlo, que hasta aquel mismo día habría sido imposible convencer a Sigbjørn —tal vez hubiera otras razones para pensarlo— de que su amigo no había dicho algo profundo y grandioso: «Soy un borracho».

La lealtad de Sigbjørn Wilderness, se dijo a sí mismo, era tremenda. Adoraba a los pocos amigos que había hecho y habría dado su vida por ellos a la menor ocasión, pero le quedaban pocos amigos. Dos en el Canadá, uno americano, ahora en Inglaterra, y sus propios hermanos, y dos o tres más en Inglaterra, que nunca escribían y estaban muertos, y su madre y su esposa. Andaba con cuidado a la hora de hacer amigos, gustaba a la gente, con frecuencia le cogían cariño, pero no le agradaba pensar en lo que les gustaba de él, pues había corrido el rumor de que el simple contacto con él era un desastre. ¡Erikson! Era más que cierto, lo habían confirmado los acontecimientos exteriores. Ni siquiera Fausto era un hombre más maldito que él: pero, ¿acaso no era también un bienaventurado? Tal vez fuese un experimento de Dios y no fuera paranoia imaginar que Dios debía de haberse sentido desconcertado con frecuencia en relación con él, que desde el niño Horus no había tenido Dios espina semejante en el costado. Las cosas a las que había sobrevivido habrían matado de miedo a la mayoría de los hombres: sólo de contemplarlas, pero en apariencia era un simple borracho y un escritor fracasado.

La luz aumentó, pálida y desagradable. Por la mañana el hotel se despierta temprano y se empiezan a oír los eructos, el sonido del agua en los retretes de Caballeros y Damas y las ruidosas llamadas a las puertas: ¡Señor! A las cinco y media... a las seis... a las seis y media y carraspeos, berridos y golpes, y no funcionaba el agua de la ducha ni el del retrete y un frío que pelaba y repique de campanas.

«Ésta es una buena dirección», recordó que había escrito Lawrence (antes de que el clima pudiera con él), quien vivió allí y allí escribió su famosa carta a Middleton Murry.

Tal vez Lawrence pudiera ayudarlo.

«Dios te ayudará, si se lo pides», recordó que había dicho Martínez. De repente se vio citando a Lawrence: *Y le aseguro que no es fácil, no es tan fácil.*

Y yo le aseguro también que no es fácil...

Tuvo una visión en duermevela de los diablos bailando en el barro de Etla y, entre ellos, uno, el Diablo de Diablos, cuyos pasos arrastrando los pies no disimulaban su contoneo ligeramente náutico.

Haciendo un esfuerzo análogo a aquel primero, cuando decidió llevar a Primrose a Oaxaca, se levantó, se dio una ducha resbaladiza y bastante horrible (en el de Damas), pero después se sintió mucho mejor.

Sin dejar de mantenerse alerta por si aparecía Stanford, bajaron al comedor y desayunaron huevos con jamón. No se parecía en nada a cuando, en otros tiempos, entraba de la calle a desayunar después de cinco buenas horas de juerga en El Farolito y, por lo general, un *tepache* o dos con un mendigo camino de casa. Durante el desayuno, que estaban tomando temprano, Stanford y compañía no aparecieron, pero hubo un momento en que lo vio salir de una habitación —mejor que la de ellos, pues daba a la terraza—, advertir su presencia y retroceder al interior, como si no quisiera que lo viesen, y esa inversión del tema de la persecución, cuando recordaba su antigua vida, era un motivo de considerable satisfacción para Sigbjørn.

Después del desayuno, después de más esfuerzos y más indecisiones, salieron, evitando a Stanford por todos lados, a buscar el Banco Ejidal.

Hallaron Independencia y el lugar donde paraba Cervantes, el Salón Ofelia, convertido en la Farmacia de la Soledad.

Les dijeron que el nuevo Banco Ejidal estaba en la Avenida Juárez. Estaban cansados y, al final, no lograron encontrarlo; la dirección que les habían dado, el número 25, era un absurdo edificio verde, cerrado y horrible. Sigbjørn imaginó a Fernando en la puerta con la espada desenvainada y alzada hacia el Sol, parado allí un momento, pero la espada siempre volvía a la vaina: «Me gusta con ellos trabajar...» Hacía un calor terrible. Sigbjørn —recordando la carrera de Fernando durante treinta kilómetros— quiso hacer una concesión a la vida: no iba a dejar que se echara a perder el día y aseguró que llevaría a Primrose a Monte Albán.

A la hora de la comida Stanford se ocultaba tras el periódico, el *Mexico Herald*: ¿habría salido? Probablemente no, había pasado el día entero en su habitación, como en el Tarleton. ¿Estaría bebiendo? Sigbjørn no podía estar seguro de ello, aunque sus amigas parecían beber, desde luego.

Después de almorzar y recibir indicaciones del viejo descalzo salieron a pie hacia Monte Albán. Era una imprudencia: a Sigbjørn le pareció recordar entonces que la primera vez que había estado allí con Juan Fernando le había dolido el pie y había tenido aprensiones a lo Rimbaud. Ahora las inyecciones para las venas varicosas parecían haber dado resultado y otra vez se ponía a caminar; el éxtasis, la sensación de partir, en pleno calor, y el hombre de la estación de autobuses, que dijo: «Es imposible. Para usted posible, pero para mí no.»

Conque se pusieron en camino, alegres, en pleno calor y al sol y Sigbjørn encontró el camino. No quisieron ir en taxi porque costaba 20 pesos. Cruzaron las tórridas vías del tren y un montón de escoria y en diagonal un campo cruzado por el rastro de un carro, donde un indio estaba quemando caña de azúcar al sol. ¡Ah, los carros de bueyes con ruedas sin radios aparcados delante de El Farolito! Vadearon un arroyo seco y después llegaron a una especie de camino donde les entraron guijarros en los zapatos. Preguntaron a dos indios si podían subir y bajar antes de la puesta del Sol y aquéllos les dijeron que no, «mucho tiempo», siguieron caminando, pasaron por delante de una escuela y una extraña placita y una iglesia azul... arriba y arriba, un camino tórrido cortado en la falda de una gran colina. Primrose remangó los pantalones a Sigbjørn y siguieron sin parar, dando vueltas y más vueltas; después, gracias a Dios, los recogió un taxi con turistas. ¡Buenos amigos! Se detuvieron en la cima, a trescientos metros, y subieron a pie hasta lo alto de las ruinas, ¡una vista encantadora! El valle se extendía a su alrededor con un río, aldeas y las lejanas montañas azules.

Para Sigbjørn el hecho de que Monte Albán fuese zapoteca, la gran sede de los reyes zapotecas, era más importante que su tamaño o antigüedad; era en Fernando, y sólo en él, en quien pensaba ante toda aquella majestad.

Y en Fernando pensó también al contemplar la vista a lo lejos, abajo y a lo lejos en el valle y a todos lados, los fértiles campos verdes, el río centelleante, las aldeas ocultas por los árboles con el remate de la iglesia, que indicaba dónde se encontraba la aldea: a Fernando era a quien veía en toda aquella paz, aquella plenitud a lo largo de centenares de kilómetros de valle que se veían desde la cima de Monte Albán.

Fernando había contribuido a hacer fructífera y agradable aquella vida, como la que debían de haber tenido los hombres en el Paraíso Terrenal: ése era el progreso como Dios lo deseaba el primer día, cuando consideró que el mundo estaba bien. Era el Paraíso Terrenal. *¿Le gusta este jardín, que es suyo?*

Y también en Fernando fue en quien pensó, al bajar, siguiendo al guía, a la obscura tumba número siete, donde sólo brillaba la vela del guía.

El guía explicó los misterios de Monte Albán... «Uno de los descubrimientos más extraños en Monte Albán fue el de los altorrelieves que representaban a seres humanos, todos con alguna deformidad corporal: unos con la cabeza demasiado achatada, otros con ella demasiado alargada; unos con las extremidades, por lo general los pies, retorcidas; otros, con ellas curvadas, etcétera.»

Era evidente que aquellas piedras esculpidas, utilizadas como simple material de construcción en la plataforma septentrional, habían sido arrancadas de un edificio más antiguo. Sus jeroglíficos no podían descifrarse con ninguna de las escrituras conocidas hasta entonces en México o Centroamérica. ¿Quiénes serían los autores de aquellas escrituras y por qué prefirieron representar a inválidos en sus piedras esculpidas? ¿Pretenderían ridiculizar a unos enemigos? ¿O deberíamos ver en sus esculturas una representación de los enfermos que acudían a un templo en que un dios hacía curaciones milagrosas? ¿Sería Monte Albán como un Lourdes? ¿No habría cierta identidad con el arte moderno —sí y la literatura moderna— en ello? ¿Sería el arte en el fondo una forma de propiciación? Dios mío, cuántas capas y más capas de significado había en todo aquello.

Pero el guía estaba diciendo que en las tumbas de la región oaxaqueña se encuentran con frecuencia los huesos de un hombre o un perro, además de otros objetos junto a la tumba principal. Los mexicanos creían que en el viaje del espíritu al Reino de los Muertos llegaban a un río ancho, difícil de cruzar. Por esa razón mataban a un perro para que acompañara a su amo en el último viaje. Suponían que el perro llegaría a la otra orilla del río antes que el hombre y, al ver a su amo, se arrojaría al agua para ayudarlo a cruzar, cosa que asombró a Sigbjørn por su coincidencia exacta con *El valle*: algo en que pensar por la noche.

De vuelta a Oaxaca, y con algunas indicaciones del viejo descalzo, hacia las tres de la tarde se dirigieron a pie al museo en busca de la cabeza petrificada.

En la planta baja las vitrinas parecían llenas de cabezas petrificadas... procedentes de Parián, Etla Cuicitlán, Nochitlán. Buscaron ansiosos la cabeza fosilizada que Sigbjørn y Fernando habían descubierto, pero no consiguieron reconocerla... tal vez fuera ésta; no, ésta. Sin embargo, seguro que la bóveda craneana procedente de Etla era la que ellos habían descubierto.

El conservador del museo los guió y les habló de las joyas de la tumba número siete —¡qué modernas son!— y Primrose estaba encantada, a pesar de todo; estaban montadas como en una tienda de la Quinta Avenida. Sin embargo, seguía sin haber rastro de su cabeza petrificada.

«Y voy a decirles una cosa... son faisanes y hay águilas... Y miren ahí... el pájaro. El pájaro que se lleva al niño... ¿Comprenden?»

Pero, durante todo ese tiempo, Sigbjørn iba pensando en la escena vespertina: los nativos llevando la cabeza petrificada al atardecer, tranquilo y purpúreo.

«Y ahora voy a enseñarles...»

De repente, Sigbjørn pensó: si dentro de miles de años un descendiente de Fernando anduviera por Cambridge, ¿qué significado atribuiría a las copas deportivas de oro y plata que se hubiesen conservado? ¿Deduciría de los cuadros conservados que los catedráticos habían sido sumos sacerdotes, que los remos se usaban para azotar a esclavos, que el timonel de los ocho remeros era sacrificado para propiciar al Cam y que todos ellos habían adorado a Gog y Magog? No era una idea original: Sigbjørn tenía la sensación de que tal vez había leído algo así en el *New Statesman* o en *New Republic.*

«Y ahora voy a enseñarles...»

Subieron a un piso superior y estuvieron contemplando la bella cerámica negra de Ocotlán. Sin embargo, a continuación Sigbjørn se encontraba contemplando un gigantesco objeto de oro, una especie de pechera: parecía representar una cabeza humana con casco en forma de cabeza de jaguar y plumas imitadas en hilo de oro.

Y todo el tiempo la cantinela del conservador: tumba, tumba, tumba...

Una calavera, agujereada por los microbios de la sífilis, se había conservado: qué extraño y qué absurdo.

Tumba, tumba, tumba...

¡Qué diferente era la propia ciudad de Oaxaca, la Oaxaca de El Farolito! ¿Dónde estaría ahora Fernando? Con el ocaso, las purpúreas montañas parecían de nuevo, como el primer día en el autobús al atardecer, grandes dioses con las manos en las rodillas: y, sin embargo, en tiempos ése había sido para Sigbjørn el Valle de la Sombra de la Muerte.

11

La luz de la habitación de Stanford había estado encendida incluso de día: cuando los Wilderness regresaron del museo por la calle de 20 de Noviembre, hasta el Hotel La Luna, su luz seguía encendida. ¿Estaría volviéndose loco, para quedarse así en su habitación? Tenía puertaventanas que daban a una galería y Sigbjørn oyó su voz grave y absurda entrecortada por risitas entre dientes y también el tintineo de botellas: le produjo una satisfacción absurda, pero, agotado del viaje, tuvo un repentino ataque de miedo a entrar en La Luna; tenía miedo a beber, a lo que pudiera pasar, a Oaxaca, al Covadonga, incluso a tomar una copa en el Modelo.

El miedo, como si surgiera de las tumbas de Monte Albán, había adoptado de nuevo la forma de un terror misterioso ante la idea de intentar encontrar a Fernando. Ni siquiera había hecho lo lógico para encontrarlo: se explicaba por su miedo a su terrible vida de otro tiempo en La Luna, pero Primrose, sabiendo cuánto lo deseaba en el fondo, desde luego, lo animaba.

«Y no podemos irnos sin que me lleves a El Farolito.»

Habanero y una noche terrible, a pesar de no tener resaca; Sigbjørn volvió a decir a medianoche, con lo que despertó a Primrose, que no iba a buscar a su amigo: tenía miedo, y, encima, Stanford era quien le hacía sentir miedo del pasado.

Dios mío, ¿y si acabasen como su Cónsul y lo enterraran también con un perro a los pies, sólo que tras haberlo tirado por una barranca abajo? ¿Tendría miedo de Fernando porque también éste era un «personaje», si bien inocente y bueno: el doctor? Pero, ¿no lo había llamado Fernando «el creador de tragedias»? Aquella vez en la madrugada, cedió ante su miedo y no se levantó, sino que esperó a que Primrose lo hiciera primero.

Mientras ella estaba en la ducha y Sigbjørn estaba escuchando y oyendo los ruidos habituales que resonaban en el techo de vidrio, alguien llamó a la puerta.

Presa de sus terrores habituales, Sigbjørn se levantó, intentó meterse los pantalones con la habitual dificultad entre sus ropas y él.

«Perdone, ¿vive aquí el señor Sigbjørn Wilderness?»

Sigbjørn asomó la cabeza por la puerta. Era Stanford.

«¿Es usted Sigbjørn Wilderness?»

«Pues, sí», dijo Sigbjørn, aparentando una mirada inexpresiva e intentando poner, medio desconcertado, expresión de sorpresa y reconocimiento.

«Soy John Stanford. ¿No te acuerdas de mí?»

«Pero, hombre, por Dios, John...» Entonces se sintió violento por un instante, al pensar que Primrose podía volver medio desnuda; además, no quería que lo viera hablando con Stanford, o, mejor, no quería presentarle a Primrose. «Espera un momento.»

«Vivo justo ahí, en el extremo del pasillo», dijo Stanford desde fuera, donde evidentemente estaba esperando.

La puerta había estado entreabierta ese rato: ahora Sigbjørn volvió a su habitación, llevaba puesto un solo zapato, tuvo un momento de indecisión, de estremecimiento, cogió el otro zapato y salió a la galería. John esperaba unos pasos más allá, el techo de vidrio no parecía tan alto sobre su cabeza, pero Sigbjørn lo llevó con delicadeza hasta el comienzo de la escalera, dando la vuelta al pasillo, donde no podría ver a Primrose, en caso de que volviera, violenta, del baño. John estaba ya riendo ronco entre dientes y arqueándose de un modo ya copiado en tiempos a Sigbjørn —que en sus mejores momentos, o borracho, era un joven de modales bastante germánicos—, si bien con un solo zapato era bastante difícil, la verdad, dar un taconazo.

«Vaya, vaya; vaya, vaya.»

«Pero, hombre, por Dios, John, ya me parecía a mí que podías ser tú», empezó a decir Sigbjørn, mintiendo, si bien estaba disfrutando de lo lindo; era evidente que el viejo patán obsceno lo había estado pasando mal los últimos días, debía de haber empezado, de hecho, a dudar un poco de su salud mental; era difícil decir si había estado bebiendo o no, sin embargo, pues presentaba muy buen aspecto, como si, de estar en su habitación con la luz encendida, hubiera quedado intensamente bronceado.

«Pues es que ya te había visto y no podía dar crédito a mis ojos», dijo Stanford, «pero fui a preguntar al director: ¿hay alguien aquí llamado Sigbjørn Wilderness?... Vaya, vaya. Desde luego, tienes un aspecto ciento por ciento mejor que la última vez que te vi.»

Sigbjørn, que, a pesar de su relativa abstinencia, tenía ligeros temblores, se sobresaltó. «Gracias. Muchas gracias, John.»

«Supongo que no pruebas la bebida. Yo ya no puedo permitírmelo. Las que me acompañaban eran mi esposa y mi suegra. Trabajo. No tengo necesidad de trabajar, pero estoy ganando mucho dinero... Ahora tengo una mina...»

«Huy, la Virgen, ¿qué clase de mina?»

«Una mina de plata y...»

«Bien hecho.»

«La gente habla mal de mí porque no fui a la guerra y yo les enseño estas manos.» Se rió con ganas y como un tonto, al tiempo que se inclinaba y se restregaba las manos, que enseñó a Sigbjørn; eran grandes y carnosas, y, sin duda alguna, las mantenía en forma dando azotes a traseros femeninos y acariciando muslos de mujer, pero, aparte de eso, no parecían haber hecho demasiado trabajo: hasta Sigbjørn tenía un callo en el dedo medio de la mano derecha. Sigbjørn tenía también callos en los nudillos y con frecuencia se preguntaba si serían causados, como en el caso de Milton, por la gota.

«Ya lo creo», dijo Sigbjørn, comprensivo. «En fin, me alegro mucho de verte con tan buen aspecto a ti también.»

«Y tú, ¿serviste en algún arma?», preguntó Stanford.

«En ninguna.»

«¿Qué hiciste?»

«Mandar todo a la mierda.»

«¿Y tus libros?»

«¿Libros? Ah... aquel *Rumbo al Mar Blanco*, el que tú enviaste al agente literario... se quemó en un incendio.»

«¿Que se quemó?»

«Sí, se quemó el día del desembarco —no es que tuviera nada que ver con eso— junto con nuestra casa. Reconstruimos la casa, con estas dos manos, como se suele decir, pero del libro no se salvó ni una página.»

«Oh, cuánto lo siento», dijo Stanford el compasivo. «Entonces, ¿dónde vives ahora? ¿Y a quién te refieres con eso de "nosotros"? Creía que estabas divorciado.»

«En el Canadá, con Primrose, mi esposa. Fui al Canadá aproximadamente un año después de marcharme de aquí... tras pasar una temporada en los Estados Unidos. No teníamos demasiado dinero, conque compramos una cabañita, la que se quemó, y hemos vivido en ella desde entonces.»

«¿Y qué fue del otro libro que estabas escribiendo que aquel tipo... cómo se llamaba... salvó de la casa del Cónsul en Acapulco?»

«Lo acabé hace un año y hasta ahora lo han rechazado tanto en Inglaterra como en los Estados Unidos, aunque en Inglaterra todavía no es definitivo. Tal vez lo acepten, si lo retoco.»

«Leí ese *Rigodón del borracho* y me acordé de ti, ja, ja.»

«Gracias», dijo Sigbjørn, aunque estaba pensando que se trataba de una observación puramente gratuita, pues, en realidad, Stanford no había leído un libro hasta el final en su vida.

«Por cierto, ¿sabes que han demolido el Munchener Kindl?»

«¿Te refieres al sitio en que dejé tu sombrero en prenda?», dijo Sigbjørn, al tiempo que pensaba en lo poco que hablaba aquello en favor de sus recuerdos, en lo pobres que debían de ser, la verdad, si podía recordar semejante lugar con tal nostalgia por el simple motivo de que en cierta ocasión, estando los dos borrachos y sin un céntimo, había dejado en prenda el sombrero de otro, un enemigo, por cierto. «Sí, ya lo sé. Nada más llegar, fui a ver qué había sido de él. No lo han demolido, simplemente ahora es otra clase de *cantina*, pero ya no es lo mismo. También fui a El Petate, donde tuviste la bondad de salvarme unos poemas, los que escribí en el menú.»

Stanford se rió, encantado con los recuerdos, a pesar de que El Petate había sido sencillamente el más desolador de los refugios para las tragedias de ambos, donde cogían unas curdas de espanto cuando vivían en el Tarleton. «Sí, El Petate, Dios mío, El Petate.»

«Y, por cierto, te diré, por si te interesa, que, cuando me fui de México, pagué la factura íntegra del Tarleton, dijo Sigbjørn. «Quiero decir: en 1938. Pagué también tu factura. El director me dio algunas camisas tuyas, blancas, estilo Arrow.»

«¡Cómo!», dijo Stanford, ruborizado. «Tiene gracia, yo también pagué. ¡Huy, Dios mío!»

«Bien hecho», dijo Sigbjørn. «En fin, ya sabes cómo son las cosas en México.»

«Ya ha muerto.»

Hubo un silencio: después...

«En fin, me alegro de verte, de todos modos...», empezó a decir, cordial, Stanford otra vez. «¿Y qué fue de todos aquellos poemas que estabas escribiendo?»

«Perdí muchos en México antes de conocerte, lo que es como no decir nada... Pero confío en que al menos algunos se publiquen.»

«Bueno, mira, vivimos en el Gillow de Ciudad de México. Tenemos que vernos y tomar unos tequilas para recordar otros tiempos en algunos de los sitios en que parábamos.»

«Sí, desde luego. Si queda alguno.» Sigbjørn no quiso dar a Stanford su dirección en Cuernavaca, pero citó a Eddie Kent como medio de ponerse en contacto.

«Por cierto», Stanford se echó a reír otra vez, al tiempo que se inclinaba y se frotaba las manos—, «aún somos unos personajes en Acapulco.»

Sigbjørn guardó silencio, pues ése fue un momento dramático. «Aún nos recuerdan, ¿verdad?», dijo por fin, sin apenas atreverse a preguntar en qué sitio de Acapulco y sintiendo una punzada en su interior al oír la palabra «personajes». ¿Por qué había de decir «personajes»? Había sido allí, en Oaxaca, donde el alemán le había dicho: «Pero ahora te estás volviendo como uno de tus personajes.»

Tras desear buena suerte a Stanford, Sigbjørn se despidió de él con precipitación, deseoso de volver junto a Primrose. Por lo menos, aquél había impedido a Sigbjørn perder *Rumbo al mar blanco*, aunque sólo para que conociera un destino peor en el Canadá, *Rumbo al mar blanco*, que versaba sobre Erikson, Erikson, que había muerto, el 7 de diciembre: la cabeza le giraba en un gran remolino como si hubiera orcas golpeando y saltando en su interior; además, el propio Stanford (Stanford—Hugh) se había librado por poco de convertirse en un personaje de *El valle*. Era imposible eludir la convicción de que todo aquello tenía un profundo significado, de que toda nuestra vida, de hecho, lo tenía: para empezar, recuerdos horrorosos y estériles, destructivos e incluso suicidas, pueden volverse brillantes por el simple hecho de haber sido compartidos. Aun así, regresó a su habitación con cierta sensación de fe, por decirlo así, en la Humanidad: al fin y al cabo, Stanford había actuado, en cierto sentido, con nobleza. Sabía que había hecho trampa y, sin embargo, no había dejado de llamar al final a su puerta... aunque sólo fuese para satisfacer su curiosidad, lo que ya era algo.

Pero el detalle más extraño de todo aquello era que había reconciliado a Sigbjørn con la idea de ir a buscar a Fernando y aquél volvía a sentirse de buen humor. Después de desayunar, huevos con jamón otra vez, Primrose preguntó al director, bastante afeminado (la mayoría de los oaxaqueños parecían ser, o haberse vuelto, ligeramente afeminados: no era infrecuente verlos en las barberías rizándose el pelo y muchos —Sigbjørn recordó a Coco— llevaban espejos de bolsillo; Juan Fernando había sido, desde luego, una excepción, incluso como zapoteca), dónde se encontraba exactamente el nuevo Banco Ejidal; telefoneó, lo informaron y dijo: «Juárez y calle de Humboldt.»

«¿Y...?», preguntó Sigbjørn, asombrado unos instantes.

«Calle de Humboldt.»

Sigbjørn y Primrose se miraron: no era sólo que vivieran en la calle de Humboldt de Cuernavaca, donde se encontraba su torre, y que Sigbjørn hubiera vivido en la calle de Humboldt ocho años antes, cuando residía en Cuernavaca, sino que, además, la calle de Humboldt era la calle de Nicaragua de su libro; así, pues, era un nombre que en los últimos años había tenido presente con frecuencia; Juárez no significaba gran cosa por sí solo, pero Juárez y calle de Humboldt, como si dijéramos Sixth y Main, que en ese caso significaba el punto en que la calle de Humboldt cruzaba la Avenida de Juárez, le parecía presagiar algo extraño; además, si bien la novela de Sigbjørn se situaba casi por igual en Oaxaca y Cuernavaca, no había sabido que en la primera existiese también una calle de Humboldt. «Pero, señor, nosotros vivimos en la calle de Humboldt, en Cuernavaca», dijo Primrose.

«Entonces, eso es buena suerte», dijo el director.

Sigbjørn tuvo la sensación de que probablemente fuera buena suerte. Tras la entrevista con Stanford, se sintió embargado por una intensa sensación de bienestar. Comprendió el sentimentalismo de pensar que su nueva fe en la Humanidad —si bien no dejaba de sentir un ligero resentimiento de que Fernando no hubiera escrito, pese a la generosa actitud adoptada de inmediato por Sigbjørn ante el caso— era lo que le inspiraba su felicidad, pero sí que tenía la vaga sensación de haberse reconciliado con su pasado: de creer a Stanford, ambos habían pagado la misma cuenta y, además, a alguien que ahora estaba muerto; también el pasado estaba ahora muerto, podía decirse a sí mismo, o, si no, que por fin se había encontrado, por decirlo así, frente a frente con él y en uno de sus aspectos peores, y ni siquiera le había parecido demasiado terrible.

Conque se pusieron en camino, contentos y esperanzados, en busca de Fernando y de Humboldt y Juárez. Sigbjørn comprendió de nuevo el miedo que había sentido ante la idea de buscar a su amigo, tras su primera mirada furtiva al banco cerrado. Tras orientarse con la catedral, pasaron por delante del antiguo El Bosque, ahora convertido, a juzgar por todas las apariencias, en una inocente *lonchería*. Dios mío, ¡si lo hubieran sabido aquellos transeúntes! El Bosque: más de un momento feliz había pasado allí con Fernando; era, en realidad, el original de El Farolito, en otro sentido, pero nunca había sentido tanto cariño por él, pues había regañado con el propietario, mientras que en El Farolito, a pesar de ser un antro de mala muerte, nunca había recibido, gracias a Fernando, el menor mal trato de palabra. Cuando se emborrachaba demasiado, se limitaban a acostarlo en una de las habitaciones que daban al patio y le cobraban cincuenta centavos. El Bosque era otro antro de mala muerte: allí había sido donde una noche se había producido —«Recuerda», dijo Juan Fernando, «que estás entre amigos»— la indescriptible escena de terror con diez hombres borrachos de mezcal enzarzados en una lucha sangrienta y a puerta cerrada. Mucho escándalo, como había dicho Coco, suspirando y mirándose en su espejo de bolsillo. La mañana siguiente, en El Bosque, Fernando se había enamorado de la hermana de Coco y había temido sobre todo que éste lo degollara con su cuchillo. Sigbjørn sonrió, casi ronroneó, en realidad, con aquel recuerdo. Compuso incluso un fragmento de poema, o, mejor dicho, el final, en su honor: *está cerrado y con él gran parte del remordimiento que no volverá a alejarse de su origen*. Pasaron por delante de una oficina de la Compañía de Aviación, otro jardincito con el letrero *Le gusta este jardín* y el enorme autobús marrón, cerrado y con visillos de encaje, camino del istmo, de Tehuantepec, lo que le recordó las palabras de Fernando: «Iremos a caballo hasta Tehuantepec», y el plan, a medias formulado entre Primrose y Sigbjørn, de proponer a Fernando, si lo encontraban en la ciudad de Oaxaca, que fueran todos a caballo.

Todo ese tiempo, los dos amigos y amantes, el marido y la esposa, Sigbjørn y Primrose Wilderness, habían ido caminando, alegres, por una calle principal, que, según creía Sigbjørn, era la Avenida de Hidalgo o de Matamoros. Por fin llegaron a la Avenida de Juárez y se metieron por ella. Era una de las accidentadas y tórridas calles de Oaxaca y seguía interminable, sin encontrarse con la calle de Humboldt. Sigbjørn entró en la tienda de la esquina a comprar cigarrillos: «¿Qué marca?» «Alas», respondió, casi automáticamente, con su voz procedente del pasado —pues era la marca que usaban él y el Cónsul; los Wilderness solían fumar «Bohemios»—, preguntó cómo se iba a la calle de Humboldt, le dijeron que era por allí derecho y descubrió que en aquel punto Juárez se cruzaba con una calle de los Muertos.

Un poco más allá, al sol, pasada aquella calle de los Muertos, que, en realidad, era una callejuela bastante bonita y alegre, llegaron a una hermosa plaza con grandes árboles que Sigbjørn reconoció vagamente o, mejor dicho, en aquel punto la Avenida de Juárez se convertía, en realidad, en una gran avenida con árboles que pasaba a la izquierda de aquella plaza sombreada con un quiosco de música bajo los árboles a la derecha y en el centro como una jaula con osos, como un zoo. Luego, un poco más adelante, vieron un letrero azul, *Calle de Humboldt,* y justo después el Banco Ejidal.

Desde luego, estaba en un lugar mucho mejor. Entre los árboles, tenía aspecto victoriano o, mejor dicho, americano, en cierto sentido. Era como una vieja casa de piedra arenisca en los sombreados márgenes de Parker's Place, en Cambridge, y, aunque ésta no estuviese cubierta de hiedra, así le parecía siempre en el recuerdo. Unos escalones de piedra conducían a la entrada desde la calle, como si fuera un tranquilo hotel de los que no sirven bebidas alcohólicas; había un peón sentado en el portal. Subieron los escalones, pasaron por delante del peón y entraron en la sala obscura y fresca y se dirigieron a un hombre, sentado a una mesa de la derecha.

Aquel hombre, que estaba escribiendo, se levantó, cortés, escuchó el laborioso interrogatorio de Sigbjørn sobre si cierto Juan Fernando Martínez seguía trabajando allí, explicó que sólo llevaba un año en el banco y dijo, riendo: «No sé. Posiblemente la señorita...», al tiempo que les indicaba una hermosa muchacha de pelo negro que escribía a máquina en una mesita contra la pared y a este lado del escritorio grande, probablemente el del director, situado frente a los ventanales desde los cuales se veía el camino por donde los Wilderness habían llegado.

Sigbjørn no estaba seguro de reconocer a la muchacha, pero, ante su evidente incapacidad para hacerle entender con su pronunciación el nombre de Fernando, se sentó frente a ella y escribió con lápiz en una hoja de papel amarillo que la muchacha colocó delante de él:

Juan Fernando Martínez

Al verlo, los ojos de la muchacha se iluminaron. «¡Ah, Juan Fernando Martínez!», dijo. «El Zapoteca... Ah, mucho tiempo.»

«Sí», dijo Sigbjørn emocionado. «El Zapoteca.»

«Sí, lo conocí bien.»

«¿Está bien y sigue trabajando con ustedes?» Sigbjørn y Primrose casi se abrazaron de contento.

«En Villahermosa», respondió la muchacha.

Sigbjørn y Primrose se miraron. «¿Dónde está Villahermosa?», dijo Sigbjørn.

«En Tabasco.»

«Entonces iremos a Villahermosa.» «¿Cómo se va a Villahermosa?», se apresuraron a preguntar Sigbjørn y Primrose casi al mismo tiempo, mientras la decepción de que no estuviera en la ciudad de Oaxaca quedaba borrada por la idea de que, al fin y al cabo, Fernando estaba en Villahermosa, y, en cualquier caso, Villahermosa no podía parecer tan alejada de Oaxaca como Cuicitlán lo había parecido en otro tiempo del Canadá.

«Conque sigue trabajando para el banco, pero en Tabasco, ¿no es así?», insistió Sigbjørn.

La muchacha sacudió la cabeza. «No, don Fernando ha... ¿cómo se dice?... murió.»

«Sí. Comprendo. Se mudó. Entendemos, pero, ¿tendría la amabilidad de escribir la dirección, por favor?», dijo Sigbjørn y ella cogió el papel de manos de Sigbjørn y se puso a escribir debajo de donde él había escrito *Juan Fernando Martínez.*

«¿Conocía usted a sus padres?», preguntó de repente la muchacha, alzando la vista.

«¿Yo? No, vivían en Sonora, creo», respondió Sigbjørn.

En el momento en que Sigbjørn acababa de recibir el papel de manos de la muchacha y estaba diciendo: «Conque se mudó a Villahermosa en 1939, pero yo le escribí a Independencia 25, cuando el banco estaba aún allí, y no le remitieron mis cartas. ¿Cómo es eso? Las devolvieron con... con una firma...», el director del banco se acercó, se acercó con un diluvio de recuerdos de aquellos domingos por la mañana, pues era el indio bigotudo; Sigbjørn lo había reconocido al instante, pero estaba demasiado absorto leyendo de nuevo lo que la muchacha había escrito con letra inclinada y difícil en el papel amarillo para continuar con lo que estaba diciendo ni para saludarlo.

Juan Fernando Martínez – murió en 1939 en Villahermosa (Tabasco).

«No, ¿cómo? ¿Quieres decir que no es en Tabasco?» dijo Primrose, leyendo por encima de su hombro.

«Se mudó, pero, ¿cuándo?»

«1939», dijo Primrose.

La muchacha movió la cabeza. Los ojos se le llenaron de lágrimas.

«Murió. ¡Muerte!», casi gritó de repente Sigbjørn. «¡Quiere decir que está muerto!»

«Murió.»

«¡Quiere usted decir que Fernando está muerto!, gritó Sigbjørn. «¡Ah, Dios mío, no!»

«...»

«¿Qué ocurrió?», Sigbjørn se oyó a sí mismo preguntar por fin.

«Ah, estaba enfermo», dijo la muchacha llorando. «Y...»

Lágrimas brotaron de los ojos de Sigbjørn y, tras otro silencio que pareció poblado por el entrechocar de sables, Sigbjørn exclamó: «¿Cuándo? ¿Por qué? ¿Qué mes?» Añadió: «¿Cómo ocurrió?»

«¿Qué mes fue?», la muchacha se volvió hacia el director.

El director no estaba sentado en su escritorio. No parecía haber envejecido desde la época de las lecciones de esgrima. Era un hombre fornido y apuesto de unos cincuenta años, de tez morena y pelo gris, y bigote entrecano en forma de manubrio. Miró a Sigbjørn con expresión de pena y después, tras vacilar, respondió a la muchacha:

«Diciembre.»

«Sí, señor. Diciembre.»

Primrose cogió la mano a Sigbjørn: diciembre era también el mes en el que ellos se habían casado. Era el mes, si vamos al caso, en que él había conocido a Fernando, en 1937, y el mes en que Erikson había muerto. ¿Y qué cosa podía ser más desoladora que la vacilación del director? Pues Fernando estaba tan vivo para el pensamiento y el corazón de ellos y, sin embargo, para alguien que lo había conocido mejor que Sigbjørn hacía tanto que había muerto, que ya no recordaba cuándo había sido. Hacía seis años que había muerto Fernando, ya estaba muerto, de hecho, cuando Sigbjørn escribió su primera carta. Además, durante los años que llevaba muerto, Fernando había crecido misteriosamente y Sigbjørn había llegado a conocerlo mejor.

«Y estaba trabajando para el banco entonces, en Villahermosa», dijo Sigbjørn.

El director asintió con la cabeza, al tiempo que se acariciaba el entrecano bigote: «Lo recuerdo muy bien a usted. Un buen amigo. Fue usted un buen amigo para Fernando.»

También Sigbjørn lo recordaba bien: las prácticas de esgrima los domingos, el día en que habían encontrado la cabeza fosilizada en Etla, y Fernando lo reverenciaba: «He presentado la dimisión a mi jefe, pero no la acepta.» Era también él quien había dado a conocer a Fernando la filosofía de «la vida impersonal», la de «no calentarse la cabeza», en que cada hombre era su propio Jardín del Edén. La responsabilidad personal es completa, aunque la vida es toda interior.

«No lo conocí durante mucho tiempo, pero siempre lo he considerado mi mejor amigo. Mi esposa —ésta es mi esposa— y yo

—vivimos en el Canadá— y hemos venido a propósito aquí, a Oaxaca, para visitarlo, pero... pero no puedo creerlo. ¿Fue paludismo?» Y Sigbjørn recordó Cuicitlán, que había estado infectado no sólo con paludismo, sino también con tuberculosis e incluso cólera: Fernando tuvo que instalarle una cama en el banco.

«No... no paludismo.» Y el director hizo un gesto semejante al que Sigbjørn había atribuido precisamente al Dr. Vigil, formando una especie de copa con el pulgar y el índice de la mano derecha, mientras hacía girar rápido la muñeca varias veces con esa copa junto a la boca, como sugiriendo la bebida rápida o continua. «Mezcal», dijo. «Muchas copas... se volvió loco. Mezcal y más mezcal y entonces...»

«Pero... el mezcal no podía matar a don Fernando», dijo Sigbjørn. «¡Si lo sabré yo!»

«Loco. Estaba bebiendo demasiado mezcal...» El director se tocó la sien. «Muchas copas... y...» El director cerró de pronto el ojo derecho, al tiempo que alzaba el codo derecho, casi imperceptiblemente, y el dedo índice derecho doblado, con el pulgar también doblado hacia éste, hizo los movimientos de disparar hacia abajo a través de la abertura, con el índice y el pulgar de la mano izquierda haciendo de gatillo, apretado dos veces, si bien el gesto duró menos de medio segundo. «Un hombre lo mató.»

«¡Dios Todopoderoso!», Sigbjørn se puso de pie. «Un hombre... ¿Quiere usted decir que Fernando fue asesinado?», dijo.

«Un hombre lo mató.»

Al oír el acento con que dijo aquellas palabras, el mismo que el de Fernando, propio de algunos oaxaqueños, Sigbjørn tuvo la sensación de haber estado caminando en trance y con la boca abierta durante los últimos minutos para comprobar algo en la distancia que sus ojos no podían creer, algo inimaginable, como aquel granjero de Calgary que se había acercado despacio a su hermano, alcanzado por un rayo mientras guiaba los cuatro caballos de la grada por detrás, su hermano muerto en la silla, los caballos tirados en parejas a derecha e izquierda donde el rayo había abierto un surco y las ropas diseminadas por la pradera estival, con la gorra cortada en dos, como con tijeras. Al mismo tiempo le parecía a Sigbjørn oír la suave voz de Fernando, triste y divertida, que decía: «No te calientes la cabeza, viejo creador de tragedias. ¿Ya estás creando más tragedias?... Escríbeme para decirme si no te has matado bebiendo.»

«Era un hombre noble», dijo por fin Sigbjørn.

«Sí. Fue un buen muchacho.»

«Sí, un hombre muy noble y más que simplemente simpático y ésta es una calidad la más mayor.» Sigbjørn ya no sabía lo que decía.

«Fue un hijo para mí, un muchacho valiente.» El director bajó la cabeza y movió las manos en un ademán de dolor ante lo irrevocable.

Todo el mundo lloraba en el banco.

«Muchas gracias.»

«En fin, muchas gracias.»

«Muchas gracias.»

«Adiós.»

«Me dio su caballo y él fue corriendo a pie», murmuró Sigbjørn. «Me vendió sus mejores ropas por nada. Me dio su amistad y consejos, que seguiré durante todo el resto de mi vida, y ahora está muerto así.»

Fuera, en la plaza, Sigbjørn y Primrose miraron, ciegos, a los dos osos que se perseguían alrededor de la jaula: carecían de interés, los osos, del menor mérito. Se detuvieron en la esquina a beber un coñac; después continuaron por la calle de los Muertos. Siguieron caminando en el tórrido mediodía azul oaxaqueño. Sigbjørn tuvo la sensación de revelar una tristeza y aflicción tan absolutas, que un cura que pasaba vestido con traje de paisano negro y cuya mano acababa de besar un rufián con un solo brazo metido en la cazadora negra y altas botitas de cuero, se santiguó, pero no dejó de decir, cuando pasaron por su lado: "Adiós"».

Aunque el mediodía era abrasador y fuera hacía un calor infernal, la pequeña iglesia con piso de tierra estaba fresca y en penumbra. Se arrodillaron y rezaron; Sigbjørn sintió calambres en las piernas, pero siguió rezando. Rezó para que la Virgen María oyera su humilde plegaria y de algún obscuro modo ésta fuese de provecho para Fernando, cualquiera que fuese el nicho del otro mundo en que se encontrara. Después, mientras Primrose seguía rezando, alzó la vista y recorrió con la mirada la sombría iglesia en penumbra. Siempre había habido entre Fernando y él algo que Sigbjørn no sabía cómo calificar. Ahora se le ocurrió que podía haber sido precisamente la obscura presencia de aquello... pero, ¡con qué alegría lo habría saludado!

Cerca del altar, delante de un obscuro Cristo inclinado y ensangrentado, había un hombre arrodillado con los brazos en alto, como un arado abandonado, en súplica sin fin. Ante un altar de la derecha, había una mujer de rodillas sobre el suelo de piedra con las manos extendidas. Tenía un niño a su lado y en el suelo había también una botella de *habanero*. En el banco de delante de él —vio, al levantarse— había un borracho acurrucado y dormido y, sí, en su cara aparecía también una expresión de piedad y paz infinitas. El sombrero se le había caído al suelo, por lo que Sigbjørn se lo recogió. ¡Cuántas veces no se había refugiado el propio Sigbjørn del mismo modo en aquella ciudad terrible! En la penumbra junto a la puerta se detuvieron una vez más ante el Santo de las Causas Desesperadas y Peligrosas, pues sólo las del otro mundo podían ser más peligrosas y desesperadas que las de éste.

Pero aquella vez en su oración, como un niño, Sigbjørn incluyó no sólo a Fernando, a Primrose y a sí mismo, sino también al hombre en actitud de súplica cuyas manos seguían en alto, a la mujer con el niño y la botella de *habanero*, al borracho, al director del banco e incluso el mundo. Después, casi como una idea tardía, incluyó a John Stanford.

12

Murió en Villahermosa. La villa hermosa...

¿Dónde habrían enterrado a Fernando? El deseo de ver su tumba, de decir una oración ante ella, se apoderó de Sigbjørn. Un día, en Cuernavaca, de vuelta de una excursión a una cascada, habían decidido ir a un cementerio. En una parte había monumentos azules y de otros colores muy chillones y grandes árboles y flores; en otra lastimosa, tórrida y polvorienta, sólo pobres cruces de madera... En el cementerio elegante fascinó a Primrose una como cripta reluciente hecha con azulejos de baño azules y blancos, tan grande como una habitación, con las paredes abiertas, el techo con azulejos y en la parte trasera un como escondrijo, de vidrio y cerrado con candado, con una gran fotografía de un hombre. Debajo había un letrero: *Recuerdo a mi Querido*, y el habitual jarrón con flores.

Pero Sigbjørn encontró el que se llevaba la palma: una construcción tan grande como una casita, pero abierta por los lados, un techo de cristal como el de un invernadero cubierto de pintura verde desconchada, pero la estructura misma se componía de millones de espejitos cortados de todas las formas geométricas imaginables y ajustados en intricados dibujos de mosaico, en la balaustrada, en las columnas, por los lados, como si fuera un templo verde, incluso en una gran jardinera que contenía plantas en flor, y en el centro una cripta, también cubierta de espejitos. Todo aquel conjunto brillaba y relucía al sol y parecía un decorado de la MGM para las *Ziegfield Follies*. Estaba meticulosamente cuidado: alguien había regado incluso el jardín situado dentro de la parte trasera, pero a un lado había una botella de tequila vacía, trapos viejos, latas, hasta un cesto roto: Sigbjørn recordó que la última vez que había visto a Fernando había sido agitando una botella de tequila desde un andén de estación ferroviaria en Parián. Ah, pobre Humanidad. Los monumentos de estuco pintados de azul... el hombre dormido junto a una tumba... el viejo edificio que parecía una tribuna en el camposanto, el letrero de fuera: *Se prohíbe montar en bicicleta por el cementerio*. ¿Estaría enterrado Fernando en un sitio así?

La gigantesca tragedia de la vida va demasiado deprisa para quienes deben limitarse a permanecer sentados en una tumba y, entre actos, intentar interpretarla, sobre todo cuando son, a su vez, actores: ¡Villahermosa! Sigbjørn pensó en la soledad de aquella muerte. Un hombre lo mató. Tal vez soplase un viento frío en Villahermosa, cuando Fernando, con sus largas y rápidas zancadas inseguras, con su chaqueta vaquera abierta y con las borlas al viento, el fuerte viento de la noche obscura, se dirigía a aquella *cantina* final, pasando tal vez por las plazas de noche con sus luces vacilantes, y la ronca música de los altavoces traída por el viento, los carritos de palomitas de maíz bautizados con nombres extraños y los tiovivos vacíos, tal vez recién pintados aquella mañana, bajo los obscuros árboles oscilantes, las luces apagándose una tras otra y luego otra luz roja que brillaba junto a una calle en obras y más allá la potente luz de aquella última *cantina* fatal, por delante de la cual dos hombres arreaban a sus mulas cargadas con cántaros de leche, y Fernando avanzando al compás de aquella música triste por esa obscuridad hecha para borrachos...

Antes de cenar, a pesar del cansancio, salieron camino del Santuario de la Soledad. Pasaron por delante del verdiobscuro Ejidal cerrado. Pasaron por delante de la Farmacia de la Soledad de Cervantes. Entraron en la iglesia de la Soledad. Se estaba celebrando un oficio. El cura salmodiaba y todo el mundo repetía:

«Santa María, madre de Dios, ruega por nosotros pecadores, ahora y en la hora de nuestra muerte, amén. Santa María, madre de Dios, ruega por...» Estaban encendiendo las velas, cada una con la llama de la anterior, algunas las tiraban incluso: nada parecía más triste que una de aquellas velas desechadas y Sigbjørn se alegró de haber comprado una grande para Fernando; la encendieron y rezaron por él. «Una vela es una declaración de fe», dijo Primrose en voz baja, «una forma de decir: "Amigo querido, no te he olvidado". Y, como la cruz, es un símbolo de aceptación del sufrimiento, pero también es una resurrección...»

Primrose y Sigbjørn salieron despacio de la Soledad, dejando tras sí la vela encendida, bajaron las escaleras hasta Independencia, pasaron por delante de la Farmacia de la Soledad, hacia el antiguo Ejidal: aunque éste estaba cerrado y aquélla había pasado, de ser *cantina* a farmacia, Sigbjørn notó que la distancia relativa entre ellos no había cambiado.

Pero el antiguo Banco Ejidal en el número 25 no estaba cerrado. Las grandes puertas verdes estaban abiertas, de par en par. El Banco Ejidal ya no era un banco... pero tampoco era ya una casa. Al parecer, nadie vivía en lo que antes había sido el banco, pues las ventanas estaban tapiadas, pero bastó una mirada a Sigbjørn para advertir que las habitaciones altas de más allá, donde había vivido Fernando y donde habían practicado la esgrima, y la choza de enfrente en el patio —donde los indios que servían a Fernando su plato de frijoles, y de los que decía: «Me gusta con ellos trabajar», estaban siempre cocinando— habían sido demolidas. Todo el lugar estaba florecido, repleto a lo largo y a lo ancho de flores y profusión de rosas. Independencia 25 había pasado a ser un jardín. «Recuerda a Parsifal», se dijo Sigbjørn.

La mañana siguiente. Un viento tormentoso y frío les soplaba en la cara el polvo de la ciudad en ruinas de Mitla. Se detuvieron un momento, volviéndole la espalda y también al accidentado y silbante camino, amurallado por cactus-órgano, por el que habían llegado. El hombre que los había seguido y después precedido hacia las ruinas repitió: «Vamos, entonces, míster.» Se acercaron mujeres zapotecas a vender silbatos de color plomo, ídolos falsos, bordados baratos, pero las de Mitla eran unas ruinas sensacionales, que atestiguaban la extraordinaria inteligencia y cultura de los zapotecas y la rapacidad de los españoles.

En ruinas o no, era difícil entender por qué había de construirse allí una ciudad, a no ser, tal vez, para llorar a los muertos y para eso era precisamente para lo que la habían construido. El guía estaba diciendo que en lengua azteca Mitla significa lugar triste, paisaje lúgubre o infierno. Nunca se había oído cantar un ave allí y la atmósfera, exceptuado aquel viento constante, helado, estridente y polvoriento, era de tristeza y quietud. Los zapotecas la llamaban *lyoba* («tumba»), *lyovaana* («lugar de descanso»). No se usaba como templo. Se había construido para que fuera la suntuosa vivienda del personaje más importante del reino zapoteca, el sumo sacerdote. Se había erigido sobre las tumbas de los reyes zapotecas, pero había seguido usándose de cementerio suntuoso para los gobernantes y nobles. Cuando una persona importante había perdido a un miembro de su familia, o a algún amigo querido, acudía a aquel espléndido palacio de Mitla a lamentarse y meditar.

La inconcebible, pero magnífica, desolación de todo el lugar, imagen de la muerte, en verdad, recordó a Sigbjørn, por primera vez quizá, desde el incendio, la magnificencia aún mayor de estar vivo.

El Sol brillaba resplandeciente y el viento parecía arrancar lúgubres tonos a los cactus-órgano. La atmósfera tenía algo de renacentista y, aun así, teutónico: heroico, la sensación de lo heroico.

Mientras se paseaban entre las ruinas y mosaicos que, según imaginó Aldous Huxley, habían influido en los dibujos del tejido *tweed* y con los que los Wilderness tenían tan poca relación como una pareja de hotentotes en la llanura de Salisbury visitando Stonehenge, a Sigbjørn le pareció estar interrogando al espíritu de Fernando, además de sentirse afligido por él, interrogando a una esencia suya, que se paseaba con ellos, triste y, sin embargo, contento de que estuvieran allí.

Mitla era un lugar donde uno podía imaginar a los muertos estancados en su naturaleza sombría, estéril, semejante a la casa de Usher, con la fría iglesia invernal también construida sobre ruinas y, sin embargo, había algo romántico en ella, una resonancia comparable a la de *La Belle Dame Sans Merci* de Keats.

Se pasearon bajo el sol abrasador y con el viento aullante, en el azul polvoriento y sin aves, contemplaron colinas cónicas, pirámides de piedra truncadas, como arquetípicos montículos de golf, gigantescas columnas rotas, como enormes croquetas de pollo en piedra, muros siempre con el mismo dibujo, muros hechos con trozos de piedra cortados y unidos sin argamasa, restos de frescos, delicados trabajos de filigrana sin explicación, como si fueran obra de un maestro novelista que trabajase en colaboración con un escultor, todo ello tan inexplicable, tan misterioso, como el propio Dios.

«La biblioteca» —¿sería una biblioteca?— con dibujos hechos de ladrillos rojos y blancos; el sacerdote con cabeza de animal y mano de puño con chorreras —con jeroglífico en forma de Anubis—: el Reino de los Muertos. Sigbjørn pensó en lo terrible que sería tener resaca en aquel lugar y sintió deseos de tomar una copa: le habría gustado beber mezcal a la salud de Fernando.

Caminaron entre pilares cuyo significado se había olvidado hacía mucho, columnas fuera de su sitio, con puntas redondeadas, que no podrían haber sostenido techo alguno, diseminadas entre las ruinas, de evocación insoportable para nuestro tiempo, en aquel lugar estridente y espectral.

Errando entre los muros en ruinas, volvieron a encontrarse con su guía zapoteca, encantador y con gestos de bailarín. Los llevó a las obscuras tumbas cruciformes orientadas al Norte, Sur, Este y Oeste, al tiempo que repetía sin cesar: «¡Los españoles lo destruyeron!»

Pero, si bien aquellas ruinas de una gran ciudad, en realidad prehistórica —pues nadie sabe seguro quién la construyó ni qué uso se daba a los enormes edificios, ya que no existe siquiera una leyenda relativa a ellos—, si bien los dibujos parecían más helénicos que otra cosa y estimulaban la imaginación, no lo hacían en sentido normal alguno.

Llegaron a un pasaje subterráneo, que conducía a otra tumba cruciforme. En el punto de intersección de los brazos de la cruz, se alzaba una gran columna llamada la Columna de la Muerte, de unos dos metros y medio de altura. El guía señaló que, según la tradición, si abrazabas la Columna de la Muerte, el número de dedos que se pudieran colocar en el espacio entre las manos indicaba el número de años que te quedaban de vida. Quería que probaran y Primrose estaba dispuesta, pero Sigbjørn no quiso ni oír hablar de ello. Era demasiado supersticioso, pero también creía que se podía superponer a la voluntad una sugestión que podía provocar la muerte en la época indicada. «No soy supersticioso», dijo Sigbjørn.

Aunque no lo habían hecho, la columna seguía allí y, si lo hubieran hecho, aún se habrían podido colocar varios dedos en el espacio intermedio —virtualmente, los dedos del guía lo habían medido—, por lo que, ¿qué diferencia había? ¿Acaso era válido el oráculo sólo cuando se lo consultaba?

De repente, se le ocurrió a Sigbjørn que tal vez hubiera algún motivo para que estuviesen allí, que se trataba de un paisaje, por decirlo así, con el que tenían una relación más que estrecha, pero, si eso daba motivo para desesperar, ¿qué idea había conducido al hombre hasta el extremo de postular el fin de nuestra civilización casi como el fin del mundo o incluso el «fin del mundo» como el «fin de la vida»?

Era absurdo concebir todo aquello, al modo habitual, como el «comienzo», por ser prehistórico, aun cuando los muros parecieran urdidos en un dibujo formado por la repetición constante de una unidad simple, un motivo geométrico: Sigbjørn estaba intentando cavilar sobre la «infancia de la raza».

Tumbas cruciformes. Tumbas cruciformes... ¡La Virgen!... ¿por qué aquella extraña persistencia de ese símbolo? ¿Cuál era el verdadero significado de la cruz? Sigbjørn comprendió que no estaba viendo ni escuchando nada. Estaba entrando en el Pabellón de Shaftsbury Avenue en Charing Cross para ver *La caída de la Casa de Usher.*

Entonces comprendió que no sólo iba caminando por aquel paisaje irreal, absorto y soñando despierto, sino que, además, dicho ensueño en vela tenía por marco, por decirlo así, otro ensimismamiento, en el cine, en el que miraba un espectáculo de sombras en una pantalla, ni siquiera una historia original, sino la transposición hecha por el director de temas de Edgar Allan Poe. A pesar del carácter desesperado del relato de Poe, el genio del director había conseguido, y con absoluto éxito estético, imponer —como ningún director mexicano habría conseguido nunca— un final feliz o esperanzado. Sigbjørn había estado tan absorto en su ensueño, que su despertar fue como el de una iluminación, como si hubiese recibido un mensaje, presentado en aquellos términos grotescos porque eran los que mejor podía entender. ¿Cuál era el tema de *La Casa de Usher*? Era, o así le parecía a él en aquel momento, el de la degradación de la idea de resurrección, pero en la película, en la que la enterrada era la esposa de Usher y no su hermana, aquélla volvía a tiempo, por decirlo así, con ayuda del médico, para salvarlo: salieron a la tormenta, pero también a una nueva vida.

¿Acaso no teníamos poder, como el director de aquella película, para convertir al menos el desastre aparente de nuestras vidas en un triunfo? De repente, se le ocurrió que eso era lo que estaba haciendo en México: ¿acaso no era para él también una especie de retirada a una tumba? ¿Sería él el director de esa película de su vida? ¿Lo sería Dios? ¿Lo sería el diablo? Era un actor en ella, pero, si Dios fuera el director, no sería una razón para que no recurriese a Él constantemente a fin de que cambiara el final. Tal vez sólo si vivía siempre a la altura de su yo más elevado, que era en todos los casos el mejor actor que podía ser —dadas sus limitaciones—, lo consideraría Dios digno de ser escuchado, digno de ser salvado, cualquiera que fuese el significado de la salvación, y de salvar a Primrose.

Aquella meditación extraña y confusa no había resuelto ninguna de las cuestiones relativas a la cruz, la multiambigua cruz, pero ahora sus pensamientos se centraron, tiernos, en Primrose, tan decepcionada porque aún no había visto la Cruz del Sur.

Y, sin embargo, habían visto Erídano —río de vida, río de juventud, río de muerte— en el horizonte: ¡qué extraño parecería Erídano sobre Mitla! Entonces pensó en la crueldad de la crítica: Sigbjørn Wilderness, al tiempo que imita los trucos de Joyce, Sterne, los surrealistas, los cultivadores del monólogo interior, nos ofrece el pensamiento y el corazón de Sir Philip Gibbs. En fin, sea. Tal vez Sir Philip Gibbs, a pesar de creer en los espíritus, no hubiera visto *La Casa de Usher* y, desde luego, no habría considerado que valiese la pena dejar un día de caza para ir al Pavilion de Shaftsbury Avenue a verla.

Ahora habían llegado a la iglesia blanca, triste y fina y azotada por el viento y las corrientes de aire, la iglesia católica, y los Wilderness entraron a rezar al Santo de las Causas Desesperadas y Peligrosas. La iglesia estaba construida sobre los cimientos de uno de los grandes edificios de Mitla. El guía les dijo que había una leyenda relativa a una de las habitaciones de aquel edificio, reservada para depositar los cuerpos de los reyes difuntos. Cuando un rey moría, conducían su cuerpo hasta la tumba con mucha ceremonia, lo colocaban en una pira funeraria y metían las cenizas en la tumba. En otra habitación había una puerta que daba a un recinto obscuro, cerrada con una gran piedra, y que sólo se abría cuando los cuerpos de los héroes muertos en combate eran conducidos hasta allí para ser depositados en la lóbrega cavidad inferior. Se decía que aquella cavidad se extendía infinita bajo el suelo y también que a algunos los arrojaban vivos por el túnel, porque así lo pedían, para sacrificarse ante los dioses, con la esperanza de la resurrección, del renacimiento.

Tal vez —sin duda alguna, en realidad— los antepasados de Fernando estuvieran enterrados allí.

De pronto Sigbjørn advirtió que todos estaban mirando las velas. ¿Cuál era el significado de la vela, la luz encendida por los muertos? ¿Sería el símbolo de la mediación en pro de la vida? Tal vez el hombre no estuviera tan irrevocablemente solo, pensó; hasta los hombres abrían sus corazones y arrojaban sus pistolas al suelo en el

Templo de la Virgen de quienes a nadie tienen, pues entre hombre y hombre y mujer y mujer había la influencia mediadora de los muertos y entre el abismo que separaba unos de otros a los muertos había la influencia mediadora de los vivos y entre el abismo que separaba a los muertos y a los vivos de lo desconocido y lo inefable había el espíritu mediador de lo que se conocía con el nombre de Santa Virgen, madre de todos.

Fuera vagaron a solas y en una piedra descubrieron señales de un culto reciente: una corona de flores del tipo conocido con el nombre de *zempoaxcochital*, que aún usan los indios en sus ceremonias funerarias, y los restos de una vela de cera que algún alma piadosa había encendido para invocar a los dioses de Mictlán por el eterno descanso de sus parientes.

En el Hotel La Luna Sigbjørn se despertó sobresaltado, como automáticamente, como obedeciendo a un hábito, a un impulso del pasado. Todo su ser le decía por qué estaba saliendo de la cama, qué hora era y —como si fuese un sonámbulo— qué iba a hacer. Y siguiendo también aquel hábito, se dirigió al lavabo y con cuidado y en silencio, para no despertar a Primrose, se sirvió, como en tiempos hacía con el tequila, un vaso de vino a rebosar. Todo estaba en silencio, pero sabía por instinto qué hora era. Eran más o menos las cuatro de la mañana: la hora en que en tiempos iba a El Farolito y se había despertado por hábito. El deseo de beber un trago era invencible. Sigbjørn bebió el vino que le hizo entrar en calor al instante.

Se vistió, bebió otro medio vaso de vino y salió a la galería, tras cerrar la puerta con cuidado. ¿Qué podía impedirle ir, simplemente para echar un vistazo al menos, a El Farolito solo, o para tomar una copa, y volver, igual que la noche anterior podía haber vuelto del bar atendido por las mañanas por la mujer desaliñada sin que Primrose se enterara, en resumen, como si nada hubiera ocurrido? O, al menos, podía ir a «ver si aún seguía allí para evitar a Primrose una caminata inútil».

Al bajar las escaleras —advirtió que iba por las escaleras que bajaban del cuarto «muy malo»—, pensó en el milagro que era aquello: ¿cómo podía estar bajando —vivo, y sintiéndose relativamente feliz y esperanzado— aquellas escaleras que en tiempos había bajado muerto? ¿Cómo había sobrevivido simplemente a las terribles mañanas y noches que había pasado? Y lo asaltaron los recuerdos del comedor, el sobrino dormido en el sofá esperando el tren de la mañana y él bebiendo en la botella de otro... y recordó el tic-tac del reloj. Sólo, que en aquella época no habría tenido que vestirse: siempre dormía con toda la ropa puesta en el cuarto «muy malo», y, cuando salía para El Farolito, iba con una manta a la cabeza, como un indio.

Fuera, en la perfumada calle al amanecer, Sigbjørn, antes de saber lo que estaba haciendo, ya había doblado la esquina hacia la izquierda camino de El Farolito. Se preguntó por qué asociaba un éxtasis siniestro e inexplicable con aquellos libertinajes suyos matutinos. ¿Sería porque los asociaba en parte, no con el mal, sino con la conciencia? Era la conciencia nacida de la pena y la desesperación, e intensificada por ellas, pero, aun así, era conciencia. Aunque había perdido la mayor parte de su trabajo compuesto de aquella forma —de todos modos, carecía sin duda de valor—, tal vez no hubiera malgastado el tiempo del todo en El Farolito. Tal vez hubiese madurado allí de algún modo inexplicable o tal vez lo que había experimentado equivaliera a algún tipo de iluminación, tal vez fuese alguna experiencia mística que el sufrimiento le había dado a conocer. Cuando —tras llegar al punto en que acababan las alcantarillas abiertas— cruzó la calle con paso seguro, se le ocurrió otra idea. ¿Por qué acababa de pensar que era un «hombre relativamente feliz y esperanzado»? Hacía tiempo que no pensaba tal cosa, desde el incendio, en realidad, o, al menos, desde que habían empezado a reconstruir la casa. ¿Habría cambiado algo en él, se habría purificado?... ¿O sería simplemente el vino? No. En cierto modo El Farolito iba asociado a la libertad.

Sigbjørn siguió caminando. La noche era fría y clara, con nubes apiladas entre muros. Había perdido un poco de tiempo al levantarse o al tomar el vino o era más tarde de lo que pensaba, pues ya había algunas mujeres barriendo las calles y se veían bueyes, con pesados yugos y ojos mansos y afables. Y ahí —casi había echado a correr al doblar la esquina— estaba El Farolito. Por fuera la cantina estaba igual, con las rayas azules en la fachada y las dos entradas bajas; sólo, que éstas estaban tapiadas. Sin embargo, el nombre casi había desaparecido con la pintura o lo habían descascarillado hasta borrarlo y en la pared aparecía el letrero, garabateado en cursiva y con pintura: *Trasladado a calle de Humboldt, número 7.* Por un lado, las frías y largas calles acababan en los campos y, por el otro, en las colinas y allí estaba también el alto muro detrás del cual se encontraba la alfarería, donde tantas veces había ido con los alfareros después de beber. ¿Podía haberse llamado aquello felicidad? Si no, ¿por qué lo recordaba con tan inexplicable nostalgia? Pues allí Fernando no era el único lazo —ni el más fuerte siquiera— con El Farolito. Era él mismo, su solitaria juventud agonizante.

¡Calle de Humboldt! También aquello era extraño: una vez más había entrado en escena la calle de Humboldt, como si entrañara alguna referencia mágica y propia que no podía entender, pero que sólo él conocía, o como si hubiera sido una contraseña de sus guardas o demonios que lo obligaban a tener presente, cuando querían hacerle saber que estaban vigilando, o como si fuese algo que una fuerza en su interior, o en el de aquéllos, o del exterior les presentaba para indicar los cambios en sus recuerdos o como advertencia.

Sigbjørn se encaminó por las calles que conducían, cuesta arriba, hacia la calle de Humboldt oaxaqueña. Había olvidado lo cerca que quedaba la iglesia de la Soledad de El Farolito, pero incluso desde allí podía ver los escalones que conducían a ella. Ah, aquellas cerradas calles de Oaxaca, que no revelaban nada de su vida, aquellas *cantinas* de paredes lisas y anchas tras las cuales, cuando entrabas en ellas, se ocultaba tal profundidad, tal complejidad, tal belleza de patios y habitaciones con suelo cubierto de serrín, profundidad tras profundidad, aquellas ventanas enrejadas de la cárcel, y enormes puertas de madera desgastada a través de las cuales tan de tarde en tarde percibías una vista encantadora de patios de piedra, arcos y jardines: ¿a qué otra imagen remitía todo aquello? No bastaba con preguntar. ¿Acaso no tenían también los hombres calles cerradas semejantes, intrigas amorosas similares, ocultos jardines, claustros y refectorios parecidos y habitaciones donde se producían invisibles libertinajes semejantes? Además, ¿qué alma no tenía su Farolito invisible, donde bebía hasta adquirir conciencia en las silenciosas vigilias de la noche? Y allí estaba la iglesia de la Soledad, de la Virgen de quienes a nadie tienen. Y sin embargo, el hombre estaba solo: ¿cómo podía ser así? Tal vez lo que significaba era que estaba solo únicamente en relación con los vivos o tal vez hubiera un error en la interpretación de la palabra «solo».

Pensando que el número 7 de la calle de Humboldt quedaba demasiado lejos —pues ya estaba cansado o por sentir algo aún más fuerte que su deseo de descubrir el nuevo emplazamiento de El Farolito—, subió las escaleras hasta la iglesia —hacia cuyo pórtico avanzaba ya una mujer despacio, milímetro a milímetro con las manos y las rodillas—, pasó por delante del tenderete en que vendían medallas y velas, tras dirigir la vista un instante, Independencia abajo, hacia el Banco Ejidal o a la Farmacia de la Soledad, por delante del cuartel, que ahora volvía a ser un convento: cárcel o cuartel convertido en convento; un hombre había pasado veinte años allí encerrado, en la «peor» de las cárceles. Con el reconfortante pensamiento de que la gran vela seguiría ardiendo por Fernando, entró en la iglesia donde en tiempos se había refugiado cuando lo perseguían.

Cuando regresó a La Luna, Primrose estaba dormida y eran las seis y media más o menos. La despertó y recorrieron a pie el mismo trayecto que él había hecho hasta El Farolito, con el letrero: *Trasladado a la calle de Humboldt*. Volvieron a La Luna, tomaron un desayuno copioso y, tras despedirse del viejo descalzo, que dijo «qué lástima» que se fuesen y que era un día bonito y fresco, pagaron la cuenta —«Nosotros no somos americanos ricos»—, que fue más elevada de lo que pensaban: les cobraron un recargo por el jamón y los huevos y por las tazas suplementarias de café y el espejo que Primrose había roto, por desgracia, la única desgracia de aquel día. «Entonces eso significa... esto... siete años de mala suerte», dijo el afeminado director, al tiempo que les entregaba la documentación, pero ni siquiera eso desanimó a Sigbjørn...

Una vez más se encontraban en camino los Wilderness, aquella vez de regreso por la carretera por la que habían llegado, por lo que volvieron a ver el letrero *Le gusta este jardín* y *La persona que destruya este jardín será consignada a la autoridad.* Iban en asientos delanteros, por la ventana soplaba un viento fresco y algo parecía haber cambiado en Sigbjørn: se sentía contento de estar vivo, estaba disfrutando con el viaje, a pesar de ir transido de tristeza.

Etla otra vez y las montañas, montañas y más montañas de la misteriosa Oaxaca. Sigbjørn recordó la espantosa pobreza de las aldeas de ocho años antes, los pocos y pobres sembradíos de maíz y la sensación de que gran parte de la tierra que se habría podido usar en provecho de la gente permanecía ociosa por pura y simple falta de una pequeña ayuda. Aquella vez notaba un gran cambio, resultado directo de la obra del Banco. Por todos lados se veían ricos campos verdes, se tenía una impresión de fertilidad y de que el suelo respondía y los hombres vivían como debían vivir, con el viento y el sol y próximos a la tierra y amándola. Las fincas estaban, además, cuidadas con amor y la forma de las terrazas y el trazado de los campos revelaban un cuidado exquisito y sabiduría instintiva, pues la tierra mostraba los sentimientos y el genio del pueblo en relación con ella... pero nunca habrían podido hacerlo sin la ayuda del Banco y no era la simple ayuda que consigues hipotecando tu casa para ampliarla un poco, porque en ese caso existía el terror, la tensión y el miedo a perderla por la propia fuerza de la tierra en forma de poderes incontrolables, sequías o tormentas: la tierra, sujeta a cataclismos, es un ama cruel, pero allí las granjas eran reales, las casas, en lugar de ser chozas techadas con paja o con hojas de maíz, como en Morelos o en Puebla, eran casi todas de adobe y muchas de ellas, la mayoría, en realidad, tenían techos de tejas y eran bonitas, salidas del propio suelo, pues el adobe era la tierra misma.

«Mira, Sigbjørn, mira dónde están fabricando adobes... moldeándolos y secándolos al sol.»

Era todo tan diferente de ocho años atrás y también el aspecto de los animales, que no estaban esqueléticos ni hambrientos, sino robustos, bien alimentados y con pelo brillante, gracias a la alimentación y el cuidado adecuados, y los propios campos mostraban la fertilidad. Oaxaca se había convertido en el granero de casi todo México y el Valle de Etla se había vuelto el granero de Oaxaca.

«¡Todo eso es obra del Ejidal!»

Y después un campo de trigo joven, nuevo —verde pálido en comparación con el verde obscuro de la alfalfa— y luego un campo de trigo casi maduro, que adquiría tonalidades doradas, luego huertos de membrillos y pérsicos, árboles jóvenes, evidentemente plantados durante los diez últimos años, y en flor... El Banco Ejidal se había convertido en un jardín.

Luego fueron dejando atrás el Estado de Oaxaca y también, en la obscura iglesia de la Virgen de quienes a nadie tienen, una vela ardiendo...

Penguin Random House Grupo Editorial, S.A.U.
Travessera de Gràcia, 47-49
ECZ, 8021
ES
https://www.penguinlibros.com/es/content/1334-seguridad-de-los-productos
seguridadproductos@penguinrandomhouse.com
+34 93 366 03 00

The authorized representative in the EU for product safety and compliance is

Penguin Random House Grupo Editorial, S.A.U.
Travessera de Gràcia, 47-49
ECZ, 8021
ES
https://www.penguinlibros.com/es/content/1334-seguridad-de-los-productos
seguridadproductos@penguinrandomhouse.com
+34 93 366 03 00

ISBN: 9798890987556
Release ID: 156016905

www.ingramcontent.com/pod-product-compliance
Lightning Source LLC
LaVergne TN
LVHW041150150826
845673LV00001B/115

9798890987556